Sabine Strick wurde 1967 in Berlin geboren und wuchs dort auf. Ihre Liebe zum Schreiben entdeckte sie bereits als Kind und sie begann im Alter von siebzehn Jahren, an ersten Romanen zu arbeiten. Doch erst 2017 entschloss sie sich, endlich die notwendigen Schritte für Veröffentlichungen in die Wege zu leiten. Und dann ging auf einmal alles recht schnell: Sie wird nun von der Agentur Ashera vertreten und veröffentlicht seit 2018 mehrere Romane in verschiedenen Genres bei verschiedenen Verlagen.

SABINE STRICK

TÖDLICHER ABSCHIED

DOMINIQUE DEMESY ERMITTELT

Erstausgabe Mai 2022

Copyright © 2022 dp Verlag, ein Imprint der
dp DIGITAL PUBLISHERS GmbH
Made in Stuttgart with ♥
Alle Rechte vorbehalten

Tödlicher Abschied

ISBN 978-3-98637-166-1
E-Book-ISBN 978-3-96817-996-4

Covergestaltung: ARTC.ore Design
Umschlaggestaltung: ARTC.ore Design
unter Verwendung von Abbildungen von
shutterstock.com: © muratart, © Paul shuang, © CravenA
Lektorat: Regina Meißner
Satz: dp DIGITAL PUBLISHERS GmbH
Druck und Bindung: Books on Demand GmbH, Norderstedt

1

Das Schrillen des Telefons riss Jennifer Demesy aus dem Schlaf. Mit gequältem Stöhnen tastete sie nach dem Hörer auf dem Nachttisch und meldete sich kaum hörbar.

„Bonjour, Jenni, tut mir leid, dass ich dich wecke", vernahm sie die Stimme ihres Kollegen Christophe von der Pariser Kriminalpolizei. „In der Seine wurde heute früh eine Leiche gefunden. Sie holen sie gerade raus. Bitte komm so schnell du kannst. Spurensicherung und Rechtsmediziner sind bereits unterwegs."

„Okay", murmelte Jennifer. „Wo?"

„Quai Voltaire. Zwischen Pont du Carrousel und Pont Royal."

„Alles klar." Sie hängte ein, strich sich eine ihrer halblangen braunen Haarsträhnen aus den Augen und blinzelte ins erste Tageslicht, das durch die locker heruntergelassene Jalousie fiel. Der Wecker zeigte halb sechs, sie hätte ohnehin in einer Stunde aufstehen müssen.

„Ist schon wieder jemand ermordet worden?", brummelte ihr Lebensgefährte Kilian schlaftrunken von der anderen Seite des Bettes.

„Mal sehen, ob es ein Tötungsdelikt war oder ein Unfall. Guten Morgen." Sie beugte sich zu ihm und küsste ihn zärtlich. Als Geschäftsführer eines Irish Pubs hatte er wie immer bis in die Nacht hinein gearbeitet und war noch später ins Bett gekommen als sie. „Schlaf weiter, chéri."

Jennifer schwang die Beine aus dem Bett, lief ins Bad, erledigte hastig ihre Morgentoilette und schlüpfte dann in Jeans und einen leichten sportlichen Blazer. Das Frühstück würde sie auf später verschieben – wenn ihr bei Betrachtung der Leiche nicht sowieso der Appetit verging. So langsam sollte sie sich mal daran gewöhnen, denn ein Anruf, der sie am frühen Morgen oder auch mitten in der Nacht aus dem Bett holte, um eine schlimm zugerichtete und übelriechende Leiche anzusehen, wurde zur Routine, seit sie vor anderthalb Jahren bei der Kriminalpolizei angefangen hatte.

Kurz darauf verließ sie die kleine Wohnung im 13. Arrondissement, in der sie mit Kilian lebte, seit sie von der Polizeiakademie in der Provinz nach Paris zurückgekehrt war. Auf dem Weg zum Auto kaufte sie in einer Boulangerie ein appetitlich duftendes Croissant und verschlang es sogleich. Auf nüchternen Magen würde ihr mit Sicherheit schlecht werden, und Hauptkommissar Philippe Maillot würde sie verächtlich ansehen oder gar eine herablassende Bemerkung machen, die sie vor den Kollegen bloßstellte.

Der Himmel über Paris war zartblau, die Luft mild, und es versprach, ein warmer Frühsommertag zu werden. Die Uferstraße der Seine war zu dieser frühen Stunde noch nicht so stark befahren wie sonst, die Terrassen der Bistros noch leer. Straßenreiniger fegten Staub und Müll aus den Rinnsteinen, und die ehrwürdigen alten Gebäude, die den Fluss säumten, erstrahlten im ersten hellen Tageslicht. Jennifer fuhr an der dicht bebauten Seine-Insel Ile Saint-Louis vorbei, wo ihr Vater Dominique wohnte, und fragte sich, ob er schon wach war. Sie musste ihn und seine Familie unbedingt bald wieder besuchen. Obwohl das letzte Mal kaum eine Woche zurücklag. Nach all den Jahren verspürte sie noch immer eine starke Verbundenheit mit ihrem Vater, und ihr kleiner Halbbruder war ihr sehr ans Herz gewachsen.

Während sie an einer roten Ampel wartete, wickelte sie die breite Armbinde mit der Aufschrift *Police* um ihren Oberarm und befestigte sie mit dem Klettverschluss.

Als sie kurz darauf am Pont du Carrousel vorbeikam, erblickte sie etwa hundert Meter weiter leuchtend rote Absperrbanderolen und zahlreiche Gaffer, die sich dahinter eingefunden hatten. Sie hielt mit ihrem weißen Renault im Parkverbot und stellte das Ausweisschild der Kriminalpolizei in die Windschutzscheibe. Dann überquerte sie die Straße, nickte dem Polizisten zu, der für sie das Absperrband lüftete und trat mit kurzem Gruß zu ihren Kollegen.

Hauptkommissar Maillot, der zusammen mit dem Rechtsmediziner neben der Leiche hockte, blickte kurz auf und winkte sie heran. „Bonjour, Demesy. Kommen Sie ruhig her.“

Jennifer schlüpfte in die dünnen Plastikhandschuhe, die ein Kollege ihr reichte, atmete tief durch und trat näher. Ruhig und sachlich betrachtete sie die Leiche, eine grazile Frau in mittleren Jahren, deren elfenbeinfarbenes Kleid aus golddurchwirktem Brokatstoff elegant gewesen sein musste, bevor die Algen vom Grund der Seine es verunziert und verschmiert hatten. Blonde Haare umrahmten ein schmales bleiches Gesicht, unter dem die Goldkette unnatürlich satt in der Morgensonne leuchtete. Auch an den Handgelenken und Fingern trug die Frau kostbar wirkenden Schmuck. Am Ringfinger funkelte ein Brillantring, in dem sich eine dünne Alge verfangen hatte. Die Zehennägel ihrer nackten Füße waren dunkelrot lackiert, genau wie ihre Fingernägel.

„Können Sie schon was sagen, *docteur*?", fragte Capitaine Maillot und rieb sich die grauen Bartstoppeln an seinem kräftigen Kiefer.

„Sie hat eine Schädelverletzung, die möglicherweise die Todesursache war." Der Rechtsmediziner wies auf eine klaffende Wunde, die vom Haaransatz über der Schläfe verdeckt wurde. „Es gibt aber auf den ersten Blick keine Anzeichen eines Kampfes."

„Sie könnte also auch gefallen oder gesprungen sein?"

„Wir werden sehen, wie es unter dem Kleid aussieht. Genaueres kann ich Ihnen erst nach der Obduktion sagen, das wissen Sie ja."

„Natürlich. Und der ungefähre Todeszeitpunkt?"

„Ihre Armbanduhr ist um halb drei stehengeblieben. Ich vermute, dass es durch das Wasser geschah und in etwa mit dem Todeszeitpunkt übereinstimmt. Das muss heute Nacht um halb drei gewesen sein – sie hat nicht lange im Wasser gelegen."

„Wer hat die Leiche entdeckt?", wollte Jennifer wissen.

„Einer der Hausbootbewohner vom Ufer da hinten hat sie im ersten Tageslicht im Wasser treiben sehen."

„Da bekommt das Wort Morgengrauen gleich eine völlig andere Bedeutung", murmelte Jennifer, und ihr

Kollege, Kommissar Thibault Verneuil, gluckste amüsiert.

„Pardon", sagte sie schuldbewusst, als der ungehaltene Blick des Hauptkommissars sie traf. Es war sicher pietätlos der Verstorbenen gegenüber, darüber zu witzeln, aber es half ihr über die beklemmende Situation hinweg. Diese gut gekleidete, gepflegte Frau, die sehr attraktiv gewesen sein musste, war von einem Moment auf den anderen aus dem Leben gerissen worden. Oder hatte es vielleicht freiwillig beendet. Was mochte geschehen sein? Die menschlichen Tragödien im Hintergrund faszinierten Jennifer am meisten an ihrem Beruf, erschreckten sie aber auch. Die Tote besaß mit Sicherheit Angehörige, denen sie in Kürze beibringen mussten, dass ihre Mutter, Ehefrau oder Tochter aus dem Leben geschieden war. Das brachte sie zur nächsten Frage.

„Wissen wir schon, wer sie ist?"

„Nein. Sie war nicht so hilfsbereit, mit ihren Ausweispapieren ins Wasser zu gehen."

Jennifer und Thibault tauschten einen Blick. Der Chef war offenbar mit dem falschen Fuß aufgestanden. Oder einfach gestresst. Für die Pariser Kriminalpolizei gab es gerade viel zu tun; sie waren alle ein wenig überarbeitet in diesen letzten Wochen vor dem Sommerurlaub.

Christine Collet von der Spurensicherung näherte sich vom benachbarten Quai Malaquais her und streckte ihnen einen großen durchsichtigen Beweismittelbeutel entgegen, der ein Paar modische High Heels enthielt. „Es hat sich gelohnt, das Suchgebiet auszudehnen. Schaut mal, was wir gefunden haben. Die standen oben am Pont des Arts neben dem Geländer. Vielleicht gehörten sie der Toten."

Jennifer betrachtete die elfenbeinfarbenen Lederpumps mit Goldverzierung. „Auf jeden Fall passen sie perfekt zu ihrem Outfit. Darf ich?" Sie streckte die Hand nach der Tüte aus und sah den Hauptkommissar fragend an. Als er gnädig nickte, nahm sie einen der Schuhe und setzte ihn der Toten vorsichtig auf den nackten Fuß. Er passte. Jennifer zog ihn wieder ab und warf einen Blick auf das in die Innensohle gestanzte Label. „*Manolo Blahnik* – schick. Und teuer, soweit ich weiß. Die Schuhe sehen ziemlich neu aus. Vielleicht kann ich darüber herausfinden, wer sie ist", bot sie eifrig an. „Ich werde recherchieren, welche Geschäfte in Paris diese Marke vertreiben, dort hinfahren und die Pumps vorzeigen. Sicher hat sie mit Kreditkarte oder Scheck bezahlt."

Maillot erhob sich aus seiner hockenden Position und streckte mit schmerzverzerrtem Gesicht die Beine. „Gute Idee, Demesy, aber viel zu aufwändig. Bestimmt geht in Kürze eine Vermisstenanzeige ein. Wenn nicht, können wir das mit den Schuhen immer noch machen, aber delegieren Sie es an Duval oder Meunier. Sie brauche ich für Wichtigeres."

Jennifer frohlockte über die Bemerkung, die beinahe nach einem Lob klang.

Da sie frisch von der Polizeiakademie zur Kriminalpolizei gekommen war, wurde sie vom Hauptkommissar noch immer mehr oder weniger als Praktikantin betrachtet, die man am besten zum Kaffeekochen und als Laufmädchen einsetzte, obwohl sie an der ENSP, der *École Nationale Supérieure de la Police* zur

Kommissarin ausgebildet worden war. Es wurde Zeit, dass er begann, sie als Ermittlerin ernst zu nehmen. Mit siebenundzwanzig war sie schließlich kein Grünschnabel mehr. Sie besaß den Rang eines *Lieutenants de police* und hatte früher bereits als Privatdetektivin gearbeitet. Zusammen mit ihrem Vater, als sie noch in New Delhi gelebt und quer durch Indien und Asien für die renommierte Detektivagentur *Stacy & Langmaster* ermittelt hatten. Nun ja, genauer gesagt hatte Dominique ermittelt und Jennifer, die offiziell als Sekretärin in der Agentur angestellt gewesen war, hatte sich ungebeten in seine Fälle eingemischt oder war unfreiwillig hineingezogen worden. Bei diesem Gedanken huschte ein Lächeln über ihr Gesicht.

„Habt ihr keine Handtasche gefunden?", fragte Maillot die beiden Beamten, die vor ihm standen, während zwei ihrer Kollegen weiter die unmittelbare Umgebung durchkämmten.

Die Kriminaltechnikerin Christine zuckte mit den Schultern. „Vielleicht hat sie ihre Tasche neben die Schuhe gestellt, bevor sie gesprungen ist, aber die hat natürlich inzwischen jemand geklaut."

„Wir können noch von Glück sagen, dass keine Fashionista vorbeigekommen ist, die die Manolos mitgenommen hat", ergänzte Jennifer.

„Ich hätte sie genommen", erwiderte Christine trocken, und diesmal galt der missbilligende Blick des Hauptkommissars ihr.

Maillot betrachtete skeptisch die Brücke, die sich zwischen dem Palais du Louvre und dem Institut de France spann. „Dann ist sie wohl mit der Strömung von dort hinten bis hierher abgetrieben. Also möglicherweise ein Suizid. Aber eigentlich ist die Brücke doch gar nicht hoch genug, als dass ein Sprung oder Fall tödlich sein kann. Oder?" Fragend blickte er den Rechtsmediziner an.

„In den meisten Fällen nicht", bestätigte dieser. „Aber das wissen viele Leute nicht, weil Brücken im Film so gern für Suizidversuche genommen werden. Bei bestimmten Vorerkrankungen könnte diese Fallhöhe durchaus tödlich sein. Außerdem kann es zum sogenannten Reflextod durch tödlichen Kreislaufstillstand beim Auftreffen mit Brust oder Rücken auf die Wasseroberfläche kommen. Insbesondere, wenn das Opfer alkoholisiert war, wie in diesem Fall. Bevor Sie gekommen sind, habe ich gerade einen Alkoholschnelltest durchgeführt, und er war positiv."

„Und Drogen?", hakte der Hauptkommissar nach.

„Negativ. Ich lasse mir das natürlich noch vom Labor bestätigen. Wodurch die Kopfwunde entstanden ist, muss ich mir bei der Autopsie genauer ansehen. Vielleicht ist sie durch einen Schlag auf den Kopf getötet oder schwer verletzt und dann in der Seine entsorgt worden. Falls sie jedoch freiwillig gesprungen oder versehentlich gefallen ist, könnte sie sich den Kopf an einem der steinernen Stützpfeiler angeschlagen haben, die unter dem Pont des Arts und einigen anderen Brücken hervorragen."

Jennifer krauste zweifelnd die Stirn. „Wenn man sich umbringen will, indem man von einer Pariser Brücke springt, weil man denkt, die Fallhöhe würde genügen, wirft man sich dann ausgerechnet an einer Stelle über einem Brückenpfeiler ins Wasser?"

„Vermutlich nicht. Dann kann man sich ja gleich aus einem Gebäude auf die Straße stürzen, das ist sicherer", grummelte Maillot und gab seinem Team ein Zeichen. „Sehen wir uns mal den Pont des Arts an. Collet, organisieren Sie ein Motorboot mit Hebevorrichtung, damit die Brückenpfeiler auf die DNA des Opfers untersucht werden können. Hier sind wir erst einmal fertig."

2

Jennifer betrat die Lobby des einfachen Stadthotels an der Rue de Rivoli im 1. Arrondissement und blickte sich suchend um. Als sie den gutaussehenden dunkelhaarigen Mann in mittleren Jahren entdeckte, der in einer Ecke der Sitzgruppe saß und *Le Parisien* las, steuerte sie rasch auf ihn zu. Daraus, dass er seine Brille nicht trug, schloss sie, dass er nur vorgab zu lesen, während er in Wirklichkeit über den Rand der Zeitung hinweg aufmerksam den Hoteleingang im Auge behielt.

„Hallo, Dominique", sagte sie lächelnd, als er ihr erstaunt entgegenblickte. Schon lange nannte sie ihren Vater meistens beim Vornamen. Als sie in Indien miteinander gearbeitet hatten und privat eher Freunde als Vater und Tochter gewesen waren, war es ihnen passend erschienen und sie hatten es beibehalten.

Dominique ließ seine Lektüre sinken. „Jenni. Waren wir nicht erst in anderthalb Stunden verabredet?"

„Bei mir hat sich was verschoben. Du hast mir ja gesagt, wo ich dich finden würde. Oder gefährde ich deine Tarnung, wenn ich mich kurz zu dir setze?" Sie zwinkerte ihm zu, obwohl sie wusste, dass er tatsächlich oft undercover arbeitete.

„Nein, gerade warte ich einfach, aber es kann jeden Moment losgehen, ich habe also wenig Zeit. Können wir nicht später reden?"

„Es ist dringend. Den Rest des Tages habe ich keine Zeit und morgen sind die Spuren schon etwas mehr erkaltet."

In seinen blaugrünen Augen blitzte es interessiert auf, und sie wusste, dass sie nun seine volle Aufmerksamkeit hatte. „Was denn für Spuren?"

Jennifer stellte sich vor ihn hin und steckte die Finger in die Taschen ihrer Jeans. „Ich habe einen neuen Fall für dich. Vor drei Tagen wurde eine Tote aus der Seine geborgen. Für unseren Hauptkommissar sieht alles nach einem Suizid aus, aber mir sind Zweifel gekommen."

Er runzelte die Stirn. „Jenni, ich tue dir gerne einen Gefallen, das weißt du, aber ich kann nicht gratis einen kompletten Mordfall aufklären."

„Sollst du ja auch nicht. Nicht ich will dich beauftragen, sondern der Verlobte der Toten. Er war heute Vormittag bei mir und ist absolut sicher, dass es kein Suizid gewesen sein kann. Da mein Chef sich davon nicht beeindrucken ließ, sondern den Fall möglichst schnell abschließen wollte, habe ich ihn an dich verwiesen. Er wird –"

„Da kommt Giuliana", unterbrach sie Dominique. „Sie spielt den Lockvogel."

Sein Blick folgte mit einer gewissen Zärtlichkeit seiner Ehefrau, einer attraktiven Brünetten, die die Hotelhalle durchquerte und an der Rezeption eine Keycard holte.

Jennifer warf einen Blick auf ihre Armbanduhr. „Lohnt es sich, hier auf dich zu warten? Ich habe um fünfzehn Uhr einen Termin, ich bin nur in meiner Mittagspause schnell vorbeigekommen."

„Wenn du schon mal da bist, bleib bei mir. Je mehr Zeugen es gibt, umso besser. Es wird nicht lange dauern, danach können wir einen Happen essen gehen und reden.“

„Worum geht es bei deinem Fall?“

„Meine Auftraggeberin hat eine ehemalige Angestellte, die vor kurzem durch eine chronische Erkrankung arbeitsunfähig geworden ist und nun mit ihren Kindern von der Sozialhilfe lebt“, erklärte Dominique mit gesenkter Stimme. „Ihr Ex-Mann zahlt keinen Unterhalt, da er arbeitslos gemeldet ist. Sie hat jedoch vor kurzem gesehen, wie er sehr elegant gekleidet ans Steuer eines teuren Sportwagens gestiegen ist. Sie hat das ihrer früheren Chefin erzählt und diese hat mich gebeten, da mal nachzuforschen. Ich habe ihn beschattet und festgestellt, dass er als Callboy arbeitet. Nur fehlt uns noch ein Beweis – und deswegen sind wir hier. Der Sportwagen ist nicht auf seinen Namen zugelassen, das ist also leider kein Nachweis für seine komfortable finanzielle Situation.“

„Das ist ja eine tolle Arbeitgeberin, die einen Privatdetektiv engagiert, um einer ehemaligen Mitarbeiterin zu helfen“, sagte Jennifer beeindruckt.

Dominique grinste. „Es ist deine Mutter. Die Angestellte war eine ihrer Friseurinnen.“

„Ach!“ Sie verzog den Mund zu einem amüsierten Lächeln. „Das heißt, du arbeitest gerade gratis.“

„Das stimmt. Aber Cathérine hat schließlich auch einiges für mich getan. Ich bin froh über jede Gelegenheit, ihr etwas zurückgeben zu können. Wobei sie in diesem Fall natürlich selbst gar nichts davon hat. Sie will einfach nur Jocelyne helfen.“

Dominique und Cathérine waren seit fast fünfundzwanzig Jahren geschieden und hatten im Laufe der letzten Jahre ein freundschaftliches Verhältnis zueinander entwickelt, was Jennifer freute. Die Kindheit getrennt von ihrem Vater zu verbringen und zu merken, dass sich ihre Eltern nicht mehr verstanden und einander mieden, war schwierig genug gewesen.

„Also warten wir jetzt, bis der Typ eintrifft?"

„Genau."

„Ah, gut. Also, hör zu: Der Verlobte der Toten aus *meinem* Fall heißt Bernard Mondy. Er ist Vorstandsvorsitzender einer großen Versicherung, der *SECURA*, dürfte dein Honorar also aus der Portokasse bezahlen. Außerdem ist das eine tolle Gelegenheit für dich, neue Kunden zu akquirieren. Du weißt ja, dass Versicherungen gern mal auf die Dienste von Detektiven zurückgreifen."

„Das wäre super. Oh, ich glaube, da kommt er." Dominique wies mit dem Kinn zum Eingang, wo hinter den Glastüren ein schnittiger Sportwagen auf den Parkplatz des Hotels kurvte. Ihm entstieg ein schlanker Mann Mitte dreißig, der auffallend gut gekleidet und sehr gepflegt war. Er stolzierte schwungvoll zur Rezeption und kurz darauf in Richtung der Aufzüge.

Dominique rief Giuliana auf dem Handy an. „Er ist unterwegs. Bist du bereit?"

„Ja – die Kamera läuft. Bis gleich." Wie vereinbart unterbrachen sie beide die Verbindung nicht, damit Dominique mithören konnte, was im Zimmer gesprochen werden würde.

Er erhob sich und nickte Jennifer zu. „Komm, damit wir im richtigen Moment bereitstehen. Nicht, dass der

Kerl eine Gelegenheit bekommt, Giuliana zu begrapschen."

Als es an der Tür des modern eingerichteten Hotelzimmers klopfte, ließ Giuliana ihr Handy in der Seitentasche ihres Kleides verschwinden, bevor sie öffnen ging.

Der Mann, der vor ihr stand, lächelte sie selbstsicher an. „Hallo. Ich bin René Gaillard."

„Freut mich. Bitte kommen Sie herein." Sie trat einen langen Schritt zurück, um ihm den Weg freizugeben und es zu vermeiden, sich zur Begrüßung von ihm die Wangen küssen zu lassen.

„Vous allez bien?", fragte er höflich, als sie die Tür schloss und sich zu ihm umdrehte, genau darauf bedacht, ihn nicht mit ihrem Körper von der winzigen Videokamera abzuschirmen, die in einem Kunstblumengesteck verborgen war, das sie zuvor auf dem Fernseher befestigt hatte.

„Es geht mir gut, und Ihnen?" Sie presste die Lippen aufeinander.

„Sie wirken ein bisschen nervös – darf ich uns Champagner bestellen?" René legte sein Jackett ab.

„Nein, danke. Ich mache das zum ersten Mal und bin ein wenig aufgeregt, da haben Sie recht."

„Das müssen Sie nicht. Sie werden sehen, wir werden uns gut verstehen." Er blinzelte ihr zu.

„Trotzdem – Sie sind schließlich ein Fremder, das kostet mich etwas Überwindung", gestand sie. Seine zu glatte Art und die leicht mandelförmigen braunen Augen erinnerten sie an jemanden aus ihrer

Vergangenheit, und sie hatte Mühe, sich ihren Ekel und ihre Verachtung nicht anmerken zu lassen.

„Verstehe ich. Aber warum tun Sie es dann? Eine schöne Frau wie Sie ist sicher nicht auf jemanden wie mich angewiesen. Sie könnten doch an jedem Finger zehn haben." Er ließ seinen Blick bewundernd an ihr hinuntergleiten.

„Angewiesen bin ich darauf vielleicht nicht, es ist aber praktischer. Wann ich will und was ich will, und keine Komplikationen. Ich finde, es ist es wert, dafür zu zahlen." Sie nickte bekräftigend, damit glaubwürdiger wirkte, was nicht ihrem Naturell entsprach. Es wäre ihr im Traum nicht eingefallen, für geheuchelte Leidenschaft zu zahlen.

„Entspann dich erst mal, wir haben Zeit." Er zog ihr behutsam den Blazer aus, den sie über ihrem ärmellosen pfirsichfarbenen Kleid trug, und massierte sanft ihre Schultern.

Doch Giuliana wollte es hinter sich bringen. Sie entspannte sich lieber mit einem Buch auf dem Sofa oder natürlich mit Dominique, als sich von einem Callboy anfassen zu lassen.

„Mir wäre es am liebsten, wir regeln erst einmal den geschäftlichen Teil, dann kann ich das vergessen und relaxen. Was machst du so alles und was kostet es?"

„Na gut. Dein Wunsch ist mir Befehl ..." Er begann Preise und Dienstleistungen zu beschreiben, die ihr das Blut in die Wangen trieben, obwohl sie keineswegs prüde war.

Sie ging zum Sideboard, auf dem sie ihre Handtasche abgelegt hatte, öffnete sie und zog einige große Scheine heraus.

René trat hinter sie, schob behutsam ihre dichten mokkabraunen Haare zur Seite und öffnete langsam den Reißverschluss ihres Kleides.

Eine Spur zu heftig wandte sie sich um und hielt ihm die Scheine unter die Nase. „Hier, dein Geld für den Sex“, sagte sie so laut und deutlich, dass sowohl ihr Handy als auch das Mikrofon der Kamera es auffangen mussten.

Verdammt, wo blieb Dominique nur?

Eine Sekunde später hörte sie erleichtert einen Summton von der Tür her, ein Klicken, und dann stürmte Dominique in den Raum, gefolgt von Jennifer.

„Hey, was soll das bedeuten?“, rief René und ließ hastig das Geld in seiner Hosentasche verschwinden.

Giuliana blickte ihn böse an. „Das soll bedeuten, dass du mieses Schwein zwei Kinder hast, denen es an Kleidung und Spielzeug fehlt, weil du dich vor der Unterhaltszahlung drückst.“

„Während Sie Stundensätze kassieren, bei denen jeder Manager vor Neid erblassen würde“, ergänzte Dominique. „Arbeitsagentur, Jugend- und Finanzamt würden sich dafür sicher interessieren.“

René griff eilig nach seinem Jackett.

Dominique stellte sich ihm in den Weg. „Moment noch!“

„Sind Sie von der Polizei oder wollen Sie mich erpressen?“, fragte René nervös. Er sah aus, als wolle er sich an Dominique vorbeidrängeln, doch Jennifer schob sich neben ihn und hielt ihm ihre Polizeimarke entgegen.

„Wir wollen Sie nicht erpressen, und ich bin nicht von der Polizei. Wir finden es bloß widerlich, dass Sie für viel Geld Ihren Spaß haben, während es Ihren Kindern nicht gut geht." Dominique zog ein zusammengefaltetes Papier aus der Brusttasche seines Jacketts. „Wenn Sie uns das hier unterschreiben und sich daran halten, werden wir davon absehen, den Ämtern einen Tipp zu geben."

„Was ist das?" René griff widerstrebend nach dem Dokument und überflog es.

„Eine Verpflichtungserklärung zur Unterhaltszahlung." Dominique nahm die Kamera vom Fernseher und hielt sie ihm vielsagend hin.

René starrte einige Sekunden verständnislos auf die Kunstblumen, bevor er das winzige Kameraauge zwischen den Blüten entdeckte und begriff.

„Verdammt, Jocelyne hat mich betrogen und rausgeschmissen! Woher soll ich wissen, ob sich die Schlampe nicht mit meinem Geld einen schönen Tag macht, ohne dass die Blagen davon was haben?!"

„Das mit dem Betrügen habe ich andersherum gehört", erwiderte Dominique. „Und rausgeschmissen hat sie Sie, weil Sie sie geschlagen haben, richtig?"

„Nur ein Mal", brummelte er. „Sie ist hysterisch geworden, ich wollte sie zur Vernunft bringen."

„Allein das wäre eine Anzeige wert." Dominique funkelte ihn wütend an und reichte ihm einen Stift.

„Ich bin eigentlich eher privat hier, aber wenn Sie nicht unterschreiben, könnte ich mal meinen Kollegen von der Sitte einen Tipp geben", sagte Jennifer und fixierte ihn durchdringend aus ihren grünbraunen Augen.

Zähneknirschend beugte sich René über das Sideboard und unterzeichnete die Vereinbarung.

„War's das?" Er warf den Stift wütend zur Seite und wollte sich zwischen Dominique und Jennifer hindurchschlängeln.

„Nein!" Giuliana packte seine Schulter und hielt ihn zurück. „Mein Geld!"

Mit einer Grimasse langte er in seine Hosentasche und gab ihr die Scheine zurück. „Schade. Es wäre ein Vergnügen gewesen, schöne Lady."

„Nicht für mich", erwiderte sie kalt und starrte angeekelt auf seinen Rücken, bis die Tür hinter ihm ins Schloss fiel. „Puh, was für ein verlogener Schleimer. Hat mich optisch irgendwie an Pedro erinnert", sagte sie dann und drehte Dominique den Rücken zu. „Machst du mir bitte das Kleid zu?"

Er küsste ihren Nacken, bevor er behutsam den Reißverschluss schloss. „Danke, dass du dich als Köder zur Verfügung gestellt hast."

Sie drehte sich zu ihm um und küsste seine Lippen. „Es war mir ein Fest, so einen Dreckskerl zur Strecke zu bringen. Fragt sich nur, ob seine Ex wirklich ihre Kinder von Geld ernähren will, das auf diese Weise verdient wird, aber das soll nicht unsere Sorge sein."

Jennifer lachte auf. „Das sagt mir ja die Richtige."

Giuliana wusste sofort, dass sie auf ihre Vergangenheit als Meisterdiebin anspielte, die sich mit raffinierten Kunstdiebstählen eine Luxusexistenz finanziert hatte und die, bevor sie mit Dominique zusammengekommen war, ein Jahr lang die Lebensgefährtin des kolumbianischen Drogenbarons Pedro Ibanez gewesen war. Sie ließ sich ihren Anflug von Ärger, weil Jennifer nach all den Jahren noch immer darauf herumhackte, nicht anmerken und zuckte nur mit den Schultern.

„Du kennst meine Meinung, wenn es um Kinder geht. Ich habe immer gesagt, ich mache nichts Illegales mehr, sobald ich Kinder habe, und daran habe ich mich seit der Geburt von Fabrice auch gehalten. Das ist jetzt über vier Jahre her."

„Ich habe es nicht böse gemeint. Du hast recht, das kann man nicht vergleichen." Jennifer küsste der Frau ihres Vaters rasch die Wange. „Können wir dann, Dominique?"

„Können wir was?", fragte Giuliana erstaunt.

„Jenni hat einen Mordfall für uns", erklärte Dominique. In diesem Moment klingelte sein Handy und eine ihm unbekannte Rufnummer erschien auf dem Display. Er meldete sich und hörte kurz zu. „Bonjour, Monsieur Mondy. Meine Tochter hat mir gerade Bescheid gesagt, dass Sie mich beauftragen möchten. – Kein Problem, ich kann auch zu Ihnen kommen. – Ja, siebzehn Uhr passt. – Ist notiert." Er unterbrach die Verbindung.

3

Dominique hatte eigentlich mit Giuliana in einem der kleinen feinen Restaurants in den Arkaden des nahegelegenen Jardin du Palais Royal Mittag essen und hinterher noch eine Runde mit ihr durch die gepflegte Anlage drehen wollen. Er liebte diesen versteckt liegenden Garten hinter dem Palais, der sehr viel privater und anheimelnder auf ihn wirkte als die größeren und oft überlaufenen Pariser Parks. Doch da Jennifer, die nicht viel Zeit hatte, nun dabei war, kauften sie nur belegte Baguettebrote und Getränke an der Rue de Rivoli und schlenderten damit in den weitläufigen Jardin des Tuileries, der auf der anderen Straßenseite lag.

An diesem warmen Frühsommertag waren die Tuilerien voll von Einheimischen und Touristen, die zwischen den Wiesen, Blumenrabatten, Statuen und den in strenge Formen getrimmten Büschen spazieren gingen. Die schnurgeraden staubigen Wege reflektierten grell das Sonnenlicht. Dominique kniff geblendet die Augen zusammen, während Giuliana hastig eine Sonnenbrille aus ihrer Tasche hervorkramte und Jennifer versuchte, ihre Augen mit der Handfläche abzuschirmen.

Nahe der Orangerie fanden sie im Schatten der Kastanienbäume drei freie Metallstühle.

„Dann erzähl mal, Jenni." Dominique biss in sein Käse-Schinken-Baguette.

Sie berichtete ihm von dem Morgen, an dem die Leiche einer unbekannten Toten aus der Seine geborgen worden war.

„Es wurden Spuren ihrer DNA an einem der Brückenpfeiler des Pont des Arts gefunden. Laut Autopsie hat sie durch diese heftige Kollision ein Schädel-Hirn-Trauma erlitten und das Bewusstsein verloren und ist dann ertrunken. Da ihre Schuhe oben auf der Brücke standen und wir einen Abschiedsbrief gefunden haben, gehen meine Kollegen von einem Suizid aus, und Capitaine Maillot hat die Ermittlungen gestern Nachmittag für beendet erklärt." Jennifer hob bedauernd die Schultern.

Er schluckte hastig seinen Bissen hinunter. „Wo wurde der Brief gefunden?"

„In ihrem Wagen, der in der Nähe des Pont des Arts geparkt war. Inzwischen wissen wir, dass sie Yvonne Bellancourt hieß. Heute Morgen hat mich ihr Verlobter aufgesucht. Er will sich mit der Schlussfolgerung Suizid nicht zufriedengeben. Seiner Meinung nach war Yvonne total lebensfreudig."

„Und der Abschiedsbrief? Ist der eindeutig in der Handschrift der Toten verfasst?", vergewisserte sich Dominique zweifelnd.

„Ja. Auf einer Seite ihres Notizbuchs, das voll von Notizen in ihrer Schrift war, also war der Abgleich nicht schwer. Ein Graphologe hat es bestätigt." Jennifer nickte bekräftigend. „Es gibt lediglich minimale Abweichungen, was damit erklärt wurde, dass der Brief in einem Zustand großer innerer Erregung geschrieben worden sein muss. Die Schrift wirkt ein wenig fahriger als sonst."

„Verständlich, wenn man kurz davorsteht, seinem Leben ein Ende zu bereiten", meinte Giuliana.

„Oder wenn einem jemand eine Waffe an den Kopf hält, damit man ihn schreibt", überlegte Dominique. „Wollte dein Chef nicht nachprüfen, ob sie jemand gezwungen hat?"

„Die Anweisung, die Ermittlungen einzustellen, kam vom Polizeirat. Wir unterstützen zurzeit die Einheit organisierte Kriminalität und helfen, die Morde im Clan-Milieu aufzuklären, da brauchen wir jeden verfügbaren Beamten", erklärte Jennifer. „Wir haben bereits das Wochenende durchgearbeitet – vier Tage müssen für so ein simples Tötungsdelikt einfach reichen. Außerdem haben wir den Ex-Mann der Toten befragt, der ein renommierter plastischer Chirurg ist. Er sagte, sie hätte manisch-depressive Tendenzen und er würde ihr einen Suizidversuch durchaus zutrauen. Sie habe das wohl bereits als Teenager versucht." Sie schluckte, und Dominique wusste, dass dieses Thema einen wunden Punkt in ihrer Vergangenheit berührte.

„Gibt es dafür Beweise oder medizinische Befunde?", fragte er sachlich.

„Nicht direkt. Sie war im Januar 1977 mal einen Monat in einer psychosomatischen Klinik in Val-de-Marne. Schwerer Fall von Wochenbettdepression, sie hatte kurz zuvor von ihrer Tochter entbunden. Wir sind hingefahren, und ihren Namen gibt es auch noch in der Patientenkartei, aber die Patientenakten werden nach zehn Jahren vernichtet. Und selbst wenn nicht, hätten wir einen richterlichen Beschluss benötigt, und das hätte eine Weile gedauert."

Dominique machte eine wegwerfende Handbewegung. „Wäre nach zweiundzwanzig Jahren ja auch nicht mehr sehr aussagekräftig.“

„Sie hat danach einige Zeit eine ambulante Psychotherapie gemacht, doch die Therapeutin ist inzwischen verstorben.“

„Wie alt war die Tote?“

„Sechsundvierzig.“

„Hat sie Familie, die sagen kann, wie es ihr in letzter Zeit ging?“, forschte Giuliana und ließ den Blick durch die Tuilerien schweifen, als würde sie dort ihre Familie in Italien suchen, zu der sie jahrelang keinen Kontakt gehabt hatte.

„Nein, sie war Einzelkind und ihre Eltern und Tante und Onkel leben nicht mehr. Es gibt noch eine Cousine, doch die wohnt in Kanada und sie hatten laut ihrem Ex-Mann schon ewig keinen Kontakt mehr. Als einzige Blutsverwandte hat sie zwei Kinder, zweiundzwanzig und vierundzwanzig, die studieren in Paris und leben jeder in einer Wohnung in einem Mietshaus, das den Eltern gemeinsam gehört hat. Die waren am Boden zerstört, als wir ihnen die Nachricht überbracht haben und können sich nicht vorstellen, dass jemand ihrer Mutter etwas Böses wollte. Bernard Mondy, also der Verlobte, denkt, dass es Leute gibt, die möglicherweise ein Motiv hätten, Yvonne umzubringen. Aber Capitaine Maillot hat sich das kurz angehört und findet, es sei an den Haaren herbeigezogen.“

„Wen verdächtigt der Verlobte denn?“ Giuliana schlug die Beine übereinander.

„Einen wirklich konkreten Verdacht hat er eigentlich nicht.“ Jennifer wiegte den Kopf hin und her. „Lass dir das am besten aus erster Hand von Monsieur Mondy selbst erzählen. Ich fand die Motive ehrlich gesagt auch etwas schwach. Er selbst erschien mir jedoch glaubwürdig."

Dominique zog grüblerisch die Augenbrauen zusammen. „Was ist mit dem Ex-Mann – hat der ein Motiv?"

„Ein kleines. Er muss ihr Unterhalt zahlen. Allerdings nicht mehr, wenn sie erneut heiratet, und dass sie diese Absicht hatte, hat er von seinen Kindern gehört. Andererseits gibt es Vermögen, das bei der Scheidung aufgeteilt wurde und von dem ihr Anteil nun an die Kinder geht, und somit hat er indirekt auch wieder Zugriff darauf. Aber wenn sie wieder geheiratet hätte, würde im Fall ihres Todes normalerweise zunächst der Ehemann erben", sagte Jennifer bedeutungsvoll. „Allerdings hat Dr. Bellancourt – also, der Ex-Mann – ein Alibi durch seine neue Partnerin. Sie haben zur Tatzeit geschlafen."

„Und wo war der Verlobte in jener Nacht?", warf Giuliana ein.

„Auf Dienstreise in Lyon, bei einem Seminar. Er musste dort übernachten. Haben wir nachgeprüft, es stimmt. Mal abgesehen davon, dass er sicher nicht bei der Polizei wegen der Ermittlungen insistieren würde, wenn er etwas mit ihrem Tod zu tun hätte."

Dominique streckte sich und versuchte, auf dem eisernen Stuhl eine bequemere Sitzposition zu finden. „Darfst du mir eine Kopie eurer Ermittlungsakte geben?"

„Nein." Jennifer schüttelte den Kopf. „Außenstehende dürfen keinen Zugang zu vertraulichen Ermittlungsakten bekommen. Aber ich kann dir auch so sagen, was du wissen musst – das weiß ich auswendig."

„Wenn dir die Motive für Mord schwach erscheinen, warum bist du nicht mehr sicher, dass es Selbstmord gewesen ist, Jenni?", erkundigte sich Giuliana.

„Man sagt Suizid oder Selbsttötung", korrigierte Jennifer. „Selbstmord gibt es juristisch nicht – Objekt eines Mordes ist immer ein anderer Mensch."

Giuliana verdrehte die Augen. „Ihr Kriminalkommissare seid schon Krümelkacker. Und warum glaubst du es nun nicht? Nur weil der Verlobte gesagt hat, sie sei so lebensfroh?"

„Nein, darauf würde ich nicht viel geben. Er kennt sie erst seit etwa vier Monaten, und falls sie wirklich depressive Episoden hatte, hat er das vielleicht noch nicht mitbekommen ..." Jennifer hob die Schultern. „Nur irgendwie passt das Szenario für mich nicht. Sie war vorher auf einer kleinen Party in einem Nachtclub, hat ein bisschen getrunken. Das hat die Laboranalyse ergeben. Ihr Wagen steht in der Nähe des Pont. Sie schreibt einen kurzen Abschiedsbrief, den sie im Auto liegen lässt, geht auf die Brücke und stürzt sich kopfüber in die Seine ..."

Dominique zuckte mit den Schultern. „Was stört dich daran? Vielleicht ist irgendwas Schlimmes im Nachtclub vorgefallen, das einen depressiven Schub ausgelöst hat. Vielleicht ging es ihr nicht so gut, wie der Verlobte das geglaubt hat. Viele können ihre Gefühle gut verbergen, selbst vor dem Partner. Und manche Verliebten sehen auch nur das, was sie sehen wollen."

Sie blickte ihn vorwurfsvoll an. „Du scheinst nicht sehr interessiert zu sein, dir diesen Auftrag an Land zu ziehen!"

„Doch, natürlich bin ich das. Auch wenn Mordermittlungen nicht gerade mein Fachgebiet sind, das weißt du."

„Ich kann dir sicher den ein oder anderen Tipp geben."

„Dafür wäre ich Ihnen sehr dankbar, Madame le Commissaire." Ein kleines Lächeln voll väterlichem Stolz huschte über Dominiques Gesicht. „Stand denn eine Begründung in dem Brief?"

„Nein."

„Vielleicht ist es nur ein Hilferuf gewesen", meinte Giuliana nachdenklich. „Vielleicht wusste sie, dass der Sprung aus dieser Höhe eigentlich nicht tödlich ist und hat im Schummerlicht den hervorragenden Brückenpfeiler nicht gesehen. Sie war verzweifelt wegen irgendwas, wollte Aufmerksamkeit und inszenierte einen Suizidversuch."

Dominiques Lächeln erlosch, und er blickte seine Tochter vielsagend an. Genau das hatte diese vor vielen Jahren getan – einen Suizidversuch inszeniert. Allerdings nicht durch einen Sprung von einer Brücke, sondern mit Schlaftabletten – eine Kurzschlussreaktion. Es waren besondere Umstände in einer sehr belastenden Situation gewesen. Aber wussten sie, wie es wirklich in Yvonnes Leben aussah, das von außen betrachtet so leicht und angenehm erschien?

Jennifer wich seinem Blick aus und biss sich auf die Lippen.

„Das wäre möglich", erwiderte sie leise. „Wenn es stimmt, was der Ex-Mann sagt."

„Erschien er dir glaubwürdig?"

„Ich fand ihn ziemlich undurchschaubar. Ein Alibi durch seine Partnerin erscheint mir nicht bombensicher, aber sein Motiv ist doch eher schwach.“

„Habt ihr die Kinder gefragt, ob sie die These ihres Vaters stützen?“

„Dominique, es war schlimm genug, den beiden jungen Leuten zu sagen, dass ihre Mutter gestorben ist, da werden wir nicht sofort fragen, ob sie glauben, dass ihr Vater sie getötet und vorher gezwungen haben könnte, einen Abschiedsbrief zu schreiben. Und auch nicht, ob sie wissen, ob ihre Mutter starke Stimmungsschwankungen hatte, die sie zu so einer Tat befähigen würden. Die beiden waren völlig aufgelöst.“

„Natürlich, ich verstehe. Aber ich werde das wohl tun müssen, wenn ich etwas herausfinden will. Wo waren die Kinder in jener Nacht?“

„Allein in ihrer jeweiligen Wohnung, im Bett, sie haben geschlafen. Was die meisten Leute nachts um zwei oder drei mitten in der Woche eben so tun.“

„Also kein Alibi.“

„Wir haben sie nicht verdächtigt. Sicher, es scheint viel Geld im Spiel zu sein, aber ihre Mutter hat sie extrem verwöhnt, ihnen überaus großzügig Studium, Urlaub und Wohnung finanziert – sie schickte ihnen sogar ihre eigene Putzfrau regelmäßig zum Saubermachen vorbei. Um es mal ganz zynisch auszudrücken: Man tötet kein Huhn, das goldene Eier legt.“

„Da hast du recht. Ich wollte es auch nur der Vollständigkeit halber wissen, damit ich die beiden nicht direkt nach ihrem Alibi fragen muss. Würde das Gesprächsklima sicher trüben.“

Jennifer lachte auf. „Davon kannst du ausgehen, da geht bei den meisten Befragten sofort die Jalousie runter."

Giuliana tupfte sich mit einer kleinen weißen Serviette Mayonnaise von den Lippen. „Habt ihr die Verbindungsdaten von ihrem Festnetztelefon geprüft?"

„Natürlich. Aber sie hat an jenem Tag überhaupt nicht vom Festnetz aus telefoniert und in den Tagen zuvor nur mit Mondy, ihren Kindern und einer Dame in Angoulême, die sich als langjährige Freundin herausgestellt hat. Es gab nichts Auffälliges." Jennifer fing eine Tomatenscheibe auf, die aus ihrem Baguette zu gleiten drohte und steckte sie in den Mund.

„Habt ihr diese Freundin befragt?"

„Nein. Wie gesagt, für uns sah alles tatsächlich nach einem Suizid aus, und dann kam die Anweisung vom Polizeirat, die Ermittlungen einzustellen. Aber falls du etwas herausfindest, das einen Beweis für ein Tötungsdelikt darstellt, könnten wir die Ermittlungen wieder aufnehmen."

„Und dein Chef heimst dann die Lorbeeren für meine Arbeit ein? Kommt nicht in Frage. Wenn ich einen Beweis finde, stelle ich den Täter auch selbst." Entschlossen zerknüllte Dominique die Papiertüte, in der sein Baguette gesteckt hatte, und warf sie in hohem Bogen in den Abfalleimer.

Jennifer trank einen Schluck Wasser aus der Plastikflasche. „Wie erklärst du dir die Existenz des Abschiedsbriefs bei einem Tötungsdelikt?"

Er zuckte mit den Schultern. „Der Mörder hält ihr eine Knarre an den Kopf oder droht vielleicht damit, ihre Kinder zu töten, wenn sie nicht schreibt. Sie tut es, weil sie auch hofft, sich noch rauswinden zu können. Dann schleppt er sie auf die Brücke und wirft sie dort hinunter, wo ein Steinpfeiler ist."

„Und befiehlt ihr vorher, die Schuhe auszuziehen?" Sie blickte ihn zweifelnd an. „Und wirft sie so, dass sie mit dem Kopf auf den Pfeiler schlagen muss? Das würde bedeuten, er wusste, dass die Brücke nicht hoch genug ist. Aber kann man genau berechnen, wie sie sich im Fallen drehen wird? Und das Risiko, von nächtlichen Spaziergängern beobachtet zu werden, ist nicht gerade gering. Dummerweise haben wir dennoch keinen Zeugen für die Szene gefunden. Wenn der Täter eine Waffe hatte, warum hat er die Frau nicht im Auto erschossen und ihr danach die Pistole in die Hand gedrückt? Wäre sicherer gewesen."

„Dann hätte sie aber keine Schmauchspuren an den Händen, das wäre deinen Kollegen sicher nicht entgangen."

„Stimmt." Sie runzelte die Stirn. „Aber das hätte er ja arrangieren können. Außerdem gibt es noch andere Möglichkeiten, jemanden um die Ecke zu bringen, die sicherer sind als diese Brückengeschichte."

„Du hast recht, das passt alles nicht zusammen – weder bei der Suizid- noch bei der Mordtheorie." Dominiques Stirnfalten vertieften sich, dann zuckte ein jungenhaftes Grinsen über sein Gesicht. Er liebte knifflige Herausforderungen und würde hier anscheinend voll auf seine Kosten kommen. „Ein ausgesprochen reizvoller Fall."

4

Am späten Nachmittag machte sich Dominique auf den Weg in das Geschäfts- und Büroviertel La Défense, das westlich von Paris lag und mit seinen vielen Wolkenkratzern an Manhattan erinnerte. Giuliana war zu Hause geblieben, um sich um ihren vierjährigen Sohn Fabrice zu kümmern. Dominique hatte die Metro genommen statt des Wagens. Das tat er in Paris meistens, wenn er sicher sein konnte, dass er niemanden beschatten musste. Zwischen endlosen Staus, hektischem Verkehr, aggressiven Fahrern, Parkplatzproblemen und Krallen am Rad beim Falschparken war das Autofahren keine Freude. Das Gedränge, das in den öffentlichen Pariser Verkehrsmitteln nahezu durchgängig herrschte, war zwar ebenfalls ziemlich unangenehm, doch dichte Menschenmengen war er aus Indien gewöhnt. Meistens schaffte er es, sich mental abzuschotten und sich zu entspannen oder konstruktiv nachzudenken.

In La Défense verließ Dominique die Metrolinie 1 und wanderte durch das Labyrinth aus hohen Türmen, zwischen denen man sich verlaufen konnte. Zum Glück kannte er sich ein wenig in dem Viertel aus, in dem einige seiner Geschäftskunden ansässig waren, und fand problemlos den Weg zu der Versicherungsgesellschaft *SECURA*, die ihren Sitz in einem hohen Gebäude mit verspiegelten, grünlich schillernden Fenstern hatte.

Dort meldete er sich am Empfang, bekam einen Besucherausweis, den er sich an die Brusttasche klemmte, und ging zu den Aufzügen. Im einundzwanzigsten Stockwerk verließ er den Lift und wurde von einer freundlichen jungen Frau im grauen Kostüm begrüßt. Über makellose blaue Auslegware geleitete sie ihn durch einen langen Korridor und eine Tür, die sich erst öffnete, als sie ihr Badge gegen ein Lesegerät hielt. Er folgte ihr durch ein Vorzimmer, in dem eine zweite Assistentin Anweisungen in ein Telefon blaffte, und betrat ein tadellos aufgeräumtes, großes Büro mit edlen Holzmöbeln und modernen Gemälden an den Wänden. Durch die Fensterfront konnte man ganz La Défense bis hin zur imposanten Grande Arche überblicken.

Vom wuchtigen Schreibtisch erhob sich ein robust gebauter Mann Mitte fünfzig mit graublondem Haar, in das ausgeprägte Geheimratsecken Schneisen geschlagen hatten. Er streckte Dominique die Hand entgegen und schüttelte sie.

„Bonjour, Monsieur Demesy. Schön, dass Sie sofort Zeit hatten. Bitte nehmen Sie Platz." Er machte eine Geste zur Besprechungsecke hin.

„Bonjour, Monsieur Mondy. In solch wichtigen und dringenden Fällen immer." Dominique folgte seiner Aufforderung und setzte sich auf einen der komfortablen Stühle der Sitzecke.

„Möchten Sie einen Kaffee trinken oder ein Wasser?"

„Gern einen Kaffee." Er kämpfte gerade gegen leichte Nachmittagsmüdigkeit an, und ein Kaffee kam ihm wie gerufen.

Mondy nickte seiner Assistentin zu. „Für mich bitte auch einen." Er setzte sich Dominique gegenüber und musterte ihn prüfend aus leicht blutunterlaufenen blaugrauen Augen, unter denen Schatten und Tränensäcke lagen.

„Mein Beileid zu Ihrem Verlust, Monsieur."

Mondy nickte. „Danke. Und danke, dass Sie den Fall so kurzfristig übernehmen könnten. Die *SECURA* beschäftigt öfters eine Detektivagentur, doch die sind eher auf Versicherungsbetrug spezialisiert, und keiner der Ermittler konnte sich von heute auf morgen für eine private Sache freimachen. Doch soviel ich weiß, ist es bei einem Tötungsdelikt wichtig, zu ermitteln, bevor die Spuren erkalten."

„Das ist richtig. Danke für Ihr Vertrauen, Monsieur Mondy."

„Ich habe mich natürlich über Sie erkundigt, nachdem Ihre Tochter Sie mir so wärmstens empfohlen hat. Ihre Agentur hat einen guten Ruf, Monsieur Demesy, aber Sie scheinen eher auf die Überprüfung von Sicherheitssystemen und das Wiederauffinden gestohlener Kunstobjekte spezialisiert zu sein als auf Mordermittlungen." Leichte Skepsis lag in seinem Blick.

„Meine Frau ist die Kunst- und Sicherheitsexpertin. Ich bearbeite überwiegend andere Fälle verschiedenster Art." Er verschwieg ihm wohlweislich, dass Giuliana ihr Expertenwissen in der Zeit vor ihrer Ehe erworben hatte, in der sie als internationale Meisterdiebin Kunstwerke und Juwelen gestohlen hatte. Und sie sich dadurch kennenlernten, dass er sie überführen und ins Gefängnis bringen sollte – der einzige Auftrag in seiner Karriere, den er komplett vergeigt hatte. Für sein Privatleben war es allerdings sein schönster Erfolg gewesen.

Er schob Mondy einen Flyer von *Demesy Investigations* über den Tisch.

„Ich war früher acht Jahre lang für die indische Filiale der Londoner Detektivagentur *Stacy & Langmaster* tätig“, erklärte er. „Dort habe ich Fälle von Versicherungsbetrug, Erpressungen und die Suche nach vermissten Personen bearbeitet. Hin und wieder habe ich auch Mordversuche und Tötungsdelikte aufgeklärt. Die indische Polizei ist korrupt, und so wendet sich die Bevölkerung lieber an Privatdetektive.“

Dominique merkte, dass der Vorstandsvorsitzende ihm nur zerstreut zuhörte. Schließlich winkte er ein wenig ungeduldig ab. „Gut. Wenn Sie meiner Meinung sind, dass der Tod meiner Verlobten kein Suizid war, dann versuchen Sie es.“

„Im Moment weiß ich noch zu wenig darüber“, sagte Dominique vorsichtig. „Haben Sie denn einen konkreten Verdacht?“

In diesem Moment öffnete sich die Tür, und die Assistentin schob sich mit einem Tablett hinein, auf dem Kaffee in zwei kleinen Tassen dampfte. Sie stellte sie auf den Tisch, dazu eine Schale mit Zucker, lächelte Dominique an und zog sich dann zurück.

Mondy, der geschwiegen hatte, während sie im Raum war, nahm den Faden wieder auf. „Leider nichts Handfestes. Überwiegend meine Intuition. Auch wenn das seltsam für einen Mann in meiner Position klingen mag.“

„Nein, gar nicht. Ich bin sicher, Ihr gutes Gespür hat dazu beigetragen, Sie in diese Position zu bringen und Sie dort zu halten. Nur müssten Sie Ihre Intuition mit mir teilen. Das wäre hilfreich, um zu wissen, wo ich ansetzen kann."

„Gut. Wenn Sie den Täter finden, erhalten Sie eine Erfolgsprämie. Ich schlage zwanzigtausend Francs vor."

„Sehr verlockend und großzügig, aber ich werde keinen Mord erfinden oder jemanden einen anhängen, wenn ich zu dem Schluss komme, dass es doch eine Selbsttötung gewesen sein muss", stellte Dominique klar.

„Natürlich nicht, doch in diesem Fall verlange ich, dass Sie mir wenigstens eine Erklärung liefern, warum Yvonne aus dem Leben scheiden wollte. Mit dieser Ungewissheit und Unwissenheit kann ich nicht umgehen." Er trommelte nervös mit den Fingern auf die Tischplatte.

„Das verstehe ich. Es ist wichtig, dass ich mir ihr Umfeld genau ansehen und mit möglichst vielen Personen reden kann, die sie in letzter Zeit getroffen hat."

„Sie hatte ziemlich viele Bekannte. Ich werde versuchen, mich an möglichst viele zu erinnern und Ihnen die Namen aufschreiben." Mondy presste die Fingerspitzen an seine Schläfe, als würde es ihm bei der Konzentration helfen.

„Ich würde mich auch gern bei ihr zu Hause umsehen. Haben Sie die Schlüssel?"

„Ja. Wir können gleich zusammen hinfahren und im Auto weiterreden. Ich muss sowieso noch meine persönlichen Dinge abholen." Er verstummte abrupt und fixierte seine Tasse, die er noch nicht angerührt hatte. Seine verdrängte Trauer und Anspannung waren greifbar und schwebten wie schlechte Energie im Raum.

„Das muss schwer für Sie sein", sagte Dominique mitfühlend, der sich plötzlich schmerzlich an einen eigenen Verlust erinnert fühlte. Er wusste, was es hieß, eine geliebte Frau durch einen gewaltsamen Tod zu verlieren. Auch er hatte nicht aufgegeben, bis der Täter gefasst worden war. Allerdings hatte von vornherein kein Zweifel daran bestanden, dass es kaltblütiger Mord gewesen war. „Haben Sie ein Foto von Ihrer Verlobten griffbereit?"

„Ja." Mondy erhob sich, ging zu seinem Schreibtisch und kehrte mit einem Bilderrahmen zurück, den er Dominique reichte. Das Foto zeigte ihn selbst an der Seite einer strahlend lächelnden Frau mit feinen Gesichtszügen und schmalen dunklen Augen. Sie sah aus wie höchstens Ende dreißig, nicht wie Mitte vierzig, und Dominique schoss der Gedanke durch den Kopf, ob wohl ihr Ex-Mann, der plastische Chirurg, seine Hände im Spiel gehabt hatte. Falls ja, war er exzellent, denn alles in ihrem Gesicht wirkte natürlich. Vielleicht besaß sie auch einfach gute Gene. Und außerdem das nötige Kleingeld für intensive Schönheitspflege. Das tat ja für den Fall auch nichts zur Sache.

„Sie war sehr attraktiv." Behutsam stellte er den Bilderrahmen auf den Tisch. „Gibt es Fotos, die Sie mir für die Dauer der Ermittlungen überlassen könnten?"

„Natürlich. Allerdings nicht im Büro. Kommen Sie, fahren wir zu ihrem Haus, dann habe ich das hinter mir."

Hastig leerte Dominique seine Kaffeetasse, während Mondy zu seinem Schreibtisch ging, den Computer hinunterfuhr und in sein graues Jackett schlüpfte, das über der Lehne des ledernen Chefsessels gehangen hatte.

„Wo befindet sich ihr Haus?"

„In Rueil-Malmaison." Mondy stürzte im Vorbeigehen seinen Kaffee hinunter und hielt Dominique die Tür auf.

Dieser hätte lieber noch länger im Büro gesessen und ihn über Yvonne befragt, doch der Mann wirkte gehetzt und wie ferngesteuert, getrieben von Verzweiflung und unterdrückter Wut gegen das Schicksal. Er erinnerte Dominique an sich selbst vor sieben Jahren.

Sie fuhren mit dem Aufzug in die Tiefgarage der Firma und stiegen in den auf Hochglanz polierten schwarzen Renault Safrane des Vorstandsvorsitzenden.

„Was sagt denn Ihre Intuition, wer sie getötet haben könnte?", fragte Dominique, als sie La Défense verlassen hatten und durch den dichten Spätnachmittagsverkehr in Richtung des Vorortes Rueil-Malmaison fuhren.

Mondy zögerte und rückte an seiner randlosen Brille.

„Haben Sie vielleicht ihren Ex-Mann im Visier? Weil er dann nicht das Risiko eingeht, dass Sie alles erben?"

„Nein, wir hätten sowieso einen Ehevertrag abgeschlossen. Es war Yvonne sehr wichtig, dass ihre Kinder all ihren Besitz erben. Ich denke, Dr. Bellancourt wusste das. Unterhalt hätte er ihr dann auch nicht mehr zahlen müssen."

„Also hat er überhaupt kein Motiv?"

„Nicht, dass ich wüsste."

„Und von Ihrer Seite aus? Gibt es da jemanden, dem oder der es überhaupt nicht gefallen hat, dass Sie wieder heiraten wollen?", bohrte Dominique nach.

„Ich bin seit zwei Jahren geschieden und habe drei Kinder, die zwölf, fünfzehn und zwanzig sind. Es stimmt, die beiden Jüngeren sind nicht direkt begeistert darüber, dass es eine neue Frau in meinem Leben gibt, aber sie hätten Yvonne deswegen doch nicht getötet. Meine Ex-Frau freut sich eher, dass ich eine neue Liebe gefunden habe – sie war es, die die Scheidung wollte." Ein Stirnrunzeln huschte über Mondys rundliches Gesicht.

„Hatte Yvonne Feinde, von denen Sie wussten?"

„Feinde? Das glaube ich nicht. Sie hatte einen großen Bekanntenkreis, war sehr beliebt. Es gab allerdings einige etwas aufdringliche Verehrer. Ich habe da ein oder zwei Männer im Verdacht." Seine Fingerspitzen trommelten auf dem Lenkrad herum.

„Die sie umbringen wollten, weil sie sie nicht erhört hat?" Dominique konnte es Hauptkommissar Maillot nicht verübeln, dass er den Mann nicht ernst genommen hatte. Er suchte offenbar nur einen Schuldigen für sein zerstörtes Liebesglück. Vielleicht, um kein eigenes Schuldgefühl aufkommen zu lassen, weil seine Verlobte an seiner Seite nicht so glücklich gewesen war, wie er es sich eingebildet hatte?

Mondy hob die Achseln und blickte starr auf die Straße. „Wahrscheinlich erscheint Ihnen das zu weit hergeholt. Die Polizei hat mich nicht für voll genommen. Yvonne und ich waren frisch verliebt, wir hatten uns gerade erst verlobt und haben Hochzeitspläne geschmiedet. Sie war so fröhlich und hat das Leben genossen. Ich kann es mir einfach nicht vorstellen, dass sie es urplötzlich beenden wollte. Und dann noch mit einem so dürftigen Brief, der im Grunde nichts erklärt."

Dominique kratzte sich nachdenklich am Kinn. „Was hat Yvonne eigentlich beruflich gemacht?"

„Nichts. Sie hatte genug Geld, um nicht arbeiten zu müssen."

„Durch die Unterhaltszahlung ihres Ex-Mannes?"

„Das auch. Und die Villa, in der sie all die Jahre zusammengelebt haben, hat er behalten und hat sie ausbezahlt. Außerdem hat sie Geld von ihren verstorbenen Eltern geerbt sowie ein Haus an der Italienischen Riviera."

Das klang alles recht angenehm, dachte Dominique und ließ seinen Blick aus dem Fenster schweifen. „Und womit hat sie sich beschäftigt, seit die Kinder erwachsen waren, wenn sie nicht gearbeitet hat? Hatte sie Hobbys oder ehrenamtliche Tätigkeiten, die sie ausgefüllt haben?"

„Sie hatte eigentlich immer etwas Sinnvolles zu tun. Sie war nicht der Typ, der bis mittags im Bett gelegen und danach ihre Zeit mit Kosmetik und Friseur totgeschlagen hat, wenn Sie das meinen." Mondy klang ein wenig pikiert.

„Pardon. Das wollte ich ihr auch nicht unterstellen. Und selbst wenn, wäre das ihre Sache. Aber bitte nennen Sie mir Beispiele, damit ich mir ein Bild machen kann, mit wem sie zusammenkam. War sie politisch aktiv oder in anderen Bereichen engagiert, in denen sie für jemanden hätte unbequem sein können? Wir müssen alle Möglichkeiten durchgehen."

„Sie war völlig unpolitisch und Ehrenämter hatte sie auch nicht. Sehen Sie, nach ihrer Scheidung hat sie einfach das Leben genossen, ist viel ausgegangen ...“

„Wann und wie haben Sie sich kennengelernt?“

„In einem Freizeitclub für Singles, im Februar.“

Dominique hob erstaunt die Augenbrauen. „Dieses Jahr?“

„Ja.“

„Das ging aber schnell mit der Verlobung.“

Ein Grinsen huschte über die verkrampften Züge des Vorstandsvorsitzenden. „Es hat wie der Blitz bei uns eingeschlagen. Sie mögen es für verfrüht halten, so schnell heiraten zu wollen ...“

„Keineswegs. Ich habe meine Frau nach noch kürzerer Zeit geheiratet, obwohl uns sicher mehr getrennt hat als Sie und Yvonne. Und wir sind immer noch glücklich.“ Ein Lächeln glitt über Dominiques Gesicht, als er sich an die spontane Strandhochzeit auf Tobago erinnerte.

„Freut mich für Sie. Uns war dieses Glück leider nicht vergönnt.“ Mondys Kiefernmuskeln spannten sich wieder an, und er drückte energisch aufs Gaspedal, als könne er dem Schicksal davonfahren. Der Renault schoss über die Landstraße und schloss dicht auf das vor ihnen fahrende Auto auf. Mondy ließ den Wagen auf die gegenüberliegende Fahrbahn ausscheren, um zu überholen und konnte nur knapp wieder in den Verkehr einfädeln, um dem entgegenkommenden LKW auszuweichen. Der Fahrer hupte erbost.

„He he!“, machte Dominique unwillkürlich und hielt sich rasch am Griff seiner Tür fest. „Falls Sie vorhaben,

Yvonne möglichst schnell zu folgen, lassen Sie mich bitte vorher aussteigen."

Mondy sog hörbar Luft ein und nahm den Fuß vom Gas. „Verzeihung."

Dominique hielt es für besser, sich für den Rest der Fahrt in Schweigen zu hüllen, um den emotional aufgewühlten Mann nicht erneut zu riskanten Manövern zu provozieren. Eigentlich hatte er Mondy bitten wollen, ihm mehr über die aufdringlichen Verehrer zu erzählen, doch das würde er später nachholen. Er ging in Gedanken die Fakten durch, die ihm nun bekannt waren und stellte fest, wie dürftig sie waren. Auch wenn Mondy und Jennifer vielleicht recht damit hatten, dass mit der Suizidtheorie etwas nicht stimmte – es gab noch nicht den geringsten Hinweis auf ein Motiv. Aber Dominique war zuversichtlich, dass er etwas finden würde, wenn er das Leben der schönen Yvonne gründlich durchleuchtete.

5

Eine Viertelstunde später kamen sie in einer Villengegend des Vorortes Rueil-Malmaison an, und Mondy parkte vor einem Haus mit verglaster Front und gepflegtem Vorgarten.

„Ein sehr hübsches Haus", stellte Dominique fest. Er folgte Mondy in den Flur der kleinen Villa und von dort aus in ein geräumiges Wohnzimmer, dessen stylische Einrichtung nach kostspieligen Designermöbeln aussah.

Er registrierte, dass das Innere des Hauses sehr aufgeräumt war und vor Sauberkeit blitzte. Passte das zu einer Depression, die stark genug war, um die Bewohnerin in den Fluss zu treiben? Dann fiel ihm ein, dass Jennifer eine Putzfrau erwähnt hatte, die vermutlich kurz vor Yvonnes Tod noch für Ordnung und Sauberkeit gesorgt hatte.

Auch seine Frau Giuliana hatte früher in Istanbul eine Haushälterin gehabt, die sogar für sie gekocht hatte. Es wurmte ihn, dass er ihr diesen Luxus nicht mehr bieten konnte, obwohl sie sich nie darüber beklagt hatte. Ihr Leben als Meisterdiebin war deutlich glamouröser gewesen, wenngleich auch einsamer und komplizierter.

Er zwang sich, seine Konzentration wieder auf den Fall zu lenken.

„Sie haben vorhin einen Freizeitclub für Singles erwähnt – was genau ist das?“

„Nun, der *Club Actuel* bietet zahlreiche Veranstaltungen für seine Mitglieder, die sich dadurch auf unge-
zwungene Weise näherkommen können.“

„Eine Art Partnervermittlung?“

„Nicht direkt. Natürlich nutzen es viele, um einen
Partner kennenzulernen. Es ergibt sich oder eben auch
nicht. Manche suchen auch gar keine Beziehung, sondern wollen nur Gesellschaft und Anregung für ihre
Freizeitgestaltung oder Freunde finden.“

„Was wird da angeboten?“

„Theater- und Konzertabende, Tanz- und Bowlinga-
bende, Restaurantbesuche, Ausflüge ins Grüne,
Schnupperkurse für Golf, Segeln und Reiten – all so
was.“

„Klingt nicht übel. Denken Sie an die Fotos von
Yvonne, die Sie mir für die Zeit meiner Recherchen
überlassen könnten?“

„Natürlich, die bekommen Sie. Warten Sie, ich zeige
Ihnen kurz ein Video von unserer Verlobung. Dann sehen Sie Yvonne mal live.“ Mondy wuselte hektisch
durch den Raum und wirkte beinahe so aufgeregt wie
ein kleiner Junge, der dem Gast seine elektrische Eisenbahn vorführen wollte. Dominique hätte seine sichtli-
che Verliebtheit rührend gefunden, wenn die Umstände nicht so traurig gewesen wären.

Mondy schaltete den Fernseher ein und schob eine
Videokassette in den Rekorder. Er spulte im Schnell-
durchlauf vor und ließ den Film normal weiterlaufen,
als die Kamera auf das Paar zoomte, das vor einer langen festlich gedeckten Tafel mit elegant gekleideten

Gästen stand und Ringe tauschte. Einen unauffälligen schmalen Ring für ihn, einen protzigen für sie.

Bernard Mondy, in Anzug mit Krawatte, strahlte glücklich, genau wie die attraktive Blondine im duftigen weiß-roten Kleid neben ihm. Der Brillantring, den sie demonstrativ in Richtung Kamera hielt, blitzte mit ihren tiefliegenden dunklen Augen um die Wette. Ihr Blick war intensiv, fast ein wenig stechend, die vollen Lippen hingegen ließen sie sanft und sinnlich wirken. Ihre Haare, die leicht gelockt ihr ovales Gesicht und die schmalen Schultern umspielten, verstärkten den mädchenhaften Eindruck, zu dem einzig die Augen nicht passten. Ein Blick, als könne er Diamanten schneiden, fuhr es Dominique durch den Kopf. Für ihn war es der Blick einer abenteuerlustigen Kämpferin und nicht der einer verzweifelten, schwer depressiven Frau. Aber er war kein Psychotherapeut oder Psychiater, er konnte so etwas nicht zuverlässig beurteilen. Sicher waren bei manisch-depressiven Erkrankungen, sofern sie tatsächlich eine hatte, Stimmungswechsel um hundertachtzig Grad möglich, die dann eben auch den Blick beeinflussten. Möglicherweise sah sie an anderen Tagen hilflos und lethargisch aus. Vielleicht sollte er sich über diese Erkrankung informieren. Quatsch, dachte er dann. Es war nicht sein Job, Yvonne zu analysieren, sondern einen Täter zu finden – umso besser, wenn ihm seine Intuition sagte, dass Mondy recht haben könnte mit seinem Verdacht.

Ein gläsernes, etwas zu lautes Lachen unterbrach seine Grübeleien.

„Ich liebe dich, mein Hase!" Auf dem Bildschirm schlang Yvonne die Arme um Bernard Mondy, drückte sich an ihn und küsste ihn vollmundig. „Du machst mich so glücklich. Ich kann es kaum erwarten, bald für immer mit dir vereint zu sein!"

Es klang herzlich, aber auch ein wenig theatralisch, genau wie die überschwängliche Geste theatralisch wirkte. Ob sie ihn tatsächlich geliebt hatte? Auf sein Geld würde sie ja nicht aus gewesen sein, wenn sie selbst so wohlhabend war. Stopp, ermahnte sich Dominique. Hier galt es nicht herauszufinden, ob die Dame ihren Verlobten betrog oder eine Heiratsschwindlerin war, wie bei vielen seiner üblichen Fälle.

Irgendjemand hatte diese Frau genug gehasst, um sie beseitigen zu wollen. Oder aber sie selbst hatte ihr Leben trotz des schönen Scheins genug gehasst, um es beenden zu wollen. So langsam spürte er ebenfalls einen Drang, dies herauszufinden.

„Das hier rechts im Bild sind übrigens Yvonnes Sohn Emmanuel und ihre Tochter Amélie."

Dominique betrachtete die beiden Twens, die dem Paar fröhlich zutranken. „Ich werde sie gleich morgen aufsuchen."

„Der Rest ist sicher nicht so interessant für Sie." Mondy stoppte das Video und drückte auf die Auswurftaste.

„Im Moment nicht. Allerdings würde ich das Video gern mitnehmen, falls ich es mir nochmal ansehen will." Es war immerhin nicht auszuschließen, dass sich der Täter unter den Gästen befunden hatte, auch wenn Mondy das nicht in Betracht zog.

„Na gut, wenn es sein muss. Es ist mir aber wichtig, es wiederzubekommen." Er reichte ihm zögernd die Kassette.

„Selbstverständlich, ich werde gut darauf aufpassen“, versicherte Dominique. „Darf ich einen Blick ins Schlafzimmer werfen?“

„Natürlich. Folgen Sie mir.“

Während Mondy im Schlafzimmer einen Männerpyjama von einem der Kopfkissen des breiten Betts nahm und zusammen mit Dingen vom Nachttisch in eine Tüte stopfte, sah sich Dominique um. Zwei Wände waren mit einer langen Reihe weiß lackierter Schränke und Kommoden bestückt, die sich in einem angrenzenden Raum fortsetzten, einer Art begehbarem Kleiderschrank. Dort stand auch ein Regal voller Schuhe, die größtenteils hohe Absätze hatten und so gut wie neu wirkten.

Dominique dachte amüsiert, dass Giuliana ihre Freude daran gehabt hätte, in diesen Schränken zu stöbern. Obwohl sie seit Fabrice’ Geburt ihre Seidenkleider nur noch zu besonderen Anlässen hervorholte und sich im Alltag eher praktisch kleidete. Was er nachvollziehen konnte, aber bedauerte.

„Das sind ja locker zehn Meter Kleiderschrank“, sagte er wider Willen beeindruckt.

„Vierzehn“, korrigierte Mondy lakonisch.

„War Yvonne vor ihrer Ehe Model oder so was?“

„Nein. Sie hat Architektur studiert. Doch vor dem Abschluss kamen die Kinder, und sie hat nie als Architektin gearbeitet.“

„Wollten Sie eigentlich hier mit ihr leben?“

Mondy zögerte. „Nein. Sie hat zwar an diesem Haus gehangen, aber ich wollte lieber ein neues für uns suchen. Dieses hat ihrem früheren Lebensgefährten gehört, und er hat es ihr vererbt, als er gestorben ist. Sie haben zusammen darin gelebt, und deswegen wollte ich nicht hier einziehen.“

Dominique nickte mechanisch und runzelte gleichzeitig die Stirn. „Moment, wann war das mit dem Freund und dem Haus? Ich dachte, sie wäre noch gar nicht so lange geschieden?“

„Sie hat sich vor ungefähr zweieinhalb Jahren von ihrem Mann getrennt. Er wollte die Scheidung, weil er eine Geliebte hatte. Yvonne hat ziemlich schnell Jean-Claude kennengelernt, sie haben sich verliebt und sie ist zu ihm gezogen. Aber kurz darauf hat er eine schlimme Diagnose bekommen und wusste, dass ihm nicht mehr viel Zeit bleibt. Sie wollten unbedingt vorher noch heiraten, doch nur wenige Tage nach ihrer Scheidung von Bellancourt ist Jean-Claude gestorben.“

„Wie tragisch“, murmelte Dominique. „Und dann?“

„Sie ist mit dem Alleinleben nicht klargekommen und Mitglied bei *Actuel* geworden. Dort hat sie viel Anklang bei den Männern gefunden und hat es genossen, nachdem ihr Ehemann sie so schäbig abserviert hat.“

„Verstehe. Pardon, ich muss Sie das jetzt fragen ...“

„Ob sie vor mir noch mit anderen eine Liaison hatte?“

„Genau.“

„Nun, sie hat viel geflirtet, wollte Spaß haben. Das hat sie mir erzählt. Der eine oder andere hat sich daraufhin wohl Hoffnungen gemacht, die dann enttäuscht wurden.“ Er stockte, und Dominique hatte das Gefühl, dass er ihm etwas verschwieg.

„Monsieur Mondy, die wenigsten Männer bringen eine Frau um, nur weil sie sie nicht erhört hat. Wenn sie allerdings eine Affäre mit ihnen hatte und sie auf verletzende Weise abserviert hat, sieht das schon ein wenig anders aus.“

„Sie hat geflirtet, mehr nicht. Ich war der Erste, an den sie sich binden wollte“, betonte Mondy gekränkt und mit unwillig gekräuselter Stirn.

Dominique hob gleichmütig die Hände. „Ich würde Yvonne dafür ganz sicher nicht verurteilen, wenn sie Affären gehabt hätte. Haben Sie Anlass zu glauben, dass einer der Männer aus diesem Club sie aus Rache für eine heftige Zurückweisung oder Ähnliches umbringen wollte?“

„Einen konkreten Anlass nicht. Aber einer dieser Verehrer hat sie regelrecht gestalkt, das hat sie mal kurz erwähnt. Sie hatte nie etwas mit ihm. Dennoch hat er sich offenbar total auf sie fixiert.“ Mondys Blick verfinsterte sich.

„Hat sie das der Polizei gemeldet?“

„Nein, so schlimm war es wohl nicht. Sie sagte, er täte ihr leid. Und sie hoffte, er würde sich zurückziehen, nachdem bekannt wurde, dass wir uns verlobt hatten. Es hat auch nachgelassen. Jedenfalls, solange ich in der Nähe war.“

„Kennen Sie den Mann?“

„Flüchtig. Er heißt Alain, ist um die Fünfzig. Hatte früher mal eine eigene Firma, die pleitegegangen ist. Jetzt ist er selbstständiger Taxifahrer.“

Dominique kaute gedankenvoll auf seiner Unterlippe. Das klang durchaus nach einem potentiellen Verdächtigen. „Trauen Sie ihm einen Mord zu?“

„Ich weiß nicht. Ein wenig gestört scheint er mir zu sein. Er gibt sich weltmännisch und distanziert, auf den ersten Blick würde man ihm überhaupt nicht zutrauen, einer Frau nachzusteigen, die nichts von ihm wissen will." Mondy machte eine Handbewegung, als wolle er eine lästige Fliege verscheuchen.

„Ich werde ihn überprüfen. Können Sie mir seinen Nachnamen sagen?"

„Keine Ahnung, wie er heißt. Es wäre sicher gut, wenn Sie die Männer bei *Actuel* generell mal unter die Lupe nehmen könnten. Ich finde mehrere etwas schräg."

Dominique dachte kurz nach. „Vielleicht könnte ich mich als Mitglied ausgeben und verdeckt ermitteln. Wenn ich dort als Detektiv aufkreuze, ist der Täter gewarnt."

„Das wollte ich Ihnen auch vorschlagen. Ich kenne den Eigentümer des Clubs recht gut. Vielleicht kann ich ihn überreden, Sie dort als verdeckten Ermittler tätig sein zu lassen, nicht als zahlendes Mitglied. Der Jahresbeitrag ist nämlich ziemlich hoch, den möchte ich nicht so gerne auf Ihrer Rechnung wiedersehen." Mondy lächelte schief.

„Gut, tun Sie das." Dominique schnippte mit den Fingern. „Da kommt mir noch eine Idee: Meine Frau ist Yvonne vom Typ her ähnlich. Lange, wellige Haare, braune Augen, schlank, mittelgroß und sehr attraktiv ... Wenn der Täter in diesem Club zu finden ist, wird er sich möglicherweise von Giuliana angezogen fühlen und genauso reagieren wie bei Yvonne."

„Sie meinen, wie bei einem Serientäter?"

„Vom Prinzip her, ja. Aber ich werde natürlich zu verhindern wissen, dass etwas passiert."

Mondy stieß seinen tiefen Seufzer aus. „Das hoffe ich für Sie."

„Wissen Sie, was Yvonne am Abend ihres Todes gemacht hat und mit wem?“

„Sie ist mit einigen anderen aus dem Club im Theater gewesen. Was sie danach bis zu jenem fatalen Vorfall gemacht hat, weiß ich nicht.“ Mondy hob hilflos die Arme.

„Sie war in einem Nachtclub, hat meine Tochter mir verraten. Vielleicht wollten sie dort den Theaterbesuch ausklingen lassen. Könnten Sie über den Geschäftsführer herausfinden, wer zu diesem Theaterbesuch angemeldet war und bei den entsprechenden Personen nachfragen, ob sie noch etwas mit Yvonne unternommen haben oder ob ihnen sonst etwas aufgefallen ist?“, bat Dominique. „Es wäre zu auffällig, wenn meine Frau oder ich dies als neue Mitglieder tun würden.“

Mondy nickte. „Das mache ich. Ich werde für uns beide – oder für uns drei, mit Ihrer Frau – einen zeitnahen Termin bei Jérôme Durrieux ausmachen, damit Sie Ihre Ermittlungen so schnell wie möglich beginnen können. Warten Sie, am besten versuche ich gleich, ihn zu erreichen.“ Er zog sein Handy aus der Innentasche seines Jacketts und drückte auf eine eingespeicherte Nummer. „Jérôme? Hier ist Bernard. Jérôme, ich brauche deine Hilfe. Es ist wegen Yvonne ... – Nein, die Polizei hat die Ermittlungen abgeschlossen. Für die war es ein Suizid, aber ich bin sicher, dass es nicht so war und habe einen Privatdetektiv engagiert. Hör zu, es wäre wichtig, dass dieser Ermittler die Mitglieder von *Actuel* unter die Lupe nimmt ... – Himmel, ich behaupte ja gar nicht, dass einer von deinen kostbaren Mitgliedern ein Mörder ist, aber wir können diese Möglichkeit nicht grundsätzlich ausschließen, oder?“ Gereizt schnippte er mit den Fingern der freien Hand. „Tu mir den Gefallen und lass ihn verdeckt eine Zeitlang ermitteln, ohne ihm den Mitgliedsbeitrag zu berechnen."

Eine Weile herrschte Stille. „In Ordnung", sagte Mondy dann und atmete hörbar aus. „Wenn es sein muss. Seine Frau sollte auch in den Club eingeschleust werden. Sozusagen als Köder."

„Nicht nur als Köder – sie ist eine äußerst fähige Detektivin", warf Dominique ein, und Mondy quittierte diese Unterbrechung mit einem ungehaltenen Wedeln der Hand.

„Gut. Danke. – Abgemacht. Bonne soirée." Er unterbrach die Verbindung. „Er ist einverstanden", sagte er zu Dominique. „Morgen früh um zehn haben wir einen Termin bei ihm. Sechzehntes Arrondissement, komplette Adresse schicke ich Ihnen nachher per SMS. Bringen Sie Ihre Frau mit, er möchte Sie beide vorab kennenlernen."

„Ich hoffe, sie kann es einrichten. Kann ich mich noch umsehen?", fragte Dominique höflich. Bestimmt würde er einige Indizien finden, wenn er in Yvonnes Hab und Gut stöberte.

„Ja, tun Sie das gern, während ich meine Sachen zusammensuche."

„Ist es in Ordnung, wenn ich Fotos und Papiere durchgehe?"

Mondy zögerte kurz. „Ja, ich denke schon. Ich glaube, die hat sie eher im Salon, nicht hier." Er verschwand im angrenzenden Bad, während Dominique ins Wohnzimmer zurückging. Schnell und routiniert durchforstete er Schubladen und Fächer, blätterte Fotobücher durch. Als er sie hochnahm und die Seiten durch die Finger gleiten ließ, fiel aus einem der Alben ein unbeschriftetes weißes Kuvert. Er öffnete es und blickte überrascht auf die drei darin befindlichen Fotos.

In jenem Moment tauchte Mondy im Türrahmen auf, mit hängenden Schultern, eine gefüllte Plastiktüte in der Hand. „Ich würde jetzt gern aufbrechen."

Dominique hielt ihm eines der gerade gefundenen Portrait-Fotos hin. Es zeigte einen gutgekleideten blonden Mann in den Vierzigern mit glattem Lächeln und durchdringendem Blick aus stahlblauen Augen. „Kennen Sie den?"

Mondy betrachtete das Bild verblüfft. „Ist das nicht Christian Lenoir von *Mouvement pour la France*?"

Dominique nahm seinen Daumen weg, der bislang eine Unterschrift und ein Logo verborgen hatte. „Ist er. Das ist seine Autogrammkarte."

„Ja und? Ich meine, ich bin überrascht, dass Yvonne sich für diese Partei interessiert, ich dachte immer, sie würde die Republikaner wählen. Aber das ist doch nichts Verdächtiges, oder?"

Dominique drehte das Foto um und zeigte ihm die Rückseite. *Für meine Süße. In Liebe, Christian*, stand dort. „Scheint eher ein privates Interesse gewesen zu sein."

Mondy schnappte nach Luft.

Dominique hielt ihm ein weiteres Foto hin, das den Politiker im Freizeitlook und in entspannter Haltung in einem Wohnzimmer zeigte – in Yvonnes Wohnzimmer. Auf einem dritten Bild lag er im Bett, die Decke bis zur Mitte seiner nackten Brust gezogen und verdeckte sein lachendes Gesicht mit den gespreizten Fingern einer Hand, als wolle er nicht fotografiert werden. Auf den Rückseiten stand nur das Datum der Fotoentwicklung: Dezember 1998. „Das war vor Ihrer Zeit, oder?"

„Ja, aber nur ganz knapp", murmelte Mondy. „Ist dieser Lenoir nicht verheiratet?"

„Das weiß ich nicht, aber wenn ja, birgt es noch mehr Konfliktpotential. Ich werde versuchen herauszufinden, was es mit dieser Bekanntschaft auf sich hatte, aber ich würde sagen, der kleine Kreis der Leute, die vielleicht ein Motiv haben könnten, hat sich soeben erweitert."

6

Dominique ließ sich von Mondy in La Défense absetzen und fuhr mit der Metro bis zur Station Saint-Paul. Von dort aus konnte er zu Fuß nach Hause gehen. Er überquerte den Pont Marie und war froh, dem Feierabendgewimmel aus Autos, Moped- sowie Fahrradfahrern und Fußgängern zwischen Rathaus und Bastille zu entkommen, als er in die stilleren Gassen einbog, die zu seiner Wohnung führten. Er lebte mit seiner Familie auf der Ile Saint-Louis, einer winzigen Insel in der Seine mitten in Paris, direkt neben der etwas größeren Ile de la Cité. Es war eine sehr exklusive Adresse, auch wenn die historische Fassade des alten Gebäudes etwas restaurierungsbedürftig auszusehen begann und durch die Luftverschmutzung geschwärzt war. Zweifellos hatte Giuliana ein Schnäppchen gemacht, als sie die Wohnung vor knapp fünf Jahren gekauft hatte. Sie war eine gewiefte Geschäftsfrau und hatte ein Händchen für so etwas. Genau wie für anheimelnde, geschmackvolle Inneneinrichtungen mit mediterran-orientalischer Note. Dominique hatte nie zuvor ein so liebevoll und exquisit eingerichtetes Zuhause gehabt. Allerdings war ihm das in seinen Wanderjahren auch nicht wichtig gewesen.

Als er die Wohnung betrat, war Giuliana gerade dabei, Fabrice bettfertig zu machen.

„Oh, du schläfst noch nicht, das ist ja toll." Dominique schloss seinen Sohn in die Arme und küsste ihn herzlich.

„Ich will noch mit dir spielen, Papa", forderte der Kleine und strahlte ihn aus seinen blaugrünen Augen an, die er von seinem Vater geerbt hatte.

„Na klar, wir –"

„Lass das sein", flüsterte Giuliana in sein Ohr. „Dann ist er total aufgekratzt, es dauert bis Mitternacht, bis ich ihn wieder ruhig bekomme, und morgen ist er unausstehlich."

„Du hast recht. Es ist Schlafenszeit, mein Großer. Wir spielen morgen Abend." Er bettete seinen Sohn in die Kissen und zog ihm die Decke über die Schultern. „Gute Nacht, Liebling."

Eine halbe Stunde später saßen sie am Esstisch ihrer gemütlichen hellen Küche, von deren Fenster aus man auf die Seine blicken konnte, und verzehrten eine *Tarte au Coquilles St. Jacques*, die ihnen für ein im Ofen aufgebackenes Tiefkühlgericht recht gut schmeckte.

„Wie ist dein Treffen gelaufen?", erkundigte sich Giuliana.

„Im Prinzip gut. Jedenfalls habe ich den Auftrag. Chérie, ich brauche deine Unterstützung bei diesem Fall." Er erzählte ihr in groben Zügen von dem Gespräch mit Bernard Mondy und dem Plan, verdeckt in dem Freizeitclub zu ermitteln.

„Glaubst du nun tatsächlich an einen Mord?", fragte sie überrascht.

„Mehr oder weniger. Mondy hat mir ein Video von Yvonne gezeigt, von ihrer Verlobungsfeier ...", begann Dominique zögernd.

„Und da hast du dich von ihm überzeugen lassen, dass sie die Lebensfreude in Person ist und sich nie und nimmer etwas angetan hätte?" Giuliana hob skeptisch die Augenbrauen.

„Ach, da kommt mehreres zusammen. Auf dem Video wirkt die Frau nicht nur fröhlich, sondern auch sehr tough. Kann mir nicht vorstellen, dass die sich wenige Wochen später umbringt." Er nahm einen Schluck Chardonnay und starrte nachdenklich aus dem Fenster.

„Na, du kennst dich ja aus", spottete sie. „Könnte es nicht sein, dass die Stimmung bei manisch-depressiven Erkrankungen rasch von einem Extrem zum anderen wechselt?"

„Möglich. Okay, es ist vielleicht vermessen, dass ich mir einbilde, so was einschätzen zu können. Aber ein bisschen Menschenkenntnis habe ich in all den Jahren immerhin gesammelt. Meine Intuition sagt mir, Mondy könnte recht haben mit seinem Verdacht."

„Und wir haben keinen Beweis dafür, dass Yvonne tatsächlich eine richtige manisch-depressive Erkrankung hatte – möglicherweise hat ihr Ex das nur so behauptet", gab Giuliana zu.

„Genau. Außerdem hat mir Mondy eine fette Prämie in Aussicht gestellt, wenn ich den Täter fasse – das motiviert mich, an einen Mord zu glauben", erwiderte Dominique sarkastisch.

Sie ließ das Besteck sinken und blickte ihn bedrückt an. „Es steht nicht mehr so gut um unsere finanzielle Situation, ich weiß."

„Für die laufenden Kosten reicht es gerade so. Aber falls wir mal ungeplante Extras haben oder einen schönen Urlaub machen wollen, bei dem wir nicht bei Verwandten übernachten, könnte es eng werden. Ich will nicht, dass du noch etwas verkaufen musst."

Giuliana hatte kurz nach Fabrice' Geburt ihr Antiquitätengeschäft in Istanbul verkauft, da es ohnehin zu schwierig wurde, sich von Paris aus darum zu kümmern. Ihr hübsches Haus in Arnavutköy, einem gepflegten Vorort Istanbuls, vermietete sie seit einiger Zeit möbliert an ein amerikanisches Ehepaar. Die ansehnlichen Mieteinnahmen versuchte sie nach Möglichkeit zurückzulegen, da unweigerlich bald Reparatur- und Renovierungsarbeiten am Haus nötig sein würden. Und auch ihre Eigentumswohnung auf der Ile Saint-Louis im Herzen von Paris verschlang einiges an Neben- und Instandhaltungskosten.

„Das Haus ist eher ein Klotz am Bein, vielleicht sollte ich es doch verkaufen", überlegte sie, aber es klang nicht überzeugt.

„Auf keinen Fall!"

„Du scheinst mehr daran zu hängen als ich", stellte sie gerührt fest.

„Dort hat mit uns beiden alles begonnen – die Lovestory des Jahrhunderts zwischen zwei Meisterdieben." Er blinzelte ihr zu. „Du weißt, ich bin ein sentimentaler Romantiker."

Sie lehnte sich lächelnd zu ihm und küsste ihn.

Dominique hatte den Ehrgeiz, seine kleine Familie selbst ernähren zu können. Er hatte in den letzten Jahren oft genug unfreiwillig auf Kosten seiner früher recht wohlhabenden Frau gelebt und wollte nun beweisen, dass er in der Lage war, genug zu verdienen, um für sie alle drei zu sorgen. Und vor allem wollte er nicht, dass Giuliana in Versuchung geriet, sich wieder als Kunstdiebin zu betätigen, falls er versagte. Er hatte ihr genug vertraut, um sie zu heiraten, doch er ahnte, dass sie eher wieder stehlen würde, als ihr Kind in Armut aufwachsen zu lassen. Und wenn sie erwischt würde, wäre der Ruf seiner Agentur ruiniert und er selbst gleich mit. Von der Sorge, dass er und Fabrice sie dann nur noch zu den Besuchszeiten im Gefängnis sehen könnten, mal ganz zu schweigen.

„Jedenfalls hat Mondy recht, dass es möglicherweise Leute mit einem Motiv gibt. Von einem wusste er gar nichts, der hat mit dem Freizeitclub nichts zu tun. Es sieht so aus, als hätte sie eine Affäre mit dem stellvertretenden Parteivorsitzenden von *Mouvement pour la France* gehabt.“

„Diese Yvonne hat aber auch nichts ausgelassen“, meinte Giuliana kopfschüttelnd. „Wie hat sie es nur gemacht, all diese Männer bis hin zu einem bekannten Politiker zu bezirzen?“

„Nun ja, sie war schon eine verführerische Frau“, begann Dominique und fügte hastig hinzu: „Aber nicht halb so verführerisch wie du, Liebling.“

„Davon gehe ich aus“, erwiderte sie trocken.

***

Jérôme Durrieux hatte sie nicht in das Büro des Freizeitclubs bestellt, sondern empfing sie in seinem mit altmodischer Eleganz möbliertem Haus in der Nähe des Trocadéro. Er war ein hochgewachsener Mann um die sechzig, der mit seinen sorgfältig frisierten silbergrauen Haaren und dem schmalen Gesicht mit langer Nase etwas Aristokratisches besaß.

Er zog Mondy zur Begrüßung kurz in die Arme und klopfte ihm mitfühlend auf die Schulter. „Mein Beileid, lieber Bernard. Yvonne war eine ganz besondere Frau." Er löste sich von ihm und schüttelte erst Giuliana und dann Dominique die Hände. „Bitte, setzen Sie sich."

„Ich habe dir ja bereits erklärt, worum wir dich bitten wollen", begann Mondy an Durrieux gewandt. „Das sind also Monsieur und Madame Demesy, die ich mit Nachforschungen über Yvonnes Tod beauftragt habe. Und ich halte es für das Beste, wenn sie in deinem Club beginnen."

Durrieux verzog säuerlich den Mund. „Mit anderen Worten, du glaubst, sie wurde von einem meiner Mitglieder ermordet."

„Das klingt etwas krass, aber wir können es nicht völlig ausschließen, oder?"

„Ich will nicht, dass meine Mitglieder in irgendeiner Weise belästigt werden oder sich gar mit einem Mordverdacht konfrontiert sehen." Nervös zündete er sich eine Zigarette an. „Und nicht auszudenken, wenn in der Presse stünde, sie habe ihren Mörder in meinem Freizeitclub kennengelernt."

„Seien Sie versichert, dass wir äußerst diskret vorgehen werden", warf Dominique ein. „Deswegen wollen wir ja auch verdeckt ermitteln. Das gibt keine negative Publicity für Ihren Club – im Gegensatz dazu, wenn die Kriminalpolizei in eine Ihrer Veranstaltungen platzen würde, um Ihre Mitglieder zu befragen." Er schüttelte ablehnend den Kopf, als Durrieux ihm das

Zigarettenpäckchen hinhielt, genau wie Giuliana, während Mondy dankbar zugriff.

„Ich finde es ehrenwert, dass du versuchst, deine Mitglieder zu schützen, Jérôme, aber auch Yvonne war ein zahlendes Mitglied, und sie hat verdient, dass untersucht wird, wer ihr das angetan hat."

Durrieux seufzte. „Gut, Sie können den Club für Ihre verdeckten Ermittlungen beitragsfrei nutzen – aber nur für maximal einen Monat. Und für die Kosten von Konzerten, Theaterbesuchen, Tanzabenden mit dîner, Ausflügen zum Golfplatz und Ähnlichem müssten Sie natürlich trotzdem aufkommen – wir haben ja auch Auslagen dafür und ich kann Ihre Plätze dann an kein zahlendes Mitglied geben."

Dominique warf Mondy einen fragenden Blick zu, und dieser nickte etwas widerstrebend. „Setzen Sie es mir auf die Spesenrechnung."

„In Konzerte oder Theatervorstellungen werden wir sowieso nicht gehen", sagte Giuliana rasch. „Es bringt ja nichts, wenn wir uns mit den Mitgliedern nicht unterhalten können."

Durrieux' Frau, eine magere Rothaarige, deren straff geliftetes Gesicht zu ewigem Lächeln erstarrt war, setzte sich zu ihnen.

„Ich finde es gut, dass Sie der Sache nachgehen. Die Polizei macht es sich viel zu oft zu einfach. Die Vorstellung, dass ein Mörder einfach so davonkommt, weil sie sich irren oder nicht gründlich genug ermitteln, ist grauenhaft! Und es wäre schrecklich für Yvonnes Familie, wenn sie mit dem Gedanken leben müssten, sie habe sich umgebracht, obwohl das vielleicht gar nicht so war. Jérôme, wenn wir ihnen helfen können, dann sollten wir es tun."

Mondy lächelte ihr dankbar zu.

„Ich habe doch schon Ja gesagt", gab Durrieux leicht gereizt zurück. „Wie wollen Sie also vorgehen, haben Sie einen Plan?"

„Ich werde das im Anschluss mit meiner Frau besprechen. Gibt es ein Programmheft oder Ähnliches, das wir einsehen könnten?"

„Natürlich." Brigitte Durrieux erhob sich, nahm ein Heftchen, das aus wenigen kopierten Seiten bestand und reichte es Dominique. „Das ist das Programm für Juni und Juli, darin finden Sie alle Veranstaltungen."

„Was die Anmeldung betrifft, regeln Sie mit unserem Geschäftsführer Hervé, wie er das haben will. Ich werde ihn einweihen. Oder verdächtigen Sie ihn?", fragte Durrieux ironisch.

„Keine Ahnung, bis jetzt wusste ich ja nicht einmal, dass es ihn gibt."

„Ich denke, er ist vertrauenswürdig. Und ich muss ihm sagen, dass Sie und Ihre Frau keine normalen Mitglieder sind, sonst würde er sich wundern, dass Sie keinen Beitrag zahlen. Er kümmert sich unter anderem auch um das Finanzielle."

„In Ordnung."

„Können wir Ihnen sonst noch irgendwie behilflich sein?", fragte er mit einem kleinen Seufzer und einem Seitenblick auf seine Frau.

„Ja. Wir müssen herausbekommen, wer Yvonne zuletzt gesehen hat und brauchen dafür die Namen der angemeldeten Personen. Ich weiß, dass sie am Abend vor ihrem Tod im Theater war, in diesem Stück mit Michel Leeb ...“

Durrieux nickte. „Brigitte und ich waren auch dort, wir haben kurz mit ihr gesprochen.“

„Ging es ihr gut?“

„Bestens, hatte ich den Eindruck. War doch so, chérie, oder?“ Er warf seiner Frau einen fragenden Blick zu und sie nickte. „Sie hat mir ihren Verlobungsring gezeigt und von Ihnen geschwärmt, Bernard.“

Mondy nahm einen langen Zug von seiner Zigarette. „Wisst ihr, was sie danach machen wollte?“

„Nein. Ich habe lediglich mitbekommen, dass einige der Teilnehmer im Anschluss zusammen etwas trinken gehen wollten, um in den Geburtstag von Marie-Claire hineinzufeiern. Ob Yvonne sich angeschlossen hat, weiß ich nicht.“

„Möglich, ich glaube, sie haben sich gut verstanden. Ich werde sie anrufen. Danke dir.“

„Ich werde Hervé nach den Namen der Teilnehmer am Theaterbesuch fragen, ich habe natürlich nicht alle im Kopf“, sagte Durrieux. „Geben Sie mir Ihre Karte, Monsieur Demesy, er wird sich bei Ihnen melden.“

7

Jennifer saß allein im Büro und tippte ein Protokoll. Ihre Kollegen waren ausgeschwärmt, um eine Razzia im Clan-Milieu vorzubereiten, die am nächsten Morgen stattfinden sollte. Einerseits war Jennifer verärgert, dass sie nicht daran teilnehmen durfte, sondern mal wieder zu Büroarbeiten verdonnert worden war. Andererseits war sie müde und es regnete, daher fand sie es eigentlich angenehmer, im Kommissariat zu bleiben und für einige Stunden die Ruhe ohne Chef und Kollegen zu genießen.

Am Vorabend war sie mit einer früheren Schulfreundin ausgegangen, die sie zum ersten Mal nach zehn Jahren wiedergetroffen hatte. Sie hatten bis in die Nacht hinein in einer Bar gesessen und sich über ihre Erlebnisse in diesen Jahren ausgetauscht, und so war der Schlaf etwas zu kurz gekommen.

Jennifer gähnte leise und nahm einen Schluck von dem starken Kaffee, der vor ihr in einem Plastikbecher dampfte, während sie versuchte, Hauptkommissar Maillots krakelige Schrift zu entziffern.

Gelangweilt lehnte sie sich in ihrem Stuhl zurück und starrte nachdenklich vor sich hin, während sie weiter am Kaffee nippte. Ihr Blick fiel auf einen Stoß Akten, die ihr Maillot auf den Schreibtisch gelegt hatte, und die sie ins Archiv bringen sollte. Wie ein Blitz durchzuckte sie ein Gedanke. Sie stand auf und sah die Akten durch. Wie erhofft war die von Yvonne Bellancourt darunter. Nachdenklich blätterte sie darin herum und zog einige Schriftstücke heraus, die sie für besonders aufschlussreich hielt.

Jennifer nahm einen Schwung Unterlagen, die sie kopieren musste, ließ die Papiere, die den Todesfall Bellancourt betrafen, dazwischengleiten und ging zum Fotokopierer, der auf dem Gang stand. Sie prüfte aus den Augenwinkeln, ob die Luft rein war, schob hastig die Dokumente in den Selbsteinzug des Geräts und drückte auf Start.

„Kann ich warten oder dauert es länger?" Unvermittelt war die neue Polizeiassistentin vom Empfang neben ihr aufgetaucht, und Jennifer zuckte zusammen. Ihr Herz begann nervös schneller zu schlagen, bevor sie sich sagte, dass es noch lange kein Verbrechen war, eine Akte zu kopieren. Jessica hatte schließlich keine Ahnung, zu welchem Zweck sie das tat.

„Kannst warten, bin gleich fertig." Sie raffte die beiden Papierstapel an sich, schob sie in eine Pappmappe und zog sich in ihr Büro zurück.

Der folgende Teil war allerdings durchaus gegen die Vorschriften. Sie kramte einen mittelgroßen Umschlag aus ihrer Schultertasche, der Post enthielt, die sie am Morgen aus ihrem Hausbriefkasten genommen hatte. Dann faltete sie die Kopien, die sie von Yvonnes Akte gemacht hatte, schob sie schnell in den Umschlag und diesen in ihre Tasche zurück.

In diesem Moment klingelte ihr Handy und der Name ihres Vaters erschien auf dem Display. Als ob er es geahnt hätte.

„Hallo, Dominique."

„Salut", vernahm sie die dunkle Stimme ihres Vaters, die immer noch ein wenig rauchig klang, obwohl er schon vor Jahren mit dem Rauchen aufgehört hatte. Ohne Rückfall. Der durchschossene Lungenflügel hatte ihm keine Wahl gelassen. „Alles klar bei dir?"

„Geht so", murmelte sie missmutig.

„Wieso, was ist los? Störe ich dich?"

„Im Gegenteil. Mir ist langweilig. Statt aktiv gegen das organisierte Verbrechen zu kämpfen, muss ich Bürodienst schieben." Sie nahm einen Schluck Kaffee und rümpfte die Nase, als sie feststellen musste, dass er inzwischen kalt geworden war.

„Was für ein hartes Los", spöttelte er. „Wie kommt's?"

„Maillot will mich bei so etwas nicht dabeihaben. Er traut mir einfach nichts zu."

„Mobbt er dich etwa?" Jennifer konnte förmlich vor sich sehen, wie sich Dominiques Gesicht verdüsterte und dass er gedanklich die Ärmel hochkrempelte, um seine Tochter gegen das unbarmherzige Polizeimilieu zu verteidigen.

Sie lächelte. „Nein, das nicht. Er ist zwar oft muffelig, aber so ist er zu allen. Manchmal ist er auch ganz nett und regelrecht fürsorglich. Hin und wieder habe ich den Eindruck, er will mich beschützen und versucht mich deshalb aus Einsätzen rauszuhalten, die gefährlich werden könnten."

Dominique atmete hörbar auf. „Das finde ich sehr sympathisch."

„Ich habe aber nicht jahrelang den militärischen Drill auf der Polizeiakademie mitgemacht, um Sekretärin zu sein wie vorher. Da war es ja spannender, als ich in Indien noch deine Assistentin war."

„Hast du mal mit ihm darüber geredet?"

„Ich habe es versucht, aber er windet sich da immer aalglatt raus. Sagt, ich müsste noch lernen, bevor er mich in riskante Einsätze einbindet. Aber wie soll ich dazulernen, wenn er mich so selten mit aufs Terrain nimmt?" Verärgert trommelte sie mit den Fingerspitzen auf der Tischplatte herum.

„Wieso, du ermittelst doch ständig in Mordfällen?"

„Ja, wenn die Leute schon tot sind, geht ja auch keine Gefahr von ihnen aus", brummelte sie.

„Jennifer, du wolltest zur Kriminalpolizei, um Mordermittlerin zu werden", erinnerte Dominique etwas ungeduldig. „Das bist du nun. Dass dies auch sehr viel Büroarbeit und langweilige Recherchen beinhaltet, wusstest du, oder? Vielleicht solltest du dich tatsächlich erst einmal darauf konzentrieren, bevor du schon von Undercover-Einsätzen in irgendwelchen Drogengangs oder arabischen Clans träumst oder von Razzien in diesem Milieu, bei denen so oft Polizisten verletzt werden. Ich hätte im Übrigen keine ruhige Nacht mehr!"

Sie seufzte. „Du solltest mal mit Maillot ein Bier trinken gehen. Ihr würdet euch gut verstehen. Habt ungefähr das gleiche Alter. Er war übrigens auch mit einer Polizistin liiert, die bei einem Einsatz ums Leben gekommen ist. Ich glaube, das war sogar im gleichen Jahr, in dem Jaclyn getötet wurde. – Tut mir leid", sagte sie hastig, als sie das betretene Schweigen am anderen Ende wahrnahm. „Ich meinte nur, ihr habt Gemeinsamkeiten."

„Dann solltest du doch Verständnis für ihn haben. Sag mal, was ist übrigens mit Yvonnes Handy?", wechselte er abrupt das Thema. „Deswegen habe ich eigentlich angerufen.“

„Es wurde nicht gefunden. Vielleicht liegt es auf dem Grund der Seine. Im Auto war es jedenfalls nicht.“

„Ihr habt nicht in der Seine danach suchen lassen?“

„Wir wussten zu diesem Zeitpunkt ja nicht einmal, dass sie eines hatte“, verteidigte sich Jennifer. „Ein Taucher hat kurz das Gebiet rings um den Pont des Arts abgesucht und hat sogar ein Handy gefunden, aber es lag offenbar schon länger im Wasser und war für die Spurensicherung völlig unbrauchbar. Wahrscheinlich ist es von einem *Bateaux-mouche* gefallen. Und warum sollte Yvonne auch ihr Handy mit sich in die Seine nehmen? Ihr Kleid hatte keine Taschen, und wenn sie nicht gerade beim Telefonieren reingefallen ist, weil sie sich vor dem Springen noch persönlich von jemandem verabschieden wollte oder weil ihr Mörder ihr noch einen letzten Anruf gewährt hat ...“

„Schon gut, sollte keine Kritik an eurer Polizeiarbeit sein“, erwiderte er begütigend. „Ich frage nur, weil Mondy gerade mit einer Marie-Claire gesprochen hat, die mit Yvonne zusammen in einem Nachtclub namens *Mona Lisa* nahe des Louvre gefeiert hat. Sie sagte, sie habe Yvonne gegen zwei Uhr telefonieren sehen und diese hätte sich gleich danach verabschiedet. Sie dachte, sie habe sich vielleicht ein Taxi gerufen, aber wir wissen, dass das sehr unwahrscheinlich ist. Also wäre es möglich, dass sie mit ihrem Mörder telefoniert hat, mit dem sie sich gleich darauf getroffen hat. Wenn wir ihr Handy hätten, hätten wir eine direkte Spur zum Täter.“

„Dann hat der Täter das Mobiltelefon wohlweislich irgendwo verschwinden lassen." Jennifer erhob sich vom Stuhl und streckte sich. Es fiel ihr schwer, lange stillzusitzen.

„Mist. Kannst du mir die Kontaktdaten von ihren Kindern geben, bitte? Ich muss unbedingt mit ihnen reden."

„Schicke ich dir gleich per SMS. Der Sohn Emmanuel weiß Bescheid, ich habe ihm bereits angekündigt, dass du ihn kontaktieren wirst. Er hat gesagt, heute Nachmittag ab sechzehn Uhr wäre okay für ihn." Unwillkürlich warf sie einen Blick auf die Uhr, die an der Wand des Büros hing. „Und ich komme heute Abend bei euch vorbei und bringe dir einige Unterlagen, die ich kopieren konnte."

„Super", sagte Dominique erfreut. „Danke, mein Schatz. Bis nachher."

8

Am Nachmittag fuhr Dominique zu Yvonnes Kindern. Das gepflegt wirkende Mietshaus der Familie Bellancourt, in dem Emmanuel und Amélie wohnten, lag im Vorort Gentilly. Dominique stieg in die zweite Etage, in der ihm Emmanuel Bellancourt sofort die Tür öffnete.

„Bitte, kommen Sie herein, Monsieur Demesy." Er rang sich ein Lächeln ab, doch sein freundliches Gesicht war blass und kummervoll, die Augen umschattet.

„Danke, dass Sie bereit sind, mit mir zu sprechen. Mein Beileid für Ihren Verlust", sagte Dominique mitfühlend und schüttelte die dargebotene Hand.

Er folgte ihm in die kleine Wohnung, die für einen Studenten recht komfortabel möbliert war.

„Wow", entfuhr es ihm unwillkürlich, als er den Flachbildfernseher und DVD-Player sah – beides vor nicht langer Zeit auf dem Markt erschienen und so teuer, dass Dominique nur davon träumen konnte. Er würde sich noch eine ganze Weile mit den häufigen Bild- und Tonstörungen auf seinen Videokassetten herumärgern müssen. Als er in Indien gelebt hatte, waren ihm moderne technische Errungenschaften völlig egal gewesen. Jetzt hätte er Stunden staunend in der HiFi-Abteilung des Medienkaufhauses *Fnac* verbringen können. Wie schnell man sich doch an eine Konsumgesellschaft anpasste.

„Geburtstagsgeschenk meiner Eltern im März", erklärte Emmanuel lakonisch.

„Klasse, Glückwunsch." Dominiques Blick fiel auf den Schreibtisch, auf dem medizinische Fachbücher vor einem Computerbildschirm lagen. „Studieren Sie Medizin?"

„Ja."

„Toll." Er konnte sich den jungen Mann, der eine angenehme Ausstrahlung besaß, gut als fürsorglichen Arzt vorstellen. „Sicher wollen Sie mal die Praxis Ihres Vaters übernehmen?"

„Ich weiß noch nicht, ob ich mich auf plastische Chirurgie spezialisieren möchte. Falls ja, dann sicher nicht als Schönheitschirurg wie mein Vater, sondern höchstens, um Opfern von entstellenden Unfällen und Ähnlichem zu helfen. Eigentlich interessiere ich mich eher für Sportmedizin. Es wird sich Ende des Jahres entscheiden, welche Fachrichtung ich einschlage."

„Sportmedizin, auch interessant. Sie sehen so aus, als wären Sie selbst ziemlich sportlich." Dominique musterte Emmanuels athletische Figur, die sich unter Jeans und Polohemd abzeichnete.

„Das stimmt, ich treibe so oft wie möglich Sport. Bitte setzen Sie sich. Kann ich Ihnen etwas anbieten?" Er sprach ein wenig schleppend, und Dominique merkte ihm an, dass er sich zusammenreißen musste, um höflich Konversation zu betreiben.

„Nein, vielen Dank, ich will Sie nicht lange stören." Dominique ließ sich in das hellgraue Polster der Couch sinken, während Emmanuel ihm gegenüber im Sessel Platz nahm.

„Was halten Sie davon, dass Monsieur Mondy mich damit beauftragt hat, mehr über den Tod Ihrer Mutter herauszufinden?“

Emmanuel fuhr sich müde über die Stirn. „Ich weiß nicht, was ich davon halten soll, dass Bernard denkt, jemand hätte sie umgebracht.“

„Sie glauben das also nicht?“

„Meine Mutter war ein liebenswerter, fröhlicher Mensch, alle mochten sie. Wer hätte ihr etwas antun sollen?“ Tränen stiegen in seine Augen, die denen seiner Mutter ähnelten.

„Sie können sich niemanden mit einem Motiv vorstellen?“

„Absolut nicht. Ich weiß, die Polizei hat meinen Vater kurz verdächtigt, aber warum sollte er sie töten? Wenn sie Bernard heiratet, muss er keinen Unterhalt mehr zahlen, und alle anderen Besitztümer sind durch die Scheidung sowieso geregelt, die gehen nun an meine Schwester Amélie und mich, sie fallen nicht an ihn zurück“, sagte er erstickt.

„Vielleicht aus eher leidenschaftlichen Motiven? Rache, Eifersucht?“

„Aber er hat doch sie verlassen, weil er eine andere hatte, und wollte die Scheidung.“ Emmanuel fuhr sich mit den Fingern unruhig durch die leicht gelockten Haare, bis sie zerrauft von seinem Kopf abstanden. „Okay, sie hat ihm nicht lange nachgeweint und hat sich sofort mit einem anderen getröstet ...“

„Jean-Claude“, warf Dominique ein.

„Genau. Allerdings hat Papa das inzwischen alles ziemlich bereut und wollte, dass sie zu ihm zurückkehrt. Da wird er sie doch nicht umbringen, oder?“

Erleichtert stellte Dominique fest, dass sich Emmanuel wieder fasste. Er mochte es nicht, Menschen, die gerade einen nahen Angehörigen verloren hatten, mit Fragen zu quälen. Wie Jennifer wohl damit klarkam?

„Das wäre kontraproduktiv. Aber könnten die beiden genau aus diesem Grund einen heftigen Streit gehabt haben?“

„Sie hatten natürlich so einige während der Scheidung. Doch nachdem die rechtskräftig war, und das ist ja nun fast anderthalb Jahre her, haben sich die Wogen geglättet. Zufällig habe ich am Abend vor Mamans Tod noch mit ihm telefoniert, und da war er sehr müde nach einem langen Arbeitstag und wollte nur noch ins Bett. Und Maman war im Theater, soviel ich weiß. Wann hätten sie da Streit haben sollen?“

„Hm. Also hätte sie sich doch eher selbst etwas angetan?“

„Das kann ich mir genauso wenig vorstellen. Sie war gut drauf in letzter Zeit, schien glücklich mit Bernard.“ Ein Schatten fiel über sein Gesicht, und Dominique fragte sich, ob er wohl ein bisschen eifersüchtig gewesen sein mochte. Auch wenn Emmanuel erwachsen war, war es sicher nicht leicht, die geliebte Mutter plötzlich mit einem neuen Partner zu sehen. Ob das schlimmstenfalls Anlass zu Mord oder Totschlag geben konnte? Es erschien ihm zwar unwahrscheinlich, aber ausschließen durfte er nichts und sich schon gar nicht von seiner Sympathie für den jungen Mann beeinflussen lassen.

„Haben Sie als angehender Mediziner vielleicht irgendwas an ihr wahrgenommen, das nicht gestimmt hat? Ihr Vater hat der Polizei gesagt, dass sie unter starken Stimmungsschwankungen gelitten habe. Manisch-depressiv nannte er es."

Emmanuel dachte nach. „Stimmungsschwankungen hatte sie über die Monate oder Jahre gesehen vielleicht. Nach Amélies Geburt hatte sie wohl eine Depression, habe ich später mitbekommen. Manisch-depressiv halte ich für Unsinn – ich weiß nicht, wieso Papa das gesagt haben soll. Ja, sie war dieser Typ Himmelhoch jauchzend zu Tode betrübt, wie viele Menschen. Aber suizidal kam sie mir nie vor. Nach Jean-Claudes Tod ging es ihr ziemlich schlecht, das ist doch verständlich, oder? Aber sie hat sich bald erholt. Sie ist viel ausgegangen und hat dann Bernard kennengelernt. Der hat sie wieder aufgepäppelt."

„Verstehen Sie sich gut mit ihm?", hakte Dominique noch einmal nach, in der Hoffnung, mehr über das Verhältnis der beiden Männer zu erfahren.

„Ja, er ist okay. Ein feiner Kerl." Emmanuel nickte, und sein Blick wirkte aufrichtig.

„Könnte sich vielleicht auch Ihre Schwester zu uns gesellen?", bat Dominique. „Sie wohnt im selben Haus, stimmt's?"

„Richtig, gleich gegenüber. Ich werde sehen, ob sie da ist." Emmanuel ging zum Telefon und wählte eine Nummer. „Amélie, hier ist dieser Detektiv, den Bernard beauftragt hat. Könntest du kurz rüberkommen? Danke." Er legte auf und wandte sich wieder Dominique zu. „Sie kommt. Bitte haben Sie Nachsicht mit ihr, sie ist völlig durch den Wind. Ich habe ihr ein Beruhigungsmittel gegeben, weil sie seit Mamans Tod einem Nervenzusammenbruch nahe ist."

„Das tut mir leid. Studiert Ihre Schwester auch Medizin?"

„Nein, Architektur."

„Wie Ihre Mutter also."

„Ja, sie wollte das, weil Maman es studiert hatte. Sie hat immer versucht, ihr nachzueifern." Ein zärtliches kleines Lächeln flog über sein Gesicht.

Kurz darauf hörten sie, wie sich ein Schlüssel in der Wohnungstür drehte. Eine vollschlanke junge Frau betrat mit schleppenden Schritten das Zimmer. Ihr stupsnasiges Gesicht sah verquollen aus und trug Spuren von Kummer und durchweinten Nächten. Sie reichte Dominique nicht die Hand, sondern nickte ihm nur flüchtig zu und sank in den Sessel, den ihr Bruder ihr freimachte. Er zog sich den Schreibtischstuhl heran.

Dominique verspürte einen Anflug von väterlicher Fürsorge angesichts dieser beiden jungen Menschen. Er selbst hatte seine Mutter im zarten Alter von drei Jahren verloren, als es ihm noch nicht richtig bewusst gewesen war. Er massierte sich mechanisch die Schläfen, als könne er die quälenden Erinnerungen vertreiben, und zwang sich, wieder in die Gegenwart zurückzukehren.

„Es tut mir sehr leid, was mit Ihrer Mutter passiert ist, Amélie. Darf ich Amélie sagen?" Ein steifes *Mademoiselle* erschien ihm zu unpersönlich.

Sie nickte, ohne ihn anzusehen. Ihre dunkelblonden Haare fielen ihr strähnig ins Gesicht und es kam ihm vor, als wolle sie sich dahinter verstecken.

„Ist es in Ordnung, wenn ich Ihnen ein paar Fragen stelle?"

Sie nickte wieder.

„Fallen Ihnen Personen ein, mit denen Ihre Mutter Streit hatte oder die etwas gegen sie gehabt haben könnten?"

Teilnahmsloses Kopfschütteln.

„Ist Ihnen in letzter Zeit eine Veränderung bei ihr aufgefallen? Wirkte sie beunruhigt oder gar verängstigt oder besonders traurig?"

Die junge Frau hob langsam die Schultern und ließ sie wieder sinken.

Dominique seufzte innerlich. So würde er nicht weiterkommen. Und er mochte sie auch nicht bedrängen, sie schien schon genug durchzumachen. „Wann haben Sie denn Ihre Mutter zum letzten Mal gesehen?"

„Vorletzte Woche, als wir zusammen shoppen waren." Endlich richtete sie den gequälten und leicht entrückten Blick ihrer graublauen Augen auf ihn.

„Nein, wir haben sie am Sonntag noch gesehen", widersprach Emmanuel sanft. „Wir haben uns alle zusammen zum Essen bei ihr getroffen, mit Nadège und Pierre-Eric."

„Ach ja." Amélies Augen füllten sich mit Tränen, um ihre Lippen zuckte es. „Das hatte ich wohl verdrängt."

„Vielleicht war es doch zu viel Beruhigungsmittel", murmelte Emmanuel.

Sie brach in Tränen aus und schlug sich die Hände vors Gesicht. „War's das jetzt?", fragte sie Dominique schluchzend, und er nickte hastig. „Ja, vielen Dank."

Amélie sprang auf und lief aus dem Raum. Sekunden später knallte die Wohnungstür ins Schloss.

Emmanuel seufzte. „Voll ins Fettnäpfchen."

„Ich?", fragte Dominique betroffen.

„Nein, ich. Ich hätte Pierre-Eric nicht erwähnen sollen. Er ist ihr Freund. Oder vielmehr, er war es. Sie haben sich gerade getrennt.“

„Auch das noch, arme Kleine“, murmelte Dominique. „Und ist er nicht wenigstens jetzt für sie da?“

„Sie hat sich von ihm getrennt und will ihn nicht mehr sehen. Er hat sie wohl betrogen.“

„Autsch.“

Emmanuels Gesicht verfinsterte sich. „Ich konnte Pierre-Eric ohnehin nicht leiden, aber ich habe vergeblich versucht, ihn ihr auszureden – sie ist besser dran ohne ihn.“

Dominique überlegte kurz, ob dieser Pierre-Eric in irgendeiner Weise in den Fall verwickelt sein könnte, verwarf die Idee jedoch wieder. Das war entschieden zu weit hergeholt.

„Ich möchte Sie nicht länger behelligen.“ Er erhob sich, zog eine Visitenkarte aus seiner Tasche und legte sie auf den Tisch. „Würden Sie mich anrufen, falls Ihnen noch irgendetwas einfällt, das wichtig sein könnte?“

„Das mache ich.“

***

Dominique fühlte sich müde und bedrückt, als er im nahegelegenen Bahnhof von Gentilly in die S-Bahn RER B Richtung Pariser Zentrum stieg und nach Hause fuhr. Hinter diesem Fall schienen sich mehr menschliche Tragödien zu verbergen als hinter den meisten anderen. Er würde versuchen, Yvonnes Kinder so gut wie möglich aus seinen Recherchen herauszuhalten. Würde es schmerzhafter für sie sein, zu erfahren, dass jemand ihre Mutter getötet hatte oder dass sie freiwillig aus dem Leben geschieden war? Ihm drängte sich der Gedanke an seine eigene Mutter auf, die noch leben könnte, wenn schlechte Umstände sie nicht zu einer Abtreibung gezwungen hätten, die damals zu Beginn der Fünfzigerjahre unter hygienisch fragwürdigen Bedingungen von einer Kurpfuscherin vorgenommen worden war. Wie ein Panther sprang ihn aus dem Nichts die Erinnerung an ihre blutüberströmten Beine, die Kälte und den peitschenden Regen an, durch den sie unmittelbar danach gelaufen waren. Es waren die ersten Erinnerungen seiner Kindheit, die er lange für nichts als einen regelmäßig wiederkehrenden, unerklärlichen Alptraum gehalten hatte.

Inmitten der Wärme verströmenden Menschenmenge in der proppenvollen Bahn überlief Dominique ein Frösteln. Er klammerte sich an der Haltestange fest und starrte wie die meisten anderen Fahrgäste blicklos ins Leere. Seit Jahren hatte er Ruhe vor diesem Alptraum, warum musste er ausgerechnet jetzt wieder daran denken? Offenbar drohte dieser neue Auftrag ihm an die Nieren zu gehen.

Plötzlich kamen ihm Sätze seines früheren Vorgesetzten William Stacy ins Gedächtnis: *„Vermeiden Sie zu viel Mitgefühl mit den Mandanten oder den Verdächtigen"*, hatte er ihm eingeschärft, als Dominique, damals frisch aus der mobilen Gendarmerie ausgeschieden, seine Arbeit als noch unerfahrener Privatdetektiv in der renommierten Agentur in New Delhi begonnen hatte. *„Sie benötigen in diesem Job all Ihre Objektivität, um gute Entscheidungen zu treffen und Ihre Wahrnehmung zu schärfen. Sie werden hier viel Elend sehen,* *aber wenn Sie sich von Mitleid beeinflussen oder her-unterziehen lassen, haben Sie verloren.“*

Er atmete tief durch, so unangenehm das bei den menschlichen Ausdünstungen von Schweiß, ungewaschenen Körpern und exotischen Gewürzmischungen in der Bahn auch sein mochte, straffte sich und fühlte sich etwas besser. Sein Ex-Chef war nicht unbedingt der empathischste Zeitgenosse gewesen, aber ein weiser, lebenserfahrener und erfolgreicher Mann, und mehr als einmal hatten sich seine Tipps als hilfreich erwiesen. Auch wenn Dominique sich nicht immer daran gehalten, sondern sich oft lieber auf sein eigenes Gespür verlassen hatte. Er würde sich nun erst einmal darauf konzentrieren, sich in dem Singleclub umzusehen. Und parallel dazu versuchen, an diesen Spitzenpolitiker heranzukommen.

9

„Schön, dass du so früh kommst, dann kann Fabrice noch mit uns essen", empfing ihn Giuliana und küsste ihn.

Dominique schnupperte den verlockenden Duft nach Hackfleisch, Auberginen und orientalischen Gewürzen, der aus der Küche kam. „Was gibt es zu essen?"

„Moussaka."

„Tiefgekühlte?"

„Ja, natürlich."

Mit leisem Bedauern dachte er an die Zeit zurück, als Giuliana noch Muße gehabt hatte, ihn mit selbstgemachten türkischen und italienischen Spezialitäten zu verwöhnen. Er hatte es jedoch nie für selbstverständlich gehalten, dass sie ihn bekochte und nahm sich vor, sie bei nächster Gelegenheit mit etwas Selbstgemachtem zu überraschen. Auch wenn Kochen nicht gerade seine Stärke war.

Als sie gerade mit dem Essen fertig waren, klingelte es an der Tür.

„Das muss Jenni sein, sie wollte mir noch Unterlagen für den Fall bringen." Dominique ging zur Wohnungstür und ließ seine Tochter herein.

Fabrice rannte seiner Halbschwester entgegen und warf sich mit ungestümer Freude in ihre ausgebreiteten Arme. Sie hatte sich hingehockt und verlor unter dem Ansturm seines energiegeladenen kleinen

Körpers das Gleichgewicht. Lachend kugelten sie miteinander über den Parkettboden.

„Du bist ja schon wieder gewachsen, kaum zu glauben. Du wirst mal ein Riese", neckte sie ihn und hangelte sich auf die Füße. „So einer!" Sie machte Anstalten, mit monsterartig ausgebreiteten Armen nach ihm zu greifen, und Fabrice rannte lachend davon.

Dominique hatte sie gerührt beobachtet. „Fabrice und du seid ja ein Herz und eine Seele."

Sie strich sich lächelnd eine halblange Haarsträhne hinter die Ohren. „So ein kleiner Bruder ist schon was Putziges."

„Wann machst du mich denn zum Großvater, Jenni?", wollte er wissen, als sie sich ins Wohnzimmer setzten.

Jennifers hübsches Gesicht verfinsterte sich. „Fang du nicht auch noch an."

„Wieso, will Kilian jetzt Vater werden?"

„Ja, seit Weihnachten redet er ständig davon."

„Hat er dir einen Heiratsantrag gemacht?"

„Das fehlte gerade noch."

„Bist du nicht mehr glücklich mit ihm?", fragte Dominique besorgt.

Sie zögerte. „Doch, schon. Aber du weißt, dass ich vom Heiraten nicht viel halte."

„Weiß ich das? Darüber haben wir das letzte Mal vor ungefähr vier Jahren gesprochen, als du frisch mit Kilian zusammen warst. Das hätte sich ja geändert haben können. Genau wie die Sache mit dem Kinderwunsch."

„Hat es nicht. Ich fände es schwierig, kleine Kinder mit dem Polizeidienst zu vereinbaren."

Er hob begütigend die Hände. „Du hast noch Zeit, du bist erst siebenundzwanzig. Kilian ist sicher der

Richtige, um eine Familie zu gründen. Aber du bist eben noch nicht so weit."

„Und wenn ich nie so weit sein werde?" Aus großen Augen sah sie ihn hilfesuchend an.

Er zuckte mit den Schultern. „Dann ist das eben so und auch in Ordnung. Mit etwas Glück erlebe ich ja noch, dass Fabrice mir Enkel schenkt. Und wenn nicht, werde ich es auch verschmerzen. Hauptsache du lebst dein Leben, wie es dir gefällt, Jenni."

Ihre schlanken Finger spielten unruhig miteinander. „Müssen wir unbedingt solche Gespräche führen?"

„Ich dachte, das könnten wir mal wieder tun. So wie in unseren guten alten Zeiten in Indien." Er blinzelte ihr zu.

„So gut waren die gar nicht. Du wolltest da doch unbedingt weg. Muss ich dich daran erinnern, wie sehr dich Indien und ganz Asien angekotzt haben? Und wie schrecklich das alles geendet hat?", fragte sie vorwurfsvoll.

„Ja, das hat wirklich schrecklich geendet", sagte Giuliana, die mit Fabrice hereingekommen war und die letzten Sätze gehört hatte, leise.

„Von meinem ausgepumpten Magen will ich jetzt gar nicht reden, das war meine eigene Dummheit", fuhr Jennifer fort, „aber kurz vorher in Shanghai erst die Explosion von Dominiques Wagen, dann die Folter beim chinesischen Geheimdienst und schließlich in Istanbul deine Schüsse ..."

Giuliana legte Fabrice hastig die Hände über die Ohren und blickte Jennifer beschwörend an.

Sie biss sich auf die Lippen. „Pardon. Aber Papa hatte wirklich mehrere Leben in dieser Zeit."

„Ach, hört auf mit den ollen Kamellen“, schaltete sich Dominique ein. „Darüber haben wir doch nun schon oft genug geredet. Du bist zum Glück eine miserable Schützin, chérie. In den Wochen im Krankenhaus konnte ich mich endlich mal vom Arbeitsstress erholen.“

„Na klar, tagelanges Koma und Morphiumspritzen waren die reinste Wellnesskur“, bemerkte Jennifer sarkastisch.

„Stochere du nur in der Wunde herum. Du weißt, wie viele Vorwürfe ich mir gemacht habe.“ Giuliana seufzte auf. „Was ihn wirklich fast umgebracht hätte, war, wenn du dich in Gefahr gebracht hast, Jenni.“

„Jaja, lenke von deinen Sünden ab und schieb es mir zu, Stiefmütterchen“, gab sie zurück, lächelte Giuliana jedoch an und küsste ihre Wange.

„Ihr beide zusammen habt mich völlig fertiggemacht“, brummelte er. „In dieser Hinsicht wart ihr ein tolles Team.“

„Gib zu, ein bisschen hattest du es verdient“, erwiderten die beiden Frauen fast wie aus einem Munde.

Dominique lachte auf. Wie schön, dass sie inzwischen über alles scherzen und sich die Bälle gegenseitig zuspielen konnten.

Nach der Tragödie vom Nachmittag war er besonders dankbar für das harmonische Familienleben mit seinen Lieben. Routine hin oder her – mit Giuliana und Fabrice fühlte er sich, als wäre er nach vielen Jahren emotionalen Herumirrens endlich zu Hause angekommen. Er war erleichtert, dass sich auch seine Tochter nun endlich gut einfügte, statt auf Giuliana eifersüchtig zu sein, wie es anfangs der Fall gewesen war.

Jennifer warf einen Blick zur Uhr. „Ich kann leider nicht allzu lange bleiben. Kilian wollte heute früher Feierabend machen."

Dominique nickte. „Lass uns zur Sache kommen."

„Ich werde Fabrice ins Bett bringen, dann habt ihr mehr Ruhe", sagte Giuliana. „Komm, Schatz, sag Papa und deiner Schwester gute Nacht."

Nachdem die beiden das Wohnzimmer verlassen hatten, zog Jennifer einen Umschlag aus ihrer Schultertasche und entnahm ihm einige lose Blätter.

„Ich sollte die Ermittlungsakte heute ins Archiv bringen und bin dabei rein zufällig über den Fotokopierer gestolpert. Viel ist es nicht, was ich auf die Schnelle kopieren konnte, du weißt, dass ich mich nicht erwischen lassen durfte. Hier ist das Vernehmungsprotokoll von Dr. Bellancourt, der Obduktionsbericht und die Seite von Yvonnes Notizbuch mit dem Abschiedsbrief. Brief ist eigentlich zu viel gesagt ... Sieh es dir selbst an."

Dominique las die wenigen, in einer regelmäßigen rundlichen Frauenhandschrift abgefassten Zeilen.

Emmanuel, Amélie, Bernard, bitte verzeiht mir, aber ich kann so nicht weitermachen, ich bin insgeheim todunglücklich und werde mein Leben heute Nacht beenden. Ich liebe euch – Yvonne.

„Der Inhalt ist nicht gerade aufschlussreich", stellte er enttäuscht fest. „Der Brief ist nicht datiert ... vielleicht hat sie das früher mal geschrieben und es sich dann anders überlegt", dachte er nach. „Ach nein, sie hat ja Bernard erwähnt, also wird es wohl aktuell sein. Oder heißt ihr Ex zufällig auch Bernard?"

„Nein, Grégoire."

„Und gibt es in diesem Notizbuch Hinweise auf aktuelle Geschehnisse in ihrem Leben? Wo habt ihr es überhaupt gefunden? Im Auto, sagtest du?"

„Ja. Ihre Handtasche lag auf dem Beifahrersitz, und das Buch geöffnet darauf, mit der Schrift nach unten."

„Irgendwelche Fingerabdrücke im Wagen?"

„Auf dem Lenkrad nur die von Yvonne. Auf dem Türgriff der Fahrerseite gar keine, als hätte sie jemand abgewischt."

„Und auf dem Notizbuch?"

„Auch nur die von Yvonne. Und sachdienliche Hinweise gab es nicht in dem Büchlein. Sie hat dort Adressen notiert, wenn sie unterwegs war, Dinge, die sie nicht vergessen wollte, Einkaufslisten für Kleidung und Accessoires. Ich habe das alles durchkämmt, bin aber auf nichts Interessantes gestoßen."

„Und die Adressen?"

„Von Geschäften und Ähnlichem."

„Der Brief ist nichtssagend, finde ich. Nicht gerade herzzerreißend emotional und verzweifelt. Irgendwie klingt es für mich, als ob sie ihn geschrieben hat, während ihr jemand eine Waffe an den Kopf hält und ihr befiehlt, so etwas zu schreiben. Und sie hat das gar nicht richtig ernst genommen. Vielleicht dachte sie, das wäre ein makabrer Scherz. Sie war ja angetrunken und hat möglicherweise mit ihrem Mörder, den sie recht gut kannte, herumgealbert. Er musste ihr gar keine Waffe an die Schläfe halten." Dominique trommelte mit dem Ende seines Kugelschreibers auf dem Papier herum. „Also, ich klammere diesen Brief von jetzt an aus, sonst komme ich wahrscheinlich zum gleichen

Ergebnis wie die Polizei, und das ist nicht im Sinne meines Klienten."

„Hast du schon jemanden im Verdacht?"

„Nicht konkret, aber ... Du hast doch gesagt, der Polizeirat habe deinen Chef angewiesen, die Ermittlungen in Yvonnes Fall einzustellen?"

„Ja."

„Könnte es sein, dass es dafür einen politischen Grund gegeben hat?"

„Wie meinst du das? Wieso sollte es?"

„Es sieht so aus, als hätte Yvonne etwas mit dem Spitzenpolitiker Christian Lenoir gehabt."

„Der von *Mouvement pour la France*?", fragte Jennifer ungläubig.

„Genau. Es soll ja vorkommen, dass Fälle rapide abgeschlossen werden, weil von höchster Stelle ein Befehl kommt, wenn ein Verdächtiger ein hohes politisches Amt innehat."

„Ja, das hat es schon gegeben", stimmte sie nachdenklich zu. „Ob das hier jedoch der Grund war, kann ich dir nicht sagen."

Er zuckte mit den Schultern. „Auf jeden Fall muss ich Lenoir befragen."

„Es wird schwer sein, an den ranzukommen. Du könntest dir ganz schön die Finger verbrennen, wenn du ihm einen Mord unterstellst."

„Oder aber seiner kometenhaften politischen Karriere ein Ende bereiten. Wer weiß, was Yvonne mitbekommen hat – vielleicht hat sie ihn mit irgendwas erpresst, nachdem er die Affäre beendet hat. Oder natürlich der Klassiker: Sie setzt ihn unter Druck, er soll sich von seiner Frau trennen, er fürchtet einen Skandal, der seine Karriere ruinieren könnte, ein Streit unter Liebenden und *bumm*, er schubst sie von der Brücke.“

Jennifer hob die Augenbrauen. „Und hat sie vorher rein prophylaktisch schon mal einen Abschiedsbrief schreiben lassen?“

„Dann geschah es eben nicht spontan, sondern mit Vorsatz. Vielleicht hat er ihr das mit dem Brief als eine Art Spiel verkaufen können. Wie ich eben sagte: Sie war beschwipst, in Stimmung für Blödsinn, trifft sich nachts mit ihrem heimlichen Geliebten …“

„Da war sie doch schon mit Mondy verlobt.“

Dominique hob die Handflächen. „Weißt du, ob sie den Politiker nicht weiterhin getroffen hat?“

Sie schüttelte den Kopf. „Ich weiß nicht, ob ich dich um diesen Fall beneiden soll oder ob ich froh sein soll, dass ich ihn los bin. Es verspricht spannend zu werden. Aber nimm dich vor Lenoir in Acht, das scheint mir ein aalglatter und knallharter Typ zu sein.“

„Hart genug, um seine unbequem gewordene Geliebte gewaltsam aus dem Weg zu räumen?“

„Vielleicht. Hast du noch andere Spuren?“

„Yvonne war Mitglied in einem Freizeitclub für Singles. Giuliana und ich werden dort verdeckt ermitteln, um die Leute zu überprüfen.“

„Du in einem Singleclub.“ Jennifer lachte amüsiert auf. „Das ist ja, als ob man eine Maus in die Käsetheke schickt.“

„Danke für den Vergleich! Du weißt, dass ich ein treuer Ehemann bin“, protestierte er. „Wobei ich es dir natürlich nicht auf die Nase binden würde, wenn ich es nicht wäre, aber ich versichere dir, dass ich Giuliana treu bin. Was früher war, ist etwas anderes. Ich habe mich ausgetobt."

„Schon gut. Ist wohl besser, Giuliana darf sich auch in diesem Singleclub umsehen, sonst macht sie dir die Hölle heiß, wenn du dort mit den Frauen flirtest."

„Na hör mal, ich gehe dort zum Ermitteln hin, nicht zum Anbandeln."

„Verdeckt, hast du gesagt. Um deine Tarnung glaubhaft zu machen, musst du schon ein wenig flirten, denke ich. Oder ist Giuliana nicht mehr so extrem eifersüchtig wie früher?"

„Nein, eigentlich nicht. Sie ist jetzt zu sehr mit Fabrice beschäftigt." Dominique legte nachdenklich die Stirn in Falten.

Jennifer betrachtete ihn aufmerksam. „Machst du dir um irgendwas Sorgen?"

„Nein, das nicht. Ich frage mich nur ... Wir waren anfangs so spontan und abenteuerlustig – wo ist das geblieben?" Er verzog den Mund. „Der Alltag lässt einfach keine Zeit für Eskapaden. Wir freuen uns schon auf den Sommerurlaub", fügte er bemüht optimistisch hinzu.

„Eine Woche Irland, eine Woche Italien, wie in den letzten beiden Jahren?", fragte sie mit gutmütigem Spott.

Er nickte. „Und im Herbst eine Woche Türkei", ergänzten sie dann wie aus einem Munde und lachten.

„Stimmt, auch das wird langsam Routine", gab er zu. „Wir wollen eben die Familie besuchen. Du weißt, wie viel Nachholbedarf ich mit meinem Vater habe, und genau so geht es Giuliana mit ihrer Mutter. Auch wenn sie immer noch ein viel kühleres Verhältnis zueinander haben als ich zu Dad. Gerade deshalb ist es ihr wichtig, den Kontakt nicht wieder einschlafen zu lassen. Genau wie die Beziehung zu ihrer Verwandtschaft in Istanbul. Außerdem sind alle drei Länder traumhafte Urlaubsorte, ich beschwere mich bestimmt nicht darüber. Von der Welt habe ich schließlich schon genug gesehen."

Nachdem Jennifer gegangen war, grübelte Dominique darüber nach, ob es ein schlechtes Zeichen war, dass Giuliana nicht mehr so eifersüchtig war wie früher. Zwar glaubte er nicht, dass sie ihn betrog und zweifelte nicht daran, dass sie ihn nach wie vor liebte, doch auf einmal beunruhigte es ihn, dass sie beide nicht mehr so verrückt nacheinander waren wie zu Anfang. Auch wenn das bestimmt normal war – körperliche Anziehungskraft nutzte sich bekanntlich nach wenigen Jahren ab, und noch dazu mussten sie ein kleines Kind betreuen und eine Agentur am Laufen halten. Doch es wäre sicher besser, wenn sie nicht allzu tief in lähmende Routine versanken.

Giuliana unterbrach seine Gedanken, als sie sich zu ihm setzte und mit dem Programmheft wedelte, das Durrieux ihnen überlassen hatte. „Ich habe mir das vorhin schon mal angesehen. Wir sollten die Aktivitäten zwischen uns aufteilen. Lass uns das gleich machen, damit wir den Rest drumherum planen können."

Er nickte, setzte seine Lesebrille auf und blätterte das Heft durch.

„Kommenden Freitag ist Tanzabend – dein Job", legte er fest.

Sie lachte auf. „Nur zu gern – aber eigentlich hast du doch Gefallen daran gefunden, seit wir damals im *Laila* waren. Oder bei der Hochzeit meines Cousins."

„Ich tanze nur in Istanbul." Er blinzelte ihr zu und vertiefte sich wieder in die kleine Broschüre. „Sonntag ist Golfspielen in Saint Cloud, das mache ich."

„Du kannst doch gar nicht Golf spielen."

„Ich habe früher öfter mal Minigolf gespielt."

Giuliana lächelte amüsiert. „Ich denke nicht, dass dir das helfen wird."

Er machte eine wegwerfende Handbewegung. „Es ist ebenfalls ein kleiner Ball, der mit einem Schläger fortbewegt wird. Werde ich schon hinbekommen. Außerdem steht da, dass man eine Einführungsstunde erhalten kann."

„Mondy wird sich freuen, wenn er dir ein Handicap beschert", sagte sie ironisch.

Dominique trug den Termin in seinen kleinen Taschenkalender ein und blätterte darin herum.

„Ich möchte mich morgen noch einmal bei Yvonne zu Hause umsehen. Mondy hat mir die Schlüssel anvertraut, aber morgen Abend muss er sie an Yvonnes Sohn übergeben. Kannst du für mich die Beschattung von Madame Pignon übernehmen? Ihr Mann hat mir vorhin gesagt, dass sie einen verdächtigen Termin hat."

Zum Glück für die Agentur war Bernard Mondy derzeit nicht der einzige Klient, und die anderen Aufträge mussten ebenfalls weitergeführt werden.

„Klar. Aber nur bis fünfzehn Uhr. Um halb vier treffe ich mich mit dem Geschäftsführer der *Fondation Cartier* wegen der Überprüfung ihres Sicherheitssystems.

Und du müsstest Fabrice aus der *Maternelle* abholen und dich um ihn kümmern.“

Ihr Sohn besuchte seit einem Jahr die Vorschule, wie es in Frankreich für Kinder ab drei Jahren üblich war.

„Mach ich.“

„Und kannst du dich ums Abendessen kümmern? Ich werde etwas später als sonst zu Hause sein, je nachdem, wie lange es mit Cartier dauert.“

„Natürlich. Ich könnte Tagliatelle mit Lachs in Weißweinsauce machen, was hältst du davon?“ Gut, dass er bereits nachgedacht hatte, was er demnächst kochen könnte.

„Das wäre super. Cartier könnte ein richtig großer Auftrag werden, vielleicht brauche ich dabei deine Hilfe, Dominique.“

„Mit Vergnügen. Haben wir eigentlich noch offene Rechnungen?“

„Die für Firma Haynes und Monsieur Galvet habe ich gestern geschrieben, liegen im Büro im Postausgang.“

„Alles klar, dann werfe ich sie morgen in den Briefkasten.“

Sie waren ein eingespieltes Team. Die Grenzen zwischen Beruf und Privatleben waren stets fließend. Vielleicht zu fließend, dachte Dominique.

„Wir sollten uns bemühen, Privates und Berufliches besser voneinander zu trennen“, sagte er entschlossen.

Giuliana hob erstaunt die Augenbrauen. „Warum?“

„Ich finde, wir sollten uns privat eine Art Secret Garden bewahren.“

„Wie meinst du das?“

„Es kann nicht gut sein, wenn wir abends noch über die Arbeit sprechen. Wir sind doch nicht nur Detektive, wir waren auch mal ein sehr leidenschaftlich verliebtes Pärchen – weißt du noch? Ich möchte, dass wir die Romantik wiederfinden, die uns abhandengekommen ist."

„Ach so?" Verblüfft starrte sie ihn an, dann lachte sie. „Erinnerst du dich durch diesen Freizeitclub an deine guten alten Zeiten als Single und hast Sehnsucht danach?"

„Hast du keine Sehnsucht nach einem gewissen Prickeln?" Er umschlang ihre Taille, zog sie dichter zu sich heran und knabberte an ihrer Halsbeuge.

„Da habe ich lange nicht mehr drüber nachgedacht. Aber jetzt, wo du es sagst ..." Sie strich ihm liebevoll übers Haar, bevor sie sich ihm sacht entzog und gähnte. „Entschuldige, ich bin total müde."

„Okay, lass uns ins Bett gehen."

„Wir sind zu bürgerlich geworden, das ist unser Problem", sinnierte sie. „Früher hatten wir mehr Nervenkitzel."

„Du meinst, es war der Nervenkitzel, der geprickelt hat – es war nie die Chemie zwischen uns?", fragte er enttäuscht.

„Das wollte ich damit nicht sagen. Natürlich war da ein Feuerwerk der Gefühle zwischen uns." Sie küsste ihn zärtlich.

„Es war? Ist es erloschen?" Beunruhigt blickte er sie an.

„Wäre es nicht viel zu anstrengend, wenn immer noch ständig alles knistern und in Flammen stehen würde? Es ist normal, dass so etwas nicht ewig dauert. Eine Ehe ist doch mehr als Feuerwerk und Leidenschaft. Und wir führen eine gute Ehe, oder?"

„Sicher", murmelte er, und Giuliana legte mit einem Aufstöhnen die Hände vors Gesicht. „Großer Gott, ich höre mich an wie meine Mutter!"

Dominique gluckste. „Sie hat nicht unrecht. Wir könnten ja versuchen, gelegentlich wenigstens Wunderkerzen anzuzünden." Er blinzelte ihr zu.

„Das klingt nach einem guten Kompromiss." Sie gab ihm einen kleinen Stups gegen die Nasenspitze. „Sag mal, wenn wir versuchen, Beruf und Privatleben zu trennen, muss ich dann immer ins Büro fahren, wenn wir einander wegen irgendwas briefen wollen?"

Er kratzte sich nachdenklich die Wange. „Du hast recht, gerade für diesen Auftrag wird das schwierig werden. Aber grundsätzlich –"

Sie nickte. „Grundsätzlich verstehe ich deine Überlegung. Zwischen Kind, Haushalt und Agentur kommen wir beide als Paar zu kurz, und das ist auf Dauer sicher nicht gut."

10

Das Büro von *Demesy Investigations* lag nicht in einer so zentralen oder eleganten Gegend, wie Dominique und Giuliana es gern gehabt hätten, doch die Mieten in diesen Arrondissements waren nahezu unerschwinglich. Und in ihrer Dreizimmerwohnung auf der Ile Saint-Louis gab es keinen Platz für ein Büro. Sie hatten schließlich eine relativ günstige Einraumwohnung zur Miete im 10. Arrondissement nahe Gare du Nord und Gare de l'Est gefunden und sich damit getröstet, dass es praktisch war, falls Klienten von außerhalb mit dem Zug anreisten. Noch dazu lag es nicht weit vom indischen Viertel entfernt, und wenn Dominique einen Anflug von Nostalgie nach seiner früheren Heimat verspürte, ging er dort mittags Curry oder Teigtaschen essen und stöberte in den indischen Geschäften, die alle möglichen Waren anboten, ob bunte Kleider, Gewürze, parfümierten Reis oder aromatische Öle. Das schlug gewissermaßen eine Brücke von seinem alten zu seinem neuen Leben.

Es war Dominiques erstes eigenes Büro als selbstständiger Privatdetektiv. Er war stolz darauf und hatte es zusammen mit Giuliana so anheimelnd wie möglich gestaltet. Die beiden sich gegenüberstehenden Schreibtische mit Computer und Telefon waren rein funktional, genau wie das große Regal mit Nachschlagewerken und der Aktenschrank mit Ordnern – es sollte ja auch praktisch sein. Ein Läufer mit nordafrikanischem Wüstenmotiv, eine orientalische Tischlampe und ein gerahmter Gauguin-Kunstdruck mit Südseeschönheiten, die einst Dominiques Wohnung in Indien verziert hatten, erinnerten an die Zeit, als er noch ein echter Globetrotter gewesen war und brachten einen Hauch von Exotik in das Büro. Giuliana hatte einen edlen türkischen Wandteppich und eine Uhr mit osmanischen Ornamenten beigesteuert.

Es gab eine gemütliche Couchecke, in der Dominique in ungezwungener Atmosphäre heikle Themen mit aufgewühlten Privatkunden besprechen konnte. Er hatte eine Klappcouch gekauft und scherzhaft zu Giuliana gesagt, dass diese nützlich sein könnte, falls sie mal Ehekrach haben würden. Bisher war es allerdings nicht nötig gewesen, dass er im Büro übernachten musste. Die wenigen Streits, die sie hatten, pflegten sie stets vor dem Schlafengehen beizulegen.

Dominique ging in die kleine Küche und setzte eine Kanne Filterkaffee auf, als es an der Tür klingelte. Er wunderte sich, wer das das sein mochte. Für den Paketboten war es noch zu früh und Besuch erwartete er nicht. Rasch ging er zur Sprechanlage. „Ja, bitte?"

„Hier ist Grégoire Bellancourt. Ich will mit Ihnen reden", klang es aufgebracht durch den Hörer.

Oha. So wie er sich anhörte, würde das kein erfreuliches Gespräch werden. Immerhin konnte er ihn dann gleich befragen, wenn er schon freiwillig zu ihm kam.

„Erste Etage rechts." Dominique drückte auf den Türöffner.

Als er die Wohnungstür öffnete, sah er sich einem mittelgroßen Mann gegenüber, der ihm mit schmallippigem Gesicht finster entgegenblickte.

Grégoire Bellancourts Augen hinter der eckigen Stahlrandbrille funkelten Dominique erbost an und er ignorierte dessen zur Begrüßung ausgestreckte Hand. „Meine Kinder haben mir erzählt, dass Sie sie wegen des Suizids meiner Ex-Frau behelligt haben.“

Dominique trat einen Schritt zurück, um die Tür freizugeben. „Bitte, kommen Sie doch einen Moment rein. Sie wollen das sicher nicht im Treppenhaus besprechen.“

Etwas unentschlossen trat der Chirurg ein. „Außer der Bitte, meine Familie in Ruhe zu lassen, habe ich Ihnen nicht viel zu sagen.“

„Nun haben Sie sich schon die Mühe gemacht, extra hierherzufahren, da können Sie auch in mein Büro kommen.“ Er ging voraus.

„Aber nur fünf Minuten. Ich habe Patienten, die auf mich warten.“

„Warum haben Sie mich denn nicht einfach angerufen?“

„Ich wollte sehen, mit wem ich es zu tun habe.“

Dominique drehte sich zu ihm um und lächelte ihn entwaffnend an. „Bitte sehr, hier sehen Sie es.“

„Ich möchte, dass Sie sofort aufhören, in den Angelegenheiten meiner Familie herumzuschnüffeln. Yvonne ist tot, daran können Sie nichts ändern. Unterlassen Sie es also, meine Kinder aufzuregen.“

„Pardon, das war nicht meine Absicht. Allerdings schien Ihr Sohn nicht aufgeregt über meinen Besuch und Ihre Tochter war es schon vorher. Haben sie sich über mich beklagt?"

„Nein, aber sie haben mir von Ihrer Befragung erzählt."

„Dann wissen Sie sicher, dass Bernard Mondy mein Auftraggeber ist, weil er nicht an einen Suizid glaubt."

„Pff", machte der Chirurg verächtlich. „Er will es nicht wahrhaben und sucht einen Schuldigen. Den werden Sie nicht finden, Sie vergeuden Ihre Zeit."

„Nicht ganz, ich erledige einfach meinen Job. Was macht Sie so sicher, dass Yvonne wirklich freiwillig in den Tod gegangen ist, Dr. Bellancourt?"

„Das habe ich der Polizei bereits erklärt. Es wird ja seinen Grund haben, wenn diese die Ermittlungen eingestellt hat."

„Dann überzeugen Sie mich doch auch davon. Bitte, setzen Sie sich." Er wies auf die Couchecke. „Möchten Sie einen Kaffee?" Ein aromatischer Duft drang ins Büro, und das Gluckern und Zischen in der Küche zeugte davon, dass der Kaffee fast durchgelaufen war.

Der Arzt sah so aus, als wolle er ablehnen, dann überlegte er es sich anders. „Meinetwegen. Ich hatte heute früh noch keinen, und wer weiß, ob das vor der Sprechstunde was wird."

Dominique schenkte in der Küche Kaffee in zwei kleine Tassen, stellte sie zusammen mit Milch und Zucker auf ein Tablett und kehrte ins Büro zurück.

Bellancourt hatte sich inzwischen auf die Couch sinken lassen und musterte stillschweigend die Dekoration im Ethno-Look.

Dominique schob ihm eine Tasse hin und setzte sich in den Sessel. „Finden Sie nicht, dass Ihre Kinder es verdient haben zu erfahren, ob ihre Mutter wirklich freiwillig aus dem Leben geschieden ist? Meines Wissens nach ist ein Suizid für die Angehörigen noch schwerer zu verkraften als der Tod durch fremde Hand.“

„Hören Sie, Monsieur Demesy, die Polizei hat mir den Abschiedsbrief gezeigt. Das war eindeutig Yvonnes Schrift – wie erklären Sie sich das?“, fragte Bellancourt kritisch.

„Man könnte sie gezwungen haben.“ Dominique beobachtete aufmerksam die Reaktion des Arztes.

Dieser runzelte angestrengt die hohe Stirn. „Ich kenne niemanden, der ihr etwas Böses wollen könnte.“

„Sie sind seit zweieinhalb Jahren getrennt, seit sechzehn Monaten geschieden, wenn ich richtig informiert bin – wissen Sie, wen sie inzwischen so alles kennengelernt hat?“

„Nein, aber ich bekomme natürlich durch meine Kinder einiges mit.“

„Denen wird sie vermutlich auch nicht alles sagen, oder?“

„Vielleicht nicht. Aber sie stehen sich zumindest sehr nah.“ Bellancourt nahm vorsichtig einen Schluck von dem heißen Kaffee, und sein verkniffenes Gesicht entspannte sich etwas. „Wie ich der Polizei schon sagte, hatte Yvonne eine manisch-depressive Veranlagung – es gab lange Zeiten, in denen sie geradezu überschäumend vor Fröhlichkeit war, nur um dann plötzlich in ein Loch zu fallen. Sie hat mir anvertraut, dass sie als Teenager mal einen Suizidversuch unternommen hat.“

„Ihr Sohn ist der Ansicht, dass diese Stimmungsschwankungen im normalen Bereich liegen.“

„Er ist weder objektiv noch ein Fachmann dafür. Es ist schwer für ihn, es zu akzeptieren. Und Yvonne hat sich immer große Mühe gegeben, sich vor den Kindern nichts anmerken zu lassen. Was ihr gar nicht mal schlecht gelungen ist. Das war bewundernswert."

Dominique legte skeptisch den Kopf schief. „Offenbar war es in den letzten zwanzig Jahren nicht schlimm genug, um ärztliche oder therapeutische Behandlung zu erfordern, oder?"

„Ähm, na ja … nein." Der Chirurg rutschte unruhig auf der Couch herum und blinzelte nervös. „Oder vielleicht doch. Ich mache mir Vorwürfe, nicht darauf gedrungen zu haben, dass sie sich in Behandlung begibt. Dabei hätte ich als Arzt doch merken müssen, wie es um sie steht."

Dominique seufzte innerlich. Es klang plausibel, dass der Mann Schuldgefühle hatte, und dennoch sagte ihm sein Instinkt, dass er log.

„Hören Sie, *docteur*, sollten meine Ermittlungen ergeben, dass Yvonne getötet wurde, brauchen Sie sich wenigstens keine Vorwürfe mehr zu machen – wäre es das nicht wert?"

Bellancourt blickte ihn durchdringend an. „Das stimmt natürlich. Tun Sie also, was Sie zu tun haben, aber bitte diskret. Ich möchte nicht, dass meine Kinder in der Presse unangenehme Dinge über ihre Mutter lesen müssen, falls Ihre Ermittlungen irgendwelche dubiosen Tätigkeiten oder Bekanntschaften meiner Ex ans Licht bringen. Sie haben recht, ich weiß nicht, mit wem sie sich in letzter Zeit eingelassen hat."

„Ich bin kein Klatschreporter", versicherte Dominique. „Sollte ich genügend Indizien für einen

Verdächtigen finden, werde ich ihn oder sie natürlich an die Kriminalpolizei übergeben, aber auch die wird das nicht an die große Glocke hängen. Oder sind Sie als plastischer Chirurg so berühmt, dass dies die Presse interessiert?“

Noch während er es aussprach, fiel ihm ein, dass es ein gefundenes Fressen für die Presse wäre, falls Christian Lenoir sich als Täter herausstellen würde. Die Affäre würde sich kaum geheim halten lassen. Doch im Moment war das reine Spekulation.

„Berühmt bin ich nicht – höchstens meine Patienten“, gab Bellancourt zu und leerte seine Tasse in einem Zug. Er setzte sie klirrend auf der Untertasse ab und erhob sich. „Würden Sie mich über Ihre Ermittlungen auf dem Laufenden halten?“

„Nein, Sie sind nicht mein Auftraggeber“, wies Dominique ihn mit sanfter Stimme in seine Schranken.

„Na schön, dann nicht.“ Bellancourt straffte mit einem Ruck sein Jackett.

„Nehmen Sie es mir nicht übel, auch das gehört zu meiner Diskretion. Und Sie konnten doch bisher ganz gut mit der Annahme eines Suizids leben.“

„Sollte es nicht so sein, würde ich es schon wissen wollen. Aber sicher wird Mondy Emmanuel informieren und der sagt es mir dann.“

„Nach Abschluss der Ermittlungen gebe ich Ihnen gerne persönlich Bescheid, wenn Sie mir Ihre Karte hierlassen.“

Der Schönheitschirurg griff in die Innentasche seines Jacketts und drückte Dominique eine Visitenkarte seiner Praxis in die Hand. „Bonne journée, Monsieur.“

Nachdenklich schloss Dominique die Tür hinter ihm. Wollte der Arzt tatsächlich nur das seelische Gleichgewicht seiner Kinder schützen oder hatte er etwas zu verbergen, das ein Detektiv nicht ans Tageslicht bringen sollte? Hatte er herausfinden wollen, wie viel Dominique bereits wusste und wen er verdächtigte? Das war ein Grund mehr, ihm keine Details über die laufenden Ermittlungen anzuvertrauen.

Er schaltete das Modem seines Computers ein, und nachdem ihm das schrille unregelmäßige Pfeifen des Geräts die Internetverbindung ankündigte, gab er Christian Lenoirs Namen bei *Yahoo* ein. Eine geniale Erfindung, dieses *World Wide Web*. Unglaublich, wie viele Rennereien und Telefonate man sich damit ersparen konnte. Vorausgesetzt, man fand genügend Informationen über das gesuchte Thema beziehungsweise die Person. Bei einem prominenten Verdächtigen wie Christian Lenoir waren die Suchmaschinen recht hilfreich.

Er scrollte sich durch die Laufbahn des Spitzenpolitikers, erfuhr, dass er vierundvierzig war, seit achtzehn Jahren verheiratet und drei Kinder hatte. Und Ambitionen auf das Amt des Vorsitzenden seiner Partei, dessen Inhaber bald in den Ruhestand gehen wollte. Soweit nichts Ungewöhnliches.

Dominique suchte die Telefonnummer der Pariser Parteizentrale heraus und fragte sich dort zum stellvertretenden Vorsitzenden durch. Schließlich wurde er mit der Vorzimmerdame verbunden und bat dort um ein Gespräch mit Christian Lenoir.

„Schicken Sie uns eine schriftliche Anfrage mit Ihrem Anliegen", sagte die Sekretärin gelangweilt.

„Es ist privat.“

„Dann werden Sie ja auch die Privatnummer von Monsieur Lenoir haben. Guten Tag.“ Sie hängte ein.

Unverschämtheit, dachte Dominique. Und so was wird von unseren Steuergeldern bezahlt. Allerdings riefen pro Woche sicher Dutzende von Leuten an, die ein Gespräch wünschten, um etwas zu verkaufen oder Unterstützung zu erbitten. Verständlich, wenn sich Lenoir erst einmal ansehen wollte, worum es überhaupt ging, bevor er eventuell seine kostbare Zeit zur Verfügung stellte.

Dominique tippte ein kurzes Anschreiben, in dem er sich als Privatdetektiv vorstellte und seinen Wunsch äußerte, mit Lenoir über Yvonne Bellancourt zu sprechen, erwähnte aber nicht ihren Tod und auch nicht die Art der Bekanntschaft, die Lenoir mit ihr gehabt haben mochte. Den Umschlag versah er mit dem fetten Vermerk *persönlich*, frankierte ihn und warf ihn zusammen mit Giulianas Rechnungen in den Briefkasten, als er gleich darauf auf die Straße trat.

Er fuhr mit seinem Wagen zu Yvonnes Haus und suchte etwas gezielter als zwei Abende zuvor nach Hinweisen. Ein wichtiges Indiz galt es noch zu finden, um sicher zu sein, dass Lenoir auf dem Foto in Yvonnes Bett lag und nicht in seinem eigenen. Dominique durchkämmte die Schränke und benötigte nicht lange, um sauber gestapelte Bettwäsche zu entdecken. Darunter jene vom Foto. Sie besaß ein ausgefallenes Paisleymuster in verschiedenen Blautönen und wirkte recht exklusiv. Die Sorte von Bettwäsche, die in den *Galeries Lafayette* fast so viel kostete wie eine Stereoanlage, wie er kopfschüttelnd festgestellt hatte, als Giuliana einmal begeistert mit etwas Ähnlichem nach Hause gekommen war.

Natürlich konnten auch Lenoirs Frau oder er selbst diese Bettwäsche gekauft haben, sie war sicher kein Unikat, aber wie hoch war die Wahrscheinlichkeit für solch einen Zufall? Dominique genügte dieser Beweis, um endgültig von einer Affäre zwischen den beiden überzeugt zu sein.

Dennoch wollte er auch andere mögliche Spuren nicht außer Acht lassen, und so wühlte er sich fast zwei Stunden lang durch Fotos und Korrespondenz, sorgsam darauf bedacht, alles so aufgeräumt zu hinterlassen, wie er es vorgefunden hatte. Es gab haufenweise Fotos von Yvonne in allen Altersstufen, und Dominique lieh sich einige aus, um Mondy nicht mehr damit behelligen zu müssen. Insbesondere die, auf denen sie nicht allein zu sehen war, interessierten ihn.

Er fuhr Yvonnes Computer hoch und durchforstete ihre Mails. Tatsächlich fand er einige, die von *clenoir1955@yahoo.fr* stammten, und überflog sie in chronologischer Reihenfolge.

Liebe Yvonne, unser Abendessen gestern war wunderbar, du bist nicht nur eine tolle Köchin, sondern vor allem eine außergewöhnlich charmante, kluge und attraktive Frau,

schrieb Lenoir Anfang November 1998.

Ich würde dich nur zu gerne wiedersehen. Ich rufe dich in den nächsten Tagen mal an.
Alles Liebe, Christian.

Kurz vor Weihnachten antwortete er auf Yvonnes Frage, ob sie sich an den Festtagen sehen würden:

Schatz, niemand bedauert mehr als ich, dass wir uns an den Feiertagen nicht treffen können. Hier ein Vorschlag: Meine Frau verreist zwischen den Jahren ein paar Tage – was hältst du davon, wenn wir zusammen für einen Tag in die Normandie fahren? Ich denke, das kann ich riskieren – wir müssen natürlich in der Öffentlichkeit weiterhin sehr vorsichtig sein.

Klar, dachte Dominique. Wenn ein Politiker mit Ambitionen auf den Vorsitz seiner Partei beim Seitensprung erwischt wurde, war das sehr unvorteilhaft für die Karriere.

Ich finde es belastend, dass wir uns nirgendwo zusammen sehen lassen können,

beklagte sich Yvonne in der letzten Nachricht von Ende Januar.

Du solltest dir langsam überlegen, was du nun willst. Meine Gefühle für dich haben sich jedenfalls nicht geändert.

Ob es dadurch zum Bruch gekommen war? Yvonne war sicher keine Frau gewesen, die sich dauerhaft damit begnügte, nur die heimliche Geliebte zu sein. Vielleicht hatte sie Lenoir ja wirklich unter Druck gesetzt, sich von seiner Frau zu trennen und ihre Beziehung öffentlich zu machen?

Nichts in ihren Zeilen wies jedoch darauf hin, dass sie sich im Bösen getrennt hatten. Oder dass sie sich überhaupt getrennt hatten. Sicher hatten sie persönlich oder zumindest am Telefon über solche Dinge gesprochen. Und falls es dazu doch eine Mail gab, konnte Yvonne sie auch gelöscht haben. Dominique öffnete vorsichtshalber den Papierkorb des Mailprogramms, fand aber keine derartige Nachricht. Allerdings wurden die dort befindlichen Mails nach dreißig Tagen automatisch gelöscht, wie er von seiner eigenen Mailbox wusste.

Er druckte die kurzgehaltene Korrespondenz zwischen den beiden aus sowie weitere Mails von einigen anderen Personen, die er überprüfen wollte, auch wenn das Geschriebene harmlos wirkte.

Als er fertig war, verschloss er das Haus sorgfältig und fuhr nach La Défense, um Mondy die Schlüssel zurückzugeben und ihm von seinen Erkenntnissen und dem Besuch von Dr. Bellancourt zu berichten.

Danach blieb ihm noch eine knappe Stunde, bis er Fabrice aus der *Maternelle* abholen musste. Der Pont des Arts lag auf dem Weg, und er beschloss, die Gelegenheit zu nutzen, um sich den Ort des Geschehens anzusehen.

Er schlenderte den Quai du Louvre entlang und betrat den Pont des Arts, der im Gegensatz zu den meisten anderen Pariser Brücken nur für Fußgänger gedacht und kaum zehn Meter breit war. Etwa in der Mitte der Brücke, wo es passiert war, blieb er stehen und stützte die Unterarme auf das Metallgeländer. Er blickte über die Seine gen Westen und sagte sich, dass dies der letzte Anblick gewesen sein musste, den Yvonne vor ihrem

Sturz gehabt hatte. Direkt vor ihm lag der Pont du Carrousel, deutlich imposanter als der schlichte Pont des Arts. Diese Eigenschaften brachten ihn zum Grübeln.

Paris war voll von interessanten Brücken: pompöse mit goldenen Statuen wie der Pont Alexandre III, geschichtsträchtige wie der Pont au Change. Oder international bekannte wie der Pont de l'Alma, der dadurch traurige Berühmtheit erlangt hatte, dass Prinzessin Diana in seiner unmittelbaren Nähe vor knapp zwei Jahren tödlich verunglückt war. Und nicht weit entfernt der Pont Neuf, der als schönste Pariser Brücke galt.

Warum sollte eine Frau wie Yvonne, die offenbar Glamour, Luxus und Effekte geliebt hatte, ihren Freitod ausgerechnet auf einem so modernen, schmucklosen Fußgängersteg wie dem Pont des Arts inszenieren? Dessen Besonderheit war lediglich, dass er die erste schmiedeeiserne Brücke war, die in Paris erbaut worden war. Hatte das als verhinderte Architektin irgendein Interesse bei ihr geweckt? Oder war die Wahl der Brücke einfach Zufall gewesen?

Allerdings, egal ob bei Mord oder Suizid, barg eine von Autos befahrene Brücke auch nachts ein höheres Risiko, gesehen zu werden als dieser Fußgängersteg, der noch dazu zwischen nächtlich leeren Gebäuden lag. Wahrscheinlich war das die logische Erklärung. Sollte Yvonne den Freitod gewählt haben, wollte sie sich nicht von herbeieilenden Passanten davon abhalten lassen. Wenigstens dies könnte zu ihrem willensstarken Charakter passen, dachte Dominique und schüttelte ratlos den Kopf.

11

Giuliana ließ ihren Blick prüfend zwischen ihrem Spiegelbild und den Fotos von Yvonne hin- und herwandern. Es war sicher keine schlechte Idee, der Toten so ähnlich wie möglich zu sehen, um den gleichen Männertyp anzuziehen. Zwar spielte dabei auch die Haarfarbe eine wichtige Rolle und sie selbst war brünett, doch beim Rest kam die Ähnlichkeit mit Yvonnes Typ hin: Ihr überschulterlanges Haar fiel wellig um ihr hübsches ovales Gesicht, ihre Lippen waren schön geschwungen und sinnlich, und der Blick ihrer haselnussbraunen Augen konnte ebenfalls recht durchdringend sein. Ein figurbetontes Designerkleid und kostspieliger Goldschmuck rundeten das Bild ab.

Giuliana zog ihre Lippen in einer rostroten Nuance nach und griff nach einem goldenen Gliederarmband. Damit ging sie ins Wohnzimmer, wo Dominique mit Fabrice auf dem Boden hockend spielte, und blickte lächelnd auf die beiden hinab. „Machst du mir bitte das Armband zu, sevgili?" In Erinnerung an den Beginn ihrer Romanze in Istanbul nannte sie ihn noch immer Liebling auf Türkisch.

Er ließ den Blick langsam an ihren nackten gebräunten Waden über die sanft gerundeten Hüften und die schlanke Taille emporgleiten und schluckte. „Du siehst verboten gut aus. So kann ich dich doch nicht auf einen Haufen männlicher Singles loslassen. Ich möchte mitkommen", sagte er und befestigte den Verschluss ihres Armbands.

„Das hättest du dir früher überlegen müssen, jetzt bekommen wir so schnell keinen Babysitter mehr", erwiderte sie lächelnd. „Außerdem denk bitte an die Rechnung – unser Klient will sicher nicht für ein romantisches Dinner für uns beide aufkommen."

„Wo gehst du hin, Maman?", wollte Fabrice wissen.

„Das habe ich dir vorhin erklärt, ich habe heute Abend was Berufliches zu tun." Ihr wurde bewusst, wie merkwürdig das angesichts ihrer aufgedonnerten Erscheinung klingen musste, doch Fabrice war mit seinen vier Jahren hoffentlich noch zu klein, um das anrüchig zu finden.

Dominique hob ihn auf seine Arme, damit Giuliana ihn zum Abschied küssen konnte, ohne sich bücken zu müssen. „Wir beide machen uns heute einen Männerabend, mein Sohn. Gleich gibt es Pizza, und danach gucken wir Fußball, bis Mama wieder da ist."

„Von wegen! Spätestens um neun ist Fabrice im Bett, hörst du?"

Sie küsste Dominique und vergrub dann kurz ihre Nase in der Halsbeuge ihres Sohns, wo es so gut nach sauberer Kinderhaut duftete. Wie immer fiel es ihr schwer, ihn allein zu lassen, allerdings konnte sie nicht leugnen, dass sie sich auf diesen Abend freute. Sie war seit einer Ewigkeit nicht mehr tanzen gegangen und vermisste es manchmal. Doch die Pariser Clubs waren teuer und Dominique tanzte nicht besonders gern. Noch dazu hätte sie ein schlechtes Gewissen gehabt, Fabrice abends zu oft in der Obhut eines Babysitters zu lassen. Ihnen standen leider keine Großeltern zur

Verfügung, die den Kleinen nur allzu gern betreut hätten, da Dominiques Adoptiveltern in der Bretagne lebten, sein leiblicher Vater in Irland und Giulianas Mutter in Rom. Ihr Vater, ein neapolitanischer Gentleman-Gauner, war schon seit vielen Jahren tot.

Mit ihrem Alfa Romeo fuhr Giuliana ins 11. Arrondissement und kurvte eine Weile um das Restaurant, in dem der Tanzabend stattfinden sollte, bis sie einen Parkplatz fand. Voller Spannung betrat sie kurz darauf die Gaststätte. Obwohl sie recht selbstsicher war, mochte sie es nicht, allein zu solchen Veranstaltungen zu gehen. Was würde sie dort erwarten?

Nachdem sie ihren Sommermantel in der Garderobe abgegeben hatte und einen Vorraum betrat, in dem Kir Royal und Häppchen angeboten wurden, trat ein junger Mann in Anzughose und Hemd auf sie zu und lächelte sie an. „Sie müssen Giuliana sein. Ich bin Hervé, der Geschäftsführer von *Actuel.*" Während er sie an den Schultern fasste und ihr die Wangen küsste, murmelte er leise in ihr Ohr: „Jérôme hat mich in alles eingeweiht. Furchtbar, das mit Yvonne. Ich hoffe, niemand hier hat etwas damit zu tun."

„Und falls doch, werden wir es sehr diskret behandeln und Ihren Club nicht mit hineinziehen", versprach sie. „Können Sie mir Personen zeigen, mit denen Sie Yvonne häufig gesehen haben?"

„Das ist schwierig. Ich bin nicht bei jeder Veranstaltung dabei und beobachte höchstens zufällig, wer nun oft mit wem redet. Wir sind ja keine Partnervermittlung. Und außerdem, so leid es mir tut, möchte ich Ihnen auch keine Mitglieder des Clubs als potentielle Mörder präsentieren."

„Das verstehe ich, aber so war das gar nicht gemeint." Giuliana nahm eine Champagnerflöte von dem silbernen Tablett, das ihr ein beflissener Angestellter hinhielt, und nippte durstig an dem erfrischenden Kir Royal. „Natürlich geht es letztlich darum, einen eventuellen Täter zu finden, aber dazu muss ich erst einmal mehr über Yvonne herausbekommen. Dafür muss ich Leute kennenlernen, die mit ihr Kontakt hatten. Das heißt ja nicht, dass ich die sofort verdächtige."

„In Ordnung. Kommen Sie, ich stelle Sie Jean-Louis und Hélène vor, mit denen habe ich Yvonne in letzter Zeit hin und wieder gesehen."

Er geleitete sie zu einer platinblonden Frau im eleganten Partykleid und einem schlaksigen Mann mit kurzen graubraunen Haaren, der Jeans und eine abgeschabt wirkende braune Lederjacke statt eines Jacketts trug.

Hervé stellte sie einander kurz vor und zog sich gleich wieder zurück, um die nächsten Neuankömmlinge zu begrüßen.

Jean-Louis und Hélène küssten Giuliana höflich die Wangen.

„Ich bin eine Bekannte von Yvonne Bellancourt", erklärte sie. Sie hatte beschlossen, sich als deren Bekannte auszugeben, um das Gespräch leichter auf sie bringen zu können.

„Oh!" Hélène schlug sich die sorgfältig manikürte Hand vor den Mund. „Es tut mir so leid, was passiert ist. Ich habe es von Marie-Claire gehört ..."

„Was ist denn passiert?", fragte Jean-Louis erstaunt und hielt inne, wohlgefällig Giulianas Brustansatz zu taxieren, der aus dem tiefen V-Ausschnitt ihres Kleides lugte.

„Sie hat sich umgebracht", antwortete Giuliana schnell. Bernard Mondy hatte Marie-Claire zwar eingeschärft, niemandem von dem Mordverdacht zu erzählen, damit der Täter nicht gewarnt war und Dominique und Giuliana mit den Nachforschungen in Verbindung brachte, aber wer weiß, ob diese sich daranhielt.

„Nein! Mein Gott!" Jean-Louis setzte eine erschütterte Miene auf, doch aus dem Blick seiner eisblauen Augen sprach ein Funken Erleichterung.

„Haben Sie sie gut gekannt?", fragte Giuliana beiläufig, während sie seine Mimik beobachtete. Er besaß harte Gesichtszüge, die auf interessante Weise mit seinen langen Wimpern und der für einen Mann zarten Haut kontrastierten.

„Gut nicht, wir haben lediglich viele Club-Veranstaltungen gemeinsam besucht. Wenn ich denke, dass ich an dem Abend noch mit ihr zusammen getanzt habe", flüsterte Hélène.

„Sie hat getanzt? Obwohl sie so depressiv gewesen sein muss?", fragte Giuliana erstaunt.

„War sie nicht. Jedenfalls kam es mir nicht so vor. Nachdenklich vielleicht, weniger fröhlich als sonst, das könnte sein. Mein Gott, wenn ich das nur geahnt hätte. Ich hätte darauf bestanden, sie nach Hause zu begleiten, statt mich von Thierry fahren zu lassen", sagte Hélène zerknirscht und drehte unruhig ihr Glas in den Händen.

„Und Sie, Jean-Louis, wie gut haben Sie sie gekannt?"

„Auch nicht so gut. Wir haben ... ein bisschen geflirtet", antwortete er ausweichend.

Hélène lachte gekünstelt auf. „Ach, komm, Jean-Louis, der ganze Club weiß doch von eurer Affäre."

Er winkte ab. „Ist lange vorbei. Nur eine Eintagsfliege."

„Weil sie Bernard vorgezogen hat." Hélène konnte ihren höhnischen Unterton nicht verbergen. „Na, wie fühlt es sich an, wenn man von heute auf morgen abserviert wird? – Entschuldigen Sie mich", sagte sie zu Giuliana, drehte sich auf dem Absatz um und ging davon.

Giuliana bemühte sich, sich ihre Zufriedenheit nicht anmerken zu lassen. Die ersten Kontaktpersonen und gleich ein Volltreffer. Jean-Louis war also von Yvonne abserviert worden und vielleicht in seiner Ehre gekränkt. Und wenn ihr Gefühl sie nicht trog, hatte er zuvor etwas mit Hélène gehabt und diese möglicherweise für Yvonne verlassen. Zwei Leute mit einem Motiv – wenn auch einem schwachen. Aber es könnte sich lohnen, dem auf den Grund zu gehen.

Sie prostete Jean-Louis zu. „Eigentlich bin ich nur wegen Yvonne in diesen Club eingetreten – wir wollten hier zusammen Spaß haben. Ich bin erst kürzlich aus Italien nach Paris gezogen und kenne hier noch so wenig Leute." Während sie einen Schluck aus ihrem Glas nahm, registrierte sie, dass sein Blick auf ihrem Handgelenk ruhte, auf ihrem schweren Goldarmband und ihrem mit Rubinen und Brillanten besetzten Ring. Dann hatte er wohl gar nicht ihren Brustansatz angestarrt, sondern ihren Kettenanhänger.

„Nun, jetzt kennen Sie ja mich." Er zwinkerte und lächelte ihr zu. „Wir könnten mal zusammen ausgehen, nur wir beide. Im Übrigen ist Ihr italienischer Akzent äußerst charmant."

Das Gespräch drohte abzugleiten. Giuliana setzte eine betrübte Miene auf und tupfte sich mit den Fingern der freien Hand imaginäre Tränen aus den Augenwinkeln. „Verzeihen Sie. Es nimmt mich mit, über Yvonne zu sprechen."

„Haben Sie sich so nahegestanden?", fragte er unangenehm berührt.

Giuliana war klar, dass sie sich leicht hätte verraten können, wenn sie behauptete, Yvonne gut gekannt zu haben. Schließlich wusste sie nicht gerade viel von ihr.

„Nicht wirklich gut, aber sehr lange. Ich kenne Yvonne schon fast mein ganzes Leben, auch wenn wir uns viele Jahre kaum gesehen haben. Ich hatte gehofft, unsere Freundschaft vertiefen zu können, jetzt, da wir in derselben Stadt wohnen."

Jean-Louis legte zart die Hand auf ihren Rücken. „Warum sind Sie denn nach Paris gekommen? Wegen eines Jobs?"

Sie nickte.

„In welcher Branche arbeiten Sie?"

Eigentlich hatte sie vorgehabt, sich als Antiquitätenhändlerin auszugeben, denn davon verstand sie etwas, falls jemand Fragen stellen würde. Angesichts seines Interesses für Schmuck entschied sie sich spontan anders.

„Edelsteinhandel." Damit kannte sie sich ebenfalls aus, sie hatte einige Semester Gemmologie studiert und genug Juwelen gestohlen. Früher war sie es gewesen, die auf solchen Partys den Schmuck der Anwesenden taxiert hatte, um seinen Wert zu schätzen. Das letzte

Mal war vor sechs Jahren gewesen, in der türkischen Botschaft von New Delhi. Dadurch hatte sie Dominique kennengelernt, der kurz darauf beauftragt worden war, das Diebesgut zurückzuholen und der bei *Interpol* bekannten Meisterdiebin eine Falle zu stellen, um sie zu überführen. So hatte das Schicksal sie zusammengebracht und ihrer beider Leben für immer verändert. Sie musste lächeln, als ihr die erste Begegnung mit Dominique ins Gedächtnis kam.

Jean-Louis holte sie in die Wirklichkeit zurück. „Edelsteine, Donnerwetter. Arbeiten Sie an der berühmten Place Vendôme?"

„Manchmal." Das entsprach sogar den Tatsachen, denn vor wenigen Monaten hatte sie dort das Alarmsystem von *Van Cleef & Arpels* überprüft. Und es hatte sie in den Fingern gejuckt, dies zu einem weitaus größeren Vorteil zu nutzen, als nur das Honorar für den Sicherheitscheck in Rechnung zu stellen. „Aber nicht im Verkauf", fügte sie für den Fall hinzu, dass er beabsichtigte, dort aufzukreuzen, um sie zu treffen.

„Das klingt spannend."

„Geht so. Ich möchte heute Abend nicht darüber sprechen, bitte."

„Kein Problem. Aber irgendwann müssen Sie mir mehr darüber erzählen", sagte er mit drängendem Unterton.

Giuliana legte den Kopf schief und betrachtete ihn mit immer größerem Interesse. Ob er ein Juwelendieb war? Rein typmäßig konnte sie es sich vorstellen. Aber damit hatte sie bei Dominique, den sie damals in Istanbul mit einem berüchtigten Meisterdieb verwechselt hatte, auch falschgelegen. Vielleicht wollte er auch einfach nur mit ihr flirten.

„Ihr … ähm … Flirt mit Yvonne liegt sicher schon ein Weilchen zurück, oder, Jean-Louis? Sie hat sich ja vor kurzem mit Bernard verlobt."

„Ja, dieser Glückspilz." Er seufzte. „Nun, Vorstandsvorsitzender der *SECURA*, da kann ich nicht mithalten." Er fing Giulianas Blick auf. „Pardon, ich wollte nicht andeuten, sie hätte ihn wegen seines Geldes oder seiner Stellung heiraten wollen."

„Das habe ich auch nicht angenommen. Was machen Sie denn beruflich?"

„Ich arbeite fürs Verteidigungsministerium."

„Wie interessant." Sollte sie ihm das glauben oder nicht?

„Zu Tisch bitte!", rief Hervé fröhlich von der Tür her, die an den Hauptraum des Restaurants grenzte.

„Darf ich bitten?" Jean-Louis bot Giuliana mit altmodischer Galanterie den Arm und lächelte sie so strahlend an, dass sie im Mundwinkel einen Goldzahn blinken sah.

Amüsiert ließ sie sich von ihm zu einem der großen runden Tische führen, wo er sich an ihre linke Seite setzte. Zur rechten nahm ein dunkelblonder Mann mit altmodischem Sakko und einem Mund wie Mick Jagger Platz, der sich als Paul vorstellte und sie neugierig beäugte. Er verwickelte sie in ein Gespräch, in dem er mit seinen beruflichen Erfolgen als selbstständiger Handwerker und mit seinen weiblichen Eroberungen prahlte. Er breitete ausführlich seine Erfahrungen mit Singleclubs, die er seit zwanzig Jahren frequentierte, vor ihr aus und jammerte über die dort vertretene Damenwelt, die ihn nicht zufriedenstellte.

Das war ja die reinste Plaudertasche. Und dann noch mit so negativer Gesinnung. Als Privatmensch war Giuliana genervt, doch für eine Detektivin waren solche Typen Gold wert. Aber sie hob es sich für später auf, ihn unauffällig auszuhorchen, denn das dreigängige Abendessen war köstlich, und sie war viel zu sehr Genießerin, um sich den Appetit auf karamellisierten Ziegenkäse auf Feige-Rucola-Salat, Lammfilet mit Gratin Dauphinois und Crème brûlée durch Gedanken an Mordmotive verderben zu lassen. Sie blieb lediglich auf der Hut, sich bei dem lockeren Geplauder in der Tischrunde nicht durch eine unvorsichtige Bemerkung zu verraten. Darin hatte sie Übung – ihr Leben hatte viele Jahre lang aus Lügen und Heimlichkeiten bestanden.

Hélène saß ihr gegenüber, und durch ungezwungenen Smalltalk brachte Giuliana in Erfahrung, dass sie Apothekerin war und in Savigny-sur-Orge südlich von Paris wohnte. Sie speicherte diese Informationen mechanisch in ihrem Gedächtnis ab, auch wenn sie ihr für den Moment bedeutungslos erschienen.

Kurz nachdem die leeren Dessertschalen abgeräumt worden waren, begann ein DJ französische und internationale Hits der siebziger und achtziger Jahre zu spielen. Giuliana war erleichtert, dass es sich bei dem Tanzabend nicht um Gesellschaftstänze handelte. Zwar stammte sie aus höheren Kreisen und hatte als Jugendliche Walzer, Tango und Foxtrott erlernt, doch das meiste hatte sie längst vergessen und bevorzugte moderne Musik.

Während sie sich rhythmisch zur Popmusik bewegte, fiel ihr ein etwa fünfzigjähriger, leicht untersetzter Mann auf, der seinen Stuhl so gedreht hatte, dass er zur Tanzfläche gewandt darauf sitzen konnte.

Zwischen seinen Fingern glomm ein Zigarillo, an dem er gelegentlich zog. Hin und wieder streifte sein Blick Giuliana, sie fühlte sich jedoch nicht von ihm beobachtet.

„Wer ist das?", fragte sie Jean-Louis.

„Ich glaube, er heißt Alain. Ich kenne ihn nicht näher."

Alain? Giuliana erinnerte sich, dass Dominique einen Alain erwähnt hatte, der Yvonne gestalkt haben sollte.

Sie tat, als müsse sie einen Moment Pause machen und ließ sich auf den freien Stuhl neben den Mann sinken, fächelte sich mit einer Getränkekarte Luft zu und lächelte ihn an. „Guten Abend. Ich bin Giuliana."

Er lächelte reserviert zurück. Die hängenden Lider gaben seinen Augen etwas Schläfrig-trauriges. „Bonsoir. Ich heiße Alain. Sie sind neu, oder?"

„Ja, ich bin heute zum ersten Mal hier. Ich bin eine Freundin von Yvonne Bellancourt."

„Und wo ist Yvonne heute Abend? Hat wohl mit ihrem Verlobten etwas Besseres vor." Sein blasses Gesicht nahm einen säuerlichen Ausdruck an.

„Sie wissen es noch nicht?"

„Was?"

„Yvonne ist tot."

„Bitte? Was sagen Sie da?" Er starrte sie fassungslos und bestürzt an.

Mit betrübter Miene schilderte Giuliana ihm, was geschehen war.

„Entschuldigen Sie mich einen Moment." Alain verließ fluchtartig den Tisch und eilte in Richtung der Waschräume.

„Hallo." Ein sportlich wirkender Mann setzte sich auf Alains Stuhl. „Ich heiße Marc. Pardon, ich wollte nicht lauschen, aber ich habe mitbekommen, was Sie erzählt haben. Ich habe Yvonne ebenfalls gekannt, daher konnte ich nicht umhin, zuzuhören. Das ist ja furchtbar."

Giuliana legte den Kopf schief und musterte ihn skeptisch. Die Miene seines gutgeschnittenen Gesichts war seinen Worten zum Trotz recht gleichmütig. Sein Dialekt verriet seine Herkunft aus Südfrankreich, wozu auch seine bräunliche Haut und sein dunkles Haar passten.

„Haben Sie sie gut gekannt?"

„Wie man's nimmt. Wir hatten mal eine kleine Affäre", verriet er in verschwörerischem Ton.

War ja klar, hätte sie fast gesagt. Es nervte sie langsam, mit wie vielen Männern die Gute in kurzer Zeit etwas gehabt hatte. Aber warum störte sie sich eigentlich so daran? Wahrscheinlich war Yvonne fünfundzwanzig Jahre lang eine treue Ehefrau gewesen und hatte nun, nachdem ihr Mann sie für eine andere, vermutlich jüngere, hatte sitzen lassen, enormen Nachholbedarf. Hatte sich unbewusst bestimmt für die Untreue ihres Gatten rächen und sich gleichzeitig beweisen wollen, dass sie noch begehrenswert war. Bei einem Mann hätte Giuliana es wohl ohne Wertung hingenommen. War es nicht altmodisch, so etwas bei einer Frau mit zweierlei Maß zu messen? Dennoch – Giuliana ahnte, dass sie und Yvonne nie Freundinnen hätten werden können. Obwohl sie sich in ihrem Geschmack für Luxus, Schmuck, schöne Kleider und bei Männern durchaus ähnlich waren.

Dieser Marc sah ziemlich gut aus, und sie fand auch Jean-Louis auf seine Weise anziehend. Bernard Mondy und Christian Lenoir waren weniger ihre Kragenweite, doch immerhin wohlhabend und mächtig, das wirkte auf nicht wenige Frauen wie ein Aphrodisiakum. Aber wenn es Giuliana um Macht und Reichtum ginge, hätte sie den Drogenboss Pedro Ibanez vom Cali-Kartell nicht für einen mittellosen Detektiv verlassen, weil sie ihr Herz an Letzteren verloren hatte.

„Und warum hat es nicht geklappt mit Ihnen beiden?", fragte sie Marc.

Er machte eine wegwerfende Handbewegung. „Ach, ich will nicht schlecht über sie reden, wenn sie Ihre Freundin war."

„Hat sie Ihnen denn Grund dazu gegeben? Schlecht über sie zu reden, meine ich?", fragte Giuliana erstaunt.

Er zögerte. „Eigentlich nicht. Es hat eben einfach nicht gepasst."

So leicht wollte sie ihn nicht von der Angel lassen. „Nun ja, mit Yvonnes Art konnte nicht jeder umgehen."

„So ist es. Aber sie hatte zweifellos ihre guten Seiten. War immer für jeden Spaß zu haben. Kein Kind von Traurigkeit. Würden Sie mich bitte entschuldigen? Ich wollte noch mit einer Bekannten dort drüben reden. Bis später." Er erhob sich und schlenderte davon. Sie starrte ihm nach. Sein schneller Abgang wirkte verdächtig auf sie – es schien, als wolle er sich nicht aushorchen lassen. Überhaupt war er ein recht undurchsichtiger Typ – aufgesetzter Charme, unter dem Härte spürbar war. Von diesen Männern hatte sie früher so einige gekannt.

Giuliana kehrte auf die Tanzfläche zurück, nahm sich eine Auszeit von ihren Observationen und tobte sich bei einigen Popsongs aus.

Schließlich sah sie Alain aus Richtung der Waschräume zurückkommen, und sie hätte schwören können, dass er gerötete Augen hatte. Sie überlegte, ob sie das Gespräch mit ihm fortsetzen sollte, doch er leerte nur sein Glas, ohne sich hinzusetzen und verließ das Restaurant.

Als sie ihm nachsah, bemerkte sie Paul und Jean-Louis, die in einer abgelegenen Ecke des Raums standen und in ein Gespräch vertieft waren. Giuliana pirschte sich unauffällig an, um mitzubekommen, ob sie über Yvonne redeten.

„Die Neue müsste dir doch gefallen", hörte sie Jean-Louis sagen. „Ich finde sie verdammt attraktiv."

„Sie ist eine hübsche Frau, ja, aber die ist doch mindestens Ende dreißig", erwiderte Paul verächtlich. „Du weißt, dass ich nicht auf so alte Schachteln stehe. Tue ich mir höchstens an, wenn ich nichts Jüngeres aufreißen konnte."

So eine Unverschämtheit, dachte Giuliana, die wenige Wochen zuvor einundvierzig geworden war, erbost. Das sagte ja der Richtige! Der war doch mindestens fünfzig und noch dazu alles andere als ein Adonis.

Sie machte einen raschen Schritt auf ihn zu. Auf ihren hohen Absätzen war sie fast einen halben Kopf größer als er und konnte herablassend auf ihn hinunterblicken. „Alte Schachteln? Was tun Sie dann in diesem Club, in dem fast alle Mitglieder über vierzig zu sein scheinen? Sind Sie in der Disco nicht am Türsteher vorbeigekommen? Oder haben die jungen Bräute Sie alle abblitzen lassen?"

„Regen Sie sich nicht auf, Sie waren doch gar nicht gemeint", behauptete Paul und verzog sich hastig.

Jean-Louis blickte sie entschuldigend an. „Er hat einen Jugendwahn. Im Gegensatz zu mir. Ich kann so blutjungen Dingern nichts abgewinnen. Reifere Frauen wie Sie und Yvonne haben wenigstens Persönlichkeit."

Sie winkte ab. „Sparen Sie sich die Schleimerei." Auf einmal fühlte sie große Müdigkeit in sich aufsteigen und die Füße taten ihr schon länger weh. Was für ein Glück, dass sie hier nicht tatsächlich auf der Suche nach einem Partner war. Ihr wurde bewusst, wie dankbar sie für einen Mann wie Dominique sein konnte. Anstelle von Statussymbolen hatte er Herz und einen guten Charakter, und das war es schließlich, worauf es ankam.

Es war nach eins, als Giuliana zu Hause eintraf, und Dominique lag schlafend auf der Couch. Über den Fernseher flimmerte die Pausenwerbung einer Erotik-Hotline. Eilig schaltete sie das Gerät aus und küsste ihren Mann, um ihn zu wecken.

Er schreckte hoch und rieb sich die Augen. „Hallo, Schatz. Wie ist es dir ergangen?", murmelte er verschlafen.

„Gut. Ich hatte viel Spaß beim Tanzen, und das Essen war vorzüglich." Sie setzte sich neben ihn und massierte ihre schmerzenden Füße.

„Freut mich für dich.“ Dominique ließ die verspannten Schultern kreisen. „Und gibt es neue Erkenntnisse?“

Sie grinste ihn an und zuckte nonchalant mit den Schultern. „Das erzähle ich dir Montag im Büro.“

Er stöhnte auf.

„So wolltest du es doch haben. Da musst du deine Neugier eben zügeln.“

„Du hältst es ja sowieso nicht aus, mir erst Montag davon zu erzählen. Du siehst aus, als würdest du gleich platzen, wenn du es nicht loswirst“, erwiderte er belustigt.

„Damit komme ich schon klar.“

Mit seinen Armen umschlang er ihre Taille und zog sie näher zu sich heran. „Meinetwegen. Eigentlich will ich jetzt auch gar nichts von anderen Männern hören, die du dort getroffen hast.“ Er küsste sie zärtlich, während seine Finger geschickt den Reißverschluss ihres Kleides öffneten.

„Fabrice schläft?“, vergewisserte sie sich.

„Seit neun Uhr wie ein Murmeltier.“ Seine Hände glitten über ihren nackten Rücken und streiften ihr das Kleid herunter.

Wohlig schloss Giuliana die Augen und gab sich seinen Küssen hin.

12

„Hast du Lust, heute Abend nochmal auszugehen?", fragte Dominique, als sie am nächsten Morgen beim Frühstück saßen.

Giuliana, die gerade Kakao in Fabrice' Milchschale verrührte, warf ihm einen erstaunten Blick zu. „Du willst ausgehen? Willst du unser Abendessen anlässlich unseres Hochzeitstags vorverlegen?"

„Ähm … nein." Verlegen kratzte er sich am Kopf. „Heute will ich mir diesen *Mona Lisa Club* mal von innen ansehen und die Angestellten befragen. Gestern Abend habe ich Jennifer überredet, mitzukommen und uns mit ihrem Polizeiausweis kostenlosen Eintritt zu verschaffen. Denn vorher hatte ich mich nach den Preisen für diesen Laden erkundigt. Stell dir vor, die nehmen hundertfünfzig Francs Eintritt und ab neunzig Francs aufwärts für jedes Getränk."

„Habe ich mir gedacht. Was meinst du, warum ich so selten darauf bestehe, dass wir tanzen gehen." Sie zwinkerte ihm zu. „Mal abgesehen davon, dass die uns vielleicht gar nicht reinlassen würden in ihren Schickimicki-Club. Das soll ein ziemlich feiner Schuppen sein. Wir haben doch keine Ahnung, welches Outfit oder welcher spezielle Look da gerade angesagt ist."

„Outfits wie Yvonne hast du auch im Schrank."

„Die meisten sind aber mindestens fünf Jahre alt, also nicht mehr richtig modern."

„Und du meinst, ein Türsteher merkt so was?", fragte er ungläubig.

Sie zuckte mit den Schultern. „Wenn er darauf geschult ist – vielleicht."

„Die anderen Damen aus dem *Club Actuel* sind offenbar ebenfalls spontan reingekommen. Sie werden für den Theaterbesuch nichts allzu Ausgefallenes angehabt haben, oder?"

„Es war ein Abend in der Woche, da sind sie wahrscheinlich weniger pingelig, weil der Andrang nicht so groß ist. Samstags sieht das schon anders aus. Jedenfalls gehst du auf Nummer sicher, wenn dich Jenni als Begleitung einschleust. Dann brauchst du dich auch nicht extra aufzubrezeln."

„Maman, was heißt aufbrezeln?" Fabrice ließ Milch von seinem Löffel in die Müslischale laufen und amüsierte sich darüber, wie feine Tröpfchen von den Flakes abprallten und auf dem Tisch landeten.

„Sich schick machen. – Hör auf, mit den Cornflakes zu spielen, Schatz. Iss jetzt!"

„Willst du nicht mitkommen?", fragte Dominique verwundert.

„Was ist mit Fabrice? Aurélie steht uns samstags nicht als Babysitter zur Verfügung", erinnerte sie. „Louana ist übers Wochenende zu ihren Eltern gefahren, glaube ich. Und Jenni kann ihn auch nicht nehmen, wenn sie mit dir ausgeht."

„Das habe ich bereits geklärt. Fabrice kann die Nacht bei seinen Cousins verbringen. Sonja würde sich freuen, ihn zu sehen." Er wischte seinem Sohn mit dem Zeigefinger Milch vom Kinn. „Und du, Fabrice, möchtest du mal wieder mit Maxime und Alexandre spielen?"

Der Kleine nickte begeistert. Er mochte nicht nur seine Cousins sehr gern, sondern auch seine hübsche russische Tante, die ihn stets besonders liebevoll verwöhnte.

Giuliana wirkte weniger enthusiastisch. „Dann müssen wir nach Massy-Palaiseau fahren, um ihn hinzubringen und wieder abzuholen, oder?"

Dominiques Bruder Pierre und seine Frau Sonja wohnten mit ihren beiden Kindern rund fünfzehn Kilometer südlich von Paris in der Banlieue.

„Ja, das ist der Haken. Du müsstest ihn morgen allein abholen, denn ich gehe ja zum Golfen." Er verdrehte die Augen und lachte auf. „Wie das klingt ... Wie der totale Snob."

Giuliana gluckste. „Gib es zu, du liebst es, den wohlhabenden Snob zu spielen."

Er grinste. „Ich hatte zwar nie schauspielerische Ambitionen, aber Spaß macht es schon, mal in die Haut eines anderen zu schlüpfen."

„Zum Beispiel in die des Meisterdiebs Antoine Robin. Das war dein Glanzstück." Sie schnitt eine kleine Grimasse. „Du warst so gut, dass ich dir alles abgekauft habe."

„Du warst diejenige, die mir die Rolle verpasst hat", erinnerte er. „Von selbst wäre ich nie auf die Idee gekommen, mich für ihn auszugeben."

„Stimmt. Ich habe eben gesehen, was ich sehen wollte."

„Was ist nun mit heute Abend?", kam er wieder auf das Ausgangsthema zurück.

„Ach, weißt du ... Geh du mal mit deinem Kind aus und ich mache es mir mit unserem Kind zu Hause gemütlich.“

„Gut, wie du willst“, sagte er etwas enttäuscht. „Es wird nicht allzu lange dauern, wir werden in dem Club keine Wurzeln schlagen.“

„Ihr müsst euch nicht beeilen. Es ist völlig in Ordnung für mich, zu Hause zu bleiben. Sobald Fabrice im Bett ist, werde ich mir eine Stunde Wellness im Bad gönnen und ein langes Telefonat mit Cathérine – falls sie zu Hause ist.“

„Okay.“ Dominique war noch immer verwundert, dass seine Ex-Frau Cathérine und Giuliana, die so grundverschieden waren, sich im Laufe der letzten Jahre angefreundet hatten.

„Da ist noch was, worüber ich mit dir reden muss“, begann Giuliana unbehaglich. „Ich weiß nicht, wie ich es dir sagen soll ... Ich muss Dienstagabend arbeiten. Wir müssen unseren Hochzeitstag später feiern.“

„Das trifft sich gut. Ich wusste auch nicht, wie ich es dir sagen sollte“, gestand er. „Ich habe gestern Abend noch einen Anruf von einem Klienten bekommen ... Ich muss Dienstagabend die Frau von Monsieur Vermont beschatten. Sie hat ihm gesagt, sie würde mit einer Freundin ausgehen, aber er ist sicher, dass sie sich mit einem Liebhaber trifft. Und was hast du zu tun?“

„Ich muss der *Fondation Cartier* demonstrieren, dass ich ihr marodes Sicherheitssystem ohne weiteres lahmlegen kann. Der Geschäftsführer will mir dabei zusehen. Und diese Aktion geht natürlich nur außerhalb der Öffnungszeiten und im Dunkeln.“

„So ein Mist. Wir holen das Abendessen im *Vallée du Kashmir* nach, versprochen, chérie.“

„Kein Problem. Hauptsache, einer unserer Babysitter kann sich freimachen. Ich rufe sie gleich an.“

13

Stimmengewirr, Gläserklingen, Rauchschwaden und gedämpfte Musik schlugen Jennifer entgegen, als sie den gut besuchten Irish Pub nahe des Quartier Latin betrat. Sie bahnte sich einen Weg zur Bar, trat dahinter und küsste den hochgewachsenen blonden Mann mit dem kurzgestutzten Bart, der an der Spüle stand und Gläser polierte. Wenn viel Betrieb war, wie eigentlich jeden Samstagabend, verließ Kilian O'Shea sein Geschäftsführungsbüro in der ersten Etage und half seinem Team, die Gäste zu betreuen.

„Was machst du denn hier?", fragte er verblüfft. „Ich dachte, du gehst heute Abend mit Dominique und Giuliana in diesen Nachtclub?"

„Das mache ich. Giuliana kommt nun allerdings doch nicht mit, und mit Dominique habe ich verabredet, dass wir uns hier treffen. Machst du mir einen Irish Coffee, *Darling*?"

Sie bemerkte, dass sie Kilians Mitarbeitern, die geschäftig mit Tabletts hin- und hereilten und zwischendurch Bier zapften und Cocktails mixten, im Weg stand und ging um die Bar herum, wo sie sich Kilian gegenüber auf die andere Seite des Tresens setzte.

„Autsch!", entfuhr es ihr. Am Vorabend war sie zum ersten Mal in einem Yogakurs gewesen und hatte nun mehr Muskelkater als nach dem Polizeisport bei ihrer Ausbildung. Sie hatte gehofft, dass sich Yoga beruhigend auf sie auswirken würde, doch stattdessen war sie nur zappelig geworden beim Versuch, in den unbequemen Asanas auszuharren oder einfach nur dazusitzen und ihren Atem fließen zu lassen.

„Yoga ist definitiv nicht mein Ding", erklärte sie auf Kilians fragenden Blick hin.

„Ach so. Ja, das hast du heute früh beim Aufstehen schon erwähnt", erwiderte er belustigt und nahm ein Glas mit einem langen Stil zur Hand. „Da kommt dein Vater." Kilian wies mit dem Kinn in Richtung des Eingangs und begann zu grinsen. „Welch Glanz in meiner Hütte", rief er, als Dominique in Hörweite war.

Jennifer wandte sich um und betrachtete ihren Vater staunend. Er trug einen dunkelblauen Anzug, dem man ansah, dass er von einem exklusiven Herrenausstatter stammte. „Wow, du hast dich ja mächtig in Schale geworfen."

Dominique küsste sie zur Begrüßung und zupfte dann unbehaglich am Kragen seines blütenweißen Hemds. „Ich wollte eigentlich was Lässigeres anziehen, aber Giuliana war der Meinung, der *Club Mona Lisa* wäre ein so feiner Schuppen, dass ich in Jeans und Sakko unangenehm auffallen würde."

Jennifer blickte an sich hinunter und zuckte mit den Schultern. Sie trug dunkle Jeans mit einer dünnen Lederjacke und darunter ein paillettenbesetztes Shirt – das einzige Zugeständnis an schicke Ausgehkleidung. „Ich bin die Polizei, ich mache mich zum Ermitteln nicht fein, das wirkt doch unglaubwürdig. In dieser Kluft nehmen die dir nicht ab, dass du Kommissar im Dienst bist."

Er hob die Hände. „Das habe ich Giuliana auch gesagt.“

Sie lächelte. „Sie wollte dich bestimmt bloß mal wieder in dem Anzug sehen, den sie dir in Istanbul für die Hochzeit ihres Cousins gekauft hat.“

„Wahrscheinlich. Und ich wollte ihr den Gefallen tun. Das gute Stück hängt schließlich die meiste Zeit im Schrank und fristet ein trauriges Dasein.“

„Könntest du ruhig öfter anziehen. Du siehst toll aus.“ Sie musterte ihn bewundernd und zupfte an seinem Revers. „Aber der Schlips mit Krawattennadel ist wirklich too much.“

„Finde ich auch“, stimmte er zu und fingerte an der hellblauen Seidenkrawatte, um sie zu lösen. Er rollte sie zusammen und drückte sie Jennifer in die Hand. „Steckst du das bitte in deine Tasche?“

Murrend quetschte sie die kleine Stoffrolle in ihre bereits gut gefüllte Handtasche, während Dominique aufatmend die obersten Knöpfe seines Hemds öffnete.

„Viel besser“, lobte sie. „Jetzt siehst du cool und nicht mehr so sehr nach Hochzeit aus.“

Kilian, der die Szene interessiert verfolgt hatte, während er den köstlich duftenden Irish Coffee zubereitete, grinste und stellte das Glas vor Jennifer hin. „Was möchtest du trinken, Nick?“

„Ein Guinness bitte.“

„Bist du mit dem Auto hier?“, wollte sie wissen.

„Oh nein, den Stress mit zweimaliger Parkplatzsuche für so kurze Strecken tue ich mir nicht an.“

Kilian schob ein Glas mit irischem Bier über den Tresen. Dominique blieb stehen, da kein Barhocker mehr frei war. Und auch die kleinen Tische waren alle belegt, bemerkte Jennifer, als sie sich umblickte. Es war Samstag und *tout Paris* war unterwegs, um zu feiern.

„Willst du dich setzen, Papa?"

„Hast du etwa vor, mir deinen Platz anzubieten? Bleib schön sitzen, ich bin noch kein Greis."

„Wir bleiben ja nicht lange." Sie hob ihr Glas, um ihrem Vater zuzuprosten. „Cheers."

„Es ist lange her, dass wir an einem Samstagabend miteinander ausgegangen sind", stellte er fest.

„Ja." Jennifer lächelte versonnen. „Ich fühle mich wie in alten Zeiten."

„Noch vor ein paar Tagen hast du mir unter die Nase gerieben, dass die gar nicht so gut waren", erinnerte er etwas gekränkt.

„Ich habe ja auch nur gesagt, wie in *alten* Zeiten." Sie lachte. „Doch, einiges war schon gut. Wir hatten auf jeden Fall eine spannende Zeit. Und jetzt im Polizeidienst merke ich immer wieder, wie sehr die Erfahrungen, die ich bei *Stacy & Langmaster* und in der Zusammenarbeit mit dir gemacht habe, mir helfen. Ich vermisse ein wenig die Gemeinschaft, die wir in der Agentur als Team hatten, wir waren wie eine Familie. Das ist bei der Polizei nicht so. Da muss man ständig aufpassen, dass man nicht untergebuttert wird."

„Da wir gerade von den früheren Kollegen reden: Ich habe eine tolle Neuigkeit", kündigte Dominique an. „Peter will demnächst nach Paris kommen."

„Ach!", machte sie überrascht. Peter Hestersant, ein ehemaliger amerikanischer Pilot, war Dominiques Partner in der Detektivagentur in New Delhi gewesen, und Jennifer hatte einige Monate lang eine unbeschwerte Affäre mit ihm gehabt – bevor sie sich unsterblich in ihren indischen Kollegen Rajiv verliebt hatte. Eine Liebe, die sie sehr unglücklich gemacht und aus der Bahn geworfen hatte. Eigentlich konnte sie dankbar sein für ihre harmonische Beziehung zu Kilian, mit dem im Vergleich zu Rajiv alles so unkompliziert war. Liebevoll betrachtete sie ihren Lebensgefährten, der gerade Bier zapfte, und warf ihm einen Kuss durch die Luft zu, als ihre Blicke sich trafen. Dann wandte sie ihre Aufmerksamkeit wieder ihrem Vater zu.

„Will Peter Urlaub in Frankreich machen?"

„Ja. Er und Pamela wollen sich Frankreich ansehen und er hat mich gebeten, ihn bei der Auswahl der Regionen zu beraten. Und es ist klar, dass Paris nicht fehlen darf."

„Halte mich bitte auf dem Laufenden, ich würde die beiden gern wiedersehen. Ach, apropos Urlaub ... Kilian und ich haben gestern überlegt, ob wir im November nach La Réunion fliegen wollen. Ich hoffe, dass Peters Urlaub nicht gerade in diese Zeit fällt."

„Denke ich nicht. Ich habe ihm geraten, den Besuch spätestens im Oktober einzuplanen. November ist wettertechnisch keine so gute Reisezeit für Paris, finde ich. Für La Réunion schon."

Sie plauderten weiter über alte Bekannte, während sie ihre Gläser austranken. Dominique warf einen Blick zur Uhr. „Wir sollten langsam losgehen."

„Wie spät ist es?"

„Gleich halb elf."

Jennifer winkte ab. „Vor Mitternacht tut sich nichts in den Clubs. Um elf sind da nur Touristen."

„Wir wollen ja auch nicht feiern, sondern mit den Angestellten reden. Da ist es doch besser, sie haben nicht
zu viel zu tun."

„Auch wieder wahr." Jennifer schlüpfte in ihre brombeerfarbene Lederjacke, die sie inzwischen abgelegt
hatte.

Dominique zog seine Brieftasche hervor und wollte
die Getränke bezahlen, doch Kilian winkte ab. „Lass gut
sein, das geht aufs Haus."

Sie fuhren mit der Metro zur Station Louvre und gingen von dort aus zum *Club Mona Lisa*, vor dem eine
Menschenschlange auf Einlass wartete.

Dominique warf seiner Tochter einen amüsierten
Blick zu. „Nichts los vor Mitternacht, sagtest du?"

„Touri-Gegend", erwiderte sie schulterzuckend.

„Wir stellen uns aber nicht an, oder?"

„Wo denkst du hin?" Sie kramte ihren Polizeiausweis
hervor. „Auf geht's."

Mit größter Selbstverständlichkeit schlenderten sie
an den Wartenden vorbei und traten selbstbewusst vor
den Türsteher, einen beleibten Mann im grauen Anzug
mit kahlrasiertem Kopf.

„Ich bin Kommissarin Demesy, Kriminalpolizei. Wir
müssen mit den Angestellten dieses Clubs reden."

Er musterte sie geringschätzig von oben bis unten.
„Stellen Sie sich hinten an, wenn Sie reinwollen."

„Geht's noch? Die Polizei muss nicht Schlange stehen.
Wir ermitteln in einem Todesfall, und wenn Sie uns
nicht reinlassen, werde ich Sie wegen Vereitelung einer
Straftat belangen."

Er warf einen misstrauischen Blick auf ihren Dienstausweis, den sie ihm unter die Nase hielt. „Und der da?" Er musterte Dominique, der sich mit verschränkten Armen neben ihr postiert hatte.

„Das ist mein Kollege."

„Hat der auch einen Namen und einen Ausweis?"

„Wir können auch mit einem richterlichen Durchsuchungsbeschluss wiederkommen, aber das würde Ihrem Chef bestimmt nicht gefallen", gab Jennifer drohend zurück.

Das wirkte. Der Glatzkopf öffnete die Kordel, die den Weg versperrte und winkte sie mit unwirscher Geste durch. Dann sprach er leise in sein Walkie-Talkie, und Jennifer vermutete, dass er einen Kollegen informierte, der kontrollieren sollte, ob sie tatsächlich nur eine Befragung vornahmen.

An der Kasse hielt Jennifer erneut mit ausgestrecktem Arm ihren Ausweis hin und marschierte, ohne anzuhalten, in den Club, dicht gefolgt von Dominique.

Wie sie es sich gedacht hatte, wurden sie in der Mitte des Raumes von einem zweiten stämmigen Mann in grauem Anzug abgefangen, der ein ebenso höfliches wie unerbittliches Lächeln aufsetzte. „Die Herrschaften von der Polizei? Wie können wir behilflich sein?"

Dominique zog Yvonnes Foto aus der Innentasche seines Jacketts. „Diese Frau war am Abend des 10. Juni hier. Wir möchten die Angestellten dazu befragen."

„Kommen Sie mit." Er gab ihnen ein Zeichen, ihm zu folgen.

Jennifer blickte sich um. Schwarze Wände, die im raffinierten Kunstlicht glitzerten, weiße Ledercouchgarnituren, auf denen Gäste saßen und angeregt plauderten. Die Musik war noch nicht übermäßig laut, schien eher als Untermalung zu laufen. Noch war die Tanzfläche leer.

Sie zeigten Yvonnes Foto bei den Kellnern und Barkeepern vor, von denen fast alle die Schultern zuckten oder die Köpfe schüttelten. Nur eine Serviererin, eine zierliche junge Frau, die ihre blonden Haare zu einem unordentlichen Knoten aufgesteckt hatte, erinnerte sich. „Die war mit einer Gruppe von Leuten hier. Ob es nun genau der 10. Juni war, kann ich nicht beschwören.“

„Ist etwas Besonderes passiert, dass Sie sich an sie erinnern?“, erkundigte sich Dominique.

„Nein, das nicht. Sie ist mir einfach aufgefallen, weil sie toll aussah und Spaß zu haben schien und ihr Outfit mir gefallen hat. Sie hat mich an irgendeine amerikanische Schauspielerin erinnert, aber ich komme nicht auf den Namen. Aus einer Krimiserie ...“

Jennifer räusperte sich ungeduldig, und die junge Frau fuhr hastig fort. „Dann hat sie einen Anruf bekommen und ist zum Telefonieren hier an der Bar vorbeigegangen, in Richtung Waschräume. Sicher, weil es da ruhiger ist. In der Nähe der Tanzfläche versteht man ja sein eigenes Wort nicht. Als sie wiederkam und mich um die Rechnung gebeten hat, wirkte sie auf einmal ziemlich angespannt.“

„Was genau meinen Sie mit angespannt?“, hakte Dominique nach. „Verängstigt? Verärgert?“

„Weder noch. Eher so, als ob sie gleich eine unangenehme Aufgabe zu lösen hätte.“ Die Kellnerin zuckte mit den Schultern. „Sie hat gezahlt, hat sich von ihren

Begleitern verabschiedet und ist gegangen. Mehr weiß ich nicht. Hat Ihnen das geholfen?"

„Ja, vielen Dank", erwiderte Jennifer höflich. Sie wollte die Zeugin nicht enttäuschen, indem sie ihr sagte, dass es nichts Neues war.

Sie wandten sich ab und blieben unschlüssig mit dem Rücken zur Bar stehen.

„Ich glaube, das mit dem erhofften Gratisdrink können wir vergessen", raunte Jennifer ihrem Vater zu, als sie sah, wie sich der Rausschmeißer näherte. Er blieb mit verschränkten Armen vor ihnen stehen.

„Wenn Sie fertig sind, begleite ich Sie hinaus."

Offenbar genießt er es, Macht über die Polizei demonstrieren zu können, dachte Jennifer ärgerlich. Wer weiß, wie oft er privat bereits mit den *Flics* aneinandergeraten ist.

„Können wir nicht noch ein bisschen bleiben und uns umsehen?", fragte sie mit unschuldigem Augenaufschlag.

„Ihr Kollege darf bleiben, wenn er an der Kasse den Eintritt bezahlt", erwiderte der Sicherheitsbeauftragte ungerührt. „Sie, Madame le Commissaire, fahren besser erst nach Hause und ziehen sich was Eleganteres an."

Jennifer wollte aufbegehren, fing aber Dominiques Blick auf, der besagte: Lass es.

„War das jetzt alles?", meinte sie enttäuscht, als sie wieder auf der Straße standen. „Es ist noch nicht einmal Mitternacht."

„Was schlägst du vor? Ich mache mit." Er lächelte ihr zu.

„Wirklich?" Ihr Gesicht leuchtete auf. „Dann lass uns zur Bastille fahren, da habe ich vor kurzem eine tolle brasilianische Bar entdeckt, in der man trinken, einen Happen essen und auch tanzen kann. Und deutlich günstiger als hier."

„Klingt gut. Bin dabei."

Impulsiv schlang sie ihm die Arme um den Hals, denn sie ahnte, dass er das nur ihr zuliebe tat und eigentlich lieber nach Hause gefahren wäre.

Mit der Metro ging es in nur vier Stationen zur Bastille, und an einem Samstagabend war es dort in den langen Gängen und den Waggons genauso voll wie im Berufsverkehr. Etliche Musiker waren unterwegs, um die Fahrgäste auf ihren Abend einzustimmen.

Jennifer entspannte sich zunehmend, als sie den belebten und fast taghellen Boulevard im 11. Arrondissement entlangbummelten. Musik drang aus den Bars und Cafés, in denen die Leute auf den Terrassen saßen, tranken, schwatzten und lachten. Die Nachtluft war mild und roch nach einer Mischung aus Benzin, Asphalt und Parfüm. *Der Geruch von Sommer in Paris*, dachte sie.

Sie zog ihren Vater in die *Copacabana-Bar*, in der sie die letzten freien Barhocker am Tresen ergatterten.

„Was willst du trinken, Jenni?"

„Caipirinha. Solltest du auch mal probieren, die ist lecker hier."

Dominique bestellte zwei Caipirinha beim Barkeeper und prostete seiner Tochter zu, nachdem die in frischem Grün-gelb leuchtenden Cocktails vor sie hingestellt worden waren.

„Übrigens danke für deine Hilfe. Auch wenn wir nichts wirklich Neues erfahren haben, wissen wir jetzt wenigstens, dass Yvonne einen Anruf bekommen hat, der ihr unangenehm war. Entweder so sehr, dass sie sich anschließend in den Tod gestürzt hat oder aber sie hat sich mit ihrem Mörder getroffen. Zu blöd, dass wir das Handy nicht haben."

„Was dafür spricht, dass ihr Mörder es entsorgt hat. Ansonsten fällt mir kein Grund ein, warum es nicht in ihrer Handtasche war, so wie alles andere." Jennifer wippte im Takt der lateinamerikanischen Musik mit dem Fuß. „Danke, dass du noch mitgekommen bist. Wird Giuliana dich nicht vermissen?"

Er winkte ab. „Ach was, sie wollte heute Abend ausgiebig mit deiner Mutter telefonieren. Wahrscheinlich tauschen die beiden sich gerade über all meine Fehler aus, das kann dauern."

Jennifer lachte und schmiegte sich kurz an ihn. „Ach komm, so viele hast du doch nicht. Nicht mehr als die meisten Menschen – nur andere."

Sie tranken ihre Cocktails, und Jennifers Blick wanderte immer wieder ans andere Ende der Bar, wie magisch angezogen von zwei großen dunklen Augen.

„Hast du was dagegen, wenn ich dich mal alleinlasse?", fragte sie Dominique schließlich und setzte ihr leeres Glas auf der Theke ab. „Ich weiß, das ist nicht nett, weil ich dich hierher gelotst habe ..."

„Schon okay, du hattest was gut bei mir." Er aß die Limettenscheibe, die als Dekoration am Glasrand gesteckt hatte, und verzog das Gesicht, als die Säure seine Zunge traf.

„Oh, aber um die versprochene Einladung zum Abendessen kommst du trotzdem nicht herum.“ Sie drohte ihm scherzhaft mit dem Finger.

„Wo willst du denn hin?“

Jennifer beugte sich zu seinem Ohr. „Siehst du den dunkelhaarigen Typen im blauen Hemd, der ständig in meine Richtung guckt? Ich glaube, ich habe Lust, mit ihm zu tanzen.“

„Oh oh, ich ahne Arges! Muss ich etwa Anstandsdame spielen?“

„Wie weit geht deine Solidarität mit Kilian?“, fragte sie zögernd.

„Mal abgesehen davon, dass wir beide aus Killarney stammen und dieselbe Frau lieben – ich als Vater, er als Mann – verspüre ich keine besondere Solidarität mit ihm. Ich fände es aber nicht so gut, wenn du in alte Muster zurückfallen würdest. Ich hatte immer den Eindruck, dass Kilian dir gutgetan hat, du wirkst viel ausgeglichener, seit du mit ihm zusammen bist. Mach dir das nicht kaputt!“

„Ich will ja nur ein bisschen flirten, mehr nicht.“

„Du weißt so gut wie ich, dass dann manchmal das eine zum anderen kommt und es schwer wird, eine Grenze zu ziehen.“

„Das kann ich“, behauptete sie.

Dominique zuckte resigniert mit den Schultern. „Du bist erwachsen und ich will kein Spielverderber sein. Also mach, was du willst. Ich verspreche, niemandem was davon zu erzählen. Am allerwenigsten Kilian.“

„Danke.“ Sie küsste ihn auf die Wange und drückte ihm Jacke und Tasche in die Arme. Dann rutschte sie von ihrem Barhocker und schlenderte lächelnd auf den schlanken jungen Mann zu. „Hi! Hast du eine Zigarette für mich?“

Er kramte eine Schachtel Gauloises hervor. „Dein Begleiter raucht wohl nicht?“

„Nein, nicht mehr.“ Sie nahm die angebotene Zigarette, und als er ihr Feuer gab, legte sie ihre Hand zart auf seine. „Wie heißt du?“

„Ahmed.“ Sein Blick versenkte sich tief in ihren.

„Ich bin Jennifer. Kommst du oft her?“

„Hin und wieder.“

„Ich auch. Habe dich hier noch nie gesehen.“

Sie tauschten eine Zigarettenlänge lang Belanglosigkeiten aus, und Jennifer bemerkte, dass er etwas angespannt wirkte, als wäre er auf der Hut. Nun blickte sich ein wenig nervös um.

„Was ist? Hast du Angst, deine Freundin sieht uns zusammen?“, fragte sie lachend und drückte ihre Zigarette aus.

„Aber nein. Und was ist mit deinem Freund?“ Er wies mit dem Kinn zu Dominique hinüber.

„Das ist nicht mein fester Freund, nur … ein Bekannter.“ In diesem Moment schwang sich eine attraktive Blondine auf Jennifers freigewordenen Barhocker und lächelte Dominique strahlend an.

„Du siehst ja, er ist beschäftigt.“ Jennifer zwinkerte Ahmed zu. „Willst du tanzen?“

„Okay, aber nicht so lange.“

Er folgte ihr auf die halb gefüllte Tanzfläche, und sie begannen, sich im Rhythmus der lateinamerikanischen Musik zu wiegen, die vom DJ mit elektronischem Sound gemixt wurde. Trotz seiner vielversprechenden Blicke ging Ahmed jedoch nicht auf Tuchfühlung und

Jennifer stellte enttäuscht fest, dass sein Interesse an ihr nicht so groß zu sein schien, wie sie anfangs angenommen hatte. Ob sie es schaffen würde, dass er sie küsste? Ihr wurde bewusst, dass genau in dieser Ungewissheit der Reiz lag – nicht darin, tatsächlich mit diesem Mann herumzuknutschen. Eigentlich wollte sie Kilian gar nicht betrügen, sie wollte nur endlich einmal wieder mit dem Feuer spielen und sich selbst etwas beweisen. Und über einem heißen Flirt den oft nervenaufreibenden Alltag vergessen. Sie atmete tief den herben Geruch seines Aftershaves ein, der in ihr den Wunsch erweckte, ihm noch näherzukommen.

Die Musik wurde langsamer, und gerade, als Jennifer die Arme um den Hals ihres Partners legte, erschienen zwei Männer auf der Tanzfläche und kamen zügig auf sie zu, den Blick fest auf Ahmed gerichtet. Der eine machte eine Geste, als wolle er nach ihm greifen. Ahmed zuckte zurück, entzog sich brüsk Jennifers Armen und rannte in Richtung Hinterausgang, seine beiden Verfolger hinter ihm her. Der eine stolperte über den Fuß eines Tanzenden und geriet ins Taumeln, fing sich wieder und lief weiter.

Jennifer stand plötzlich allein da und starrte ihnen hinterher. Sie hatte noch gar nicht richtig begriffen, was da geschehen war, als sie fast von einem weiteren Mann umgerannt worden wäre, der den anderen folgte. Er konnte gerade noch rechtzeitig abbremsen, hielt sich an ihren Schultern fest und starrte sie an.

„Herr Hauptkommissar! Was machen Sie denn hier?", fragte sie verblüfft.

Philippe Maillot ließ die Arme sinken. „Ein Einsatz. Und Sie, Demesy?"

„Es ist mein freies Wochenende. Ich bin zum Tanzen hier. Nur haben Sie leider gerade meinen Tanzpartner verjagt", erwiderte sie vorwurfsvoll.

„Seien Sie froh. Der hatte Dreck am Stecken. Drogenkurier für den Zeghmi-Clan."

„*Merde.* Wenn Sie mich eingeweiht hätten in Ihre geheimen Clan- und Drogenmilieu-Ermittlungen, hätte ich ihm beim Tanzen Handschellen anlegen können", konterte sie.

Über Maillots hartes Gesicht huschte ein amüsiertes Lächeln. Dann wurde er wieder ernst. „Waren Sie etwa mit diesem Typen hier?"

„Nein, mit meinem Vater." Sie wies auf Dominique, der alarmiert zu ihnen hinübersah und sprungbereit wirkte, seiner Tochter zur Hilfe zu eilen.

„Sie gehen mit Ihrem Vater aus?", fragte Maillot verdutzt und erwiderte mechanisch Dominiques grüßende Geste.

„Ist eine lange Geschichte." Jennifer strich sich eine Haarsträhne hinters Ohr.

„Die Zeit habe ich leider nicht."

„Schade. Sonst hätten Sie mit meinem Vater was trinken können. Sie hätten sich bestimmt einiges zu erzählen."

„So? Na gut. Ich muss jetzt weiter. Mal sehen, ob die Jungs Ihren Tänzer geschnappt haben. Schönen Abend noch." Er bahnte sich zügig einen Weg durch die Menge.

Kopfschüttelnd kehrte Jennifer zu Dominique an die Bar zurück und musterte unwirsch die leicht bekleidete Blondine, die auf ihrem Platz saß und Dominique mit Blicken verschlang. Sicher eine aus dem horizontalen Gewerbe, zumindest semi-professionell, registrierte Jennifer automatisch.

Dominique lächelte seine Nachbarin entschuldigend an. „Pardon, Élodie – meine Frau ist zurück. Würdest du uns entschuldigen?"

Élodie verzog das stark geschminkte Gesicht, warf die toupierte Mähne in den Nacken und stolzierte auf hohen Absätzen von dannen.

Jennifer ließ sich auf den Barhocker plumpsen. „Ach, muss ich jetzt wieder deine Frau spielen, um dir aufdringliche Verehrerinnen vom Leib zu halten?"

„Wie ich gerade gesagt habe: Oft ist es schwer, rechtzeitig eine Grenze zu ziehen, also fange ich lieber gar nicht erst an. Mal abgesehen davon, dass diese hier sowieso Bares hätte sehen wollen."

„Du bist langweilig geworden", zog sie ihn auf.

„Bei dir scheint es jedenfalls nicht langweilig zu werden. Warum musste dein Flirt so abrupt weg? Und wer war der Typ, mit dem du geredet hast?"

„Das war mein Chef, Hauptkommissar Maillot. Sie hatten wohl gerade einen Undercover-Einsatz und hatten meinen Verehrer im Visier. Soll ein Drogenkurier einer arabischen Großfamilie sein." Sie schnitt eine Grimasse.

Dominique schüttelte lachend den Kopf. „Du bist anscheinend immer noch begabt dafür, dir die falschen Männer auszusuchen. Da kannst du froh sein, dass du das noch rechtzeitig erfahren hast."

Sie stöhnte auf. „Auf den Schreck brauche ich erst einmal einen Drink. Diesmal geht die Runde auf mich. Noch zwei Caipis, bitte", rief sie dem Barkeeper zu.

14

Als sich der Radiowecker am nächsten Morgen in Gang setzte, zog sich Dominique knurrend das Kissen über die Ohren. Er hatte eine pelzige Zunge, Druck im Kopf und das Gefühl, gerade erst eingeschlafen zu sein.

„Warum habe ich mich bloß fürs Golfspielen angemeldet?", jammerte er.

„Ist wohl spät geworden gestern Abend." Giuliana kuschelte sich an seine Seite und streichelte seine Brust. „Dann gehst du eben nicht."

„Führe mich nicht in Versuchung." Er seufzte und richtete sich mit Anstrengung auf. Verdammter Kater. Und das von den paar Cocktails. Er war nichts mehr gewöhnt. „Ich muss. Ich habe zugesagt und dieser Durrieux wird mich lynchen, wenn ich den Platz einem seiner zahlenden Mitglieder weggenommen habe und dann nicht erscheine. Außerdem habe ich versprochen, ein paar Leute im Auto zum Golfplatz mitzunehmen." Missmutig schwang er die Beine aus dem Bett und gähnte.

„Du bist ein Muster an Zuverlässigkeit", lobte sie. „Ich hoffe, du nimmst es mir nicht übel, wenn ich im Bett bleibe, bis Fabrice mich weckt."

„Nein, natürlich nicht. Was wirst du heute machen?"

„Relaxen. Mich um unseren Sohn kümmern. Ich werde mit Fabrice in den Jardin du Luxembourg gehen und dort mit ihm spielen." Sie zog sich die Decke über die Schultern und schloss die Augen.

Dominique erledigte hastig seine Morgentoilette, trank einen Milchkaffee, während er sich anzog, und stieg in seinen silbergrauen Peugeot. Am Sonntagmorgen war der Verkehr in Paris zum Glück weniger dicht als sonst, und er gelangte zügig in den Westen der Stadt.

Treffpunkt für diesen Ausflug war die Porte d'Auteuil, wo die Teilnehmer auf die vorhandenen Autos aufgeteilt wurden.

Hervé stellte Dominique kurz als neues Mitglied vor und gab ihm die Adresse des westlich von Paris gelegenen Golfplatzes. Dort angekommen, erhielten die Neulinge eine Einführungsstunde, in der sie unter Anleitung eines Golflehrers einige Grundlagen vermittelt bekamen und die Abschlagtechnik und das Putten übten.

Im Anschluss durften sie auf das Terrain. Für einen Moment gönnte sich Dominique den Luxus, einfach nur den Ausblick auf die saftig grünen, leicht hügeligen Rasenflächen und die Vormittagssonne im Gesicht zu genießen. Dabei gab er sich der Illusion hin, er wäre wohlhabend genug, um dieser Sportart nur zum Spaß nachzugehen, während sein Geld auf der Bank und an der Börse für ihn arbeitete.

Träum weiter, Demesy, dachte er grimmig und holte aus, um den Golfball mit Kraft so weit wie möglich zu befördern. Ein toller Schlag, fand er – dumm nur, dass er über den Ball hinweggeschlagen hatte. Wie peinlich.

Die anderen der Gruppe übergingen den Anfängerfehler souverän, und er durfte den Schlag wiederholen. Diesmal flog der Ball stolze fünf Meter weit. Es würde wohl noch eine Weile dauern, bevor er mit gekonnten Abschlägen glänzen konnte. Dann erinnerte er sich daran, dass dies vermutlich sein letzter Tag auf einem Golfplatz war und er nicht hier war, um sich als talentierter Spieler hervorzutun. Immerhin half es ihm, dass er durch sein jahrelanges Schießtraining ein Gespür fürs Zielen besaß, das auch beim Golfen wichtig war. Doch fand er es deutlich einfacher, nur einen Finger am Abzug zu krümmen als den ganzen Körper und einen sperrigen, langen Schläger einsetzen zu müssen.

Er trat zurück und musterte unauffällig die Leute seiner Gruppe. Während sie sich langsam auf dem Golfplatz von Loch zu Loch vorarbeiteten, begann er Smalltalk zu treiben, um mit den anderen in Kontakt zu kommen.

Besonders von den Damen wurde das interessiert aufgenommen, aber es war gar nicht so leicht, das Gespräch unauffällig auf Yvonne zu bringen. Er wollte sich nicht als Bekannter oder Verwandter von ihr ausgeben, da Giuliana dies bereits getan hatte und es Misstrauen erregen könnte, wenn unabhängig voneinander gleich zwei alte Freunde der Verstorbenen aufkreuzten.

Natürlich hatten sie am Vortag zwischen Einkäufen im Supermarkt und der üblichen samstäglichen Hausarbeit doch über den Auftrag und Giulianas Erkenntnisse vom Tanzabend gesprochen, schließlich musste sich Dominique auf den neuesten Wissensstand bringen, bevor er zu diesem Treffen ging. Er hatte bereits Ausschau nach den drei Männern gehalten, die am Freitagabend Giulianas Aufmerksamkeit erregt hatten und die sie ihm detailliert beschrieben hatte, konnte sie jedoch nicht entdecken.

„Wie sind die Leute im Club so?", erkundigte er sich, als er und eine zierliche Blonde namens Martine darauf warteten, dass sie an der Reihe waren. Während der gemeinsamen Fahrt zum Golfplatz hatte er mitbekommen, dass sie bereits seit einigen Monaten Mitglied war.

„Die meisten sind sehr nett."

„Und die anderen?"

Sie lachte. „Nun ja, es gibt immer mal eine Zicke oder einen blöden Typen. Ist doch überall so."

„Wen zum Beispiel? Verraten Sie mir, vor wem ich mich in Acht nehmen sollte", meinte er scherzhaft.

„Ach, ich mag nicht schlecht über Leute reden", wehrte sie ab. Doch nach einem Blick in Dominiques Augen beugte sie sich zu ihm und sagte leise: „Also, da ist eine Frau, vor der Sie sich tatsächlich in Acht nehmen sollten. Sie verschlingt die Männer reihenweise und lässt sie dann fallen. Es gehen Gerüchte, sie habe sich vor kurzem mit einem davon verlobt, deswegen ist sie in letzter Zeit auch kaum noch gekommen, aber wenn Sie mich fragen: Ich glaube nicht, dass das hält."

Er ertappte sich bei dem Wunsch, Yvonne zu verteidigen. Denn es konnte sich eigentlich nur um diese handeln. „Vielleicht ist sie einsam, sehnt sich nach Nähe und sucht sich dabei in der Eile immer die Falschen aus, die nicht zu ihr passen."

Martine schnaubte. „Solche Schwächen hat die Dame nicht. Sie ist sehr von sich eingenommen. Sie betont ja auch, dass sie nur Spaß haben will und ansonsten keinen Mann braucht, der ihr Leben komplizierter macht.“

Dominique schmunzelte. „Im Allgemeinen beklagen sich Männer nicht unbedingt darüber, wenn eine Frau vor allem Spaß mit ihnen haben möchte.“

„Mag sein, aber das ist wirklich eine Herzensbrecherin. Sie zieht alle Register, damit sich die Männer in sie verlieben und die fallen auch noch auf sie herein. Es sind etliche hier, die eine feste Beziehung suchen. Noch dazu ist sie offenbar recht gut betucht, zumindest prahlt sie oft damit, wie viel Geld sie für manche Dinge ausgibt und was sie sich alles leisten kann. Einfach widerwärtig.“ Sie schien ihren guten Vorsatz, nicht schlecht über Leute reden zu wollen, völlig vergessen zu haben.

„Vielleicht muss sie irgendwelche Komplexe kompensieren.“

„Pah! Die hat keine Komplexe. Braucht sie auch nicht, zu allem Überfluss sieht sie auch noch verboten gut aus, könnte glatt Model sein, obwohl sie bereits Mitte vierzig ist. Ihr Ex-Mann soll Schönheitschirurg sein, da ist das natürlich kein Wunder. Und die Männer stehen eben auf diesen grazilen, rehäugigen Typ. Eine echte Vorzeigefrau, das wollen die meisten hier.“

„Gab es Männer, die es ihr übelgenommen haben, dass sie nur mit ihnen gespielt hat?“, fragte Dominique so beiläufig wie möglich, während er spielerisch sein Eisen kreisen ließ.

Martine lachte auf. „Oh ja, unser Casanova vom Dienst war schon arg in seiner Eitelkeit gekränkt, dass sie mit ihm das Gleiche gemacht hat, wie er es sonst mit den Frauen macht.“

„Und wer ist der Casanova?"

„Er heißt Marc. Der ist heute auch hier, spielt in der Fortgeschrittenengruppe. Der braucht keinen Unterricht. Kann ja alles perfekt. Das ist so ein Großmaul."

Nach dem, was Giuliana ihm erzählt hatte, hatte Dominique auf Jean-Louis getippt, doch nun gab es sogar zwei, und er nahm sich vor, einen Abstecher in die Fortgeschrittenengruppe zu machen.

„Wie heißt die Dame, die Sie so gar nicht mögen?", fragte er, obwohl er es längst wusste.

„Yvonne." Martine spuckte es aus wie etwas Fauliges im Mund.

Er blickte sie nachdenklich an. „So eine Frau scheut sicher nicht davor zurück, einer anderen den Freund auszuspannen."

„Davon können Sie ausgehen!"

Dominique betrachtete sie aufmerksam. „Hat Sie das mit Ihnen gemacht?"

„Nein, ich habe hier noch niemanden gefunden. Es ist einer anderen aus dem Club passiert, habe ich mitbekommen. Okay, Hélène war mit Jean-Louis wohl nicht fest zusammen, aber er wirkte sehr an ihr interessiert, nachdem sie einige Male zu zweit ausgegangen sind. Und dann kam Yvonne und er hatte nur noch Augen für sie."

„Das kann man ihr doch aber nicht ankreiden. Bestimmt wusste sie nicht einmal davon, dass Jean-Louis kurz vorher jemand anderen gedatet hat. Und selbst wenn ..."

„Ja, schon, aber ... Ach, sie ist so wahnsinnig von sich überzeugt und ihre Art nervt viele hier."

„Wen denn zum Beispiel?"

„Sie fragen ganz schön viel", erwiderte sie misstrauisch. „Darüber möchte ich lieber nicht sprechen. Hören
Sie, ich bin eigentlich keine Tratsche, ich sage Ihnen
das nur, weil Sie sehr sympathisch wirken und ich
nicht möchte, dass die Ihnen wehtut."

„Vielen Dank, das ist nett." Dominique schmunzelte
halb amüsiert und halb gerührt.

Sie legte den Kopf schief und blickte ihn prüfend an.
„Oder sind Sie vielleicht auch nur an ein bisschen Spaß
interessiert?"

„Ich bin nicht auf der Suche nach einer Beziehung",
antwortete Dominique ehrlich. Verdeckte Ermittlungen hin oder her, er fand es unfair, den Frauen in diesem Club falsche Hoffnungen zu machen. „Da ich neu
in der Stadt bin, suche ich in erster Linie neue Kontakte
und Freundschaften. Und ich möchte ein bisschen
Sport treiben, ohne mich gleich auf eine Sportart oder
einen Verein festlegen zu müssen."

„Wo haben Sie denn vorher gelebt?"

„In Indien."

„Oh, na so was! Das ist ja mal was Ausgefallenes. Wie
lange denn?"

„Acht Jahre."

„Das finde ich klasse!"

„Entschuldigung, wenn ich mich einmische", schaltete sich eine vollschlanke Dame mit kurzgeschnitte-
nen Haaren und mütterlicher Ausstrahlung ein. „Ich
höre gerade, dass Sie in Indien gelebt haben – das klingt
unglaublich spannend. Würden Sie mir bei Gelegenheit
mehr davon erzählen? Ich bin übrigens Thérèse."

„Natürlich, gern." Dominique schwante, dass er nicht viel zum Golfspielen kommen würde, aber deswegen war er schließlich auch nicht hier.

„Was haben Sie in Indien gemacht?", fragte eine hochgewachsene Schwarzhaarige, die ebenfalls interessiert zugehört hatte.

„Ich habe dort für die französische Botschaft gearbeitet", schwindelte er. Es war nicht der Moment, sich als Privatdetektiv zu outen.

„Sie sind Diplomat?" Thérèse schmachtete ihn nun geradezu ehrfürchtig an.

Er wollte verneinen und eine langweilige niedere Bürotätigkeit an der Botschaft erfinden, aber er brachte es nicht über sich, die drei Frauen, deren Blicke sich bewundernd auf ihn geheftet hatten, zu enttäuschen. Wennschon, dennschon. Das war ja der Spaß an Undercover-Einsätzen. So nickte er lächelnd. Wenn sie zu viele Fragen stellten, konnte er sich immer noch auf Vertraulichkeit berufen. Außerdem hatte er in New Delhi genügend hochrangiges Botschaftspersonal gekannt, um glaubhaft hier und dort eine Anekdote zum Besten geben zu können.

So unterhielt er seine bewundernden Zuhörerinnen mit einigen seiner Erlebnisse aus Indien, bis er das nächste Mal an der Reihe war.

„Entschuldigen Sie mich, ich bin dran." Er ging zur Abschlagstelle und legte einen Golfball auf das kleine Holzpflöckchen, das im Rasen steckte.

„Warten Sie." Die Schwarzhaarige trat zu ihm und lächelte ihn an. „Ich habe vorhin beobachtet, dass Sie den Schläger nicht richtig führen ... Darf ich? Ich spiele schon ein bisschen länger Golf. Ihre Füße stehen zu weit auseinander. Dadurch können Sie den Körper nicht so drehen, wie es für einen guten Schwung erforderlich ist und Sie verlieren Kraft. Etwa schulterbreit gilt als Faustregel.“

„Aha.“ Dominique stellte seine Füße näher zusammen.

„Und Sie brauchen die Knie nicht so stark beugen, dafür beugen Sie sich besser mehr aus der Hüfte nach vorn.“

Er bemühte sich, ihren Instruktionen zu folgen.

„Nein, der Winkel zwischen Körper und Armen bleibt gleich.“ Sie stellte sich so dicht hinter ihn, dass ihm ihr blumiges Parfüm in die Nase stieg, und griff nach seinem Arm. Es missfiel ihm durchaus nicht, dass sie sich an ihn schmiegte, um ihn in die richtige Bewegung zu führen.

„Ach so. Ich glaube, jetzt habe ich es verstanden.“ Er drehte sich ein wenig zu ihr um und lächelte. Sie besaß schöne blaugraue Augen und einen fröhlichen breiten Mund. Wenn es Giuliana nicht gäbe, hätte er durchaus Interesse an ihr gehabt.

„Fein. Dann zeigen Sie mal. Ich heiße übrigens Céline.“

„Und ich Dominique.“

Nachdem sie zur Seite getreten war, holte er aus. Beim Abschlag durchfuhr ein scharfer Schmerz seine hintere Rückengegend und er schrie leise auf, während er eine Hand in die Seite presste.

„Was haben Sie gemacht?“, fragte Martine erschreckt.

„Nur eine falsche Bewegung.“ Er drehte vorsichtig den Oberkörper nach rechts und links.

„Oh, so was hatte ich auch, als ich das erste Mal Golf gespielt habe. Das passiert, wenn man sich verkrampft. Dabei bin ich durch meinen blauen Gürtel im Judo eigentlich recht gut trainiert“, erzählte sie.

Thérèse griff sich seufzend ins Kreuz. „Meine Lendenwirbelsäule plagt mich auch immer wieder. Man müsste sich viel mehr aufwärmen vor den Abschlägen.“

„Wenn Sie einen guten Orthopäden brauchen, rufen Sie mich an, Dominique“, sagte Martine eifrig. „Ich werde Ihnen meine Nummer aufschreiben.“

„Ich bin Physiotherapeutin, lassen Sie mal sehen“, schaltete sich Céline ein. „Wo genau tut es weh?“

Er zeigte ihr die Stelle und ließ sich von ihr untersuchen, während er dankend Martines Telefonnummer einsteckte und Thérèses aufmunternden Worten über eigene Rückenprobleme zuhörte.

Dominique genoss die beinahe liebevolle Fürsorge, die ihm die Damen zuteilwerden ließen. Wobei kaum ein Zweifel daran bestand, dass sie nicht nur darauf aus waren, ihn zu bemuttern.

Es gefiel ihm, sich als Hahn im Korb zu fühlen, und natürlich schmeichelte ihm ihr Interesse. Zwar liebte er Giuliana heiß und innig, und seit ihrer Hochzeit hatte er zu seinem eigenen Erstaunen nicht ein einziges Mal den Wunsch verspürt, mit einer anderen Frau zu schlafen, doch nun merkte er, dass er in den letzten Jahren das Flirten vermisst hatte. Die anfängliche Ungewissheit, das Aufblitzen von Interesse in Frauenaugen, die Blicke, die verstohlen über seinen Körper wanderten, das Prickeln der ersten vorsichtigen Annäherung ...

Jennifers Bemerkung über die Maus in der Käsetheke fiel ihm ein, eine Anspielung auf die Zeit vor seiner

Begegnung mit Giuliana, als er kaum einer hübschen Frau hatte widerstehen können. Er musste lachen.

„Habe ich was Komisches gesagt?", fragte Martine verunsichert.

„Nein, gar nicht, ich habe an etwas anderes gedacht."

Céline ließ ihn los. „Ich tippe darauf, dass Sie sich nur einen Muskel gezerrt haben. Wenn es in zwei oder drei Tagen nicht besser ist, lassen Sie sich einen Termin beim Orthopäden geben."

Dominique nickte folgsam. Immerhin hatte er nun einen Vorwand, sich aus dem Spiel auszuklinken, das ihn in Bezug auf Yvonne nicht weiterbringen würde.

Er lächelte entschuldigend in die Runde. „Da ich nicht mehr spielen kann, werde ich mal den Fortgeschrittenen zusehen – dabei lernt man ja auch etwas."

Er schlenderte zu der anderen Gruppe und pirschte sich in Marcs Nähe, der gerade vor andächtig lauschendem Publikum eine Anekdote zum Besten gab. Jedenfalls nahm Dominique nach Giulianas und Martines Beschreibung an, dass es sich um Marc handelte.

„Ich war letztes Jahr schon auf dem Kilimandscharo, das mache ich mit links", hörte Dominique ihn stolz herausposaunen. „Dagegen wird der Jakobsweg diesen Sommer ein Spaziergang."

Ob der diese Angeberei brauchte, um sich seine Männlichkeit zu beweisen? Bei seiner athletischen Figur würde es doch sicher niemand wagen, daran zu zweifeln.

In seiner Nähe stand eine junge Blonde, die ihn interessiert begutachtete.

„Sehr cool!", staunte sie, und Marc geriet nun richtig in Fahrt. „Kommen Sie doch mit mir auf den Jakobsweg, *ma chère* Chrystelle."

Sie legte den hübschen Kopf schief. „Das überlege ich mir noch. Ich finde Wandern ziemlich langweilig. Was üben Sie denn noch für Sportarten aus?"

„Letztes Jahr habe ich mit dem Tiefseetauchen angefangen. Der Trainer sagte, ich sei ein Naturtalent."

„Natürlich, Marc, was sonst." Es war schwer zu sagen, ob sie ihn tatsächlich bewunderte oder sich insgeheim über ihn lustig machte.

„Da war auf einmal ein Hai hinter mir her, als ich ganz allein in ungefähr dreißig Metern Tiefe war. Aber ich habe es geschafft, ihn zu vertreiben. Man darf keine Angst zeigen, man muss den Spieß umdrehen und so tun, als ob man sie angreifen würde. Dann kneifen sie und verziehen sich."

Marc stützte sich lässig auf sein Eisen. Er hatte selbstverständlich seine eigene Golfausrüstung dabei, wie Dominique an der Golfbag erkannte, aus der ein Sortiment verschiedener Eisen ragte. Wer sich die Basic-Schläger vom Golfclub auslieh, musste sie lose mit sich herumtragen.

Chrystelle strahlte ihn an. „Ich finde es toll, wenn man auch im fortgeschrittenen Alter noch so abenteuerliche Touren macht."

Für einen Moment verschwand die selbstherrliche Miene von Marcs gebräuntem Gesicht, er wirkte verunsichert, und Dominique grinste in sich hinein. Obwohl er selbst mit seinen Achtundvierzig vermutlich noch ein oder zwei Jahre älter war als Marc, doch damit hatte er kein Problem.

Marc fing sich schnell wieder und lachte auf. „Das verzeihe ich Ihnen, weil Sie noch so jung sind, *ma petite.* Jeder, der älter als dreißig ist, muss Ihnen alt vorkommen."

„Nun ja, ich bin immerhin selbst schon dreiunddreißig. Und ich denke, beim Golfspielen kann ich es mit Ihnen aufnehmen", gab sie zurück.

„Da habe ich doch meine Zweifel. Ich habe Ihnen zugesehen ... Lassen Sie mich Ihnen helfen, Ihre Abschlagtechnik zu verbessern."

Chrystelle hob die Augenbrauen. „Sie haben sicher eine perfekte Technik, oder?"

Er warf ihr einen Blick zu, als wolle er sie sofort in die Arme ziehen und ihr die Kleidung vom Leib reißen. „Da können Sie sicher sein, und das nicht nur beim Golf."

Dominique verdrehte die Augen ob des plumpen Wortspiels. Als Nächstes würde vermutlich eines über das Einlochen oder die besten Ansprechpositionen erfolgen.

Offenbar war er nicht der Einzige, der dies befürchtete.

„Seien Sie so gut und verschieben Sie Ihre Gespräche auf später oder reden Sie wenigstens leiser – Sie stören die Konzentration der anderen Spieler", tadelte ein stämmiger grauhaariger Mann, der gerade an der Reihe war.

Dominique erwartete, dass Marc in die Luft gehen würde, doch er blieb gelassen.

„Sie haben recht, pardon." Dann wandte er sich an seine junge Zuhörerin. „Gehen wir im Anschluss noch etwas trinken, nur wir beide?"

Sie nickte zögernd, und Dominique hätte gern Wetten abgeschlossen, ob er sie herumkriegen würde oder nicht. Vermutlich versuchte Marc auch im Matratzensport zu glänzen.

Dominique folgte der Gruppe über den Golfplatz und hörte zu, wie Chrystelle und Marc leiser als zuvor über die besten Durchschwünge und Treffmomente, über das Chippen und Putten fachsimpelten. Nach einer Weile verlor er die Geduld.

Sein Kopfweh hatten sich an der frischen Luft schnell gebessert, doch sein Rücken schmerzte so, dass er das Bedürfnis verspürte, sich langzulegen. Er beschloss, nach Hause zu fahren. Ohnehin würde er an diesem Tag vermutlich nichts mehr herausbekommen. Er wollte nicht den Unwillen der anderen Spieler auf sich ziehen, indem er trotz des ausgesprochenen Redeverbots mit Marc ins Gespräch kam. Im Anschluss mit ihm etwas trinken zu gehen, fiel ebenfalls aus, da er sicher mit Chrystelle allein sein wollte.

Dominique kam zu dem Schluss, dass ihn Golfspielen langweilte und schlecht für den Rücken war. Leise stahl er sich davon.

„Wie ist es gelaufen?", fragte Giuliana gespannt, als sie am späten Nachmittag mit Fabrice aus dem Jardin du Luxembourg zurückkehrte.

Dominique, der auf einem Heizkissen lag, richtete sich mit einem leisen Ächzen auf. „Ich glaube, Tiger Woods muss sich keine Sorgen machen."

Sie lachte auf. „Das habe ich mir gedacht. Ich meinte aber eher unseren Fall."

„Ich habe Marc kennengelernt – oder sagen wir mal, ich durfte seine Ein-Mann-Show beobachten –, und eine Dame namens Martine, die Yvonne so gar nicht leiden konnte. Aber alles in allem habe ich mich als Ermittler heute ebenso wenig mit Ruhm bekleckert. Und im Rücken habe ich mir auch noch was blockiert." Er ließ sich stöhnend wieder in die Polster der Couch sinken.

„Ach, du Ärmster. Sei nicht so bescheiden. Ich wette, dein Unterbewusstsein arbeitet bereits auf Hochtouren daran, die Informationen auszuwerten." Sie beugte sich über ihn und küsste ihn zärtlich.

Er schlang die Arme um sie. „Ich schlage vor, wir halten morgen eine Lagebesprechung im Büro ab und genießen jetzt unseren Sonntagabend, *d'accord?*"

„Sehr einverstanden."

15

Am Montagmorgen brachten Dominique und Giuliana Fabrice zusammen in die *Maternelle* und besorgten unterwegs in einer Boulangerie Croissants und Pain au chocolat. In ihrer Agentur angekommen setzten sie sich zu einem Arbeitsfrühstück in die Couchecke und gingen dabei ihre Wochenenderlebnisse im Freizeitclub gemeinsam durch.

„Dann werden wir unsere Beobachtungen mal zusammenfassen." Dominique wischte sich die vom Croissant fettigen Finger an einer Serviette ab, erhob sich und ging zum Flipchart, das neben seinem Schreibtisch stand. Er schlug das große Blatt um, auf das er am Donnerstag bereits die Namen Dr. Bellancourt und C. Lenoir als potentielle Verdächtige geschrieben und mit einigen Notizen versehen hatte. Dann nahm er einen roten Filzstift und sah Giuliana erwartungsvoll an. „Also, da haben wir zunächst Jean-Louis. Er hatte eine kurze Affäre mit dem Opfer, aus der jedoch vermutlich kein Mordmotiv resultiert. Aber du hast den Eindruck, er könnte möglicherweise ein Meisterdieb oder Ähnliches sein, dem Yvonne auf die Schliche gekommen ist."

Giuliana hob etwas unschlüssig die Schultern. „Vielleicht klingt das zu weit hergeholt, ich habe absolut keinen Beweis dafür."

„Wenn dein Instinkt dir sagt, dass mit ihm etwas nicht stimmt, behalten wir ihn auf jeden Fall im Auge", entschied Dominique. „Kannst du herausfinden, wo er wohnt? Dann würde ich ihn mal beschatten." Er notierte Jean-Louis' Namen und den Stichpunkt zum Motiv mit Fragezeichen. „Ferner haben wir Marc. Den Gerüchten zufolge ein Don Juan, der sich Frauen ins Bett holt und danach möglichst schnell wieder abserviert, um zur nächsten überzugehen. Yvonne ist ihm zuvorgekommen, und das kratzt gewaltig an seinem Ego, könnte ihn vielleicht sogar zu einem Tötungsdelikt im Affekt veranlasst haben."

Sie schüttelte den Kopf. „Das passt aber weder zum Abschiedsbrief noch dazu, dass die Affäre schon mehr als ein halbes Jahr her ist."

„Richtig", gab er zu und klopfte nachdenklich mit dem Stiftende gegen das Flipchart. „Ich habe Marc gestern erlebt: Er ist ein Großmaul, der vermutlich Komplexe kompensiert und dann böse reagieren könnte, wenn er blamiert wird. Vielleicht hat Yvonne ihn erst kürzlich provoziert oder hat angedroht, ihn bloßzustellen. Da ist die Schmach noch einmal in ihm hochgekocht und er wollte sich rächen."

„Und deswegen bringt man jemanden vorsätzlich um?", zweifelte sie.

Dominique streckte den Zeigefinger in die Luft. „Warum nicht? Wissen wir, wie er tickt? Vielleicht war da auch noch etwas anderes. Oder vielleicht hat er sowieso ein Alibi, das sollten wir versuchen herauszufinden. Mit im Theater oder im Nachtclub war er an jenem Abend jedenfalls nicht." Er machte eine entsprechende Notiz auf dem Flipchart. „Dann wäre da noch Alain. Er hat Yvonne des Öfteren verfolgt, obwohl kein Zweifel daran bestand, dass sie nicht mit ihm zusammen sein wollte. Das finde ich befremdlich."

Giuliana schenkte sich Kaffee nach. „Bestand da wirklich kein Zweifel? Wenn sie so mit den Männern gespielt hat, wie es auf mich den Eindruck macht – was die Dame, mit der du gesprochen hast, bestätigt hat –, dann hat sie vielleicht mit ihm geflirtet und ihm weiter Hoffnungen gemacht, selbst nach ihrer Verlobung mit Bernard Mondy. Und auf einmal ist ihm klar geworden, dass er sie nie haben wird."

Dominique runzelte die Stirn. „Und er tötet sie – vorsätzlich –, weil kein anderer sie bekommen soll?"

„So was gibt es, oder?"

„Mag sein. Das sind Psychopathen. Was für einen Eindruck hattest du von ihm?"

„Kann ich schwer einschätzen. Auf den ersten Blick wirkt er zumindest nicht komplett durchgeknallt und einigermaßen sympathisch. Aber doch so, als könne er auch eine dunkle Seite haben. Immerhin war er von den dreien der Einzige, der erschüttert wirkte, als er von Yvonnes Tod erfahren hat. Marc und Jean-Louis ging das glatt am Allerwertesten vorbei."

Dominique nickte nachdenklich und notierte. „Kommen wir zu den Frauen."

„Hélène hat Jean-Louis gedatet, und der hat sie möglicherweise für Yvonne sitzengelassen. Das ist allerdings reine Spekulation und wahrscheinlich kein Mordmotiv. Immerhin war sie aber an jenem Abend ebenfalls im Nachtclub. Allerdings hat sie im Anschluss jemand nach Hause gefahren, ein gewisser Thierry. Das sollten wir uns bei Gelegenheit noch bestätigen lassen."
Giuliana biss genussvoll in ihr Pain au chocolat.

Er dachte nach. „Marie-Claire hat gesagt, dass Yvonne als Erste gegangen ist und alle anderen etwa eine halbe Stunde später geschlossen aufgebrochen sind."

„Passt das mit der Todeszeit nicht trotzdem noch?", nuschelte sie mit vollem Mund.

„Ja. Aber es wird unwahrscheinlicher." Er notierte Hélènes Namen in Klammern und mit Fragezeichen. „Dann gibt es noch Martine, die Yvonne überhaupt nicht leiden kann und daraus keinen Hehl macht – ein echtes Motiv habe ich allerdings nicht entdecken können." Er legte den Filzstift zur Seite, setzte sich wieder und starrte von seinem Platz aus grübelnd auf seine Notizen.

Giuliana blätterte im Programmheft des *Club Actuel.* „Wer von uns geht am Freitag zum Bowling?"

Dominique legte die Handfläche an seine Seite und verzog das Gesicht. „Lieber nicht, das tut immer noch weh und ich will nicht noch eins draufsetzen. Aber ich gehe am Mittwoch zu dem Treffen im Irish Pub."

„War ja klar. Du hast Glück, ich mag Bowling total gern." Sie grinste, leerte ihre Tasse und warf einen Blick zur Uhr. „Ich muss los." Sie küsste ihn herzlich, schlüpfte in ihren Blazer und verließ die Agentur.

Kaum eine Minute später klingelte das Telefon auf Dominiques Schreibtisch. Er hob ab und meldete sich.

„Guten Morgen, hier ist Emmanuel Bellancourt. Sie haben gesagt, ich soll Sie anrufen, wenn mir etwas einfällt, das wichtig sein könnte ..."

„Genau." Gespannt wartete Dominique ab.

„Ich bin da auf etwas gestoßen", sagte Emmanuel, und Dominique hörte die mühsam unterdrückte Erregung in seiner Stimme. „Ich war gestern im Haus meiner Mutter in Rueil-Malmaison, um mich um die Erbschaftsangelegenheiten zu kümmern. Und dabei habe ich entdeckt, dass es einen Nacherben für ihr Haus gibt."

„Was genau meinen Sie mit Nacherbe? Oder vielmehr wen?"

„Jean-Claude hat in seinem Testament verfügt, dass im Fall des Ablebens meiner Mutter seine Tochter Agnès das Haus erbt."

„Und das hat sie Ihnen nie erzählt?"

„Nein. Sie hat nur erwähnt, dass Agnès ein bisschen Stress gemacht hat, weil nicht sie das Haus geerbt hat, dass aber nun alles geregelt sei. Ich bin davon ausgegangen, dass meine Schwester und ich das Haus erben würden. Wobei ich es in Ordnung finde, dass Agnès es bekommt", fügte er hastig hinzu. „Sie ist schließlich Jean-Claudes Tochter, und er ist gestorben, bevor er und Maman verheiratet waren, und somit hätte ihr das Haus eigentlich zugestanden. Allerdings hat Maman auch Geld in die Renovierung investiert, die sie vorgenommen haben, kurz bevor Jean-Claude gestorben ist. Glauben Sie nicht, dass das ein gutes Motiv wäre, meine Mutter zu töten?" Emmanuel schnaufte aufgeregt.

„Durchaus." Das ergab völlig neue Perspektiven. „Kannten Sie diese Agnès?"

„Sie wohnt im Midi, irgendwo in der Provence, daher hat sich das nie ergeben. Wir haben uns erst auf der Beerdigung von Jean-Claude kurz kennengelernt, und da war sie ziemlich zickig zu uns."

„Haben Sie ihre Adresse?"

„Nein, in der Kopie des Testaments, das ich hier vorliegen habe, steht nur ihr Name. Agnès Vannard, geboren am 6.10.1972 in Aulnay-sous-Bois."

Dominique notierte sich die Daten. Er würde Jennifer bitten, die aktuelle Adresse im Polizeicomputer zu recherchieren. „Ich kümmere mich um die Dame", versprach er.

„Haben Sie sonst schon jemanden im Verdacht?", fragte Emmanuel gepresst.

„Ich habe noch nichts Konkretes", erwiderte Dominique ausweichend. „Ich melde mich bei Ihnen, wenn es etwas Neues gibt."

Als er aufgelegt hatte, rieb er sich die Hände. Eine Verdächtige in der Provence. Dieser Auftrag war mehr und mehr nach seinem Geschmack.

***

„Alles Gute zum Hochzeitstag, chérie!" Dominique drückte Giuliana einen großen, kunstvoll arrangierten Blumenstrauß in die Arme und küsste sie.

„Jetzt halten wir es schon ein halbes Jahrzehnt miteinander aus, hättest du das gedacht?", fragte sie freudestrahlend.

„Wenn ich es nicht für möglich gehalten hätte, hätte ich dich gar nicht erst geheiratet. Du warst und bist meine Traumfrau."

„Charmeur." Sie löste sich lächelnd von ihm, um die Blumen in die Vase zu stellen. Dominique begrüßte Fabrice, der im Kinderzimmer in ein Spiel vertieft war, dann folgte er seiner Frau in die Küche und nahm die Flasche Champagner aus dem Kühlschrank, die er am Morgen kaltgestellt hatte.

„Trinken wir einen Kir Royal zusammen oder kriegst du dann deinen Einbruch nicht hin?“ Er zwinkerte Giuliana zu.

„Ein kleines Glas ist schon okay, aber mehr nicht.“

„Mehr darf ich auch nicht, ich muss ja noch Auto fahren.“

Dominique goss einen Fingerbreit Johannisbeerlikör in zwei Sektflöten und füllte sie mit Champagner auf.

Sie setzten sich ins Wohnzimmer, wo Giuliana auf dem Couchtisch aus Pinienholz bereits Schälchen mit Oliven, Erdnüssen und Saucisson bereitgestellt hatte.

„Ich habe noch eine kleine Überraschung“, verkündete Dominique, nachdem sie miteinander angestoßen hatten.

„Ich bin gespannt. Lass hören.“

„Was hältst du von einem langen Wochenende in der Provence? Sozusagen als Mini-Urlaub, um unseren Hochzeitstag nachzufeiern.“

Sie legte den Kopf schief. „Gibt es irgendwo einen Haken? So romantische Ideen hattest du schon lange nicht mehr.“

„Du hast recht, viel zu lange nicht mehr. Das ist mir vor kurzem klar geworden und ich finde, wir sollten das ändern.“

Giuliana lächelte. „Klingt gut. Und der Haken?“

„Wie kommst du darauf, dass es einen Haken gibt?“

„Weil ich dich kenne.“

Er seufzte. „Es ist eine neue Verdächtige aufgetaucht, die in Toulon wohnt. Wir müssen mit ihr reden.“

„War ja klar“, knurrte sie. „Von wegen romantische Ideen. Wusste ich es doch!“

„Sie hat ein richtig gutes Motiv!“ Er erzählte ihr, was er von Emmanuel gehört hatte.

„Das ist in der Tat endlich mal ein handfestes Motiv“, gab Giuliana zu. „Nicht nur rein finanziell gesehen, sondern womöglich Rache daran, dass Yvonne bekommen hat, was eigentlich ihr zugestanden hätte. Außerdem eine Art Rache am Vater, der ihr nicht gegeben hat, was sie erwartet hatte, indem sie ihm etwas wegnimmt, was er geliebt hat – auch wenn er das nun natürlich nicht mehr mitbekommt.“

„Bist du unter die Kriminologen gegangen?“, fragte Dominique amüsiert.

Sie nippte genüsslich an ihrem Kir Royal. „Ich finde es faszinierend, Kriminalfälle mit Hilfe von Psychologie zu lösen. Aber ich bilde mir nicht ein, dass ich das wirklich könnte – nicht umsonst muss man dafür jahrelang studieren.“

„Dein Ansatz war nicht schlecht.“

Giuliana kräuselte die Stirn und stellte ihr Glas ab. „Jaja, schmier mir nur Honig ums Maul, um mich vergessen zu lassen, dass du mit mir ins Wochenende fahren und gleichzeitig arbeiten willst. Das kannst du höchstens mit einem richtig tollen Hotel am Meer wettmachen, mein Lieber.“

„Wir können im Gasthof von Michel wohnen“, schlug Dominique vor. „Das ist nur eine halbe Stunde von Toulon entfernt. Ich habe ihn vorhin angerufen. Wir sind herzlich eingeladen.“

Ihr Gesicht verdüsterte sich noch mehr und sie stemmte die Hände in die Taille. „Du schlägst mir ein romantisches Wochenende vor, um unseren Hochzeitstag zu feiern, und willst dabei nicht nur an einem

Fall arbeiten, sondern auch bei deinem alten Kumpel wohnen, der mich nie leiden konnte? Also wirklich, Dominique!"

Er zog schuldbewusst den Kopf ein. „Zum Schluss habt ihr euch doch recht gut verstanden, du und Michel."

Michel Dalmont war ein Freund aus Armeetagen, mit dem Dominique zwei Jahre als Gendarm Ende der siebziger Jahre im Senegal stationiert gewesen war, bevor sie, wie in der mobilen Gendarmerie üblich, in andere Länder versetzt worden waren und sich lange aus den Augen verloren hatten. Als Dominique vor knapp sechs Jahren aus Indien nach Paris zurückgekehrt war und erfolglos einen Job gesucht hatte, waren sie sich wiederbegegnet, und Michel hatte ihn als Ermittler in seiner Detektivagentur eingestellt. Vor zwei Jahren war Michel, der aus dem Midi stammte, dorthin zurückgezogen, um den Gasthof seiner betagten Eltern zu übernehmen. Dominique hatte daraufhin seinen Mandantenstamm übernommen und sich mit Giuliana zusammen selbstständig gemacht.

„Wir schulden Michel immerhin einen guten Start in die Selbstständigkeit", erinnerte er. „Außerdem sagte er, dass wir zwei oder drei Nächte kostenlos in seinem *gîte* übernachten dürfen, und Fabrice bekommt sein eigenes Zimmer, das durch eine Tür mit unserem verbunden ist. Sind das nicht viel romantischere Aussichten als in einem Dreibettzimmer im Hotel?"

„Das ist wahr. Du hättest es mir von vorneherein als Dienstreise verkaufen sollen, sevgili, dann hätte ich es gleich super gefunden." Sie blinzelte ihm zu.

***

Dominique hätte seinen Hochzeitstag lieber bei einem romantischen Dinner mit seiner Frau verbracht, statt fremde Leute beim Ehebrechen zu beobachten, doch der Job hatte wie so oft Vorrang. Zumal Giuliana ebenfalls andere Verpflichtungen hatte.

Während er in seinem geparkten Auto saß und darauf wartete, dass die Frau seines Auftraggebers aus dem Haus kam, um zu ihrer abendlichen Verabredung zu fahren, geriet er ins Grübeln. Was, wenn Giuliana gar nicht bei der *Fondation Cartier* war? Vielleicht traf sie sich mit diesem Jean-Louis und sie heckten gemeinsam einen Coup aus? Vielleicht hatte sie ihm nur die halbe Wahrheit gesagt, als sie vermutete, Jean-Louis könne ein Meisterdieb sein. Womöglich war er bekannt in der Branche, genau wie Giuliana es einst gewesen war ... Sie könnten einander sofort erkannt haben.

Nervös trommelte er mit den Fingern aufs Lenkrad. Hatte sie nicht gerade erst gesagt, dass sie ihre gemeinsame Existenz zu bürgerlich fand? Andere Frauen flohen mit Hilfe eines amourösen Abenteuers aus der Langeweile des Ehealltags, und Giuliana eben mit dem Nervenkitzel eines raffinierten Einbruchs und Diebstahls. Was auch beachtlich die Haushaltskasse aufbessern würde. Und am Ende würde sie der Rausch der Gefahr so erregen, dass sie womöglich geneigt wäre, sich von Jean-Louis verführen zu lassen.

Dominique fingerte am Ausschnitt seines Hemds und öffnete das Autofenster einen Spalt breit. Die Luft im Wagen war plötzlich zu warm und stickig, das Stillsitzen unerträglich.

Er war so in sein Schreckensszenario versunken, dass er beinahe den Moment verpasst hätte, in dem seine Zielperson aus dem Haus trat und auf ihren Citroën zuging. Gerade noch rechtzeitig bemerkte er sie und folgte ihr in einigem Abstand.

Dass er Madame Vermont etwas später dabei fotografieren konnte, wie sie einen Mann, der nicht ihr Ehemann war, leidenschaftlich auf den Mund küsste, erschien ihm wie ein schlechtes Vorzeichen.

16

Während Giuliana behutsam, mit Fingerspitzengefühl und jahrelanger Erfahrung, Schritt für Schritt das Sicherheitssystem des Gebäudes der *Fondation Cartier* lahmlegte, stellte sie zufrieden fest, dass sie es noch immer draufhatte – auch wenn etwas mehr Training nicht schaden könnte. Doch wie langweilig war das, wenn nichts auf dem Spiel stand. Nicht zu vergleichen mit dem Adrenalinrausch, den sie früher verspürt hatte. Falls sie versehentlich den Alarm auslöste, hätte sie lediglich einen Kunden verloren und sich ein bisschen blamiert. Das war ihr nicht Herausforderung genug. Ob sie es nicht mal wieder in echt versuchen sollte? Falls sich dieser Jean-Louis tatsächlich als Meisterdieb entpuppen sollte, könnte sie ihm eine Zusammenarbeit – Oh nein, sie hatte Dominique versprochen, nichts Illegales mehr zu tun. Wenn er in dieser Hinsicht nur nicht so spießig wäre. Dabei hatte er sich gar nicht dumm angestellt, als er vor einigen Jahren an ihrer Stelle in eine Berliner Galerie eingebrochen war, weil sie selbst hochschwanger gewesen war. Er war unbehelligt mit dem Gemälde herausspaziert, das sie hatten zurückholen müssen, um Giulianas Cousin aus einer Misere zu retten. Sie könnten ein erfolgreiches Meisterdieb-Team sein und wären nicht ständig knapp bei Kasse. Doch Dominique war einfach zu ehrlich und rechtschaffen, und genau dafür liebte sie ihn.

Außerdem müsste sie dann noch immer eine Art Doppelleben führen, wie sie es fast fünfzehn Jahre lang getan hatte. Zum Schluss hatte sie es ermüdend gefunden, weil keine echten zwischenmenschlichen Beziehungen möglich waren. Womöglich würde einer von ihnen hinter Gittern landen, oder sogar alle beide. Und was würde dann aus Fabrice werden?

Ein bisschen Langeweile und Routine waren der Preis, den sie für ihre Liebe und ein Familienleben bezahlen musste. Und bisher hatten Dominiques Liebe und die Existenz von Fabrice alles wettgemacht, was sie in ihrem alten Leben vermisste. Bei der Vorstellung, ihren Mann zu verlieren, tat ihr das Herz weh. Und eine Trennung von ihrem Sohn würde sie schon gar nicht aushalten.

Ob Dominique wirklich gerade Madame Vermont beschattete? Oder hatte er sich vielleicht mit einer der Damen verabredet, die er am Sonntag beim Golf kennengelernt hatte? Bei diesem Gedanken fiel ihr vor Schreck fast die große Kneifzange aus der Hand.

Patrick Forestier, der Geschäftsführer der *Fondation Cartier*, der jede ihrer Gesten aufmerksam beobachtete, warf ihr einen irritierten Blick zu. Verdammt, sie musste sich besser konzentrieren. Gleich würde der kniffligste Teil folgen. Zum Teufel mit diesem Singleclub. Und Dominique wäre nie so unverfroren, sie ausgerechnet an ihrem Hochzeitstag zu betrügen. Oder sie überhaupt zu betrügen. Eigentlich hatte Giuliana keinen Anlass zu glauben, dass Dominique ihr untreu war, doch sie wusste um die Wirkung, die er auf Frauen hatte. Charme und gutes Aussehen, gepaart mit einer gewissen Undurchschaubarkeit zogen viele ihrer

Geschlechtsgenossinnen in den Bann. Und bevor sie einander begegnet waren, hatte er die Angebote auch nur zu gern genutzt, wie sie inzwischen mitbekommen hatte. Ob er sie noch immer genug liebte, um dies nicht mehr zu tun? Sie seufzte und zwang sich, sich auf ihre Aufgabe zu fokussieren.

Mit präzisen Bewegungen durchtrennte sie den Maschendraht des Gitters vor dem Fenster in der ersten Etage, ohne dass die Alarmanlage, die es sicherte, einen Mucks von sich gab.

Triumphierend blickte sie ihren Auftraggeber an, der sich neben ihr etwas ängstlich an einem Regenrohr festklammerte und auf die unter ihnen liegende Straße schielte, während Giuliana in ihren biegsamen Gymnastikschuhen so sicher wie eine Katze auf dem Mauersims balancierte. „Sehen Sie? War ein Kinderspiel." Sie ließ das Gitter auf die Straße fallen.

„Dieses Schutzgitter ist ein Witz, wenn das sogar eine zarte Frauenhand schafft", räumte Forestier ein. „Aber normalerweise wäre die Alarmanlage jetzt losgegangen. Dachten wir jedenfalls."

Sie presste sich eng an die Hauswand, um nicht den Halt zu verlieren, während sie ihren Rucksack vom Rücken gleiten ließ und ihm einen Glasschneider entnahm.

„Muss das sein?", fragte Forestier unbehaglich.

„Wie dachten Sie, dass ich sonst reinkomme?"

„Von innen. Auch wenn ich mich natürlich gefragt habe, warum Sie dafür an der Fassade herumklettern."

„Das Alarmsystem für den Fußboden ist noch aktiv", erinnerte sie ihn.

„Das können Sie von hier aus nicht ausschalten."

„Weiß ich. Habe ich auch nicht vor.“

„Sondern?“

„Ich habe es nicht auf die Gemälde abgesehen, die interessieren mich nicht besonders. Aber der hochkarätige Cartier-Diamant, den Sie in der Mitte des Raumes ausgestellt haben – der schon. Das ist ein perfektes Demonstrationsobjekt.“

„Vergessen Sie es. Da kommen Sie nicht ran.“

„Deswegen mache ich doch diese kleine Vorführung – um Sie davon zu überzeugen, dass es möglich ist. Neues Fensterglas brauchen Sie sowieso. Ich empfehle Panzerglas.“

Er seufzte. „Na schön, dann machen Sie.“

Nachdem sie ein Loch in das Glas geschnitten und das Fenster dann geöffnet hatte, entnahm Giuliana ihrem Rucksack eine stählerne Harpune. Forestier starrte sie an. „Was zum Teufel wird das denn?“

„Das werden Sie schon sehen. Ein kleines Loch in der Wand kann ich Ihnen nicht ersparen, pardon.“ Sie legte an, und eine Sekunde später schnellte ein Stahlgeschoss an einer soliden Leine durch den Raum. Der Widerhaken schlug in der Wand ein. Das andere Ende der Leine, die an der Abschussvorrichtung hing, befestigte sie am Regenrohr, nachdem sie sich von dessen Festigkeit überzeugt hatte.

„Normalerweise müsste man diesen Coup zu zweit oder besser noch zu dritt durchführen – ich brauche jemanden, der den Wächter ablenkt und mir beim Zurückkommen behilflich ist. Aber da der Wächter Bescheid weiß, ist das natürlich nicht nötig, und Sie werden den anderen Part übernehmen.“ Sie drückte ihm ein dünnes Seil in die Hand, das sie an dem Gurt verknotete, den sie um die Taille trug. Den Karabinerhaken befestigte sie an der Leine, die sich zwischen dem Fenster und der gegenüberliegenden Wand spannte und genau an der Vitrine mit dem Diamanten vorbeiführte.

Mit halboffenem Mund beobachtete Forestier staunend, wie sich Giuliana abstieß und ihren Schwung kurz vor der Vitrine stoppte. Sie öffnete sie in der Luft schwebend mit dem kleinen Schlüssel, dessen Duplikat sie bereits am Vortag heimlich organisiert hatte, und hob behutsam den gläsernen Deckel an. Adrenalin rauschte wie eine Droge durch ihren Körper. Nach so langer Abstinenz genoss sie diesen Moment. Vorsichtig griff sie nach dem Diamanten und hielt ihn triumphierend in die Höhe. Ihre Füße hatten kein einziges Mal den alarmgesicherten Boden berührt.

Der Wächter, der im Türrahmen stand und jede ihrer Bewegungen gespannt verfolgt hatte, applaudierte langsam. Forestier gab ihr einen Daumen hoch, bevor er sich schnell wieder mit beiden Händen am Regenrohr festklammerte. Giuliana fühlte ein schmerzhaftes Bedauern und seufzte unhörbar auf, als sie das, was früher ihre Beute gewesen wäre, widerstrebend zurücklegte und den Deckel der Vitrine schloss. Ihre Bauchmuskeln zitterten vor Anspannung. Diese Übung ersetzte jedes Bauch-Beine-Po-Training.

„Jetzt können Sie mich wieder zurückziehen.“

„Ich dachte, so was funktioniert nur im Film“, sagte Forestier beeindruckt, als sie sich durch den Fensterrahmen gleiten ließ und wieder auf dem Sims Fuß fasste.

Sie lächelte. „Nein, das funktioniert auch in der Realität." – Wenn man Erfahrung damit hat, wollte sie hinzufügen, konnte es aber gerade noch hinunterschlucken. Ihre Praxiserfahrungen als Meisterdiebin blieben hier besser unerwähnt. Sie durchtrennte mit einem Cutter die Leine und steckte die Harpune in ihren Rucksack zurück. „Ich würde Ihnen zu einem System mit Laserstrahlen raten, die sich auf Höhe der Vitrine kreuzen. Ich weiß, das ist teurer als die Fußbodensicherung, aber wie Sie sehen, ist es das wert."

„Nun, die Vitrine hat ihr eigenes Sicherungssystem, das rund um die Uhr läuft, daher dachten wir, es genügt zusammen mit der Fußbodensicherung."

„Sie haben ja gesehen, wie schnell ich das gleich zu Beginn lahmlegen konnte. Wenn Sie nur Gemälde ohne allzu hohen Wert haben, reicht das System im Prinzip auch – aber für Sonderausstellungen wie den Diamanten nicht."

„Wir könnten einfach einen zweiten Nachtwächter einstellen, der die Stellung hält", schlug er vor.

„Bringt nichts. Viele Einbrecher scheuen sich nicht, die Wächter mit Gas oder Ähnlichem lahmzulegen. Es gibt auch nicht wenige, die skrupellos genug sind, sie einfach zu erschießen. Da bräuchten Sie schon eine Armee."

„Na gut, Sie haben mich überzeugt. Sie haben den Auftrag, Madame Demesy."

„Das freut mich." Sie streckte ihm die Hand hin, und er löste zaghaft die rechte vom Regenrohr, um einzuschlagen.

Es ist so unfair, dachte Giuliana, als sie kurz darauf nach Hause fuhr. Sie hatte einen perfekten Einbruch durchgeführt und würde dafür nach Abzug von Steuern und Versicherungen kaum mehr als ein Taschengeld erhalten. Wohingegen sie, wenn sie den Einbruch tatsächlich durchgeführt hätte, nun den Gegenwert von einigen Millionen Francs bei sich tragen würde, den sie auf dem illegalen Edelstein- und Kunstmarkt problemlos zu Geld machen könnte. Und mehr Spaß hätte es obendrein gemacht. Mit diesem Job für die Agentur wollte sie nicht weitermachen, das war einfach Zeitverschwendung.

Sie fasste endgültig einen Entschluss, den sie schon seit Wochen mit sich herumtrug. Aber Dominique durfte davon nichts erfahren. Auch wenn sie sonst alles gemeinsam beschlossen, würde sie ihn hier besser vor vollendete Tatsachen stellen. Es hat einer Frau noch nie geschadet, kleine Geheimnisse vor ihrem Partner zu haben, dachte sie, und ein zufriedenes kleines Lächeln zuckte in ihren Mundwinkeln.

Als sie nach Hause kam, war Dominique offenbar ebenfalls gerade erst eingetroffen. „Fabrice schläft. Ich fahre noch schnell Louana nach Hause.“

Die Studentin, die auf Fabrice aufgepasst hatte, schlüpfte in ihre Jacke und schulterte ihre Umhängetasche.

Giuliana schüttelte den Kopf. „Spendieren wir ihr zur Feier des Tages ein Taxi, dann musst du nicht noch mal hin- und herfahren. Oder willst du unseren Hochzeitstag größtenteils im Auto verbringen?“

„Nein. Du hast recht." Dominique drückte der jungen Frau einen zusätzlichen Schein in die Hand. „Soll ich Ihnen ein Taxi rufen, Louana?"

„Nein, vielen Dank, Monsieur, es ist sicher kein Problem, in dieser Gegend wochentags eins zu bekommen. Noch einen schönen Hochzeitstag für Sie beide." Sie steckte das Geld weg und verließ die Wohnung.

„Ist alles gut gelaufen?", erkundigte er sich.

„Bestens. Ich habe den Job." Giuliana löste ihren Pferdeschwanz und schüttelte die Haare aus, bis sie wild ihre Schultern umspielten. Dann schlüpfte sie aus ihrem Trenchcoat und stand in dem schwarzen Catsuit aus dünnem Lycra vor ihm, den sie schon früher bei Einbrüchen am liebsten getragen hatte, weil er ihr die größtmögliche Bewegungsfreiheit verschaffte und sie nicht riskierte, mit einem Hosenbein oder Ärmel irgendwo hängenzubleiben.

Dominiques eben noch müdes Gesicht belebte sich bei ihrem Anblick, und er zog sie in die Arme.

„Ich muss immer daran denken, wie du das anhattest, als wir für unseren Einbruch ins Militärmuseum trainiert haben", raunte er. „Und ich konnte dir schon damals nicht widerstehen."

„Ich wette, das kannst du heute auch nicht", flüsterte Giuliana ihm ins Ohr und schnupperte dabei unauffällig an seinem Kragen. Nein, keine Spur von einem fremden Parfüm und auch keine Lippenstiftspuren. Wie hatte sie nur schon wieder so grundlos eifersüchtig sein können? Eigentlich dachte sie, sie hätte das hinter sich gelassen. Zu Beginn ihrer Ehe hatte es ja durchaus Anlass dazu gegeben, als zwei alte Lieben von Dominique wiederaufgetaucht waren. Aber sie sollte ihm inzwischen genug vertrauen, um zu wissen, dass er in diesem Singleclub nur seinen Job machte.

„Ein Gläschen Champagner, Monsieur Robin?", bot sie lächelnd an, ihn beim Namen des Meisterdiebs nennend, für den sie ihn damals in Istanbul gehalten hatte.

Er senkte den Kopf und küsste ihre Halsbeuge. „Nur wenn ich ihn aus deinem Bauchnabel trinken darf."

„Und ob du das darfst." Sie begann hastig sein Hemd aufzuknöpfen. Das Adrenalin, das noch durch ihre Adern rauschte, erregte sie auch sexuell. „Wenn wir schon keine Zeit zum Ausgehen hatten, um unseren Hochzeitstag zu feiern, soll wenigstens die schönste Nebensache der Welt nicht zu kurz kommen, sevgili."

In Dominiques Augen trat ein Glitzern. „Das brauchst du mir nicht zweimal zu sagen."

Sie nahmen die Flasche Champagner aus dem Kühlschrank und steuerten eilig ihr Schlafzimmer an.

17

Langsam wurde der Sarg in die Erde gelassen. Die zahlreichen Trauergäste standen um die Gedenkstätte mit der kostspieligen Marmortafel inmitten des Gräbermeeres, durch das sich lange breite Straßen und verschlungene kleine Wege zogen.

Bernard Mondy, Grégoire Bellancourt und einige langjährige Freunde Yvonnes hielten kurze Reden zu Ehren der Verstorbenen.

Giuliana, im kleinen Schwarzen, mit Sonnenbrille und zum Knoten geschlungenen Haaren, hielt sich im Hintergrund, im Schatten einer Kastanie, und beobachtete unauffällig die Gäste. Dominique und sie hatten entschieden, dass es vorteilhaft sein könnte, wenn sich einer von ihnen bei Yvonnes Beerdigung ansehen würde, wer dort so alles auftauchte.

Sollte jemand Giuliana ansprechen, würde sie sich, genau wie im Club, als alte Freundin aus Italien ausgeben. Yvonnes Eltern hatten ein Ferienhaus an der Italienischen Riviera besessen, und sie hatte in ihrer Kindheit und Jugend regelmäßig ihre Ferien dort verbracht, daher war das plausibel. Nur bei Dr. Bellancourt musste sie aufpassen, der könnte wissen, dass seine langjährige Ehefrau keine Freundin namens Giuliana besessen hatte. Und keinesfalls durfte sie ihren Nachnamen nennen, den er sofort mit der Detektivagentur *Demesy Investigations* in Verbindung bringen würde.

Nach dem Auftritt, den er bei Dominique hingelegt hatte, wäre er wohl imstande, sie unverzüglich vom Begräbnis auszuschließen.

Um nicht aufzufallen, reihte sie sich in die Schlange der Gäste ein, die einzelne Blumen oder eine Handvoll Erde auf den Sarg warfen und danach den Angehörigen ihr Beileid aussprachen. Die beiden blassen jungen Leute, die neben dem Sarg standen, mussten Emmanuel und Amélie sein.

Giuliana hauchte zwei Küsse neben Amélies Wangen in die Luft und schüttelte dann Emmanuel die Hand. „Mein aufrichtiges Beileid." Sie wollte sich rasch zurückziehen, doch er hielt ihre Hand fest.

„Ich glaube, wir kennen uns nicht ... Darf ich fragen, woher Sie meine Mutter kannten?"

„Ich bin eine alte Freundin Ihrer Mutter aus Italien", sagte sie so leise, dass Dr. Bellancourt, der drei Meter weiter mit einem Gast redete, es nicht hören konnte.

Emmanuel runzelte die Stirn. „Tatsächlich? Wir sind uns aber nie begegnet, oder?"

„Doch, aber da waren Sie und Ihre Schwester noch ziemlich klein. Deswegen erinnern Sie sich nicht mehr daran." Sie lächelte ihm herzlich zu und er erwiderte es schwach.

Rasch zog sie sich wieder an den Rand des Geschehens zurück und musterte weiter die Trauergäste.

Nachdem sich die ersten zu verabschieden begannen, trat Bernard Mondy zu Giuliana. „Wir gehen jetzt ins Restaurant und nehmen einen Aperitif. Möchten Sie mitkommen?"

Giuliana warf einen Blick zur Uhr. „Gut, warum nicht. Kommt Dr. Bellancourt auch mit?" Sie musste unbedingt verhindern, enttarnt zu werden. Am Grab hatte sie ihn übergehen können, da er gerade so von anderen in Anspruch genommen wurde, doch bei einem Umtrunk würde sie vielleicht seine Aufmerksamkeit erregen.

„Nein, er sagte, er müsse jetzt in die Klinik zurück."

„Ah, gut. Dann komme ich gerne noch kurz mit. Sagen Sie, ist jemand aus dem Club hier?", fragte sie leise.

Er schüttelte den Kopf. „Niemand, den ich kenne. Es gibt allerdings etliche Gäste, die ich noch nie gesehen habe. Aber die scheinen alle ihren Ex und ihre Kinder gut zu kennen, das sind sicher alte Freunde."

„Monsieur Mondy?" Eine vollschlanke Dame Mitte vierzig mit kurzen kastanienbraunen Haaren, die vor Giuliana Yvonnes Kindern kondoliert und sie dabei herzlich umarmt hatte, trat zu ihnen und reichte ihm die Hand. „Ich bin Béatrice Rouget aus Angoulême. Mein Beileid, Monsieur."

Angoulême? Verflixt, das musste die echte langjährige Freundin sein, die Jennifer erwähnt hatte. Eine der letzten, mit denen Yvonne auf dem Festnetz telefoniert hatte. Der würde es vielleicht auch auffallen, dass sie noch nie von einer Giuliana gehört hatte.

„Ah, Béatrice. Yvonne hat mir viel von Ihnen erzählt. Es tut mir leid, dass wir uns unter so traurigen Umständen kennenlernen."

„Mir auch. Zu Ihrer Verlobung konnte ich leider nicht kommen."

„Sind Sie extra aus Angoulême angereist?"

„Ja. Ich fliege erst morgen wieder zurück."

„Begleiten Sie uns zum Umtrunk? Er findet in dem Restaurant gleich gegenüber statt."

„Gern." Sie nickte ihm zu und blickte dann Giuliana fragend an.

„Ich bin eine Bekannte von Yvonne aus Italien", erklärte sie vage.

„Oh, Sie sind bestimmt Carla oder Felicia?"

Giuliana schüttelte lächelnd den Kopf.

„Giulia oder Luana?"

„Fast. Giuliana."

„Oh, *scusi*, das habe ich wohl durcheinandergebracht. Yvonne hat Sie bestimmt erwähnt, aber sie kannte so viele Leute in Italien, da habe ich den Überblick verloren."

Was für ein Glück. „Kein Problem. Die letzten Jahre hatten wir auch kaum noch Kontakt. Aber Sie beide haben sich ziemlich nahegestanden, oder?"

„Ja." Béatrice seufzte. „Wir sind Schulfreundinnen und haben seitdem immer engen Kontakt gehalten. Ich habe sie in Paris besucht, und sie mich in Angoulême, nachdem ich dort hingezogen bin, und manchmal sind wir auch zusammen verreist, entweder mit unseren Ehemännern oder nur zu zweit."

„So was ist schön", erwiderte Giuliana aufrichtig und nahm Béatrice unauffällig in Augenschein.

Ihr rundliches Gesicht war ungeschminkt, ihre ganze Erscheinung schlicht und unglamourös. Vielleicht war das der Trauerkleidung geschuldet, doch auch ihr Auftreten wirkte so bodenständig und unprätentiös, dass Giuliana Schwierigkeiten hatte, sie sich als Yvonnes beste Freundin vorzustellen. Aber vielleicht gerade deswegen. Möglicherweise hatte sie so jemanden als Ausgleich gebraucht.

„Wenn Sie so lange befreundet waren, muss Sie Yvonnes Tod sehr getroffen haben", sagte sie mitfühlend.

Béatrice nickte, und ihre umschatteten grüngrauen Augen füllten sich mit Tränen. „Ich kann es nicht fassen. Ohne sie wird es dunkler in meinem Leben werden." Sie zog ein Taschentuch hervor und tupfte sich an den Augen herum.

Giuliana vergewisserte sich, dass Mondy, der sich inzwischen abgewandt hatte, nicht mehr in Hörweite war. „Ob ihr Tod mit einem Mann zu tun hatte?"

„Auf keinen Fall. Wenn sie sich nach Jean-Claudes Tod etwas angetan hätte, dann doch zeitnah danach und nicht jetzt, da Bernard sie offenbar so glücklich gemacht hat."

„Glauben Sie denn, sie hat sich wirklich etwas angetan?", fragte Giuliana und betonte jedes einzelne Wort.

Béatrice starrte sie an. „Was wollen Sie damit andeuten?"

„Gar nichts. Ich habe nur Schwierigkeiten, mir vorzustellen, dass Yvonne von einer Brücke springt. Und Sie?"

„Ich weiß nicht ... Herrgott, wenn sie sich mir nur anvertraut hätte! Sie muss wirklich verzweifelt gewesen sein."

„Wie verzweifelt kann man sein, wenn man noch Wert darauf legt, seine Designerschuhe nicht nass zu machen und sie vor dem Sprung ins Wasser auszieht?", fragte Giuliana sarkastisch.

„Ach, war das so? Das wäre aber typisch Yvonne. Auch wenn es blöd klingt."

„Meinen Sie? Ich denke da eher in eine andere Richtung.“

„Sie wollten also doch andeuten, jemand hat nachgeholfen?“, murmelte Béatrice erschüttert.

Giuliana legte verschwörerisch den Zeigefinger auf die Lippen und blickte sich um.

„Aber Grégoire sagte doch, sie habe einen Abschiedsbrief ...?“, flüsterte Béatrice.

Giuliana strich sich eine Haarsträhne hinters Ohr, die sich aus ihrem Knoten gelöst hatte. „Kurz bevor sie mit Bernard zusammengekommen ist, hat sie erwähnt, dass sie etwas mit einem verheirateten Politiker hatte – wissen Sie mehr darüber?“

„Sie meinen, der könnte –?“ Sie verstummte vor Verblüffung und Schreck.

„Vielleicht gucke ich zu viele Krimis“, räumte Giuliana ein.

„So eine Affäre hat Potential für allerlei Motive“, überlegte Béatrice. „Hat die Polizei das denn nicht untersucht?“

„Die haben es sich einfach gemacht. Ob seine Frau dahintergekommen ist?“

„Sie glauben, Madame Lenoir könnte Yvonne von der Brücke geschubst haben?“

Sie wusste also, um welchen Politiker es sich handelte. Das war bei einer besten Freundin ja auch zu erwarten.

„Eigentlich nicht. Aber Yvonne könnte *ihn* zu sehr unter Druck gesetzt haben ... Was denken Sie?“

„Nein, glaube ich nicht“, widersprach Béatrice nach kurzer Überlegung. „Nach ihrer Scheidung und dem Tod von Jean-Claude wollte sich Yvonne doch überhaupt nicht mehr binden, jedenfalls nicht so schnell. Ich glaube, ein verheirateter Mann war ihr gerade recht, denn sie hat immer betont, wie schnell ihre Männerbekanntschaften *sie* unter Druck gesetzt haben, weil sie was Festes wollten."

„Und was ist mit Bernard? Mit dem hat sie sich immerhin schon nach kürzester Zeit verlobt. Das ist doch recht widersprüchlich."

„Nun ja, die gute Yvonne war oft etwas wankelmütig. Aber das wissen Sie ja, wenn Sie sie schon so lange kennen."

Giuliana nickte lächelnd. „Ich erinnere mich. Dachte nur, sie wäre mit den Jahren ausgeglichener geworden."

Béatrice schüttelte ernst den Kopf. „Eine Zeitlang dachte ich das auch, aber ihre Scheidung und Jean-Claudes Tod haben sie wieder ziemlich aus der Bahn geworfen."

„Ja, sie hat einiges hinter sich, die Ärmste", meinte Giuliana nachdenklich und dachte bei sich, dass dies gute Gründe waren, um einen Menschen den Boden unter den Füßen verlieren und irrational handeln zu lassen.

Die Menge hatte begonnen, sich zu zerstreuen, und sie folgten den Gästen, die den Friedhof verließen und in Richtung des nahegelegenen Restaurants schritten.

18

„Was hast du auf der Beerdigung rausgefunden?",
fragte Dominique am Abend, als er kurz nach Hause
kam, um sich umzuziehen. Er hatte gerade einen Geschäftskunden besucht und fand sein Outfit zu gedie-
gen für einen Pub.

„Dass Yvonne tatsächlich recht beliebt zu sein schien.
Klar, auf Beerdigungen werden immer Loblieder auf
den Verstorbenen gesungen, doch die Leute waren
größtenteils ziemlich ergriffen."

„Was war das für Publikum?" Er löste seine Krawatte,
und Giuliana folgte ihm ins Schlafzimmer.

„Die meisten wirkten recht wohlhabend und etab-
liert. Eben aus der Oberschicht, in der sie bestimmt den
Großteil ihres Lebens verkehrt hat. Sicher viele aus der
Zeit ihrer Ehe. Sogar ihr Ex-Mann hat sich von seinen
Verpflichtungen freigemacht, um ihr die letzte Ehre zu
erweisen."

„Das hat er sicher auch wegen der Kinder gemacht."
Dominique hängte sein Jackett in den Schrank und begann sein Hemd aufzuknöpfen.

„Möglich, aber er hätte bei seiner kleinen Rede fast
angefangen zu weinen. Das war nicht gespielt."

„War jemand aus dem Club da?"

„Nein, niemand, den Mondy oder ich schon mal gesehen haben."

„Ist dir irgendetwas aufgefallen, das uns weiterbringen könnte?“

„Ehrlich gesagt, nicht das Geringste. Du spielst auf die alte Krimi-Weisheit an, dass der Mörder sich bei der Beerdigung unter die Trauergäste mischt?“

Dominique lachte auf und schlüpfte in ein blaues Poloshirt. „Genau. Ich hatte auf einen spektakulären Streit am offenen Grab gehofft oder auf eine mysteriöse Unbekannte, die etwas verspätet mit einer schwarzen Limousine vorfährt und das Geschehen aus einiger Entfernung beobachtet.“

Sie blinzelte ihm zu. „Diese Person war ich. Wenn du meinen Alfa Romeo als Limousine durchgehen lässt.“

„Als geheimnisvolle Dame in Schwarz gehst du auf jeden Fall durch.“ Er küsste sie und tauschte seine hellgraue Anzughose gegen Jeans.

„Hast du von Hervé die Nachnamen und Geburtsdaten unserer verdächtigen Herren bekommen?“, wollte sie wissen.

Er schüttelte den Kopf. „Er hat sich geweigert. Anordnung von Durrieux. Ich habe Bernard Mondy informiert, der hat es aber auch nicht geschafft, Durrieux zu erweichen. Er beharrt darauf, die Privatsphäre und Daten seiner Mitglieder zu schützen. Was im Prinzip ja sehr lobenswert ist. Aber wenn Jenni im Polizeicomputer sehen könnte, ob einer von unseren Kandidaten vorbestraft ist, würde uns das möglicherweise weiterbringen.“

„Ich könnte ins Büro des Clubs einbrechen und die Daten beschaffen“, bot sie an. „Das wäre eine Kleinigkeit – ich habe mich gestern schon warmgelaufen.“

„Untersteh dich!“

Sie grinste. „War nur ein Scherz. Aber wir könnten ja hingehen und Hervé irgendwie ablenken. Also, einer von uns lenkt ihn ab, während der andere die Karteikarten oder was auch immer durchblättert. Dann wäre es kein Einbruch.“

„Illegal wäre es trotzdem. Viel zu aufwändig und riskant. Das bekommen wir auch so raus. Zum Beispiel über ihre Kfz-Nummern oder im Gespräch. Da fällt uns schon was ein.“

„Musst du gleich wieder los?“

Dominique nickte. „Eigentlich schon. Das Treffen im Irish Pub findet ab neunzehn Uhr statt, das ist jetzt. Willst du nicht mitkommen? Die Aktivität kostet den Club nichts, die Getränke zahlt man direkt vor Ort, also können weder Durrieux noch Mondy etwas dagegen haben, wenn wir zu zweit hingehen. Vielleicht haben Louana oder Aurélie spontan Zeit zum Babysitten. Obwohl ich zugebe, dass das sehr spontan wäre.“

Giuliana winkte ab. „Ich habe heute Nacht nicht genug Schlaf bekommen und gar keine Lust auszugehen. Und ich will Fabrice nicht ständig abends allein lassen, am Ende fängt er noch an, zu Louana Mama zu sagen. Am Freitag bin ich ja schon wieder unterwegs.“

Sie folgte Dominique in die Küche, in der er sich ein Glas Mineralwasser einschenkte und durstig trank. „Willst du wirklich zum Bowling gehen, wenn wir am nächsten Morgen verreisen?“

„Jean-Louis will kommen. Zumindest hat er am Freitag beim Abendessen erwähnt, dass er meistens am Bowling teilnimmt. Ich will ihn abchecken.“

Er runzelte die Stirn. „Abchecken? Du meinst, ob er wirklich ein Juwelendieb oder so was ist?“

„Auch das, ja. Du hast mir doch gesagt, ich soll meinen Instinkten folgen."

„Aber bitte nicht allen Instinkten", brummelte er.

Sie lachte hell auf. „Bist du etwa eifersüchtig?"

„Habe ich Grund dazu?"

Sie trat auf ihn zu, schlang die Arme um seinen Hals und lächelte ihn an. „Sah es letzte Nacht danach aus?"

„Überhaupt nicht." Er zog sie enger an sich und küsste sie innig. „Okay, Schatz, bis nachher. Ich hoffe, es dauert nicht zu lange."

Bei dem Irish Pub handelte es sich nicht um den von Kilian, sondern um einen im 17. Arrondissement, nicht weit vom Arc de Triomphe entfernt. Dominique hatte mit seiner ersten Frau Cathérine in dieser gutbürgerlichen Gegend gelebt, und Jennifer war dort aufgewachsen. Obwohl ihn nicht mehr viel mit diesem Arrondissement verband, war es immer ein Gefühl wie nach Hause zu kommen, wenn er mal dort zu tun hatte.

Als Dominique kurz darauf den Irish Pub betrat, traf er auf Céline, die mit einigen anderen Clubmitgliedern Darts spielte.

Sie winkte ihm zu. „Unser Tisch ist da hinten!", rief sie.

Er setzte sich an den langen Tisch, an dem bereits drei oder vier andere saßen, die er nicht kannte, bestellte ein Guinness und trieb Smalltalk.

„Hab Sie hier noch nie gesehen, sind Sie neu?", erkundigte sich der hagere Mann, der ihm gegenübersaß.

„So gut wie. Heute ist erst meine zweite Aktivität. Dominique Demesy."

„Jean-Louis Leclerc", erwiderte der andere und lächelte ihn breit an.

Doppelter Volltreffer. Er saß nicht nur mit dem Richtigen zusammen, sondern hatte auch sofort seinen Nachnamen. Oder gab es zwei Jean-Louis? Die Beschreibung, die Giuliana ihm gegeben hatte – etwa Mitte vierzig, ungefähr ein Meter fünfundachtzig, breitschultrig, sportliche Figur, blaue Augen, kurze graumelierte Haare und ein Goldzahn im Mundwinkel – passte jedenfalls.

Der Ober brachte die Getränke, und Jean-Louis prostete Dominique zu. „Sagen wir du?"

„Klar."

Sie stießen miteinander an.

„Kommst du oft her?", wollte Dominique wissen.

„Meinst du in diesen Pub oder überhaupt zu den Clubaktivitäten?"

„Beides."

„Freitags gehe ich meistens hin, egal ob Tanzabend, Bowling oder Billard stattfindet. Und zu den Abenden hier im Pub komme ich auch häufig, weil es für mich ganz in der Nähe ist. Ich wohne in Clichy, da ist das ein Katzensprung."

Dominique konnte sein Glück kaum fassen. Nachname und Wohnort auf einen Schlag. Das war fast zu einfach gewesen. Zufrieden nahm er einen langen Schluck Bier.

Dann beugte er sich näher zu ihm über den Tisch und fragte mit Verschwörermiene: „Und wie sind die Frauen hier so?"

„Ganz okay." Jean-Louis zuckte mit den Schultern.

„Schon jemanden kennengelernt?"

„Die eine oder die andere", erwiderte sein Gegenüber, und Dominique konnte spüren, wie er innerlich auf Abstand ging. Weil ihn das Thema nicht interessierte oder weil es zu heikel war? Er würde behutsamer vorgehen müssen, wenn er das Gespräch auf Yvonne lenken wollte.

Jean-Louis leerte sein Longdrink-Glas. „Ich gehe eine Runde Darts spielen, willst du mitkommen?"

Dominique nickte. Er wollte den Mann auf jeden Fall im Auge behalten. Doch da sah er Céline auf sich zukommen. Ihre Miene wirkte aufgewühlt.

„Ich komme gleich nach", sagte er zu Jean-Louis.

Dieser verschwand im Nebenraum, und Céline setzte sich auf den freigewordenen Stuhl.

„Was ist los, Sie sehen verstört aus", bemerkte Dominique.

„Ich habe gerade erfahren, dass eine Frau sich das Leben genommen hat, die hier Mitglied war."

Nun begann es also, sich herumzusprechen, dachte Dominique. Es würde interessant sein, die Reaktionen der anderen zu beobachten. Schnell setzte er ein betroffenes Gesicht auf. „Wie schrecklich. Das tut mir leid. Haben Sie sie gut gekannt?"

„Wir waren nicht befreundet, aber ich fand sie sympathisch. Sie war immer so gut drauf, die reinste Stimmungskanone. Kaum zu glauben, dass sie sich umgebracht haben soll. Da sieht man mal, was sich hinter tollen Fassaden verbergen kann."

Dominique war beinahe erleichtert, dass zur Abwechslung jemand Yvonne sympathisch fand. Oder war er etwa erleichtert, weil er Céline nicht auf die Liste der Verdächtigen setzen musste? Er gestand sich ein, dass er sie anziehend fand mit ihrer ruhigen Art und den ausdrucksvollen blaugrauen Augen, die einen faszinierenden Kontrast zu dem schwarzen Haar bildeten, das ihr schmales Gesicht umrahmte.

„Umgebracht?", wiederholte er mit gespielter Bestürzung.

„Hat sich einfach vom Pont des Arts gestürzt, noch dazu nach einer der Clubaktivitäten. Furchtbar."

„Weiß man, warum sie es getan hat?"

„Nein. Es wird gerade viel darüber spekuliert und getratscht", sagte sie missbilligend.

„Das ist in der Tat geschmacklos."

„Wie geht es Ihrem Rücken?", fragte Céline.

„Heute Morgen war ich bei einem Bekannten, der Chiropraktiker ist, der hat mir etwas wieder eingerenkt. Und mir gesagt, dass Golfspielen nur gut für den Rücken ist, wenn man es bereits kann." Er lachte.

„Fein, dann können Sie ja die nächste Runde Darts mitspielen. Das ist bedeutend ungefährlicher."

„Das hatte ich vor. Gehen wir zu den anderen." Dominique wollte hören, ob Tratsch und Spekulationen ihm neue Informationen bringen konnten, und Jean-Louis' Reaktion darauf beobachten.

„Okay. Aber falls Sie Physio brauchen, zögern Sie nicht, mich anzurufen." Sie reichte ihm eine Visitenkarte.

„Danke, das werde ich tun." Er steckte die Karte in die Brusttasche seines Hemds und erhob sich.

Sie schlossen sich der Gruppe an, und Dominique war froh, dass er in den letzten Jahren mit seinem Vater in den Pubs von Galway das Dartspielen trainiert hatte. So konnte er dort eine weitaus bessere Figur machen als beim Golf. Etwas Neues über Yvonne erfuhr er hingegen nicht; das Gespräch hatte sich inzwischen wieder anderen Themen zugewandt.

Während des Spiels bemerkte er, dass Jean-Louis immer wieder zum Eingang blickte.

„Erwartest du jemanden? Du schaust ständig zur Tür …"

„Oh …" Jean-Louis lächelte verlegen. „Ich habe am Freitag eine Frau kennengelernt, ein neues Mitglied. Ich habe gehofft, sie kommt vielleicht heute." Er bemerkte Dominiques prüfenden Blick und fügte hinzu: „Eine sehr attraktive Italienerin."

Italienerin? Am Freitag? Dominique tarnte seine argwöhnische Miene rasch mit einem Lächeln. „Klingt gut."

„Ich bin sicher, sie hat südlich-leidenschaftliches Temperament – wenn du verstehst, was ich meine." Jean-Louis zwinkerte ihm zu.

Finger weg, Freundchen! Es juckte Dominique, Jean-Louis den kleinen Darts-Pfeil in die Brust zu werfen, aber er beherrschte sich und schleuderte ihn stattdessen treffsicher genau ins Schwarze der Scheibe. Nun würde er Jean-Louis aus doppeltem Grund im Auge behalten.

„Wollen wir noch zur Fête de la Musique?", fragte ihn Céline einige Runden später.

„Stimmt, das ist ja heute." Dominique unterdrückte ein Gähnen. „Seien Sie nicht böse, aber ich muss morgen früh raus und wollte bald nach Hause."

Es war weniger die Müdigkeit, die ihn davon abhielt, ihr Angebot anzunehmen. Vielmehr scheute er davor zurück, sich auf etwas einzulassen, das den rein beruflichen Rahmen dieser Aktivitäten sprengte. Mit Céline durch Paris zu flanieren, um den musikalischen Darbietungen zu lauschen, war nichts, was er guten Gewissens als Ermittlung ausgeben konnte. Es hätte definitiv eine Grenze überschritten und er hatte keine Lust, sich in eine verfängliche Lage zu bringen. Alles, was er vor seiner Frau geheim halten müsste, ging einen Schritt zu weit.

Giuliana Kummer zu machen oder gar seine Ehe in Gefahr zu bringen, war das kurze Prickeln nicht wert. Auch wenn seine Tochter ihm wieder unter die Nase gerieben hätte, wie langweilig er geworden war. Es war schließlich keine Schande, älter und weiser zu werden. Wahrscheinlich hatte er sich einfach in jeder Hinsicht ausgetobt. Zwar schmeichelte es ihm, dass er anscheinend noch immer eine gewisse Wirkung auf Frauen besaß, doch es verlangte ihn nicht mehr nach ständig neuen Flirts, Affären und zum Scheitern verurteilten Beziehungsversuchen.

Er freute sich auf so simple Dinge wie ein entspanntes Wochenende in der Provence. Er würde kurz bei den Vannards vorbeischauen, um sie zu befragen, und danach nichts tun als ausschlafen, provenzalische Spezialitäten essen und sich die Sonne des Südens auf den Bauch brennen lassen. Und endlich wieder mehr Zeit mit Giuliana verbringen. Damit sie nicht auf dumme Gedanken kam und sich von Typen wie Jean-Louis einwickeln ließ.

Apropos Jean-Louis. Vielleicht sollte er ihn im Anschluss beschatten. Doch wo war er abgeblieben? Unter den Spielern sah er ihn nicht mehr und auch nicht am Tisch.

„Hat jemand Jean-Louis gesehen?", fragte er in die Runde.

„Der ist schon gegangen", sagte eine Frau. „Ich habe vor ungefähr zehn Minuten gesehen, dass er den Pub verlassen hat."

„Hat sich auf Französisch empfohlen, wie immer", ergänzte eine andere lachend.

Verdammt. Kaum hatte er sich gestattet, kurz vom Wochenende zu träumen, war ihm der Verdächtige durch die Lappen gegangen. Immerhin bedeutete das, dass er nun Feierabend machen konnte. Dominique ging zur Bar, um seine Drinks zu bezahlen.

***

„Morgen, Schatz. Hast du gerade Gelegenheit, schnell einen Namen im Computer für mich zu checken?", bat Dominique, als er Jennifer am nächsten Morgen auf dem Kommissariat anrief.

„Okay. Um wen geht es?"

„Jean-Louis Leclerc. Ich möchte wissen, ob er vorbestraft ist oder sonst irgendwas Auffälliges."

„Leclerc, Jean-Louis? Davon gibt es Dutzende allein in der Région Parisienne", stellte sie nach kurzem Suchen fest. „Hast du seine Adresse oder sein Geburtsdatum?"

„Er wohnt in Clichy."

Sie gab den Wohnort ein. „Dort gibt es drei dieses Vor- und Zunamens."

Dominique lehnte sich in seinem Schreibtischstuhl zurück und fixierte seinen Flipchart, auf dem er alles notiert hatte, was er bisher über Jean-Louis in Erfahrung gebracht hatte. „Sein genaues Geburtsdatum habe ich nicht, aber ich schätze ihn auf Mitte oder Ende vierzig. Also Anfang oder Mitte der Fünfzigerjahre geboren."

Er hörte sie erneut tippen. „So einen gibt es nicht", sagte sie dann.

„Das kann doch nicht sein", meinte Dominique enttäuscht und notierte vorsichtshalber die Altersangaben.

„Von den dreien in Clichy ist einer fünfunddreißig, einer achtundfünfzig und der dritte über siebzig", erklärte Jennifer.

„Gibt es bei einem von den dreien etwas Auffälliges?" Man konnte ja nie wissen.

„Nein. Aber vielleicht schreibt sich dein Leclerc mit t oder s am Ende?"

„Möglich. Versuchst du es?"

„Es gibt in Clichy einen mit s am Ende. Er ist neunundsechzig."

Dominique seufzte. „Dann ist dieser Jean-Louis wahrscheinlich nicht in Clichy gemeldet. Wie viele gibt es in ganz Frankreich?"

„Dreihundertsechsundfünfzig."

„Na toll", knurrte er.

Jennifer stieß einen nachdenklichen Laut aus. „Bist du sicher, dass es überhaupt sein richtiger Name ist? Will dieser Club eigentlich die Ausweise sehen, wenn man sich einschreibt?"

„Nein. Aber üblicherweise zahlen die Mitglieder mit Schecks, auf denen der Name steht."

„Nur weißt du nicht, ob auf diesen Schecks tatsächlich Jean-Louis Leclerc steht oder ob er diesen Namen nur angibt, wenn er sich vorstellt. Das merkt doch keiner."

„Außer dem Geschäftsführer, aber der kriegt ja nicht mit, welchen Familiennamen jemand angibt, wenn er danach gefragt wird. Zumal es hier sowieso üblich ist, sich beim Vornamen zu nennen." Er begann gedankenverloren, Strichmännchen auf seinen Notizblock zu kritzeln.

„Eben. Falls er wirklich Dreck am Stecken hat, heißt er vielleicht gar nicht Leclerc, sondern irgendwie ähnlich. Vielleicht heißt er auch nicht Jean-Louis, sondern nur Jean oder Jean-Luc oder was weiß ich. Nein, Dominique, ich bräuchte wenigstens sein genaues Geburtsdatum, wenn ich ihn finden soll." Er hörte, wie sie energisch auf die Tischplatte klopfte.

„Schon klar. Na, so wichtig ist es nun auch wieder nicht." Dominique starrte aus dem Fenster seines Büros auf die belebte Straße vor dem Gebäude.

„Ob er nun vorbestraft ist oder nicht, ist sowieso wenig aussagekräftig darüber, ob er Yvonne von der Brücke geschubst hat oder nicht."

Er trommelte mit der Kugelschreiberspitze auf den Block. „Mich interessiert auch, ob er vielleicht mal wegen Diebstahl verurteilt wurde."

„Wieso das denn?", wollte sie verwundert wissen.

„Das ist kompliziert", wich er aus.

„Ich habe jetzt auch keine Zeit mehr, Dominique."

Er hörte Stimmen im Hintergrund, die lauter wurden. „Kein Problem. Vielen Dank trotzdem. Ich wünsche dir einen schönen Tag, Liebes."

„Danke, dir auch."

Dominique legte den Hörer auf und schlug frustriert mit der flachen Hand auf seine Schreibtischplatte. Irgendetwas stimmte mit dem Kerl nicht, da hatte er den

gleichen Instinkt wie Giuliana. Er würde schon noch
dahinterkommen, was es war.

19

Die schwere Bowlingkugel glitt rasant und schnurgerade über die Bahn, donnerte in die Pins und warf alle zehn auf einen Streich um.

„Strike!", jubelte die Gruppe, und Giuliana klatschte zufrieden in die Hände. Dafür, dass sie so lange nicht gespielt hatte, schlug sie sich ausgezeichnet.

„Wir haben gewonnen!" Marc, der im selben Team war, packte sie an der Taille, wirbelte sie einmal herum und küsste sie herzlich auf die Wange.

Sie fand ihn ein wenig zu forsch und löste sich behutsam von ihm. Wo war eigentlich die junge Blonde, die Dominique erwähnt hatte? Hatte er die nicht herumgekriegt oder war das bereits Geschichte? Egal, aus Marc würde sie ohnehin nichts mehr herausbekommen, was Yvonne betraf, er hatte zu Beginn des Abends gleich abgeblockt, als sie ihren Namen erwähnt hatte.

„Ich gehe mir was zu trinken holen. Kann ich dir was mitbringen, Giuliana?", fragte er.

„Einen Campari, bitte."

Sie erinnerte sich daran, dass Dominique sie gebeten hatte, die Nachnamen und Geburtsdaten der potenziellen Verdächtigen herauszubekommen. So folgte sie Marc langsam zur Bar und sah zu, wie er nach dem Bezahlen der Drinks sein Portemonnaie in die hintere Gesäßtasche zurücksteckte.

Giuliana hatte sich nie als Taschendiebin betätigt, doch das hier war wirklich nicht schwer. Unglaublich, wie leichtsinnig manche mit ihren Wertsachen umgingen.

Bevor er sich mit den Gläsern in den Händen umdrehte, schlenderte sie dicht an ihm vorbei. „Ich bin gleich wieder bei dir, gehe mal eben für Ladies", raunte sie ihm zu, legte zärtlich die Hand auf seinen unteren Rücken, ließ sie langsam tiefer gleiten und spürte das Leder zwischen ihren Fingern.

Er genoss ihre Berührung sichtlich. „Okay, meine Schöne."

Auf der Toilette prägte sie sich seinen Nachnamen und sein Geburtsdatum gut ein und fotografierte vorsichtshalber auch noch seinen Personalausweis und seinen Führerschein mit der Minikamera, die sie in ihrer Handtasche trug.

Dann ging sie zurück zu Marc, der mit einigen Gruppenmitgliedern zusammenstand und sie von seinen nächsten Urlaubsplänen fürs Klettern in den Schweizer Alpen unterrichtete.

Sie bückte sich und hob eine schwarze Brieftasche vom Boden auf. „Schaut mal, Leute, hier hat jemand sein Portemonnaie verloren."

Sofort fingen einige Männer an, an sich herumzutasten.

„Das ist meins", stellte Marc fest.

Giuliana warf einen prüfenden Blick auf die Papiere. „Stimmt!" Sie gab ihm das Lederetui zurück.

„Gott sei Dank hast du es gefunden, herzlichen Dank, meine Liebe!" Er zog sie zu sich heran und küsste ihre Wange. „Spielen wir weiter?"

Sie schüttelte den Kopf. „Ich setze die nächste Runde aus. Danke für den Drink." Sie nahm ihr Campariglas, das er auf einem kleinen Tisch abgestellt hatte und schaute zu Alain, der sich in einem der Sitze zurückgelehnt hatte, mit lässig übereinandergeschlagenen Beinen ein Zigarillo paffte und das Geschehen beobachtete.

Sie hatte mehrmals gespürt, dass sein Blick lange auf ihr verweilt war. Zwar war sie es gewöhnt, von Männern interessiert oder sogar begehrlich beäugt zu werden – ihre italienischen Landsmänner und die Einheimischen in der Türkei waren dabei wesentlich weniger zurückhaltend –, doch bei Alain hatte es etwas leicht Beunruhigendes. Mit Männern, die sie plump anbaggerten, konnte sie umgehen. Aber bei Typen wie ihm wusste sie nicht, woran sie war und das irritierte sie. Normalerweise wäre sie ihm einfach aus dem Weg gegangen, doch das war ja nicht der Zweck der Übung. So beschloss sie, die Initiative zu ergreifen und setzte sich neben ihn.

„Wie geht es Ihnen, Alain?"

„Ça va, merci. Und wie geht es Ihnen?" Er blickte sie an, ohne sich die Mühe eines Lächelns zu machen.

„Auch gut, danke."

„Waren Sie seit dem Tanzabend am letzten Freitag noch bei anderen Aktivitäten des Clubs?", erkundigte er sich.

„Nein, ich hatte zu viel zu tun. Und Sie?"

„Ich auch nicht." Er hüllte sich in Schweigen und starrte dem Rauch seines Zigarillos hinterher.

„Viel Arbeit?"

Alain nickte, ohne sie anzusehen.

„Duzen wir uns?“, bot sie an und hielt ihm ihr Glas hin. Vielleicht würde eine vertraulichere Anrede das Eis brechen.

„Warum nicht.“ Er ließ sein Glas gegen ihres klirren und sie tranken sich zu.

„Hast du Yvonnes Tod verarbeitet?“, fragte Giuliana zögernd. „Ich will dir nicht zu nahetreten, aber ich habe gemerkt, dass es dich sehr mitgenommen hat“, fügte sie mitfühlend hinzu.

Alain warf ihr einen dankbaren Blick zu. „Das stimmt. Es ist nett, dass du fragst. Die meisten Leute, die sie gekannt haben, scheint das gar nicht zu kümmern.“

„Ich war am Mittwoch auf ihrer Beerdigung, da waren ziemlich viele Menschen, die alle recht betroffen wirkten.“

„Oh, Mittwoch? Wenn ich das gewusst hätte.“ Er seufzte. „Ich meinte die Leute aus dem Club, die sie gekannt haben. Von denen war keiner dort, oder?“

„Nein, jedenfalls keiner, den ich auf dem Tanzabend gesehen habe. Ich kenne ja noch nicht so viele Mitglieder. Du hast recht, die beiden Männer, mit denen sie eine Affäre hatte, scheint ihr Tod wenig zu berühren.“

Er runzelte die Stirn. „Von wem sprichst du?“

Giuliana blickte sich rasch um. „Marc und Jean-Louis“, raunte sie ihm zu.

Alain sah sie lange aus seinen traurigen braunen Augen an und schüttelte den Kopf. „Sie hatte keine Affären mit den beiden.“

„Nicht? Aber ...“

„Sie ist mit beiden einige Male ausgegangen und hat mit ihnen geflirtet, vielleicht hat sie sich auch küssen lassen, aber mehr ist nicht passiert.“

„Woher willst du das wissen? Bist du ihnen gefolgt?“, rutschte es ihr heraus.

„Wie kommst du denn darauf?“, fragte er pikiert.

„War nur ein Scherz. Entschuldige.“

„Ich habe eben so einiges mitbekommen. Marc ist ein Aufschneider, der mit seinen Frauengeschichten prahlt. Er würde sich nicht die Blöße geben, zuzugeben, dass er Yvonne letztlich nicht erobern konnte. Er ist schlecht auf sie zu sprechen, allerdings nicht, weil sie ihm beim Schlussmachen zuvorgekommen wäre, wie hier gemunkelt wird, sondern weil sie ihn gar nicht erst rangelassen hat, nachdem sie ihm schöne Augen gemacht hat. Er hat sie manchmal verächtlich als *Allumeuse* bezeichnet, das sagt doch alles, oder?“

Er strich sich eine Strähne seines schütter werdenden Haars aus der Stirn.

„Was bedeutet das?“ Giulianas Französisch war in den fünf Jahren, seit sie in Paris lebte, sehr gut geworden, doch einige umgangssprachliche Worte kannte sie noch nicht.

„Eine Frau, die Männer heißmacht und dann abblitzen lässt, bevor es zur Sache geht“, erklärte er.

Sie zuckte mit den Schultern. „Geschieht Typen wie Marc recht.“ Also hatte Marc nach wie vor ein Motiv. Ein hitziger Streit und ein spontaner Stoß vom Brückengeländer passten dazu. Ein geplantes Vorgehen, mehrere Monate später, bei dem noch dazu ein erzwungener Abschiedsbrief ins Spiel kam, passte allerdings weniger. Aber vielleicht hatte Yvonne Pläne von ihm durchkreuzt oder was auch immer. Sie wusste noch zu wenig von ihm.

„Und was war mit Jean-Louis?“

„Ach, der ist doch gar nicht ihr Typ. Er ist ein Loser. Sie stand nur auf wohlhabende, erfolgreiche Männer."

„Und du hast dir eine Chance bei ihr ausgerechnet?"

„Vielen Dank auch!" Alain verzog gekränkt das Gesicht.

„Entschuldige, so war das nicht gemeint."

„Ich war mal Leiter einer Werbeagentur. Jetzt fahre ich Taxi, aber ich bin selbstständig und verdiene sehr gut. Ich komme auf rund dreißigtausend Francs im Monat. Ich kann mir Hemden von *Dior* und Sakkos von *Yves Saint Laurent* leisten." Zum Beweis hielt er ihr die Knopfleiste seines königsblauen Jacketts hin, auf deren Goldknöpfen das verschlungene YSL-Logo eingraviert war. „Und meine Hosen sind von *Pierre Cardin*."

Hoffentlich würde er ihr nicht noch seine Hosenknöpfe zeigen. Giuliana zwang sich, ein genervtes Augenverdrehen zu unterdrücken und stattdessen ein beeindrucktes *Wow* mit den Lippen zu formen. Alain war eine wunderbare Informationsquelle, da er Yvonne so lange beobachtet hatte, sie wollte es sich mit ihm nicht verderben. Und nun, im direkten Gespräch, fand sie ihn auch nicht mehr beunruhigend.

„Taxifahrer ist ein sehr interessanter Beruf – ich habe Kontakt zu den verschiedensten Leuten und bin mein eigener Chef", fuhr er fort. „Allerdings muss ich für das Einkommen auch an sechs oder sieben Tagen in der Woche arbeiten, oft zwölf Stunden am Tag."

„Du hast auf jeden Fall mehr Klasse als die beiden", versicherte sie. „Du hast sicher darauf gesetzt, Yvonne langsam zu verführen, statt plumpe Annäherungsversuche zu machen."

„Genauso ist es." Mit selbstzufriedener Miene schnippte er die Asche von seinem Zigarillo in den Aschenbecher.

Hm, da war er wohl zu langsam oder zu diskret mit seinen Flirtversuchen gewesen, denn inzwischen hatte Yvonne Muße gehabt, sich eine Affäre mit einem Spitzenpolitiker zu gönnen, um sich danach mit einem Vorstandsvorsitzenden zu verloben.

„Marc ist dagegen kein Typ, der beim Flirten behutsam vorgeht, oder?"

„Marc", stieß Alain verächtlich aus. „Allein für seine Statistik würde der gern mit jeder einigermaßen ansehnlichen Frau des Clubs schlafen. Er hat auch bereits so einige geschafft. Und das soll jeder wissen. Diskretion ist nicht seine Sache."

„Gefühl vermutlich auch nicht", murmelte Giuliana und wünschte, sie könnte Marc den Mord nachweisen.

„Ich finde Gefühle in einer Beziehung unglaublich wichtig." Alain stieß einen langen, bekümmerten Seufzer aus. „Weißt du, meine Mutter hat mich nie geliebt, und ich habe da immer noch Nachholbedarf."

Sie stöhnte innerlich, als er die nächsten zehn Minuten damit verbrachte, ihr das schwierige Verhältnis zu seiner Mutter zu schildern.

Jean-Louis, der ihr schließlich auffordernd zuwinkte, damit sie bei der nächsten Runde mitmachte, kam ihr wie gerufen. Alain hatte ihn einen Loser genannt – warum wohl? Nur weil er statt *Yves Saint Laurent* und *Cardin* lieber verwaschene Jeans und abgewetzte Lederjacken trug? Immerhin konnte er sich den gesalzenen Mitgliedsbeitrag leisten. Zu dumm, dass sie versäumt hatte, gleich nachzuhaken.

„Ich gehe wieder spielen“, unterbrach sie Alains Redefluss. „Sag, warum hast du Jean-Louis einen Loser genannt? Arbeitet der nicht im Verteidigungsministerium?“

„Behauptet er. Daran glaube ich nicht.“ Er verschränkte die Arme vor der Brust.

„Was weißt du über ihn?“

„Er ist ein falscher Fuffziger. Lass dich bitte nicht mit ihm ein.“

„Habe ich nicht vor“, versicherte sie und erhob sich.

Sie schlenderte zu den anderen, die sich gerade in zwei Spielgruppen aufteilten. „Ich mache mit!“

„Komm zu uns, wir brauchen noch jemanden!“, rief ihr eine dralle rothaarige Frau zu. „Kannst gleich als Zweite beginnen, nach Jean-Louis.“

Als sie an der Reihe war, nahm Giuliana mit der Bowlingkugel in der Hand Anlauf und schleuderte sie auf die Bahn, doch diesmal war sie offenbar von dem Gespräch mit Alain zu abgelenkt, und die Kugel rollte in die seitliche Rinne, noch bevor sie die Kegel erreichte. Sie durfte noch einmal antreten und brachte es dabei auf lediglich drei umgeworfene Pins.

Verdammt, sie musste sich besser konzentrieren. Allerdings war es wesentlich wichtiger, dass sie etwas über Yvonne und ihre potentiellen Mörder herausbekam. Ob die anderen sie für eine gute oder schlechte Spielerin hielten, war absolut zweitranging, da musste das Ego zurückstecken.

Jean-Louis lächelte sie an. „Vielleicht ist die Kugel, die du benutzt, etwas zu schwer für dich.“

„Kann sein. Sie ist mir zu früh aus den Händen geglitten. Und ich war in Gedanken woanders“, gab sie zu.

„Hat der dich mit seiner unglücklichen Kindheit voll-
gequatscht?" Er wies mit dem Kinn auf Alain, der weiter zurückgelehnt auf seinem Beobachtungsposten saß,
an einem Drink nippend und gelegentlich an seinem
Zigarillo ziehend. Kurz begegnete sie seinem melancho-
lischen Blick.

„Woher weißt du, worüber wir geredet haben?"

„Hat sich herumgesprochen, dass er sich gern bei den
Leuten darüber ausheult." Jean-Louis zuckte mit den
Schultern, dann nahm er Giuliana bei der Hand und
zog sie zu zwei freien Sitzen.

„Ernsthaft? Er redet mit allen über so persönliche
Dinge?"

„Nun ja, vielleicht nicht mit allen ... Yvonne jedenfalls
sagte mir so was mal."

„Ach ja, Yvonne." Sie legte den Kopf schief und blickte
ihn aufmerksam an. „Alain hat erwähnt, dass sie weder
mit dir noch mit Marc tatsächlich eine Affäre hatte."

„Habe ich auch nicht behauptet, oder?"

„Nicht?" Giuliana runzelte die Stirn und versuchte
sich an den genauen Wortlaut des Gesprächs vor einer
Woche zu erinnern. „Ja, stimmt. Du sagtest, du hättest
nur ein wenig mit ihr geflirtet. Es war Hélène, die behauptet hat, der ganze Club wüsste von eurer Affäre."

„Na siehst du."

„Du hast sie allerdings in dem Glauben gelassen."

„Und warum ist das so wichtig?", fragte er leicht gereizt.

Sie seufzte theatralisch und hob die Handflächen.
„Ich möchte einfach erfahren, was meine Freundin in
den Monaten vor ihrem Tod so alles gemacht hat, was

sie zu diesem tragischen Schritt bewogen haben könnte."

„Die Tatsache, dass wir zwei- oder dreimal einen Kaffee oder Apéro miteinander trinken waren, war sicher nicht der Auslöser", stellte er ungehalten klar.

„Tut mir leid, so war das auch nicht gemeint. Ich wollte dir nichts unterstellen."

„Schon gut. Ich denke, bei den Leuten, die darüber tratschen und ihr jede Menge angebliche Affären untergeschoben haben, steckt auch Neid dahinter. Oder einfach nur Gehässigkeit. Die wollten ihrem Ruf schaden."

Giuliana starrte einen Moment konzentriert an ihm vorbei ins Leere. Ob Neid ein Motiv gewesen sein könnte? Neid auf Yvonnes gutes Aussehen, ihren Reichtum, ihre Beliebtheit? Denn auch wenn so einige sie nicht leiden konnten, gab es auf der anderen Seite viele, die sie zu bewundern schienen, ihre Nähe gesucht hatten. Béatrice hatte bei dem der Beerdigung folgenden Umtrunk erwähnt, dass sich Frauen immer wieder bemüht hatten, Yvonnes Look zu kopieren. Ein wenig wie bei einem Star. Allerdings musste man schon ziemlich krank sein, jemanden deswegen zu töten. Alles lief darauf hinaus, dass sie es mit einem Psychopathen zu tun hatten. Sie schauderte trotz der Wärme in der Bowlinghalle.

„Erzähl mir mehr über deinen Job", forderte Jean-Louis Giuliana auf und riss sie damit aus ihrer Grübelei. „Du sagtest, du arbeitest nur manchmal an der Place Vendôme und nicht im Verkauf. Was also machst du im Edelstein-Business?"

„Ich wollte damit sagen, dass ich den Schmuck nicht direkt in den Juweliergeschäften an die Privatkunden verkaufe. Ich habe mit dem An- und Verkauf von den Groß- an die Zwischenhändler zu tun", antwortete sie vage.

Er schluckte, und seine sonst recht kühle Miene wirkte auf einmal aufgewühlt, als würde er nur mühsam seine Erregung zurückhalten.

„Hast du direkt mit den Steinen zu tun, ich meine physisch?" Er rieb Daumen und Finger gegeneinander, als würde er Geld zählen.

„Ja, die gehen über meinen Tisch." Sie lächelte ihn an und beobachtete seine Reaktionen genau.

„Welche Art Edelsteine?"

„Überwiegend Diamanten. Hin und wieder auch Rubine und Saphire."

Ein gewisser Glanz stahl sich in seine Augen.

„Klingt verlockend, oder?" Sie grinste ihn an.

„Mhm. Und wie ist das für dich, den ganzen Tag von solchen Kleinodien umgeben zu sein? Gerät man da nicht in Versuchung, sich mal einen Diamanten in den Ärmel rutschen zu lassen?" Sein Tonfall klang aufgeregt und sein leicht flackernder Blick bohrte sich in ihren.

Sie lachte verlegen auf. „Das behalte ich lieber für mich, bevor es in die falschen Ohren gelangt."

„Oh, deine kleinen Geheimisse wären bei mir absolut sicher." Er zwinkerte ihr zu und lächelte.

Zum ersten Mal fiel ihr auf, dass sein Lächeln nie seinen frostigen Blick erreichte. Er strahlte keine Wärme aus. Dennoch wirkte er merkwürdig anziehend auf sie und brachte sogar ihr Herz dazu, ein wenig schneller zu klopfen.

„Gut zu wissen." Giuliana legte in gespielter Erleichterung die Hand auf ihre Brust.

„Wo findet das statt? Wo ist dein Arbeitsplatz?"

„Ach, weißt du …" Sie genoss es, ihn zappeln zu lassen. „Das ist natürlich vertraulich."

„Natürlich." Jean-Louis verzog säuerlich das Gesicht.

„Was machst du nochmal beruflich?"

„Verteidigungsministerium", erwiderte er nach kurzem Zögern.

„Und was da genau?"

„Das ist auch vertraulich", erwiderte er spitz.

Oh, da ist wohl jemand eingeschnappt, dachte sie amüsiert. Sie legte ihm freundschaftlich die Hand auf den Oberarm. „Wenn wir uns besser kennen, erzähle ich dir mehr."

Er blickte sie nachdenklich an. „Einverstanden. Ich bin gespannt."

„Aber nur, wenn du mir ebenfalls erzählst, was du machst. Was du *wirklich* machst", betonte sie.

Er entzog ihr seinen Arm. „Wir werden sehen. Alles zu seiner Zeit."

„Jean-Louis, du bist dran!", rief jemand. Er erhob sich und ging mit seinem leichtfüßigen Gang zum Anlauf der Bowlingbahn.

Giuliana sah ihm gedankenvoll hinterher, und ein triumphierendes Lächeln stahl sich in ihr Gesicht.

20

Der Wecker klingelte am nächsten Morgen um fünf Uhr. Dominique, der früh ins Bett gegangen war, um für die Fahrt ausgeschlafen zu sein, war sofort wach und weckte seine kleine Familie. Er kochte Kaffee, füllte ihn in eine Isolierkanne und für Fabrice Kakao in einen Thermobecher. Sie brachten ihr Wochenendgepäck in den Wagen und hielten auf dem Weg zur Autobahn an einer bereits geöffneten Boulangerie, in der sie Brioches, Croissants und weiteres köstlich duftendes Frühstücksgebäck kauften, das sie bei einer Pause essen würden.

Giuliana, die spät nach Hause gekommen war, schlief sofort wieder ein, kaum dass sie auf der Autobahn gen Süden waren, und Fabrice folgte dem Beispiel seiner Mutter.

Dominique steuerte den Peugeot über die A6 und gestattete es sich, die Gedanken treiben zu lassen. Er war gespannt auf das lange Wochenende im Midi und darauf, seinen alten Freund Michel wiederzusehen. Auch wenn es einige Meinungsverschiedenheiten und Reibereien gegeben hatte, als sie miteinander gearbeitet hatten, empfanden sie noch immer eine Art Verbundenheit. Und vor allem natürlich freute er sich, drei Tage am Stück mit seiner Frau und seinem Sohn verbringen zu können, noch dazu in mediterraner Umgebung. Der letzte Urlaub lag nun schon fast ein Dreivierteljahr zurück, und er fühlte ein Bedürfnis nach Tapetenwechsel, Sommer und Meer.

„Wie war es denn gestern?", erkundigte er sich, als Giuliana zweieinhalb Stunden später erwachte und sich gähnend im Beifahrersitz räkelte. „Gibt es irgendwelche neuen Erkenntnisse?" Er hatte bereits geschlafen, als sie vom Bowling nach Hause gekommen war.

„Neue Erkenntnisse? Nein, nicht direkt. Alle drei waren da. Marc heißt Ferret mit Nachnamen und ist am 10. April 1953 geboren."

„Oh, super. Mal sehen, ob Jennifer damit etwas anfangen kann. Sonst noch was?"

„Ich habe versucht, ihn in ein Gespräch über Yvonne zu verwickeln, aber für ihn scheint die Sache erledigt, er wollte nicht darüber reden. Bei Alain hingegen war das nicht schwer, Yvonne ist definitiv sein Lieblingsthema. Er ist auf jeden Fall auf sie fixiert und wirkt ziemlich neurotisch, aber für einen Psychopathen halte ich ihn nicht."

„Maman, was ist ein Psychopath?", ertönte ein helles Stimmchen vom Rücksitz.

„Oh, Schatz, du bist wach?" Sie drehte sich zu ihrem Sohn um und lächelte ihn an. „Das ist ein Mensch, der gefährlich für andere werden kann."

Fabrice riss die langbewimperten Augen auf. „Ist das der Mörder, den ihr sucht?"

„Woher weißt du denn, was wir suchen?"

„Ich sag dir ja, wir sollten zu Hause nicht mehr über unsere Fälle sprechen", murmelte Dominique und fragte sich, ob es normal war, dass ein Vierjähriger wusste, was ein Mörder war.

„Dann darfst du aber auch keine kombinierte Dienst- und Familienreise vorschlagen.“

Er warf Giuliana einen Seitenblick zu. „Was hättest du dazu gesagt, wenn ich ohne dich in die Provence gefahren wäre?“

„Ich hätte dich erwürgt.“ Sie lachte.

„Dann bist du ein Psychopath, Maman?“, fragte Fabrice interessiert.

„Nein, amore mio. Das war nur ein Scherz. Ich würde Papa nie etwas antun.“

Dominique hüstelte und kratzte sich vielsagend an den kleinen Narben auf seiner Brust.

Giuliana stöhnte leise auf und vergrub das verschlafene Gesicht in den Händen. „Irgendwie läuft dieses Gespräch aus dem Ruder. Könnten wir das Thema wechseln?“

„Sicher. Eine letzte Frage noch und dann trennen wir Berufliches und Privates auf dieser Reise.“

„Da bin ich gespannt, ob das klappt. Was für eine letzte Frage?“

„Was war mit Jean-Louis?“

„Wer ist das, Papa?“

„Jetzt hör auf, dich ständig in unser Gespräch einzumischen, Fabrice“, wies Dominique ihn leicht entnervt zurecht. „Wenn ich mit Maman über Berufliches rede, bist du still, okay?“

„Wie soll er denn das unterscheiden können, was beruflich ist und was nicht, wenn wir das kaum können?“, verteidigte Giuliana ihren Sohn. „Hast du Hunger, Schatz?“

„Ja, so langsam –“

„Ich meinte Fabrice." Sie drehte sich zu dem Kleinen um und er nickte heftig. „Wir essen gleich. Nun guck nicht so traurig, Papa hat es nicht böse gemeint. Und er hat schon recht: Wenn Erwachsene sich unterhalten, sollst du nicht dazwischenreden, das habe ich dir auch schon oft genug gesagt, oder?"

Er schob ein wenig die Unterlippe vor, zog die Augenbrauen zusammen und deutete ein Nicken an, während er finster aus dem Fenster starrte. Seine Mimik war der von Dominique so ähnlich, dass Giuliana lachen musste. „Komm, amore mio, nun schmolle nicht, es ist alles gut. Wir halten gleich und frühstücken, dann bekommen wir alle bessere Laune." Sie lehnte sich in ihrem Sitz zurück, um Fabrice mit dem ausgestreckten Arm erreichen zu können, und kitzelte ihn am Bauch, bis er ebenfalls lachte.

Dominique bemerkte, dass sie nicht auf seine Frage nach Jean-Louis geantwortet hatte und überlegte, ob sie es durch Fabrice vergessen hatte oder ob sie bewusst nicht darauf zurückgekommen war.

„Was war mit Jean-Louis gestern Abend?", wiederholte er.

„Der hatte offenbar doch keine Affäre mit Yvonne. Dafür war er sehr interessiert an meinem angeblichen Job im Edelsteinhandel."

„Tatsächlich? Wie hat sich das geäußert?"

„Du durftest *eine* Frage stellen, bevor wir Berufliches und Privates trennen", erinnerte Giuliana und zwinkerte ihm zu.

„Na schön." Dominique hatte nicht die Absicht, auf diesem Thema herumzureiten – obwohl es ihn zugegebenermaßen brennend interessierte.

Sie hielten an der nächsten Raststätte und frühstückten schnell, dann fuhren sie weiter. Die Autobahn gen Süden hatte sich inzwischen gefüllt, und sie waren noch weit von ihrem Ziel entfernt. Alles in allem kamen sie jedoch gut durch und erreichten am frühen Nachmittag den Großraum Marseille.

Der Gasthof von Michel Dalmont lag umgeben von einem Pinienhain in der Nähe von Cassis, einem hübschen Hafenort zweiundzwanzig Kilometer östlich von Marseille.

Als Dominique auf dem kleinen Parkplatz des sandfarbenen Steingebäudes aus dem Wagen stieg, zeugten die flirrende Hitze, ein schwacher Duft nach Lavendel und das Sirren der Zikaden davon, dass sie sich im Midi befanden. Er atmete tief ein und genoss das Gefühl von Sommerferien in der Kindheit, bevor er seinen Sohn von seinem Sitz losmachte und ihm aus dem Auto half.

Giuliana hielt ihr Gesicht der Sonne entgegen. „Herrlich, ich habe dieses mediterrane Ambiente so vermisst!"

Michel kam ihnen entgegen, und Dominique stellte fest, dass er sich kaum verändert hatte, seit sie sich das letzte Mal gesehen hatten. Immer noch recht durchtrainiert und kaum Grau in den leicht lockigen hellbraunen Haaren. Die Falten, die sein Gesicht durchzogen, hatte er bereits vor einigen Jahren gehabt.

„Hey, da seid ihr ja! Ihr seid wohl gut durchgekommen. Herzlich willkommen!"

Die Männer umarmten sich und klopften einander auf den Rücken.

„Toll, euch drei mal wieder zu sehen!"

„Danke für die Einladung, Michel."

„Ist doch Ehrensache – wenn ihr schon mal in der Gegend seid." Er küsste Giuliana die Wangen und hob dann Fabrice hoch und herzte ihn. „Meine Güte, bist du gewachsen. Du siehst deinem Papa immer ähnlicher. Kannst du dich überhaupt noch an mich erinnern?"

Fabrice schüttelte den Kopf und blickte betreten an ihm vorbei.

„Na, egal, wir werden uns schon wieder anfreunden, mein Großer." Er setzte den Kleinen ab.

Eine vollschlanke brünette Frau in den Dreißigern trat zu ihnen, und Michel legte den Arm um sie. „Das ist Fanny, meine Lebensgefährtin. Ohne sie hätte ich das mit dem Gasthof nie auf die Reihe bekommen." Er lachte.

„Du hast angedeutet, dass es da jemanden gibt ... Enchanté, Madame."

„Sagen Sie bitte Fanny. Ich freue mich auch, Sie endlich kennenzulernen, Dominique. Michel hat so viel von Ihnen erzählt." Sie sprach mit provenzalischem Dialekt und strahlte südliche Herzlichkeit aus.

„Tatsächlich? Nicht nur Gutes, oder?"

„Doch, überwiegend." Sie lachte und küsste ihm die Wangen. Danach begrüßte sie Giuliana, jedoch eine Spur reservierter.

Michel schien sich Mühe zu geben, die Ressentiments, die er stets gegen Giuliana gehegt hatte, weil sie eine Meisterdiebin und die Exfreundin eines Drogenbarons war und vor allem, weil sie Dominique in Istanbul beinahe getötet hätte, nicht wieder durchschimmern zu lassen und lächelte sie freundlich an.

„Warst du schon mal in der Provence, Giuliana?"

„Nein, wir sind noch nie dazu gekommen, in Frankreich Urlaub zu machen. Außer mal über Weihnachten bei Dominiques Eltern in der Bretagne."

„So ist das, wenn man Familie in Irland, Italien und der Türkei hat", ergänzte Dominique.

„Ach, ihr Globetrotter!" Er lachte wieder und Dominique fand, dass er ungewohnt entspannt und aufgeräumt wirkte. Das Leben im Süden schien ihm gutzutun. Vielleicht war es auch Fanny zu verdanken, die möglicherweise besser zu ihm passte als seine frühere Freundin Audrey. Oder es lebte sich ruhiger als Gastwirt denn als Privatdetektiv. „Dann zeige ich euch jetzt mal eure Zimmer. Schließlich habe ich die Präsidentensuite für euch reserviert." Er zwinkerte ihnen zu.

„Wie viele Zimmer habt ihr?", erkundigte sich Dominique, als sie ihm mit ihrem Gepäck durch den Gasthof folgten.

„Zwölf."

„Immerhin. Kein Wunder, dass deine Eltern das in ihrem Alter nicht mehr stemmen konnten. Geht es ihnen gut?"

„Ja. Sie genießen jetzt ihren Ruhestand und reisen viel. – Hier ist es." Er schloss eines der Zimmer in der ersten Etage auf und ließ seine Besucher eintreten.

Der Raum war mit hellem Holz, Bodenfliesen aus Terracotta sowie lavendelblauen Kissen und Vorhängen schlicht, aber anheimelnd eingerichtet.

Michel öffnete die Verbindungstür zum benachbarten Einzelzimmer, das für Fabrice bestimmt war. „Ich schließe die Tür zum Korridor ab, damit er nicht stiften gehen kann."

„Ja, bitte. Es wäre ganz sein Stil, nachts allein auf Erkundungstour zu gehen." Dominique zauste seinem Sohn liebevoll die Haare.

Michel grinste. „Von wem hat er das wohl?"

„Von seiner Halbschwester. Wenn Fabrice auch nur halb so viel Blödsinn anstellen wird wie Jennifer, blüht uns einiges."

Sein Freund lachte. „Wie geht es Jenni?"

„Bestens. Die Kriminellen in Paris haben nichts mehr zu lachen."

„Aber scheinbar benötigt sie gerade deine Verstärkung? Du hast erwähnt, dass es sich um einen Mordfall handelt, den du von ihr übernommen hast ..."

„Ja. Ich erzähle dir nachher mehr davon. Ist nichts für Kinderohren."

Giuliana räusperte sich vernehmlich, und Michel blickte sie erstaunt an.

„Ich habe Giuliana diese Reise ursprünglich als privaten Wochenendausflug verkauft", erklärte Dominique schuldbewusst.

„Noch dazu, um unseren Hochzeitstag nachzufeiern", ergänzte sie. „Du verstehst sicher meine Begeisterung darüber, dass er nun gleich losfährt, um Verdächtige zu besuchen und das ganze Wochenende am liebsten nur über den Fall reden will."

„Ja, über so was hat sich Audrey auch ab und zu beschwert." Michel kratzte sich am Kopf. „Hochzeitstag? Glückwunsch nachträglich. Der wievielte ist es nochmal?"

„Der fünfte."

„Donnerwetter. Das hätte ich nie für möglich gehalten." Michel hatte damals keinen Hehl daraus gemacht, dass er Dominiques Liaison mit Giuliana für eine fatale Fehlentscheidung hielt. Doch anscheinend hatte er seine Meinung geändert, da er nun offenbar merkte, dass sie Dominique noch immer glücklich machte und mit ihrer Vergangenheit als Meisterdiebin abgeschlossen hatte. Wenn Dominique selbst bei Letzterem nur genauso sicher gewesen wäre.

„Möchtet ihr was trinken? Und habt ihr schon Mittag gegessen? Wir bieten offiziell nur Abendessen an, aber sicher kann euch Fanny ein Sandwich oder so was zurechtmachen.“

„Ach ja, das wäre prima. Wir haben seit dem Frühstück nichts Richtiges mehr gegessen, um so schnell wie möglich durchzukommen.“ Dominique rieb sich den Magen, der bereits knurrte. „Aber du stellst uns das Essen in Rechnung, hörst du? Es ist schon sehr großzügig, dass du uns kostenlos übernachten lässt, ich will mich nicht das ganze Wochenende bei dir durchschnorren.“

„Das kommt auch überhaupt nicht in Frage. Bei Abreise erhältst du eine fette Rechnung, mein Guter“, brummelte Michel und grinste. „Ich schlage vor, ihr macht euch ein wenig frisch und kommt dann auf die Terrasse, wenn ihr fertig seid. Fanny kann euch inzwischen den Imbiss zubereiten.“ Er verließ das Zimmer.

21

Wenige Minuten später saßen sie auf der Terrasse im Schatten einer großen Markise, und Dominique und Giuliana machten sich hungrig über die mit Käse, Olivenpaste und rohem Schinken belegten Brote her, während Fabrice im Garten spielte. Dabei unterhielten sie sich mit Michel, der ihnen Gesellschaft leistete, über gemeinsame Freunde in Paris, die er seit seinem Umzug in die Provence ein wenig aus den Augen verloren hatte. Insbesondere über seine ehemalige Lebensgefährtin Audrey. Dass sie sich vor zwei Jahren von ihm getrennt hatte, hatte seinen Entschluss bestärkt, ein neues Leben in Südfrankreich zu beginnen.

Schließlich blickte Dominique auf seine Armbanduhr. „Ich werde dann mal losfahren. Ich hoffe, dass ich zum Abendessen zurück bin.“

„Hoffentlich ist Agnès Vannard überhaupt zu Hause“, meinte Giuliana sorgenvoll. „Sonst war die ganze Reise umsonst.“

„Für wie unprofessionell hältst du mich, chérie? Ich habe natürlich gestern bei Monsieur und Madame Vannard angerufen und gesagt, dass ich sie gern wegen der Erbschaft sprechen würde. Sie haben mir zugesagt, dass sie das ganze Wochenende zu Hause sind.“

„Ah, gut. Wussten sie vorher schon von der Erbschaft?“

Er lächelte sie an und fuhr sich dann mit Daumen und Zeigefinger über die Lippen, als schlösse er einen Reißverschluss.

Giuliana stöhnte auf. „Schon gut. Ich habe verstanden, dass wir das an diesem Wochenende nicht ausklammern können. Nun sag schon, ich bin gespannt!"

„Also gut: Das Glück war mir hold und die Mühlen der Administration mahlen wie immer sehr langsam. Sie wussten noch nichts von Yvonnes Tod und der Erbschaft und haben mir daher abgenommen, dass ich der Notar bin, der das Testament verwaltet."

„Und wie haben sie reagiert?"

„Sehr erfreut. Was sich natürlich ändern wird, wenn sie merken, warum ich wirklich ihre Bekanntschaft machen möchte." Dominique trank sein Wasserglas aus und erhob sich. „Du legst keinen Wert darauf, mitzukommen, oder?"

„Nein, wir machen es wie immer." Es hatte sich als vorteilhaft erwiesen, dass zunächst nur einer von ihnen potentielle Verdächtige befragte, damit jenen der zweite noch nicht bekannt war und sich ihnen gegebenenfalls unter einem anderen Vorwand nähern konnte. „Ich weiß mich schon zu beschäftigen." Sie warf einen begehrlichen Blick zu dem kleinen Swimmingpool, der in einladendem Türkisblau inmitten des Gartens leuchtete. „Ich werde damit beginnen, Fabrice das Schwimmen beizubringen."

So fuhr Dominique allein nach Toulon.

Agnès und Bruno Vannard lebten in einem wenig attraktiven Wohnviertel, in dem sich schmucklose Betonbauten mit Industrieansiedlungen abwechselten.

Kein Wunder, dass die beiden erpicht darauf waren, Yvonnes Haus zu erben, dachte Dominique, als er durch einen Hinterhof mit überquellenden Mülltonnen ging und in einem schmuddeligen, graffiti-beschmierten Treppenhaus in den zweiten Stock emporstieg.

Ein stämmiger Mann, der zum Jogginganzug Gummilatschen an den nackten Füßen und einen Fünftagebart trug, öffnete ihm. „Ja, bitte?"

„Bonjour, Demesy ist mein Name. Wir haben gestern telefoniert."

„Ah ja. Bitte kommen Sie herein, *Maître.*"

Dominique korrigierte seine Anrede nicht. Wenn er ihn für den Notar hielt, würde er sicher zugänglicher sein. Er folgte ihm in ein unordentliches Wohnzimmer, in dem Spielzeug und CDs auf dem Boden verstreut lagen und Kleidung über den Sessellehnen hing. Ein etwa dreijähriger Junge hockte auf dem Boden und spielte mit einer kleinen Eisenbahn. Aus einem der hinteren Zimmer drang das heisere Schreien eines Babys.

„Agnès", rief Bruno. „Der Notar ist da. – Bitte, setzen Sie sich." Er fegte ein Küchenhandtuch von der speckigen Couchgarnitur und machte eine einladende Geste.

Im Türrahmen erschien eine übernächtigt wirkende Frau in schlabbriger Kleidung, die ihre aschblonden Haare mit einem Tuch aus dem ungeschminkten Gesicht gebunden hatte. Sie begrüßte Dominique mit einem herzlichen Lächeln und setzte sich ihm gegenüber in einen Sessel.

„Ist ja toll, dass Sie extra aus Paris zu uns kommen, *Maître.* Wo müssen wir unterschreiben?"

„Nicht so schnell“, wehrte Dominique ab. „Ich fürchte, es gab gestern am Telefon ein kleines Missverständnis.“

„Was für ein Missverständnis? Erben wir das Haus etwa nicht?“, fragte sie erschreckt.

„Doch, Madame, keine Sorge. Das heißt – kommt drauf an.“

„Worauf?“ Bruno ließ sich neben Dominique auf die Couch sinken.

„Es ist so … Yvonne Bellancourt ist keines natürlichen Todes gestorben.“

„Ach, echt?“ Agnès Vannard riss die Augen auf. „Ja und?“

„Die Polizei untersucht nun ihren Tod. Und es ist so, dass Sie als Erben dieses Hauses, dessen Wert nicht unbedeutend ist, automatisch zum Kreis der Verdächtigen gehören. Sind Sie noch nicht befragt worden?“

Sie erblasste und schüttelte heftig den Kopf. Bruno beugte sich bedrohlich zu ihm. „Wollen Sie uns etwa unterstellen, wir haben die Olle umgebracht?“

„Das ist rein hypothetisch, weil Sie vom Tod Madame Bellancourts profitieren. Vielleicht haben Sie ja ein Alibi?“

„Jetzt machen Sie mal nen Punkt! Sind Sie überhaupt Notar?“

„Woher sollte er denn sonst wissen, dass wir die Nacherben sind und all das?“, beschwichtigte ihn Agnès.

„Am besten, Sie sagen mir einfach, wo Sie in der Nacht vom 10. zum 11. Juni waren“, lenkte Dominique schnell ab. „Wenn Sie ein nachprüfbares Alibi haben, können alle Formalitäten für das Erbe ihren Weg gehen.“

Die beiden blickten einander verblüfft an, und Agnès lachte erleichtert auf. „Am frühen Morgen des 11. Juni habe ich ein Kind bekommen." Sie deutete mit dem Daumen hinter sich in die Richtung, aus der das Babygeschrei erklang.

„Darf ich die Geburtsurkunde sehen oder Papiere vom Krankenhaus?"

„Logisch." Sie erhob sich und kramte in einer Schublade.

„Und Sie, Monsieur?", wandte sich Dominique an Bruno.

„Ich war bei der Geburt dabei, was denken Sie denn? Jetzt hören Sie mir mal zu, Sie Wald- und Wiesennotar oder was Sie sind: Wenn Sie glauben, ich lege die Tante um und riskiere zwanzig Jahre, nur um dieses blöde Haus zu erben, sind Sie auf dem Holzweg. Ums Verrecken will ich nicht in Paris leben, diesem Drecksnest!"

„In Rueil-Malmaison", korrigierte seine Frau aus dem Hintergrund.

„Ist doch alles das Gleiche."

Dominique verschränkte die Arme vor der Brust. „Sie könnten das Haus verkaufen und sich dafür was Netteres in der Gegend kaufen."

„Das werden wir auch tun. Ich will nämlich auch nicht unter dem Dach leben, in dem diese feine Schnepfe mit meinem Vater herumpoussiert hat." Agnès trat neben ihn und hielt ihm eine Geburtsurkunde hin, aus der hervorging, dass Léon Vannard, Sohn von Agnès und Bruno Vannard, am 11. Juni 1999 um 3.55 Uhr im Stadtkrankenhaus von Toulon das Licht der Welt erblickt hatte. Als Nächstes reichte sie ihm ein Foto, das Bruno zeigte, der in OP-Kleidung gehüllt einen noch blutverschmierten Säugling hielt. Auf der Rückseite des Fotos stand das Entwicklungsdatum des Labors: Juni 1999.

„Gut, vielen Dank. Das sind in der Tat Beweise." Zwiegespalten zwischen Enttäuschung und Erleichterung gab Dominique ihr die Urkunde und das Foto zurück. „Dann haben Sie von der Polizei nichts zu befürchten. Möglicherweise haben die ja auch bereits bei Recherchen im Polizeicomputer sehen können, dass Sie in dieser Nacht ein Kind zur Welt gebracht haben und haben Sie daher nicht behelligt. Nur interessehalber: Haben Sie gar nichts von Ihrem Vater geerbt, Madame?"

„Doch, sein Auto und ein bisschen Geld. Aber das hat nicht lange gereicht." Sie hob die Arme. „So wohlhabend war Papa nun auch nicht, er hatte nach dem Tod meiner Mutter das meiste seines Geldes in dieses Haus gesteckt. Als eine Art Altersvorsorge. Ich hätte nicht gedacht, dass da eine kommen und –"

„Was ist jetzt mit den Papieren für das Haus?", unterbrach Bruno.

„Mein Kollege kümmert sich darum, sie unverzüglich auszustellen", versprach Dominique und erhob sich hastig. „Sie werden sie in den nächsten Tagen in der Post haben." Er hoffte, dass dies tatsächlich der Fall sein würde. Vielleicht sollte er mal bei dem zuständigen Notar nachhaken, aber eigentlich ging ihn das wirklich nichts an.

Brunos Gesicht verfinsterte sich. „Ich dachte, Sie kommen her, damit wir unterschreiben können?"

„Nein, ich wurde damit beauftragt, erst einmal Ihr Alibi zu prüfen. Sehen Sie, hätten Sie sich als schuldig herausgestellt, hätten Sie natürlich nicht geerbt. Aber nun ist ja alles in Ordnung. – Lassen Sie nur, ich finde allein hinaus."

Im Hinausgehen hörte er noch, wie Agnès ihrem Mann zuzischelte: „Ist doch egal, wer er ist, Hauptsache ich erbe jetzt endlich dieses verdammte Haus."

***

„Das ist ein wasserdichtes Alibi", sagte Dominique enttäuscht, als er später mit Giuliana und Michel auf der Terrasse den Aperitif nahm. Fabrice spielte im Garten mit dem etwa gleichaltrigen Sohn anderer Pensionsgäste.

Dominique redete zwar prinzipiell nicht mit Außenstehenden über laufende Ermittlungen, hatte jedoch keine Vorbehalte dagegen, seinen früheren Chef einzuweihen. Manchmal konnte ein fachlicher Blick von außen hilfreich sein. Insbesondere in einem Fall, der so widersprüchlich war und so viel Kopfzerbrechen verursachte.

„Das stimmt." Michel nickte. „Die beiden mögen ein gutes Motiv haben und etwas raffgierig wirken, aber man kann nicht gleichzeitig in Toulon ein Kind bekommen und in Paris jemanden von einer Brücke schubsen."

„Theoretisch könnten sie jemanden mit dem Mord beauftragt haben." Giuliana schob sich eine Olive in den Mund.

„Das war definitiv nicht die Vorgehensweise eines Auftragskillers", widersprach Michel kategorisch. „Der hätte sie aus einem vorbeifahrenden Auto oder von einem Motorrad aus erschossen, und das war's. Die bauen keine persönliche Beziehung zu ihren Opfern auf. Und das hätte er tun müssen, wenn er sie vorher dazu gezwungen hätte, diesen Abschiedsbrief zu schreiben. Und warum sie dann nicht gleich im Auto erschießen, statt das Risiko einzugehen, dass man ihn dabei beobachtet, wie er sie mit vorgehaltener Pistole zum Springen zwingt? Ein Profikiller hätte auch gewusst, dass der Pont des Arts nicht hoch genug für einen sicheren Tod ist."

Dominique nickte. „Und vor allem hätte er nicht darauf geachtet, dass sie vorher die teuren Designerschuhe auszieht, damit sie nicht nass werden."

„Spricht das mit den Schuhen nicht erneut für die Suizid-Theorie?", wandte Giuliana ein.

Er blickte sie verständnislos an und sie erklärte: „Das ist mir gestern durch den Kopf gegangen. Du hast erwähnt, sie sei eine Fashionista gewesen ..."

„Eine was bitte?"

„Eine Frau, die Mode liebte. Vierzehn Meter Kleiderschrank, hast du gesagt", erinnerte sie.

„Ach das. Stimmt. Und eine riesige Kollektion teuer aussehender Schuhe, die wohl eher der Dekoration als der Fortbewegung dienten."

„Eben. Sie liebte ihre Schuhe, und deswegen hat sie ihre neuen Manolos ausgezogen und sorgsam ans Brückengeländer gestellt, damit sie für die Nachwelt erhalten bleiben. Ihre Freundin Béatrice hielt das für typisch für sie."

„Mag sein, aber was ist mit dem Schmuck? War der es nicht wert, vor den Fluten gerettet zu werden? Wenn du mich fragst, war der noch deutlich teurer als die Treter."

„Sie wurde mit kostspieligem Schmuck aus dem Wasser geborgen? Dann scheidet ein finanziell motivierter
Mord aus, würde ich sagen", warf Michel ein. „Wenn
diese Agnès und ihr Mann sie ins Wasser gestoßen hätten, um das Haus zu erben, hätten sie sicher auch den
Schmuck genommen."

„Vielleicht gab es keine Gelegenheit für den Täter.
Und die Polizei wäre stutzig geworden, falls sich die
Leute, mit denen Yvonne den Abend verbracht hat, an
den Schmuck erinnert hätten, der dann nicht mehr da
gewesen wäre. Dann wären sie wohl kaum von Suizid
ausgegangen." Dominique ließ die Eiswürfel in seinem
Glas kreisen.

„Sie hätte ihn ja im Fluss verloren haben können."

„Falls er bei einer Hausdurchsuchung bei einem der
Verdächtigen auftaucht, ist das ein ziemlich eindeuti-
ger Beweis. Es wäre also riskant gewesen, ihn mitgehen
zu lassen."

„Abgesehen davon glaube ich auch nicht, dass ihr es
mit einem kaltblütigen Raubmörder zu tun habt",
meinte Michel kopfschüttelnd. „Wenn überhaupt, war
es ein nervöser Amateur."

Giuliana schlug die Beine übereinander. „Du hast
recht, das passt nicht. Da werden wir uns doch an die
Typen des Clubs halten müssen, denen sie den Kopf
verdreht hat, um ihnen dann gleich wieder den Laufpass zu geben. Was meinst du dazu?"

„Möglich, dass es ein Täter mit narzisstischer Persön-
lichkeitsstörung oder so was war, der keine Zurückweisung verträgt", räumte Michel ein, doch seine Miene
blieb skeptisch.

„Genau. Da gibt es ein oder zwei Kandidaten in diesem Club.“

„Ein Psychopath mit einem Wutanfall hätte ihr allerdings eher den Schädel eingeschlagen“, gab er zu bedenken.

Sie schwiegen einen Moment.

„Vielleicht hat er das auch – am Brückenpfeiler vom Pont des Arts“, ergänzte Michel seinen Einwand.

Giuliana kratzte sich grüblerisch am Kinn. „Auch eine Idee, aber das stelle ich mir schwierig vor. Wie soll das zu bewerkstelligen sein?“

„Ich meine damit, vielleicht hat er sie mit einem Schlag auf den Kopf getötet und hinterher ihre DNA am Brückenpfeiler angebracht.“

„Wie soll er denn da rankommen? Nachts ein Boot mit Hebebühne organisieren? Mit einer Leiche im Schlepptau?“, fragte sie skeptisch.

„Einfach ihr Blut von der Brücke aus auf den Pfeiler tropfen lassen?“, schlug Michel vor.

Dominique schüttelte den Kopf. „Für die am Pfeiler vorhandenen Spuren reichte es nicht, ein paar Blutstropfen von oben fallen zu lassen. Da waren vor allem Hautpartikel.“

Michel zuckte mit den Schultern. „Tja, dann kannst du diese Theorie vergessen. Passt ohnehin nicht zu diesem Abschiedsbrief, denn der sieht nach Kalkül aus, nicht nach rasender Wut.“

„Es gibt Psychopathen, die geplant vorgehen.“ Dominique zog die Schale mit dem Studentenfutter näher zu sich heran. Vielleicht brachte Nervennahrung seine grauen Zellen auf Trab.

„Schon die Alibis der Knaben aus diesem Club überprüft?"

„Noch nicht. Ich ermittle verdeckt, da kann ich ja
nicht einfach fragen, wo sie in jener Nacht waren und
ob das jemand bezeugen kann. Außerdem wollte ich
erst mal die mit dem handfesten Motiv überprüfen."

„Ach, Dominique." Michel schenkte ihm Pastis nach.
„Verrenne dich nicht allzu sehr in diesen angeblichen
Mord. Findet euch damit ab, dass es ein Suizid war. Für
einen Mord passt da nichts zusammen. Mag ja sein,
dass du eine Prämie bekommst, wenn du einen Täter
findest, aber hast du dir schon mal überlegt, wie viel
Geld du inzwischen mit neuen Aufträgen verdienen
könntest?"

„Sicher. Aber erstens habe ich zurzeit sowieso keine
neuen Aufträge, die ich deswegen ablehnen müsste,
und zweitens schulde ich es dem Mandanten, allen
Spuren gründlich nachzugehen. Und wenn dabei eine
Reise in die Provence und ein paar spaßige Aktivitäten
in einem Freizeitclub herausspringen, wo ist das Problem?"

„Da hast du natürlich recht." Michel hob sein Glas.
„Trinken wir auf unser Wiedersehen. Ohne den Fall
wärst du sicher in den nächsten zehn Jahren nicht ins
Midi gekommen."

22

Am nächsten Morgen frühstückten sie auf der Terrasse. Es war warm, doch der Himmel war wolkenverhangen und färbte sich am Horizont dunkelgrau. Gewitter lag in der schwülen Luft.

„Gut geschlafen?", erkundigte sich Michel, der ihnen persönlich ein Körbchen mit Croissants und Baguettestücken an den Tisch brachte.

„Sehr gut." Dominique räkelte sich auf seinem Korbstuhl.

„Aber erst spät eingeschlafen", fügte Giuliana hinzu, und ihr wohliges Lächeln ließ keinen Zweifel daran, warum das so gewesen war.

Er warf ihr über den Rand seiner Kaffeetasse einen verliebten Blick zu. „Was wollen wir heute unternehmen? Strand ist bei dem Wetter wohl keine gute Idee."

„Ein Gewitter zieht auf", bestätigte Michel und ließ sie allein.

„Solange es nicht regnet, könnten wir uns die Calanques ansehen", schlug Dominique vor.

„Was ist das?"

„Das sind fjordartige Felsbuchten der Steilküste, die hier in der Nähe ist. Weiße Kalkfelsen und türkisblaues Meer – ein kleines Paradies. Es gibt auch einen Küstenwanderweg, der sehr schön sein soll, aber das ist für Fabrice noch zu anstrengend. Wenn es regnet, könnten wir Marseille besichtigen. Was hältst du davon?"

„Ich habe einen anderen Vorschlag.“ Giuliana bestrich für Fabrice ein Stück Baguette mit Nuss-Nougat-Creme. „Da diese Agnès als Täterin ausscheidet und wir hier fertig sind, lass uns nach Portofino zu Yvonnes Ferienhaus fahren, wenn wir schon mal in der Gegend sind.“

„In der Gegend? Das ist ziemlich weit“, gab er zu bedenken.

„Es sind knapp vierhundert Kilometer von hier aus. – Ich werde fahren“, fügte sie hastig hinzu, als Dominique den Mund verzog. „Du kannst dich ausruhen, du bist gestern schon die meiste Zeit gefahren.“

„Ich glaube nicht, dass es was bringt, uns ihr Ferienhaus anzusehen. Außerdem haben wir die Adresse nicht.“

„Mondy kann sie uns geben, er war ja vor kurzem noch mit Yvonne dort. Portofino ist klein, die Einwohner kennen einander alle, und sie kennen auch die, die dort seit vielen Jahren ein Haus besitzen. Yvonne hat bereits als Kind oft ihre Ferien in dem Ort verbracht. Vielleicht erfahren wir von den Einheimischen mehr über sie.“

„Die reden meistens aber nicht gerne mit Fremden, ist es nicht so?“

„Wir werden sehen. Ich bin zumindest Italienerin und war als Teenager auch mehrmals im Urlaub in dieser Gegend, vielleicht hilft das. Rufst du Mondy gleich an und fragst ihn nach der Adresse? Wir müssen ihn sowieso informieren, dass Agnès und ihr Mann ein Alibi haben und als Verdächtige ausscheiden.“

„Eigentlich warst du diejenige, die nicht begeistert war, dass ich an diesem Wochenende an dem Fall arbeiten wollte", erinnerte er.

Sie lächelte. „Du weißt, wenn ich nach Italien fahren kann, gelten andere Regeln. Und du warst derjenige, der gesagt hat, wir müssten wieder spontaner werden."

„Das habe ich gesagt?" Er kratzte sich nachdenklich am Kinn.

„Na, so ähnlich. Du sagtest, dass wir früher spontaner und abenteuerlustiger waren. Und du hast recht damit: Vor fünf Jahren bist du spontan mit mir von Istanbul aus auf unbestimmte Zeit nach Trinidad geflogen, und nun ist es dir zu viel, von der Provence aus für einen Tag nach Norditalien zu fahren? Also, sevgili, gegen diesen Phlegmatismus müssen wir unbedingt was tun!"

Dominique lächelte. „An einem Tag, ja? Und nach Paris müssen wir direkt im Anschluss auch noch zurück. Wie willst du das schaffen?"

„Wir fahren nach dem Frühstück in Ruhe los. Ich schlage vor, wir übernachten in Genua, dann ist die Strecke nicht so lang. Ich kenne da ein hübsches Hotel. Morgen früh fahren wir gleich weiter nach Portofino, haben dort einige Stunden Zeit für unsere Nachforschungen, und fahren nachmittags nach Cassis zurück, wo wir nochmal die Nacht verbringen – vorausgesetzt, Michel ist einverstanden. Und Dienstagfrüh kehren wir nach Paris zurück. Oder hast du Dienstagvormittag Termine, die du nicht verschieben kannst?"

Dominique gab sich geschlagen. Er dachte kurz nach und schüttelte den Kopf. „Meinetwegen, können wir so machen. Glaubst du, wir finden in Portofino jemanden, der sie in Paris von einer Brücke gestoßen hat oder weiß, wer es getan haben könnte?", fragte er zweifelnd.

„Eigentlich nicht. Aber es ist ein ausgezeichneter Vorwand, einen Tag in Italien zu verbringen." Sie lächelte ihn entwaffnend an.

Irgendetwas missfiel ihm an dem Plan, so gut durchdacht er auch schien. Dabei war es nichts Ungewöhnliches, dass Giuliana die Gelegenheit zu einem Abstecher in ihr Heimatland nutzen wollte. So wohl sie sich in Frankreich fühlte, im Herzen würde sie immer Italienerin bleiben. Er gab sich Mühe, das blinkende Warnlämpchen in seinem Inneren zu ignorieren. Nun gut, wenn es sie glücklich machte, einen Tag dort zu verbringen, sollte es ihm recht sein. In die Provence konnten sie jederzeit für ein langes Wochenende zurückkehren.

Bernard Mondy suchte ihnen die Adresse von Yvonnes Haus heraus und Michel versprach, ihnen ihre Zimmer noch für eine weitere Nacht zur Verfügung zu stellen.

„Deine Frau hält dich ganz schön auf Trab", kommentierte er grinsend, als Dominique ihm von Giulianas Plänen berichtete.

Dieser seufzte und lächelte. „Es ist nie langweilig mit ihr – das kannst du jetzt so oder so sehen."

„Mir wäre das zu anstrengend. Aber du wirkst immer noch glücklich mit ihr und ich denke, ich habe mich in Giuliana geirrt, das wollte ich dir noch sagen."

Dominique klopfte ihm auf die Schulter. „Schön, dass du es endlich zugibst."

„Viel Erfolg in Italien. Bis morgen Abend!"

***

Sie nahmen zunächst die A50, verließen sie jedoch kurz darauf bei Toulon und fuhren auf der Landstraße an der Küste entlang. Die Autobahn hätte im nächsten Abschnitt ohnehin einen Umweg bedeutet und sie zogen es vor, insgesamt ein wenig länger unterwegs zu sein, dafür jedoch die faszinierenden Ausblicke auf Pinienwälder, Olivenhaine, begrünte Hügel, steile Felsküsten und verträumte Buchten mit einladenden Stränden und in der Sonne blitzenden Jachten zu genießen.

In Antibes machten sie Pause, aßen Sandwiches zum Mittag und schlenderten durch den Ort, um sich die Füße zu vertreten. Sie entdeckten einen Spielplatz, auf dem Fabrice einige Minuten herumtoben konnte.

„Unglaublich, wie touristisch das geworden ist, seit ich das letzte Mal hier war", stellte Dominique missbilligend fest.

„Wann warst du das letzte Mal hier?", fragte Giuliana verblüfft. „Neunzehnhundertzwanzig?"

Er gab ihr einen kleinen Klaps gegen den Oberarm. „Okay, es ist sicher zwölf oder fünfzehn Jahre her, aber ich könnte schwören, dass damals noch nicht all diese protzigen Jachten hier vor Anker gelegen haben."

Sie winkte ab. „Warte, bis du Portofino siehst. Und immer noch besser, es sind schnittige Jachten und exklusive Hotels als riesige Billighotels und Imbissbuden, oder?"

„Das mag sein. Immerhin bringt es ja Geld in die Gegend", räumte er ein.

Nachdem sie Nizza hinter sich gelassen hatten, rückten die Berge nah ans Meer heran und die Orte schmiegten sich enger an die Felsen.

„Warst du mal in Monaco?", fragte Dominique, als sie an dem kleinen Fürstentum vorbeifuhren, um dort wieder auf die Autobahn zu wechseln.

„Ja. In einem früheren Leben", gab Giuliana zurück.

„Ah, verstehe. Die Welt der Reichen und Juwelenbehängten …" Er schnitt eine Grimasse.

„Nein. Nicht, was du denkst. Ich war dort, um eine kostbare Antiquität zu erwerben, ein Louis Seize-Piedestal-Tischchen. War ein Auftrag eines reichen Sammlers aus Ankara und völlig legal."

„Wie langweilig." Er zwinkerte ihr zu.

„Ich gebe zu, ich hatte durchaus darüber nachgedacht, in eine dieser Villen einzubrechen", gestand sie.

„Nur nachgedacht?"

„Um ehrlich zu sein, war ich mal mit meinem Vater hier und er …" Sie warf einen raschen Blick zum Rücksitz, um zu prüfen, ob ihr Sohn schlief, begegnete jedoch wachen, neugierigen Kinderaugen. „Er hat mir einige Tricks gezeigt. Wenn du verstehst, was ich meine. – Zaubertricks", ergänzte sie, an Fabrice gewandt.

Er klatschte begeistert in die Hände. „Zeigst du mir die mal, Mama?"

„Klar, Liebling. Später, wenn wir wieder zu Hause sind."

Dominique grinste. „Ich verstehe. Dein Vater war ein Magier, der sich auflösen und in fremden Räumen materialisieren konnte."

„Genau." Giuliana nickte bekräftigend.

Sie passierten die französisch-italienische Grenze und erreichten Ligurien, wo sich idyllische Orte mit sonnengelben Häusern wie an einer Perlenkette aufgereiht an der Küste entlangzogen.

„Wir können auch nach Portofino durchfahren", bot Dominique an, als sie sich am späten Nachmittag Genua näherten. „Ich kann das Steuer übernehmen, wenn du müde bist."

„Danke, aber lass mal." Giuliana winkte ab. „Portofino ist furchtbar teuer und wenn wir Pech haben, sind alle Hotels dort ausgebucht. Es ist ein extrem touristischer Ort geworden. Außerdem habe ich eine Bekannte in Genua, die ich gern kurz auf einen Kaffee treffen möchte. Ich habe sie vorhin angerufen."

„Können Fabrice und ich mitkommen?"

„Fabrice muss dringend ein Nickerchen machen, du merkst ja, wie quengelig er ist. Kannst du bei ihm im Hotel bleiben? Ich bin höchstens zwei Stunden weg. Und danach gehen wir schön Abendessen, ja? Gleich neben dem Hotel liegt eine Trattoria, in der das Essen köstlich ist. Die Auberginenpizza ist ein Gedicht!", schwärmte sie, doch ihre Miene wirkte gekünstelt.

In Dominique flackerte erneut Misstrauen auf, auch wenn sie recht damit hatte, dass ihr Sohn etwas Schlaf in einem richtigen Bett benötigte. Während der Fahrt war er zu aufgekratzt gewesen, um einzuschlafen. „Was ist das für eine Bekannte?"

„Eine frühere Schulfreundin aus Rom, die jetzt in Genua lebt. Wir haben uns ewig nicht gesehen und sie hat mich schon so oft um ein Wiedersehen gebeten. Günstiger als heute wird die Gelegenheit nicht. Sie spricht weder Französisch noch gut Englisch, du würdest dich ohnehin langweilen, sevgili. Und natürlich möchten wir darüber reden, was aus all den heißen Jungs geworden ist, die in unserer Klasse waren." Sie blinzelte ihm zu und drehte gleichzeitig unruhig an ihrem Ehering.

Er zwang sich zu einem Lächeln und schluckte, denn er hatte das Gefühl, dass sie log. Ob sie sich direkt mit einem dieser heißen Jungs von früher traf? Nein, das sah ihr nicht ähnlich. In ihrem Fall war es möglicherweise eher ein Kontakt aus der Zeit, in der sie mit ihrem Vater in Italien auf Beutezüge nach kostbarem Schmuck und Kunstgegenständen gegangen war. Sorgenvoll starrte er aus dem Fenster, hinter dem immer wieder die Küste Liguriens am Horizont aufblitzte. Er spielte mit dem Gedanken, Giuliana direkt auf seinen Verdacht anzusprechen, aber er wusste, dass er aus ihr nichts herausbekommen würde, wenn sie ihn nicht ins Vertrauen ziehen wollte.

„Viel Spaß euch beiden", wünschte er, als sie später im Hotel eingecheckt hatten und Giuliana sich verabschiedete, nachdem sie sich kurz frisch gemacht hatte.

Sie lachte auf. „Sieh mich nicht so an, als ob ich auf Weltreise gehen würde. Ich verspreche, dass ich bald zurückkomme, nüchtern und unbescholten. Und ich lasse das Handy an, falls was ist. Du kannst mich jederzeit erreichen."

„Das wird sicher nicht nötig sein", erwiderte er mit steifen Lippen und wandte sich ab. Er öffnete die Flügelfenster, trat an das schmiedeeiserne Geländer und starrte grüblerisch über die Häuserdächer von Genua auf das dahinter vorlugende blaue Meer.

23

Zufrieden ließ Giuliana die Papiere in ihre Handtasche gleiten. Dann trank sie in Ruhe ihren Campari aus und erhob sich. Der gutgekleidete graumelierte Italiener, der ihr in dem Café der Piazza gegenübergesessen hatte, stand höflich ebenfalls auf. Sie legte ihm eine Hand auf die Schulter und küsste ihm die Wangen. „Danke, Luigi, es ist eine Freude, mit dir Geschäfte zu machen."

„Schön, dass du für das Gespräch extra nach Italien gekommen bist."

„Hat sich so ergeben. Wir sind wegen eines Falls hier."

„Warum hast du deinen Mann und deinen Sohn eigentlich nicht mitgebracht? Ich hätte die beiden gern kennengelernt."

„Er weiß nichts von unserem Treffen. Ich halte es für besser, dass mein Mann vorläufig nichts von unserer Vereinbarung erfährt. Wahrscheinlich wird er es nicht so toll finden, da muss ich einen guten Moment abpassen, um es ihm schonend beizubringen."

Luigi, der ein langjähriger Bekannter war, blickte sie forschend an. „Aber du bist glücklich mit ihm?"

„Sehr", versicherte sie. „Mach dir keine Sorgen, das wird unseren Plan nicht negativ beeinflussen. Letztlich stimmt er allem zu, was mich glücklich macht."

„Dann freue ich mich, dass ich dich glücklich machen konnte." Er lächelte und deutete eine Verneigung an.

Sie warf einen Blick auf ihre goldene Armbanduhr. Das Gespräch hatte nicht sehr lange gedauert, sie waren sich schnell einig geworden. Würde sie tatsächlich eine alte Schulfreundin besitzen, hätte sie mit dieser sicher länger zusammengesessen.

Giuliana verspürte ein schlechtes Gewissen, weil sie Dominique anschwindelte, und staunte darüber. Sie hatte früher in einem selbstgesponnenen Lügennetz gelebt und nie Gewissensbisse deswegen gehabt. Sie tröstete sich damit, dass dieses vorgegebene Frauentreffen ja nur eine kleine Notlüge war. Was den Rest betraf, log sie nicht, sondern verschwieg es Dominique zurzeit nur. Das war nicht das Gleiche, redete sie sich ein. Schließlich gewann die Vorfreude auf ihr neues Projekt die Oberhand, sie verspürte ein wohltuendes Kribbeln im Bauch, das wie Champagner durch ihre Adern prickelte und sie in Hochstimmung versetzte.

Sie wandte sich ab, drehte sich noch einmal kurz um und winkte Luigi vergnügt zu, bevor sie im goldenen Abendsonnenschein über die Piazza schlenderte. Versehentlich bog sie in die falsche Richtung ab und stand auf einmal am alten Hafen, der mit seinen verfallenden Lagerhallen und Schiffsruinen ein jämmerliches Bild abgab. Ein penetranter Geruch aus Öl, Teer und Abfällen hing in der schwülen Luft.

Giuliana erinnerte sich daran, warum Genua noch nie ihre Lieblingsstadt gewesen war. Viel zu heruntergekommen. Ihr fiel ein, kürzlich gelesen zu haben, dass ein groß angelegtes Restaurierungs- und Renovierungsprojekt für Hafen und Altstadt geplant war. Das war sicher kein Luxus. Wäre die verwinkelte Altstadt, in der sich die Häuser zwischen Bergen und Meer aneinanderdrängten, erst in einem besseren Zustand, könnte das alles sehr pittoresk wirken, statt desolat wie jetzt.

Sie ließ sich durch das Gewirr der heruntergekommenen Gassen treiben, in der Obdachlose ihr Quartier aufgeschlagen hatten, Straßenhändler allerlei Tand anpriesen und Schmugglerzigaretten auf umgedrehten Kartons zum Kauf angeboten wurden. Aus marokkanischen Garküchen drangen Düfte nach orientalischen Gewürzen, in tunesischen Patisserien lagen bunte und süße Leckereien, Lebensmittelgeschäfte boten Würste, Käse, Oliven, selbstgemachte Nudeln und Pestosauce an. Giuliana schlenderte an den Auslagen vorbei, schnupperte die verlockenden Gerüche und genoss es, wieder in Italien zu sein.

„Du bist schon zurück?", meinte Dominique überrascht, als sie mit beschwingten Schritten das Hotelzimmer betrat und ihm zulächelte. Er saß auf der Bettkante und hatte in einer Zeitschrift geblättert. Fabrice, der in einem Zustellbett in der Zimmerecke lag, schien noch zu schlafen. „Da hattet ihr euch wohl doch nicht so viel zu erzählen?"

„Sie hatte noch einen Termin", erwiderte sie ausweichend.

„Na, und das Interesse für die heißen Jungs aus der Klasse ist inzwischen vielleicht erkaltet?"

„Ganz genau. Die können mit dir einfach nicht mithalten." Das stimmte auf jeden Fall. Wahrscheinlich hatten viele von ihnen inzwischen eine Glatze, einen Bauch und verlebte Gesichter. Ihr Mann dagegen besaß noch immer volles Haar, eine sportliche Figur und eine vitale Ausstrahlung. Sie fand ihn genauso attraktiv wie am ersten Tag, als er in ihr Istanbuler Antiquitätengeschäft gekommen war und vorgegeben hatte, sie mit dem Diebstahl eines osmanischen Dolches beauftragen zu wollen. Bei der Erinnerung daran flatterten Schmetterlinge in ihrem Magen.

Sie stützte sich mit einem Knie auf der Bettkante ab, legte die Hände auf seine Schultern und küsste ihn stürmisch und fordernd. Dominique gab nur zu gern nach, ließ sich unter ihr auf das Bett sinken und zog sie mit sich.

„Ich weiß genau, dass du irgendwas aussheckst, Giuliana“, flüsterte er und strich ihre Haare zurück, die wie ein Vorhang über ihre Gesichter gefallen waren.

Sie blickte ihn mit Unschuldsmiene an. „Wie kommst du denn darauf?“

„Du hast auf einmal wieder dieses Funkeln in den Augen und dieses gewisse Lächeln. Genau wie in der Zeit, als wir uns kennengelernt haben.“

„Mit anderen Worten, ich bin wieder genau die, in die du dich verliebt hast? Mysteriös und schwer zu durchschauen?“, fragte sie übermütig.

„So kann man es auch nennen.“

„Dann freu dich einfach und hör auf, mich zu löchern.“ Sie küsste ihn leidenschaftlich und er gab sich willig ihrem Ablenkungsmanöver hin.

„Maman, ich habe Hunger“, hörten sie Fabrice' verschlafene Stimme aus dem Bett in der Zimmerecke.

Seufzend lösten sie sich voneinander und richteten sich auf.

24

Sie brachen am nächsten Morgen früh auf und fuhren immer an der Riviera di Levante entlang. Das Meer schimmerte wie ein mattblaues Seidentuch und verschmolz am Horizont milchig mit dem leicht diesigen Himmel. Nach einer Dreiviertelstunde erreichten sie bereits die Halbinsel, auf der sich Portofino malerisch um eine enge Bucht krümmte.

„Das hätten wir gestern doch noch locker geschafft", meinte Dominique mit vorwurfsvollem Unterton.

„Wie ich dir bereits gesagt habe, sind die Übernachtungspreise hier nicht die gleichen wie in Genua, sevgili. Die ganze Umgebung ist super teuer. Aber wir hätten natürlich auch in Yvonnes Haus einbrechen und dort übernachten können." Giuliana, die am Steuer saß, schenkte ihm einen treuherzigen Augenaufschlag, bevor sie ihre Aufmerksamkeit wieder auf die kurvige Straße richtete.

Er sah sie beunruhigt an. Auch wenn das zweifellos ein Scherz gewesen war, fand er, dass sie in den letzten Tagen geradezu zwanghaft vom Einbrechen redete. Und er war beinahe sicher, dass ihre dubiose Verabredung am Vorabend etwas damit zu tun hatte.

Sie bog von der Küstenstraße ab und in den kleinen Ort ein. „Wusstest du, dass Portofino oft als Filmkulisse genommen wird?"

„Das wundert mich nicht. Es sieht bezaubernd aus.“ Er ließ seinen Blick bewundernd über die Bucht schweifen, in der zahlreiche Jachten in der Sonne blitzten. Daneben dümpelten kleine Fischerboote im Wasser. Der Kai wurde von Häusern in warmen Farben gesäumt, hinter denen mit üppigem Grün bewachsene Berge lagen.

„Die ganz Großen haben hier gefilmt: Sophia Loren, Frank Sinatra, Clark Gable – um nur einige zu nennen.“

„Zu deren Zeiten war es vermutlich noch nicht so überlaufen.“

„Als ich Kind war, haben hier auch schon viele Jachten aus dem internationalen Jetset angelegt“, erinnerte sie sich. „Zum Glück ist Portofino trotz des Tourismus sehr ursprünglich geblieben. Außerhalb der Hauptsaison ist es immer noch ein idyllisches Dorf.“ Sie warf einen Blick auf den Zettel, auf dem Dominique die Adresse von Yvonnes Haus notiert hatte.

„Weißt du, wo das ist?“, wollte er wissen.

„Nein, keine Ahnung, so vertraut bin ich mit dem Ort nun auch nicht.“ Sie ließ das Autofenster herunter, beugte sich hinaus und fragte eine ältere Frau, die zwei volle Plastiktüten vom Markt nach Hause trug, nach der Straße, die Mondy ihnen genannt hatte. Die Einheimische stellte die Taschen auf den Boden und erklärte ihr gestenreich den Weg.

„Grazie, Signora.“ Giuliana zog den Kopf wieder zurück. „Wir müssen uns einen Parkplatz suchen, das Haus liegt direkt im Ort, und dort darf man mit dem Auto nicht hineinfahren.“

Natürlich waren freie Stellplätze Mangelware und sie kreisten eine Weile, bevor sie einen fanden. Kaum waren sie ausgestiegen und einige Schritte in die angegebene Richtung gegangen, als Dominiques Handy klingelte.

„Es ist Emmanuel", sagte er überrascht und meldete sich.

„Guten Morgen, Monsieur Demesy. Emmanuel Bellancourt hier."

„Schön, von Ihnen zu hören. Was kann ich für Sie tun?"

„Bernard hat mir gestern Abend erzählt, dass Sie nach Portofino fahren wollen."

„Stimmt. Wir sind sogar schon dort."

„Mir ist dabei etwas eingefallen, das Sie wissen sollten: Meine Mutter hat mal erwähnt, dass sie in den letzten Jahren immer wieder Stress mit dem Sohn des früheren Besitzers dieses Hauses hatte, der es zurückkaufen wollte. Maman hat das aber abgelehnt und sie sind aneinandergeraten. Ob das ein Motiv sein könnte?"

„Ich weiß nicht. Das Haus erben jetzt Sie und Ihre Schwester, richtig?"

„Das stimmt. Vielleicht denkt der Mann, uns könne er eher zu einem Verkauf überreden. Und damit hätte er sogar recht. Amélie und ich haben gestern darüber gesprochen, dass wir das Haus wahrscheinlich nicht behalten wollen. Vielleicht machen wir zum Ende der Semesterferien noch einmal dort Urlaub und leiten dabei alles für den Verkauf in die Wege."

„Geht es Ihrer Schwester besser?"

„Nicht so richtig. Wir haben das Sedativum nach der Beerdigung abgesetzt, das war ein Rückschlag. Sie wird noch eine Weile brauchen, um Mamans Tod zu verarbeiten."

„Verständlich. Und Sie? Wie geht es Ihnen?", erkundigte sich Dominique teilnahmsvoll.

„Geht schon." Er seufzte tief auf. „Ich kann einfach nicht fassen, dass sie nicht mehr da ist."

„In Ihrem Herzen wird sie immer weiterleben, Emmanuel. Das kann Ihnen niemand nehmen. Auch wenn das im Moment vermutlich wenig tröstlich ist."

„Nein. Aber trotzdem danke."

„Wie heißt der Sohn des ehemaligen Hauseigentümers?", fragte Dominique nach einer kleinen Pause. „Ich werde ihn aufsuchen."

„Das weiß ich leider nicht mehr. Ich glaube, sein Vorname ist Salvatore, aber an den Nachnamen kann ich mich beim besten Willen nicht erinnern. Fragen Sie die Nachbarn oder die älteren Leute im Ort, die wissen das bestimmt."

„Machen wir. Besteht die Möglichkeit, dass wir uns kurz im Haus umsehen? Vielleicht finden wir irgendwas Aufschlussreiches."

„Sicher, wenn Sie das für wichtig halten. Es gibt eine Art Zugehfrau, die Schlüssel dafür hat. Sie lebt etwas außerhalb von Portofino. Ich werde sie anrufen und ihr Bescheid sagen. Sie kennt meine Großeltern gut, hat immer für sie geputzt und gekocht, wenn sie in Portofino waren. Allerdings spricht sie nur Italienisch, werden Sie damit klarkommen?"

„Kein Problem, meine Frau spricht recht gut Italienisch."

Dominique hielt es für besser, nicht zu erwähnen, dass seine Frau Italienerin war. Emmanuel sollte keinen Verdacht schöpfen, dass es sich bei ihr um die angebliche italienische Freundin handelte, die er auf Yvonnes Beerdigung getroffen hatte. Er sollte möglichst keine Verbindung zwischen dieser Dame und *Demesy Investigations* herstellen.

„Weiß diese Zugehfrau schon vom Tod Ihrer Mutter?"

„Nein, das glaube ich nicht."

„Dann sollte das auch vorerst so bleiben. Bitte sagen Sie ihr, dass wir alte Freunde auf der Durchreise sind." Er dachte kurz nach. „Und dass meine Frau Innenarchitektin ist und sich in Yvonnes Haus umsehen möchte, um ihr Tipps für eine bevorstehende Renovierung zu geben. Falls sie sich wundert, dass nicht Ihre Mutter sich darum kümmert, sondern Sie, erfinden Sie eine Ausrede."

„In Ordnung. Ich werde sagen, dass Maman auf Reisen in den USA ist." Emmanuel zögerte kurz. „Wollen Sie eine Nacht dort bleiben?", bot er an. „Es wäre ja Quatsch, dass Sie ein teures Hotelzimmer nehmen müssen, wenn unser Haus leer steht. Ich würde Simonetta bitten, die Betten herzurichten und Ihnen die Schlüssel bis morgen zu lassen."

„Danke für das Angebot. Vielleicht komme ich darauf zurück. Eigentlich wollten wir heute Nachmittag in die Provence zurückfahren und morgen früh nach Paris, aber wenn wir noch diesen Salvatore suchen, wird das vielleicht zu knapp."

„Ach ja, die Provence ... Bernard sagte mir, dass Agnès Vannard ein Alibi hat. Tut mir leid, dass Sie umsonst hingefahren sind."

„Machen Sie sich keine Gedanken. Es gibt Schlimmeres als Recherchen in der Provence und in Ligurien, selbst wenn sie vergeblich sein sollten.“

„Ich rufe Simonetta gleich an und melde mich danach nochmal bei Ihnen.“

„Vielen Dank, das ist sehr nett von Ihnen.“ Dominique unterbrach die Verbindung und steckte das Handy weg. Giuliana blickte ihn gespannt an, und er fasste das Gespräch kurz zusammen.

„Oh, das ist ja großartig, dass wir bei Yvonne übernachten können!“, rief sie freudestrahlend. „Lass uns das tun, egal wie es mit diesem Salvatore läuft.“

„Habe ich mir gedacht, dass es dir gefällt, noch einen Tag länger hierzubleiben“, erwiderte er trocken. „Das bedeutet auch, dass wir noch einen Tag später nach Paris zurückkehren.“

„Na und? Ich habe nur einen festen Termin am Mittwoch, den kann ich verschieben. Und du?“

„Ich hätte morgen einen gehabt, den musste ich sowieso verschieben. Alles andere müssen wir eben am kommenden Wochenende nachholen.“

„Das machen wir. Dir war es schließlich zu anstrengend, heute Abend in die Provence zurückzufahren und gleich morgen früh nach Paris. Wir verlängern um einen Tag und kehren morgen nach dem Frühstück zurück nach Cassis. Du kannst noch ein bisschen Zeit mit Michel verbringen – vorausgesetzt, er hat auch in der Nacht von Dienstag auf Mittwoch Zimmer für uns frei – und Mittwochfrüh fahren wir ausgeruht nach Hause zurück. Was sagst du dazu?“ Sie strahlte ihn an.

„Schon gut. Du hast ja recht. Lass uns mal wieder spontan sein.“ Er legte den Arm um sie und lächelte sie an. „Mal sehen, was wir hier erreichen. Ermitteln wir verdeckt oder spielen wir mit offenen Karten?“

„Wenn wir die Portofinese befragen, sollten wir auf jeden Fall ausnutzen, dass wir als Familie hier auftauchen. Soviel ich weiß, herrscht in Portofino noch Dorfkultur, die Bewohner werden zusammenhalten und nichts gegen diesen Salvatore sagen, wenn er im Ort aufgewachsen ist.“ Sie blieb stehen und blickte an einer terracottafarbenen Häuserfassade empor. „Hier ist es.“

Vor dem benachbarten Hauseingang saß eine alte Frau auf einem Stuhl in der Sonne und betrachtete sie interessiert. „Da ist niemand zu Hause!“, rief sie ihnen zu.

„Warte hier mit Fabrice auf mich“, sagte Giuliana zu Dominique und schlenderte zu der weißhaarigen Frau im schwarzen Kleid. Er hörte, wie sie mit ihr ins Gespräch kam, konnte aber nur Bruchteile verstehen.

„Was machen wir hier, Papa?“, fragte Fabrice und begann auf dem Kopfsteinpflaster herumzuhüpfen.

„Wir wollen eine Freundin von Maman besuchen, die hier wohnt. Aber sie scheint nicht da zu sein.“

„Ist das die, die tot ist?“

Dominique seufzte. Fabrice besaß als Sohn eines Detektivpaares zweifellos ein Gespür für Ungereimtheiten und schon jetzt einen wachen Verstand. Und er bekam einfach zu viel mit. Er war noch zu jung, um gewisse Dinge zu verstehen, aber nicht mehr klein genug, um ihm etwas vorzumachen.

„Ja, Schatz. Aber wir spielen ein Spiel, okay? Die Leute sollen nicht wissen, dass sie gestorben ist. Das ist unser

Geheimnis. Wir tun so, als wollten wir nur in ihrem Haus übernachten."

„Au ja, wir spielen ihnen was vor, wie im Theater." Seine blaugrünen Augen begannen vor Vorfreude zu leuchten, und Dominique zauste ihm zärtlich die dunklen Haare.

25

Giuliana hatte sich inzwischen in ihre Unterhaltung mit der alten Nachbarin vertieft, die auch Yvonnes Eltern bereits gekannt hatte.

„Nette Leute waren das", meinte sie. „Ganz bescheiden, obwohl sie offenbar ziemlich viel Geld hatten."

„Yvonne merkt man das ja schon eher an", sagte Giuliana lächelnd.

„Ja." Die Dame verzog missbilligend das Gesicht. „Überhaupt ist sie ziemlich überdreht. Ich frage mich, wo sie das herhat. Sie war schon als Kind so, aber da war es lustig, wenn sie sich wie eine kleine Diva benommen hat."

„Dann ist sie wohl nicht sehr beliebt in Portofino?"

Die Nachbarin zuckte mit den Schultern. „Das kann man nicht sagen. Sie ist ohnehin nicht oft da und unfreundlich war sie nie. Wenn sie hier Urlaub macht, lässt sie im Ort immer ziemlich viel Geld in der Gastronomie, dem Feinkostladen und den Boutiquen. Daher ist sie alles andere als unbeliebt bei den Leuten. Ich habe eigentlich auch nichts gegen sie."

„Es gibt also niemanden in der Gegend, der sie nicht leiden kann?"

„Wieso fragen Sie?", wollte die alte Dame misstrauisch wissen.

„Oh, nur so. Bitte entschuldigen Sie mich, meine Familie wartet. Einen schönen Tag noch für Sie, Signora." Giuliana kehrte zu Dominique zurück.

„Emmanuel hat gerade nochmal angerufen", sagte dieser. „Er hat mir die Adresse von Simonetta gegeben und gebeten, dass wir sie mit dem Auto abholen, weil sie etwas außerhalb wohnt und nicht mehr die Jüngste ist. Sie erwartet uns."

„Im Prinzip reicht es ja, wenn sie uns den Schlüssel gibt und sagt, wo Bettwäsche und Handtücher liegen. Aber es würde uns vielleicht helfen, mit ihr zu reden. Und das nicht nur zwischen Tür und Angel."

„Genau."

Giuliana kehrte noch einmal zu der Nachbarin zurück, die wieder in die Sonne blinzelte und eine Katze streichelte, die auf ihren Schoß gesprungen war, und ließ sich den Weg zum Haus der Zugehfrau erklären.

Es lag im Hinterland, weniger als einen Kilometer vom Ort entfernt. Ein bescheidenes Dorf, von dessen Häusern der Putz bröckelte und in dem Wäsche vor den Fenstern zum Trocknen aufgehängt wurde. Sie klopften bei der angegebenen Adresse an die Tür, deren Farbe abblätterte. Eine mollige Frau in Hauskleidung, die etwa in Dominiques Alter war, öffnete ihnen.

„Sie wollen bestimmt zu meiner Schwiegermutter? Sie hat mir gerade davon erzählt. Passen Sie auf, dass sie sich nicht übernimmt. In ihrem Alter sollte sie eigentlich überhaupt nicht mehr putzen müssen, aber sie will uns finanziell nicht mehr als nötig auf der Tasche liegen ..." Sie seufzte.

Simonetta schlurfte durch den Hausflur, eine gut achtzigjährige Frau, die ihre dünnen weißen Haare in einem strengen Knoten am Hinterkopf zusammengezwirbelt hatte und ein schlichtes gemustertes Kleid trug. Sie lächelte ihrem unverhofften Besuch erwartungsvoll entgegen. „Wie schön, Freunde von Yvonne kennenzulernen. Schade, dass Sie sie nicht antreffen. Ach, sie ist ja andauernd in der Welt unterwegs. Heute New York, morgen Singapur." Sie nahm ein hauchdünnes dunkles Tuch von einem Garderobenhaken und schlang es sich um. Dann griff sie nach einem Schlüsselbund, das an einem Haken des Schlüsselbretts hing und ließ es in die Tasche ihres Kleids gleiten. „Fertig, es kann losgehen." Unternehmungslustig hakte sie sich bei Dominique ein. „Wenn Sie mir über das Kopfsteinpflaster helfen könnten, junger Mann?"

Er lachte, als Giuliana es ihm übersetzte. „Ich habe den Eindruck, sie genießt diesen kleinen Ausflug."

„Umso besser. Dann wird sie hoffentlich schön gesprächig."

Sie fuhren zum Zentrum von Portofino zurück und suchten erneut einen Parkplatz. Dominique half der alten Dame über das für sie beschwerliche Pflaster.

„Wie lange kannten Sie Yvonnes Eltern?" erkundigte er sich in seinem holprigen Italienisch, das gerade gut genug für einfache Gesprächsgrundlagen war, als sie das Haus erreichten.

„Seit über vierzig Jahren, seit sie das Haus von den Fiorinis gekauft haben. Ich habe schon bei der Familie geputzt, die vorher hier gewohnt hat."

Fiorini war also der Nachname. „Ja, richtig. Yvonne hat noch Kontakt zu Salvatore, hat sie mal erwähnt", warf Giuliana ein, die merkte, dass ihr Mann die Antwort nur in etwa interpretieren konnte.

„Tatsächlich? Das wusste ich gar nicht." Simonetta lächelte arglos und schloss die Tür auf. „Die Fiorinis haben mir leidgetan, damals. Sie waren in einer misslichen finanziellen Lage, nachdem Carlo krank geworden ist und nicht mehr arbeiten konnte. Sie hatten Schulden und konnten froh sein, das Haus schnell zu verkaufen, um wieder zu Geld zu kommen. Und Salvatore war damals noch ein Kind, kaum älter als Yvonne. Ich war froh, dass ihre Eltern mich weiter beschäftigt haben, allerdings kamen sie ja nur in den Ferien, wenige Wochen im Jahr, und den Rest der Zeit stand das Haus leer. Aber sie haben mich gut bezahlt. Auch dafür, dass ich zwischendurch einfach nur nach dem Rechten schaue und mal frische Luft hereinlasse."

Sie betraten das Innere des Hauses, das von geschlossenen Fensterläden abgedunkelt war und etwas muffig roch. Offenbar war seit Yvonnes letztem Besuch nicht mehr gelüftet worden.

„Ich könnte mir vorstellen, dass Salvatore das Haus gern zurückkaufen würde, wenn er das Geld dazu hätte", meinte Giuliana.

„Oh, ich glaube, inzwischen hat er das Geld dazu. Er verdient jetzt gar nicht schlecht an den Touristen."

„Was macht er denn so?"

„Irgendwas mit Booten." Sie hob hilflos die Arme.

„Wissen Sie, wo wir ihn finden können? Yvonne hat uns gebeten, ihm eine Nachricht zu überbringen", schwindelte sie.

„Fragen Sie am Hafen nach ihm. Ich weiß leider nicht, wo er jetzt wohnt."

„Aber er arbeitet in Portofino?"

„Das glaube ich jedenfalls."

Simonetta schlurfte zu den Fenstern des Wohnzimmers, öffnete sie und stieß die Fensterläden auf. Helles Tageslicht drang in den Raum.

Giuliana blickte sich interessiert um und betrachtete mit zunehmender Bewunderung die antiken italienischen Möbel aus Kirschbaumholz mit goldenen Scharnieren, Griffen und Beschlägen. Ein Paravent mit filigranen Messingornamenten schirmte die Couchecke von der Essecke ab. An den weiß verputzten Wänden hingen in dicken bronzefarbenen Rahmen düstere Gemälde, die aussahen wie von alten Meistern gemalt. Auf einem Piedestal-Tisch stand ein schwerer Kandelaber. Nun war sie in ihrem Element. „Das sind ja richtige Antiquitäten!"

Behutsam, beinahe zärtlich strich sie über das glatte Holz einer Schranktür. „Yvonne hat das Haus wohl so gelassen, wie sie es von ihren Eltern geerbt hat? Ihr Haus in Paris ist in einem ganz anderen Stil eingerichtet."

„Das stimmt, sie hat nach dem Tod ihrer Eltern nichts verändert. Aber jetzt will sie das offenbar? Ihr Sohn sagte, Sie würden sie dabei beraten wollen."

„Eigentlich schon. Doch da wusste ich ja nicht, was für Schätze hier stehen. Es wäre eine Schande, diese Antiquitäten gegen etwas seelenloses Modernes einzutauschen. Und der italienische Stil dieser Einrichtung passt so wunderbar in diese Gegend. Aber gut, es muss Yvonne gefallen, nicht mir. Vielleicht ist es ihr zu düster." In Gedanken begann Giuliana tatsächlich bereits, Ideen für eine neue, anheimelndere Einrichtung zu entwickeln, bei der sie einzelne Elemente der jetzigen integrieren würde.

Dominique hatte inzwischen die Familienfotos betrachtet, die gerahmt in einem Regal standen.

„Soll ich Ihnen noch die Schlafzimmer zeigen?", bot Simonetta an. „Die sind im ersten Stock."

Giuliana bemerkte, dass sich die alte Dame erschöpft auf eine Stuhllehne stützte, und winkte ab. „Nein, lassen Sie es gut sein. Sagen Sie uns nur, wo wir Bettwäsche und Handtücher finden."

„Bettwäsche ist im großen Schlafzimmerschrank und Handtücher sind im Bad."

„Danke, wir finden uns schon zurecht. Kommst du, sevgili?"

Sie begutachteten kurz die Schlafzimmer, dann fuhren sie Simonetta nach Hause zurück mit dem Versprechen, ihr am nächsten Morgen vor der Abreise die Schlüssel zurückzubringen und das Haus so zu verlassen, dass sie nicht hinter ihnen saubermachen musste.

„Gehen wir jetzt an den Strand?", fragte Fabrice ungeduldig, als sie nach Portofino zurückkehrten.

„Bald, mein Schatz", versprach Giuliana. „Aber wir müssen vorher noch was erledigen."

„Von mir aus geht ruhig schon zusammen an den Strand", meinte Dominique. „Eigentlich würde ich nach unserer bewährten Taktik sowieso lieber allein mit Salvatore sprechen. Aber die Gefahr ist groß, dass er kein Englisch oder Französisch spricht."

„Denke ich auch. Ich sollte dich besser begleiten. Oder es allein machen und du gehst mit Fabrice ans Wasser. Aber das Gespräch wird ja nun auch nicht drei Stunden dauern, ihr könnt genauso gut mitkommen. Wie wolltest du vorgehen?"

„Es bringt nichts, um den heißen Brei herumzureden. Wir müssen ihn mit den Tatsachen konfrontieren und werden sehen, wie er reagiert, wenn er in die Enge getrieben wird."

„Erst einmal müssen wir ihn überhaupt finden."

Sie stellten den Wagen ab, gingen zum Hafen und fragten bei einigen Fischern, die an ihren Booten werkelten, nach Salvatore Fiorini.

„Der kümmert sich um die High Society", antwortete einer sarkastisch und wies in den Teil des kleinen Hafens, in dem die blitzblank geputzten Jachten vor Anker lagen. „Was wollen Sie von ihm?"

„Eine Jacht mieten", sagte Giuliana. „Man hat ihn uns empfohlen."

Der Fischer zog seine Basecap zum Schutz gegen die Sonne tiefer in sein wettergegerbtes Gesicht und zuckte mit den Schultern. „Der vermietet nichts. Da sind Sie falsch informiert."

„Das klären wir dann mit ihm. Danke erstmal."

Bei den Jachten fragten sie sich weiter durch und fanden Salvatore am Kai damit beschäftigt, ein prächtiges Kajütmotorboot von außen zu säubern.

„Bleib mit Fabrice im Hintergrund", bat Giuliana Dominique. „Ich will nicht ausgerechnet bei dieser Art von Gespräch testen, wie viel Italienisch er bereits versteht." Sie versuchte ihren Sohn mit mehr oder weniger Erfolg zweisprachig aufzuziehen, und erfahrungsgemäß verstand er genau das, was eigentlich nicht für seine Ohren bestimmt war. Außerdem war sie sicher, dass der Portofinese bei einer Landsmännin aufgeschlossener sein würde als bei einem Franzosen.

„*Bon giorno*", rief sie ihm zu. „Ich würde Sie gern einen Moment sprechen."

Er warf einen kurzen Blick in ihre Richtung und wienerte weiter die Außenwand des Bootes. „Ich bin beschäftigt. Worum geht's?"

„Um einen Auftrag."

Seine Miene wurde sogleich freundlicher, als er Giuliana prüfend musterte. In ihrem eleganten Sommerkleid und den kostspielig wirkenden Accessoires ähnelte sie vermutlich seinem üblichen gut betuchten Klientel.

Er schlug gegen seine Brust. „Suchen Sie einen Steuermann für Ihre Jacht, Signora? Ich bin der Beste!"

„Das glaube ich Ihnen gern, Signore Fiorini. Und wenn ich eine Jacht hätte, würde ich Sie sofort engagieren." Sie schob ihre große Sonnenbrille auf den Kopf und lächelte ihn an. „Nur geht es in diesem Fall nicht um einen Auftrag für Sie, sondern um einen, den ich auszuführen habe. Bitte helfen Sie mir und schenken Sie mir fünf Minuten Ihrer Zeit."

„Na gut, weil Sie es sind." Er ließ den Lappen neben den Wassereimer fallen und wies auf eine Bank am Kai. „Setzen wir uns. Wer ist der Typ, der uns beobachtet? Gehört der zu Ihnen?"

„Ja, das ist mein Mann."

„So. Und wer sind Sie beide?"

„Das erkläre ich Ihnen gleich." Giuliana folgte ihm zu der Bank und setzte sich neben ihn. „Da Sie sicher viel zu tun haben, will ich gleich zur Sache kommen: Sie hatten häufig Streit mit Yvonne Bellancourt, stimmt's?"

„Oh, Sie kommen aber wirklich schnell zur Sache." Fiorini blinzelte in die Sonne.

„Ich hatte Ihnen versprochen, dass es nicht länger als fünf Minuten dauert." Giuliana blickte ihn abwartend an.

„Nun ja, Streit ..." Er nahm seine Mütze ab und drehte sie zwischen den Fingern. „Eigentlich nur Meinungsverschiedenheiten."

„Sie möchten das Haus Ihrer Eltern zurückkaufen, aber Yvonne ist nicht bereit, es herauszurücken, ist es so?"

„Meine Eltern mussten es damals unter Wert verkaufen. Und zu diesem Wert will ich es zurückkaufen. Ich hänge an dem Haus, in dem ich aufgewachsen bin, und es tut mir weh, dass meine Kinder nicht dort groß werden konnten. Wenigstens will ich darin alt werden. Seit einiger Zeit verdiene ich ganz ordentlich, indem ich mich um die Schiffe der reichen Leute hier kümmere, aber ich kann nicht den Preis zahlen, den die Signora Bellancourt verlangt, um sich von dem Haus zu trennen."

„Aber Ihnen ist doch klar, dass es inzwischen viel mehr wert ist als damals?"

„*Mio Dio*, sie ist so reich, und das Haus bedeutet ihr doch kaum etwas. Sie kann sich überall woanders ein Ferienhaus kaufen! Warum lässt sie es mir nicht zu dem Preis, den meine Eltern damals dafür an ihre gezahlt haben?" Er rang verzweifelt die Hände.

„Ich kann Sie ja verstehen, Salvatore", sagte Giuliana sanft und seufzte.

„Was hat das überhaupt mit Ihnen zu tun? Sind Sie Anwältin? Oder Immobilienmaklerin?"

„Nein, Privatdetektivin." Sie zog ihren Detektivausweis aus der Tasche und zeigte ihn ihm. „Yvonne Bellancourt ist vor einigen Wochen ums Leben gekommen, und mein Mann und ich sollen herausfinden, wer sie getötet hat."

„*Mio Dio*", sagte er noch einmal und bekreuzigte sich. „Das tut mir leid für Yvonne." Dann verfinsterte sich sein Gesicht. „Glauben Sie etwa, ich hätte Sie getötet?"

„Wir gehen allen Möglichkeiten nach und prüfen die Motive und Alibis."

„Ich habe doch kein Motiv! Ich erbe das Haus schließlich nicht."

„Nein, das erben ihre Kinder. Aber vielleicht sind die eher geneigt, es billiger herzugeben."

„Wenn sie Yvonnes Kinder sind, sind sie sicher geldgierig wie ihre Mutter", sagte er verächtlich.

„Das wird sich zeigen. Ich könnte die beiden zumindest bitten, Sie zu kontaktieren und zu überlegen, ob sie Ihnen entgegenkommen könnten. Vorausgesetzt natürlich, Sie sind unschuldig."

„Wann und wo ist es denn passiert?"

„In der Nacht vom 10. auf den 11. Juni. In Paris."

„Und Sie denken, ich fahre deswegen extra nach Paris? Das ist ja lächerlich."

Giuliana zuckte mit den Schultern. „Wenn Yvonne hier in Portofino ermordet worden wäre, würde man viel schneller auf Sie als potenziellen Täter kommen."

„10. zum 11. Juni ..." Salvatore dachte angestrengt nach. Dann erhellte sich sein Gesicht. „Da war ich in Griechenland."

„Sie Glücklicher. Waren Sie im Urlaub?"

„Nein, ich habe eine Jacht überführt. Ein Textilmogul aus Mailand hat die *Athena* von einem griechischen Reeder gekauft und ich sollte das Boot dort abholen. Am 10. Juni bin ich nach Athen geflogen, habe das Schiff übernommen und war in der Nacht zum 11. im Hafen von Messina.“

Sie nickte wohlwollend. „Klingt sehr gut. Können Sie das beweisen?“

„Ich habe Auftragspapiere. Und ich habe auch den Boarding Pass von Olympic Airways aufgehoben.“

„Darf ich die Dokumente sehen?“

„Denken Sie, ich trage die mit mir herum?“

„Natürlich nicht. Wo sind sie denn?“

„Bei mir zu Hause.“

„Sie ersparen sich einiges, wenn Sie mir die Papiere zeigen, Salvatore. Dann fotografiere ich sie ab und Sie hören nie wieder von der Angelegenheit. Und ich versuche, bei Yvonnes Kindern ein gutes Wort für Sie einzulegen.“

„*Va bene.* Ich gebe Ihnen meine Adresse. Haben Sie ein Handy?“

„Ja.“ Giuliana zog es aus ihrer ledernen Umhängetasche.

„Meine Frau müsste zu Hause sein. Ich werde sie anrufen und sie bitten, Ihnen die Papiere zu zeigen.“

„Das wäre sehr hilfreich. Wir sind nämlich nur bis morgen früh in Italien.“ Sie reichte ihm das Handy und hörte zu, wie er seine Frau informierte.

Danach verabschiedete sie sich von ihm, ging rasch zu Dominique und berichtete ihm von dem Gespräch.

Er seufzte. „Ach, das wäre ja auch zu schön gewesen, wenn wir hier tatsächlich den Mörder gefunden hätten.“

„Sicher, aber irgendwie bin ich erleichtert, dass er es wohl nicht ist. Diese Sache mit seinem Elternhaus tut mir leid.“

„Und da sagst du immer, ich wäre zu weichherzig!“, zog er sie auf.

Eine Dreiviertelstunde später waren sie wieder in Yvonnes Haus, nachdem sie sich davon überzeugt hatten, dass Boarding Pass, Auftragspapiere und Quittung für die Hafengebühren in Messina Salvatores Alibi bestätigten.

Sie packten eine Tasche mit den Badesachen, die Giuliana wohlweislich mitgenommen hatte und machten sich auf den Weg zu einem der nahegelegenen Strände, wo Liegestühle ordentlich aufgereiht dicht an dicht standen.

Dominique starrte ungläubig auf das Schild am Eingang. „Wie viel wollen die für die Benutzung haben? Ich wollte schwimmen und nicht den Strand kaufen!“

„Ich habe dir doch gesagt, dass diese Gegend unverschämt teuer ist. Wir hätten zwar auch nach Camogli fahren können, dort ist die Strandbenutzung kostenlos. Aber dafür müssten wir dann wieder ins Auto, Parkplätze suchen …“

„Und völlig überfüllt ist er vermutlich auch“, ergänzte er. „Schon gut, wir haben Urlaub, also leisten wir uns eben mal solche Luxusliegestühle.“

Sie schüttelte den Kopf. „Für eine Stunde wäre das wirklich rausgeschmissenes Geld. Schau mal, da hinten kann man kostenlos am Felsufer baden."

Als sie sich kurz darauf auf einem kleinen Plateau niederließen, ihren Sohn mit Schwimmreifen und -flügeln ausstatteten und alle drei ins einladende klare Meer hüpften, gelang es ihnen endlich, sich zu entspannen und ihren Auftrag für kurze Zeit zu vergessen.

Giuliana überging souverän, dass Dominique am frühen Abend routinemäßig Yvonnes Schränke und Fotos nach Hinweisen durchsuchte, und er versuchte, nicht mehr daran zu denken, ob Giuliana wohl ein krummes Ding ausheckte und was es mit dem Treffen in Genua auf sich gehabt hatte. Nach einem Spaziergang im Naturpark von Portofino gönnten sie sich ein exquisites Abendessen in einem Ristorante an der Piazza und schliefen ausgezeichnet in Yvonnes edler Designerbettwäsche.

Am nächsten Morgen putzten sie in Bad und Küche hinter sich her, zogen die Betten ab und brachten Simonetta den Schlüssel zurück. Anschließend kehrten sie ohne Umwege in die Provence und in Michels Gasthof zurück. Das Gewitter hatte sich dort wieder verzogen und sie konnten am Nachmittag durch Cassis bummeln und noch einmal im Meer schwimmen gehen.

„Das war trotz Arbeit eine herrliche kleine Flucht aus dem Alltag", sagte Dominique nach dem Abendessen zu Giuliana, als sie noch einen kurzen Spaziergang machten, während Fabrice schon schlief. Die Luft war samtig und mild, die Zikaden zirpten laut in der Dämmerung.

Sie schlang den Arm um seine Taille und schmiegte sich an seine Seite. „Finde ich auch."

Er legte den Arm um sie. „Vielleicht schaffen wir so etwas ja auch mal wieder, ohne Mordverdächtige verhören zu müssen."

„Ach, ich muss zugeben, das war das Salz in der Suppe", gestand sie und lachte.

26

„Also bleibt uns wohl nichts anderes übrig, als mit unseren Verdächtigen beim *Club Actuel* weiterzumachen", meinte Dominique nach ihrer Rückkehr etwas frustriert.

„Ist es dir schon langweilig geworden, den liebeshungrigen Single zu spielen?", neckte Giuliana ihn.

„Es verliert seinen Reiz. Und wie sieht es bei dir aus?"

„Oh, ich bin sehr gespannt auf heute Abend."

Giuliana hatte schon immer Lust verspürt, Billard auszuprobieren, hatte jedoch noch nie Gelegenheit dazu gehabt. Da kam es ihr gerade recht, dass an diesem Freitagabend ein Treffen in einer Bar auf dem Programm stand, in der Poolbillard gespielt werden konnte.

Als sie zu den Clubmitgliedern stieß, war das Spiel bereits in vollem Gange.

Giuliana begrüßte Alain und einige Leute, die sie vom Tanzabend oder vom Bowling kannte und stellte sich mit ihrem Drink in der Hand neben eine kurvige rothaarige Frau namens Annick, mit der sie sich bereits einige Male kurz unterhalten hatte.

Marc stand am Billardtisch und hielt mit lauter Stimme einen Vortrag über die Spielregeln.

Annick stöhnte leise auf und suchte Giulianas Blick, um dann genervt die Augen zu verdrehen.

Sie schmunzelte. „Manche brauchen das Rampenlicht.“

„Manche hören sich einfach gern reden“, knurrte Annick.

Vielleicht hört sich Marc demnächst vor der Kriminalpolizei und dem Gericht reden, dachte Giuliana bei sich. Mal sehen, ob ihm das auch so gut gefällt. Doch hierfür galt es, endlich Beweise oder zumindest Indizien zu sammeln.

Er gesellte sich zu ihr, nahm sie bei den Schultern und küsste ihr die Wangen.

„Hallo, meine Schöne. Gleich geht die nächste Runde los. Spielen wir in einem Team?“

Giuliana hasste solch plumpe Anreden, aber sie verkniff sich eine verächtliche Bemerkung. Wenn sie Marc durch Bissigkeit vergraulte, würde sie nichts von ihm erfahren. Stattdessen zwang sie sich zu einem Lächeln.

„Das wird dir weniger Pluspunkte bringen als beim Bowling – ich habe noch nie Billard gespielt.“

„Ich werde dir alles zeigen. Ich bin sicher, du bist ein Naturtalent.“ Er legte den Arm um ihre Taille und geleitete sie zum Billardtisch.

Jean-Louis rieb dort gerade die Spitze seiner Queue mit Kreide ab und zwinkerte ihr zu. Irgendwie freute sie sich, ihn zu sehen und konnte nicht einmal sagen, ob das aus Sympathie war oder weil sie gespannt war, mehr über ihn und seine möglichen Geheimnisse zu erfahren. Sie hoffte, an diesem Abend endlich dazu Gelegenheit zu haben. Auch Alain war wieder da. Diesmal saß er nicht rauchend und mit übereinandergeschlagenen Beinen im Hintergrund, sondern stand in der Nähe des Billardtisches, die Hände in den Hosentaschen vergraben.

„Giuliana hat noch nie Billard gespielt, da wäre es nur fair, ihr erst einmal einige Grundlagen zu zeigen, bevor wir anfangen“, verkündete Marc, und die anderen nickten zustimmend.

Sie nahm den Queue, den Jean-Louis ihr reichte und stellte sich vor den Poolbillardtisch, an dessen einem Ende die fünfzehn Kugeln gruppiert waren.

„Einige Grundlagen kenne ich, ich habe schon mehrmals zugeschaut.“ Sie schob den Queue durch die Finger ihrer linken Hand, bis die Spitze den grünen Filz berührte, während sich das Ende auf Hüfthöhe befand.

„Prima. Sieht schon ganz gut aus“, lobte Marc. „Aber lass den Unterarm gerade, sodass ein rechter Winkel zwischen Unter- und Oberarm entsteht, während du den Stoß ausführst. Warte, ich werde dich führen.“

Sie fühlte seinen Körper dicht hinter ihrem, fast schmiegte er sich an sie, während er mit der einen Hand nach ihrem Ellenbogen griff und mit der anderen nach ihrer Hand, die den Queue führte, um ihn in die richtige Position zu bringen. „Verstanden.“

„Beim Schwung sollte nur der Ellenbogen bewegt werden. So etwa wie ein Uhrpendel. Schulter und Handgelenk bleiben dabei steif.“

Giuliana visierte die weiße Kugel an und machte eine reflexartige Bewegung mit dem Arm, als wolle sie Marcs Hand abschütteln.

„Lass mich jetzt los“, sagte sie leicht gereizt. „Ich kann mich nicht konzentrieren, wenn du mich umklammerst.“ Er kam ihrer Aufforderung nach, und obwohl sie sein Gesicht nicht sehen konnte, spürte sie geradezu seine Enttäuschung. Sie beförderte die weiße Kugel durch einen schnellen Stoß in Richtung der anderen, wodurch eine grüne und eine violette in den Löchern landeten.

„Einigermaßen passabel für den Anfang", kommentierte Marc, offenbar ein wenig eingeschnappt durch ihre Zurückweisung.

„Passabel, so ein Quatsch." Jean-Louis schnaubte. „Das war richtig gut, Giuliana!"

Alain nickte bestätigend.

Sie teilten sich in zwei Teams auf und begannen mit der Partie.

Jean-Louis war ein guter Spieler, er stand stets recht lange am Tisch und räumte ein Maximum an farbigen Kugeln ab. Guter Stratege und gutes Fingerspitzengefühl, dachte Giuliana bei sich. Es passte ins Bild.

„Nimm dich vor Marc in Acht", sagte Annick leise zu Giuliana, als sie im Hintergrund darauf warteten, dass sie wieder an der Reihe waren. „Es ist nicht zu übersehen, dass er was von dir will. Ich weiß, dass mich das nichts angeht und du kannst tun und lassen, was du willst." Sie stockte unschlüssig.

„Rede ruhig weiter", ermunterte Giuliana sie. „Was ist mit ihm?"

„Ich hatte vor kurzem was mit ihm, nachdem er sich ganz schön Mühe gegeben hatte, mich rumzukriegen. Eigentlich wollte ich nicht, weil ich solche angeberischen Typen nicht mag. Aber irgendwie hat er dann doch die richtigen Saiten zum Klingen gebracht und äußerlich ist er leider total mein Typ. Er hat mich schließlich eingeladen, für zwei Nächte bei ihm zu

Hause zu bleiben." Sie nahm einen Schluck von ihrem Weißwein.

„Und dann?", fragte Giuliana gespannt.

„Schon nach einer Nacht, in der er sich ziemlich mies verhalten hat, hat er mich wieder hinauskomplimentiert."

„Was meinst du mit *mies verhalten?*"

„Er hatte wohl eine alte Freundin wieder getroffen, die kurz zu Besuch in Paris war, und plötzlich war ich ihm im Weg." Sie schnaubte verächtlich. „Und dafür habe ich an dem Abend ‚Die zwölf Geschworenen' sausen lassen, ich ärgere mich jetzt noch."

Giuliana horchte auf. „Das Theaterstück mit Michel Leeb?"

„Ja. Warst du dort?"

„Nein." Aber Yvonne. „Warst du die ganze Nacht mit Marc zusammen?", fragte sie so beiläufig wie möglich.

„Nein. Er hat mich bei sich zu Hause sitzengelassen und ist einfach weggegangen, nachdem er kurz vor dem Schlafengehen einen Anruf von ihr bekommen hat", sagte Annick verbittert.

Jetzt wurde es interessant. War vielleicht Yvonne diese alte Freundin? „Und wann war er ungefähr wieder zu Hause?"

Die andere blickte sie verwundert an. „Gegen ein Uhr nachts."

„Sicher? Nicht später?"

„Spätestens um viertel nach eins, da bin ich sicher. Warum willst du das wissen?", fragte Annick irritiert.

„Oh, nur so. Sicher war er nur was trinken mit dieser alten Freundin." Giuliana blinzelte ihr beruhigend zu.

„Aber er hat mich am nächsten Morgen einfach rausgeworfen, nachdem er mich eingeladen hatte!" Annicks blaue Augen loderten vor Wut.

„Er ist echt ein Schwein", stimmte Giuliana verächtlich zu. Aber leider eins mit Alibi, fügte sie in Gedanken seufzend hinzu. Vorbestraft war er nach Jennifers Recherche auch nicht. Wieder ein potenzieller Verdächtiger weniger. Andererseits konnte sie ihn nun zum Teufel schicken, wenn er zu aufdringlich wurde oder ihr auf die Nerven ging. Das war ein Vorteil.

Die Runde war zu Ende, das Team von Jean-Louis hatte gewonnen. Marc machte ein verkniffenes Gesicht. Schwer zu sagen, ob er sich mehr darüber ärgerte, verloren zu haben oder über Giulianas Abfuhr. Nun, da er als Yvonnes Mörder nicht mehr in Frage kam, brauchte sie sich wenigstens keine Sorgen darüber zu machen, dass er sie aus Rache von einer Brücke stoßen würde, dachte Giuliana bei sich.

Jean-Louis trat zu ihr. „Ich muss gehen. Wünsche dir noch einen schönen Abend." Er küsste ihr flüchtig die Wangen und starrte geistesabwesend an ihr vorbei.

Sie warf einen Blick auf ihre Armbanduhr. „Ist doch noch gar nicht so spät. Musst du morgen früh raus?"

„Hab noch was vor. Salut." Seine Miene war angespannt, fast verkrampft. Überhaupt war er an diesem Abend recht still gewesen. Aber nicht traurig, sondern eher konzentriert. Sie hatte angenommen, dass er dem Spiel seine Aufmerksamkeit geschenkt hatte, doch das schien er ganz nebenbei erledigt zu haben und wirkte nun noch fokussierter als zuvor. Auf irgendetwas, das außerhalb dieses Raumes lag.

Einem Impuls folgend beschloss Giuliana, ihn zu beschatten. Nachdem er ihr den Rücken zugedreht hatte, griff sie nach ihrer Jacke und Tasche und verließ ebenfalls das Lokal, ohne sich von jemandem zu verabschieden.

27

Giuliana folgte Jean-Louis zur nächsten Metrostation, sorgsam darauf bedacht, sofort in Deckung gehen zu können, falls er sich umdrehte. Als er in die Bahn einstieg, ging sie das Risiko ein, sich in denselben Waggon zu stellen, da sie ihn sonst sicher aus den Augen verloren hätte. Es war nicht schwer, in der Menschenmasse zu verschwinden, die sich auch um neun Uhr abends noch in der Metro drängte.

Jean-Louis nahm keine Notiz von ihr. Wie die meisten Fahrgäste starrte er blicklos vor sich hin und Giuliana, am anderen Ende des Waggons, versteckte ihr Gesicht hinter einer Broschüre, die sie aus ihrer Handtasche gezogen hatte.

An der Station Trinité verließ er die Metro und begrüßte mit Handschlag einen gutgekleideten Mann, der im Schatten eines Zeitungskiosks auf ihn gewartet hatte. Seine Gestalt kam ihr vage bekannt vor, doch da er ihr sein Gesicht nicht zuwandte, wusste sie nicht, wo sie ihn einordnen sollte. Er hatte eine Aktentasche bei sich, die Jean-Louis ihm abnahm.

Die beiden Männer liefen mit zügigen Schritten durch eine schmale Straße und sie schlich hinterher.

Vor dem Eingang eines Hotels blieben sie stehen, und der zweite Mann wandte Giuliana, die sich sogleich hinter einer Litfaßsäule versteckt hatte, kurz das Profil zu. Da erkannte sie ihn plötzlich und riss vor Überraschung die Augen auf.

Es war kein Geringerer als René. Der Callboy, den sie einige Wochen zuvor zum Schein engagiert hatte, um ihn zu entlarven. Nun war ihre Neugier definitiv geweckt. Ob Jean-Louis ebenfalls als Callboy arbeitete? Vielleicht wollte er im *Club Actuel* zahlungskräftige Kundinnen akquirieren? Aber nein, das würde sich dort schnell herumsprechen.

Die beiden verschwanden im Hotel, und sie stellte fest, dass es dem ähnelte, in dem sie sich mit René getroffen hatte. Eine Art gehobenes Stundenhotel, das nur selten Gäste beherbergte, die mit Gepäck anreisten, jedoch immerhin ansprechend und stilvoll eingerichtet war.

Sie hielt sich versteckt, bis die Männer Zimmerschlüssel von der kleinen Rezeption holten, dann huschte sie schnell hinterher. Zum Glück nahmen sie nicht den Aufzug, sondern gingen zu Fuß in den zweiten Stock.

Also doch kein Meisterdieb, dachte Giuliana enttäuscht. Zwar hatte sie sich nicht darin getäuscht, dass er etwas verbarg, doch sein Geheimnis bestand offensichtlich darin, ein Callboy zu sein. René trug wie beim ersten Mal einen gut geschnittenen Anzug und strahlte vor Sauberkeit und Frische. Jean-Louis hingegen war genauso salopp gekleidet wie sonst: alte Jeans, verwaschenes Hemd, blassbraune Lederjacke. Zwar war er gut rasiert und wirkte nicht schmuddelig, aber keineswegs so, wie eine Frau es von einem Lover erwartete, dem sie für den Liebesakt Geld auf den Nachttisch legte. Oder doch? Vielleicht standen einige genau auf diesen lässigen Look des sanften Rebellen, weil sie die

Biederkeit ihrer braven Ehemänner langweilte? Wie auch immer – es ging sie nichts an.

Die beiden waren in benachbarten Zimmern verschwunden, und beinahe hätte Giuliana kehrtgemacht. Aber eine innere Stimme riet ihr, noch zu bleiben. Unschlüssig drückte sie sich in eine Ecke des Korridors.

Eine Frau in mittleren Jahren kam die Treppe herauf, warf ihr im Vorbeigehen einen misstrauischen Blick zu und klopfte dann an die Zimmertür, hinter der sich René aufhielt. In Giuliana flammte die Erinnerung auf, wie sie vor dem Treffen mit ihm noch einmal schnell die Einstellung der Videokamera überprüft hatte, die sie zuvor in den Blumen versteckt hatte, und plötzlich klickte es in ihrem Kopf.

Eine Kamera! Die musste in der Aktentasche sein, die Jean-Louis an sich genommen hatte. Das war ihr gleich verdächtig vorgekommen.

Sie wartete noch einige Minuten, und als keine zweite Frau ankam, die in Jean-Louis' Zimmer ging, marschierte sie selbst entschlossen zu seiner Tür. Sie öffnete ihre Handtasche, um zu kontrollieren, dass sie ihre Pistole griffbereit hatte. Wie gut, dass sie sie eingesteckt hatte. Eigentlich trug sie sie nur für den Fall mit sich herum, dass sie auf dem Nachhauseweg in Bedrängnis geriet, wenn sie zum Beispiel ihren Wagen in einer unheimlichen Tiefgarage parken musste. Oder falls Marc sich als übergriffig entpuppt hätte oder Alain als bedrohlicher Stalker. Flüchtig überlegte sie, ob sie Dominique verständigen sollte, verwarf die Idee jedoch sofort wieder. Bis er hier wäre, war es sicher vorbei. Außerdem wollte sie nicht, dass er Fabrice wecken musste oder dieser allein zu Hause blieb.

Giuliana zog ein paar Nadeln aus einem Etui, das sie stets in ihrer Tasche trug und machte sich damit am Schloss zu schaffen. Natürlich war es ein Kinderspiel für sie, eine simple Hotelzimmertür aufzubekommen, und eine halbe Minute später konnte sie sich nahezu geräuschlos ins Zimmer schleichen.

Jean-Louis stand hinter einer Videokamera, die auf einem Stativ vor einem kleinen Loch in der Wand installiert worden war. Normalerweise wurde es offenbar von einem Bild kaschiert, einem goldgerahmten Druck von Van Goghs *Sonnenblumen*, das nun auf dem Boden lag. Er war so vertieft in seine Aufgabe oder auch in das, was er filmte, dass er Giuliana erst bemerkte, als sie mit einer Minikamera Fotos von der Szene schoss.

„Darf ich auch mal zuschauen?", fragte sie schneidend und steckte ihre Kamera schnell wieder ein.

Er starrte sie an. „Was willst du denn hier?"

„Das sollte ich lieber dich fragen! Dreht ihr heimlich Pornos, dein Freund und du, oder erpresst ihr die Damen, die noch dazu für Renés Leistung zahlen?"

Sie fragte sich, ob er sie und René ebenfalls gefilmt hatte. Aber nein, dann hätte er sie ja wiedererkannt und wäre gewarnt gewesen. Doch vermutlich hatte René seine Aktivitäten wegen dieses Zwischenfalls vorsichtshalber in ein anderes Hotel verlagert.

Jean-Louis' eisblaue Augen schossen Blitze. „Gib mir das!" Er wollte nach ihrer Tasche greifen, aber sie hatte es kommen sehen und wich zurück. Sie wollte zur Tür rennen und fand sich plötzlich unsanft auf dem Boden liegend wieder, nachdem sie über Jean-Louis' ausgestrecktes Bein gestolpert war. Er drehte sie auf den Rücken, kniete über ihr und packte sie an den

Aufschlägen ihrer Jacke. „Für wen arbeitest du? Bist du eine Schnüfflerin?", herrschte er sie an.

„Gut kombiniert – ich mache nur meinen Job."

Giuliana ließ ihre Hand in die Tasche gleiten, und ihre Finger umklammerten kaltes Metall. Schon hatte sie die Pistole hervorgezogen und ihm auf die Brust gesetzt. „Steh auf!"

Er zuckte zurück und gehorchte mit verkniffener Miene. „Und ich dachte, du würdest mich mögen."

„Das dachte ich auch von dir. Sollte ich euer nächstes Opfer werden?" Sie rappelte sich hoch und richtete erneut die Beretta auf ihn.

„Natürlich nicht." Er fixierte sie und wirkte sprungbereit wie ein Panther.

„Geh dort rüber und nimm die Hände hoch!" Ihr war gerade noch rechtzeitig eingefallen, dass ihre Beweisfotos ohne die Aufnahmen nicht viel wert waren. Sie nahm hastig den Film aus der Videokamera. Ihre Waffe musste sie dabei für einen Moment sinken lassen. Sofort stürzte sich Jean-Louis erneut auf sie. Da sie nicht die Absicht hatte, tatsächlich auf ihn zu schießen, begnügte sie sich damit, ihm mit dem Lauf hart auf den Kopf zu schlagen.

Das setzte ihn für einige Sekunden außer Gefecht und verschaffte ihr die Gelegenheit, den Film einzustecken und aus dem Zimmer zu fliehen. Sie rannte den Flur und die Treppe hinunter, während sie an den Schritten hinter ihr hörte, dass er ihr auf den Fersen war.

Giuliana floh auf die Straße, doch schon nach wenigen Metern hatte er sie eingeholt.

Als sie auf ihn zielte, schob sich plötzlich Dominiques Bild vor Jean-Louis' Gestalt, und die Waffe zitterte in ihrer Hand. Sie wusste, dass sie nicht würde auf ihn schießen können. Und er spürte es.

Er schlug ihre Hand, die die Pistole hielt, einfach zur Seite. Bevor sie wusste, wie ihr geschah, hatte er sie herumgewirbelt, als wäre sie nichts als eine Stoffpuppe, und umfing sie mit beiden Armen so fest von hinten, dass sie die Waffe nicht erneut heben konnte. Er schleifte sie in die dunkle Seitenstraße neben dem Hotel.

„Hilfe!", schrie Giuliana, während sie vergeblich versuchte, sich aus seiner eisernen Umklammerung zu lösen und ihre Waffe auf ihn zu richten.

Ein Handkantenschlag traf ihr Handgelenk und ein heftiger Schmerz durchfuhr sie. Mit einem Aufschrei ließ sie die Waffe fallen.

Jean-Louis riss sie wieder herum und presste sie gegen die Häuserwand. Mit beiden Händen umschloss er ihren Hals und drückte zu. Giuliana schnappte nach Luft. Ihr Versuch, ihm das Knie in die Weichteile zu rammen, scheiterte daran, dass er so dicht vor ihr stand. Und sie bekam die Hände nicht in die Nähe seines Gesichts, um ihm die Finger in die Augen bohren zu können. Gerade als sie befürchtete, das Bewusstsein zu verlieren, lockerte er seinen Griff ein wenig. Begierig sog sie Luft in ihre Lungen.

„Du wirst mir jetzt meinen Film und den aus deiner Kamera geben und mir versprechen, alles zu vergessen", stieß er hervor.

„Wie könnte ich dich vergessen?", spottete sie, und sofort drückte er wieder zu.

„Schade um dich, du hast mir richtig gefallen, weißt du das?"

Giuliana wollte eine sarkastische Bemerkung machen, konnte jedoch nur röcheln.

Auf einmal ließ er von ihr ab, als würde er zurückgerissen und knickte in den Knien ein. Sie erkannte Alain, der von hinten Jean-Louis' Hals umklammerte.

„Lass sie sofort los!", keuchte er.

Jean-Louis rammte Alain den Ellenbogen in die Seite und stieß ihn von sich weg.

Geistesgegenwärtig bückte sich Giuliana sofort nach ihrer Pistole und richtete sie auf Jean-Louis.

„Du bist ein guter Kämpfer und hast dich wacker geschlagen", sagte sie atemlos. „Aber jetzt ist Schluss! Ich will dich zwar nicht töten, aber ich hätte keine Skrupel, dir in Bein oder Arm zu schießen, hörst du?"

„Guten Abend, was ist denn hier los?", ertönte eine Stimme hinter ihr. Sie fuhr herum und sah sich zwei Streifenpolizisten gegenüber.

„Wer hat Sie denn gerufen?", entfuhr es ihr. Sie hatte ihre jahrelange Abneigung gegen die Polizei noch nicht beigelegt und hätte es vorgezogen, die Sache anders zu regeln.

Der eine, ein junger Schnurrbärtiger, musterte sie alarmiert. „Passanten haben uns angehalten, weil angeblich eine Frau in Gefahr sei. Da haben sie wohl etwas falsch beobachtet. Geben Sie mir die Waffe, Madame. Ganz langsam!"

„Doch, das ist richtig", mischte sich Alain ein. „Dieser Mann hat die Dame gewürgt, ich konnte ihn gerade noch daran hindern, sie zu töten."

Giuliana nickte bekräftigend und reichte dem Polizisten etwas widerstrebend ihre Beretta, bevor sie den Kopf zurückbog, damit er ihre Kehle sehen konnte.

Er knipste seine Taschenlampe an und begutachtete ihre gerötete Haut. „Ja, in der Tat", sagte er zu seinem Kollegen.

„Und wem gehört die Waffe?", fragte der andere, ein älterer mit fleischiger Nase.

„Das ist meine. Er hat sie mir aus der Hand geschlagen. Sie müssen ihn festnehmen, ich habe beobachtet, wie er in dem Hotel nebenan heimlich einen Callboy und seine Kundin beim Liebesspiel gefilmt hat. Ich nehme an, die beiden sind Erpresser."

Jean-Louis schubste Alain, der ihm den Weg versperrte, zur Seite und wollte wegrennen. Doch der jüngere Polizist setzte ihm sofort hinterher und konnte ihn nach wenigen Metern einholen.

„Stehenbleiben! Sie bleiben schön hier! Stimmt das, was Madame gesagt hat?"

„Überhaupt nicht! Diese Frau hat mich mit der Pistole bedroht!", rief Jean-Louis. „Und sie hat sich illegal Zutritt zu meinem Zimmer verschafft."

„Ist das wahr?", wandte sich der ältere Polizist an Giuliana.

„Ich habe ihn nicht bedroht, sondern mich nur verteidigt, als er gewalttätig werden wollte. Nachdem es ihm gelungen ist, mich zu entwaffnen, hat er mich gewürgt", stellte sie klar und wies auf Alain. „Dieser Mann kann das bestätigen, er hat mir geholfen. Und natürlich habe ich danach vorsichtshalber sofort meine Waffe wieder aufgehoben und auf ihn gerichtet."

„Warum sollte er Sie würgen, wenn er Sie entwaffnet hat und mit der Pistole hätte bedrohen können?"

„Was weiß ich denn. Er scheint jedenfalls ein routinierter Nahkämpfer zu sein."

„Haben Sie einen Waffenschein, Madame?"

„Klar." Giuliana war froh, dass Dominique schon vor Jahren dafür gesorgt hatte, dass sie einen offiziellen Waffenschein erhielt, nachdem sie jahrelang illegal eine Pistole besessen hatte. „Den habe ich allerdings nicht dabei. Aber die Waffe ist registriert, das finden Sie bestimmt im Polizeicomputer."

„Na, dann kommen Sie beide jetzt mit aufs Revier, wir klären das dort. Wie Sie sich Zutritt zum Hotelzimmer verschafft haben, wüssten wir auch gern."

„Sie müssen ins Hotel gehen, um die Beweise zu sichern", beschwor Giuliana die Polizisten. „Auf Zimmer 203 ist ein Callboy namens René Gaillard, und auf Zimmer 204 steht noch die Kamera, die durch ein Loch in der Trennwand gerichtet ist. Den Film habe ich an mich genommen und ich habe Fotos gemacht, die diesen Mann beim Filmen zeigen."

„Und wie kommt es, dass Sie das alles wissen?", fragte er skeptisch.

„Ich bin Privatdetektivin. *Demesy Investigations.*" Sie kramte ihren Ausweis hervor und zeigte ihn ihm. „Meine Agentur ermittelt in einem Fall, in dem dieser Mann einer der Verdächtigen ist."

Der Schnurrbärtige hatte inzwischen Verstärkung angefordert. Als zwei weitere Streifenpolizisten erschienen, gingen diese ins Hotel, während Jean-Louis und Giuliana zum Polizeiwagen geführt wurden.

„Ich begleite Sie aufs Revier", beschloss Alain.

„Es genügt, wenn Sie uns morgen Ihre Aussage machen, Monsieur."

„Ich möchte die Dame aber begleiten", beharrte er.

„Meinetwegen. Dann müssen Sie aber mit dem anderen Wagen mitfahren.“

Giuliana fiel erst jetzt auf, wie sonderbar es war, dass er in jenem Augenblick zur Stelle gewesen war. „Wie kommt es überhaupt, dass du hier warst, Alain?“

Er zuckte verlegen mit den Schultern. „Ich habe gesehen, dass du unmittelbar nach Jean-Louis gegangen bist, da habe ich mir Sorgen gemacht. Ich habe in der Nähe des Hotels gewartet.“

„Das ist doch Blödsinn, warum solltest du dir deswegen Sorgen machen? Du konntest doch gar nicht wissen, was passiert. Oder?“

Er schwieg.

„Oder?“, bohrte sie nach.

„Nein, davon hatte ich keine Ahnung.“

„Steigen Sie bitte ein, Madame“, forderte der Polizist sie auf und hielt ihr die Tür auf.

„Du hast alles verdorben, du blöde Kuh!“, zischte Jean-Louis, als Giuliana neben ihm im Wagen saß.

„Ohne Anwalt würde ich an deiner Stelle lieber nichts mehr sagen“, erwiderte sie müde. „Was glaubst du, wie leid es mir tut, dass du nur ein mieser kleiner Erpresser bist? Ich dachte wirklich, es würde mehr hinter dir stecken.“

„Was soll das denn heißen?“, fragte er verblüfft.

„Als du am ersten Abend meinen Schmuck taxiert hast, habe ich geglaubt, du wärst vielleicht ein raffinierter Dieb, der auf Juwelen spezialisiert ist und irgendwas Besonderes plant. Aber du suchst bei *Actuel* vermutlich einfach nur wohlhabende Damen, die du zusammen mit deinem Kumpel ausnehmen kannst.“

Nun hüllte er sich in Schweigen, was ihr ebenfalls recht war. Um ihn nicht zu warnen, wollte sie ihn nicht mit ihrem Verdacht bezüglich Yvonnes Tod konfrontieren. Damit sollte sich lieber ein Kriminalkommissar beschäftigen, der sich auf Verhörtechniken verstand.

Durch das Autofenster beobachtete sie, wie die beiden anderen Polizisten aus dem Hotel kamen, René mit zerzaustem Haar und falsch zugeknöpftem Hemd in ihrer Mitte. Sie führten ihn schnurstracks zum zweiten Streifenwagen, in dem bereits Alain wartete.

Giuliana legte die Hand auf ihren schmerzenden Hals, räusperte sich heftig, um das Gefühl der Enge loszuwerden, und merkte, wie erschöpft sie auf einmal war.

„Ich wollte dir nicht wehtun", murmelte Jean-Louis.

„Ach, aber umbringen wolltest du mich schon?"

„Nein, natürlich nicht."

„Natürlich nicht? Was ist das für Schwachsinn? Du hast versucht, mich zu erwürgen! So was endet meistens mit dem Tod! Wenn Alain nicht gekommen wäre, säße ich jetzt nicht hier."

„Ich hatte Panik."

„Wovor?"

„Dass genau das eintritt, was jetzt eingetreten ist." Er hieb sich wütend mit der Faust in die Handfläche.

„Das nennt man eine selbsterfüllende Prophezeiung."

„Du warst also nur an mir interessiert, weil ich ein Verdächtiger war, ja?", fragte er ein wenig bitter.

„Genau." Schließlich konnte sie schlecht zugeben, schon gar nicht vor den Ohren der Polizisten, dass sie ihn für einen Meisterdieb gehalten hatte, weil sie darauf fixiert gewesen war, sich mit einem ehemaligen

Kollegen anzufreunden. Als ob es nicht Hunderte von anderen Möglichkeiten für seine Identität gegeben hätte. Das ließ ja tief blicken, dachte sie resigniert und starrte grüblerisch aus dem Fenster, als der Wagen anfuhr.

28

Es war Freitagabend und Jennifers Kollegen, mit denen sie das Büro teilte, hatten sich bereits verabschiedet. Nun steckte auch Hauptkommissar Maillot den Kopf zur Tür hinein. „Danke, dass Sie bereit waren, spontan den Wochenenddienst für Brigadier Fougère zu übernehmen. Ich hoffe, er ist nächste Woche wieder gesund."

„Sie wissen, dass das eigentlich nicht meine Aufgabe ist", erinnerte sie ihn.

„Wir sind ein Team, Demesy, da springt jeder mal für den anderen ein. Trotzdem danke."

„Schon in Ordnung, mon Capitaine."

Seit ihrem Zusammentreffen in der Copacabana-Bar kam es ihr vor, als würde er sie mit leichtem Misstrauen betrachten. Wahrscheinlich fragte er sich, ob sie eine Affäre mit einem Drogendealer des Zeghmi-Clans hatte oder aber ob sie heimlich ihre eigenen verdeckten Ermittlungen angestellt hatte. Sicher würde er das auch noch ansprechen, doch Maillot war ein Typ, der bei heiklen Dingen lange überlegte, bevor er klare Worte sprach. Nun, falls er sie zur Rede stellte, hatte sie nichts zu verbergen.

Mit Abstand betrachtet war sie froh, dass das Auftauchen ihrer Kollegen sie daran gehindert hatte, einen heftigen Flirt mit dem gesuchten Ahmed Zeghmi zu beginnen. Und das nicht nur, weil er ein Dealer war.

Das Gute am Wochenenddienst war, dass sie dafür den Montag und Dienstag freibekommen würde und mehr Zeit mit Kilian verbringen konnte, der es an diesen Tagen ebenfalls ruhiger angehen ließ, da der Pub montags geschlossen war. Sie unternahmen viel zu wenig miteinander, kein Wunder, dass sie sich langsam entfremdeten. Ihr Zusammenleben erinnerte oft mehr an eine WG als an eine Liebesbeziehung. Oder bedeutete das, dass Kilian vielleicht einfach nicht der Richtige für sie war, egal, was Dominique sagte? Der war schließlich auch nicht gerade ein Experte in Beziehungsdingen.

„Halten Sie schön die Stellung. Bis nächste Woche." Maillot grinste, blinzelte ihr zu und wandte sich zum Gehen.

„Worauf Sie sich verlassen können. Schönes Wochenende, Herr Hauptkommissar."

Jennifer arbeitete einige Stunden lang konzentriert liegengebliebene Dinge auf, dann warf sie müde einen Blick zur Uhr: Zehn nach zehn. In weniger als zwei Stunden konnte sie Feierabend machen. Hoffentlich würde man ihr nicht noch ein paar auf frischer Tat ertappte Kleinkriminelle vor den Schreibtisch setzen. Erfahrungsgemäß häuften sich ab Freitagabend die Delikte von Gewalttätigkeit, Drogenkonsum und Autodiebstahl. Bisher war es zum Glück ruhig gewesen.

„Madame le Commissaire? Kundschaft für Sie." Mit einem Grinsen, das ihr schadenfroh erschien, schob ein schnurrbärtiger Polizist eine Frau und drei Männer ins Kommissariat. „Prostitution und heimliches Filmen des Geschlechtsakts, illegales Eindringen in ein Hotelzimmer, Waffenbesitz, dessen Legalität noch zu überprüfen ist, und außerdem versuchter Totschlag durch Würgen – ich fürchte, damit können Sie sich eine Weile beschäftigen."

Jennifer stöhnte insgeheim, dann erkannte sie die Frau, die zuerst von den Männern verdeckt gewesen war.

„Giuliana!", rief sie überrascht. „Was hat das denn zu bedeuten?"

„Jenni, das ist ja ein Ding, dass wir gerade in deiner Dienststelle landen! Ich bin auch im Dienst. Ist eine längere Geschichte."

Jennifer stutzte, als ihr Blick auf den Mann im Anzug fiel. „Kenne ich Sie nicht?"

In seinen braunen Augen flackerte ein Zeichen des Wiedererkennens, doch er schwieg.

„Genau, das ist René, den du vor einiger Zeit bereits in jenem Stundenhotel kennengelernt hast", antwortete Giuliana an seiner Stelle und schnitt eine Grimasse. „Ist das nicht ein drolliger Zufall?"

„Ich habe aufgehört, an Zufälle zu glauben, also ... Was hat es mit diesen Vorwürfen auf sich?"

„Mich betreffen nur die letzten drei", sagte Giuliana rasch. „Dass ich einen Waffenschein habe und meine Waffe registriert ist, weißt du, und ich musste mir Zutritt in das Hotelzimmer dieses Herrn verschaffen, um ihn dabei ertappen zu können, wie er heimlich den Callboy gefilmt hat. Der natürlich Bescheid wusste – die beiden hatten sich kurz zuvor vor dem Hotel getroffen. Ich vermute, sie wollten die Dame, mit der sich René getroffen hat, erpressen. Und als Monsieur gemerkt hat, dass ich ihn erwischt habe, wollte er handgreiflich werden, und ich musste meine Pistole ziehen. Es ist ihm aber gelungen, mich zu entwaffnen und daraufhin hat er mich gewürgt."

„Wie geht es dir?", fragte Jennifer erschrocken.

„Geht schon. Ich hatte schnelle Hilfe."

„Puh. Klingt nach einer verwickelten Geschichte. Nochmal von vorne, bitte. Wer hat gefilmt?"

„Er." Giuliana wies auf Jean-Louis, der ihr einen verärgerten Blick zuwarf.

„Wie heißen Sie, Monsieur?"

„Jean-Louis Leclerc."

„Und wer sind Sie?", wandte sich Jennifer an Alain.

„Mein Name ist Alain Rouillet", sagte Alain höflich.

„Er hat mich gerettet und ist nur als Zeuge hier. Er kannte aber Yvonne Bellancourt", fügte Giuliana bedeutungsvoll hinzu.

„Gut, ich höre mir gleich Ihre Version an, dann können Sie gehen, Monsieur Rouillet. – Sergent, bitte bringen Sie die drei Herren in drei Vernehmungsräume. Lassen Sie sich ihre Papiere zeigen, falls es nicht schon geschehen ist und nehmen Sie die Personalien auf. Und du bleibst hier, Giuliana." Sie wartete, bis die Männer das Büro verlassen hatten, bevor sie weitersprach.

„Sag mal, den Namen Jean-Louis Leclerc kenne ich doch – das ist der, über den Dominique letztens Informationen von mir haben wollte."

„Ach, wollte er das?", erwiderte Giuliana verblüfft. „Wusste ich gar nicht."

War sie ins Fettnäpfchen getreten oder hatten die beiden sich lediglich nicht abgesprochen? „Du hast den Typen beschattet, nehme ich an?", lenkte sie schnell ab.

Giuliana nickte. „Wir waren vorher zusammen beim Billard, eine Aktivität dieses Singleclubs. Ich hatte eine

Intuition, er könnte heute Abend noch irgendwas Ungewöhnliches vorhaben. – Was hattest du denn über ihn rausgefunden?“

„Nichts, ich habe ihn nämlich nicht im Computer gefunden. Was bei so einem Allerweltsnamen schon mal passieren kann. Könnte aber auch sein, dass dies nicht sein richtiger Name ist.“

„Ziemlich wahrscheinlich sogar.“

„Glaubst du, er könnte etwas mit Yvonnes Tod zu tun haben?“

„Möglich wäre es. Ein Motiv hätte er jedenfalls, falls sie ihm und René auf die Schliche gekommen ist. Die werden das ja nicht zum ersten Mal gemacht haben. Vielleicht hat er sie mit so einem Video erpresst, falls sie mit René in die Kiste gehüpft ist – oder mit Jean-Louis selbst, möglicherweise tauschen sie manchmal die Rollen. Und sie wollte nicht zahlen, sondern zur Polizei gehen.“

Jennifer runzelte die Stirn. „Das wäre aber schön blöd von ihm gewesen, seine Opfer in diesem Club aufzureißen, in dem er bekannt war. Selbst wenn er dort mit gefälschten Papieren Mitglied geworden ist – man könnte ihn bei der nächstbesten Aktivität schnappen, bei der er auftaucht.“

„Das stimmt. Nein, glaube ich auch nicht, dass er dort Erpressungsopfer gesucht hat. Auf jeden Fall kann er gewalttätig werden, das hat sich ja gezeigt.“ Sie fasste an ihren Hals. „Aber vielleicht hat er für die Nacht von Yvonnes Tod sowieso ein Alibi. Kannst du ihn bei der Vernehmung danach fragen?“

„Hm. Wir haben die Ermittlungen abgeschlossen. Wie erkläre ich meinem Chef, dass ich erneut jemanden zum Todesfall Bellancourt befrage?" Jennifer kratzte sich nachdenklich an der Nase. „Dass die Zeugin für dieses Erpressungsdelikt im Hotel den gleichen Familiennamen trägt wie ich, wird er schon merkwürdig genug finden."

Giuliana zuckte mit den Schultern. „Ist doch nicht schlimm. Dominique und ich ermitteln schließlich ganz legal im Fall Bellancourt. Ich habe gerade einen Typen gestellt, den wir verdächtigt haben. Außerdem ist er vermutlich ein Erpresser. Wenn er sich noch dazu als Yvonnes Mörder entpuppt, sollte das höchstens deinem Chef unangenehm sein, nicht uns."

„Da hast du recht. Und der andere?"

„Alain ... Er soll sie ein wenig gestalkt haben. Und dass er mir heute Abend nachgeschlichen ist, finde ich auch etwas beunruhigend. Obwohl er mir damit möglicherweise das Leben gerettet hat, falls Jean-Louis ernst gemacht hätte. Alain scheint in Yvonne verliebt zu sein, hat sie aber offenbar nur aus der Ferne angeschmachtet."

„Mhm." Jennifer rieb sich am Kinn. „Das wird wohl eine lange Nacht für mich."

„Tut mir leid, dass ich dir den Feierabend versaut habe."

„Nicht doch, ich habe sowieso bis Mitternacht Dienst. Ich werde erst einmal Alain vernehmen und die beiden anderen Herren bis morgen ins *garde à vue* nehmen, wenn es mir zu lange dauert. Genug Tatbestand dafür gibt es ja, und eine Nacht hinter Gittern hat schon viele gesprächiger gemacht." Sie warf einen mitfühlenden Blick auf Giulianas erschöpftes Gesicht und ihre geschundene Kehle. „Ich nehme an, du willst lieber nach Hause, als jetzt gleich deine Aussage zu machen?“

„Unbedingt. Sonst denkt dein Vater, ich wäre mit einem von denen durchgebrannt.“ Sie blinzelte ihr zu und Jennifer lächelte.

„Gut. Ich rufe dich morgen an, wenn du herkommen kannst, um deine Aussage zu ergänzen und zu unterschreiben. Und ein Rechtsmediziner müsste noch deine Würgemale ansehen und fotografieren. Für Körperverletzung bekommen wir Jean-Louis auf jeden Fall dran, da kannst du morgen Anzeige erstatten.“

Giuliana nickte matt und ein wenig gequält.

Jennifer erhob sich und ging zu ihr, um ihre Kehle zu begutachten. „Sicher, dass du okay bist? Sonst schicke ich dich lieber gleich zum Doc.“

„Es ist nichts. Alain war zum Glück gleich zur Stelle und Jean-Louis hat nicht allzu lange zugedrückt. Ich glaube nicht, dass er mich wirklich umbringen wollte. Es sollte vermutlich eher eine Warnung sein, ein Einschüchterungsversuch.“

Jennifer lachte auf. „Da kennt er dich aber schlecht!“

„Stimmt. Typen wie ihn habe ich früher zum Frühstück gegessen“, bestätigte Giuliana grimmig.

Jennifer legte ihr die Hand auf die Schulter. „Grüße Dominique von mir.“

„Mache ich. Der wird staunen, wenn ich ihm davon erzähle. Ich bin gespannt, was beim Verhör herauskommt. Hältst du uns auf dem Laufenden?“

„Natürlich. Jetzt ruh dich erstmal aus. Soll ich dich nach Hause fahren lassen?“

„Danke, nicht nötig. Es wäre aber schön, wenn deine Kollegen mir meine Beretta wiedergeben könnten.“

„Ach so, ja. Warte, ich gehe sie dir holen.“

Sie lief den Flur entlang, nahm die konfiszierte Pistole an sich und gab sie Giuliana zurück. „Komm gut nach Hause. Bis morgen. Ich rufe kurz durch, wenn ihr kommen könnt.“

„Mach das. Gute Nacht.“

29

Jennifer informierte ihren Kollegen im Abhörraum über die bevorstehenden Vernehmungen, zog sich am Getränkeautomaten einen Kaffee und setzte sich zu A-lain.

„Dann erzählen Sie mal, warum Sie der Dame heute Abend gefolgt sind."

„Das sagte ich doch schon. Ich habe bemerkt, dass sie diesem zwielichtigen Jean-Louis hinterhergegangen ist und hatte eine Eingebung, dass sie Hilfe benötigen würde."

„Gibt es einen bestimmten Grund dafür, dass Sie Monsieur Leclerc zwielichtig finden?"

„Ich traue ihm nicht." Alain malte mit der Spitze des Zeigefingers kleine Kreise auf die Tischplatte.

„Wissen Sie etwas über ihn?"

„Er ist nicht der, für den er sich ausgibt."

„Nun lassen Sie sich mal nicht jedes Wort aus der Nase ziehen und sagen Sie mir endlich, was Sache ist", forderte Jennifer ungeduldig.

„Zum Beispiel behauptet er, dass er im Verteidigungsministerium arbeitet. Aber es würde mich sehr wundern, wenn das stimmt."

„Und wie kommen Sie zu der Annahme?"

Er räusperte sich. „Letztes und vorletztes Jahr habe ich regelmäßig jemanden in Fleury-Mérogis besucht.

Dort habe ich ihn gesehen. Auf der anderen Seite der Gitter“, fügte er bedeutungsvoll hinzu.

„Sie meinen also, dass er dort inhaftiert war?“

Alain nickte.

„Sind Sie sicher? Vielleicht war es nur ein Strafgefangener, der Ähnlichkeit mit ihm hatte?“

„Nein, ich bin sicher. Ich habe ein gutes Gedächtnis für Gesichter und bin ihm mehr als einmal begegnet.“

„Wen haben Sie im Gefängnis besucht?“

Er zögerte und schürzte die Lippen.

Jennifer trommelte mit den Fingerspitzen auf die Tischplatte. „Na los doch!“

„Meinen Sohn“, gestand er schließlich. „Er ist als Teenager auf die schiefe Bahn gekommen und als er zwanzig war, hat er sich zu einem Drogendelikt hinreißen lassen.“

„Er war also ein Mitgefangener von Leclerc?“

„Ja.“

„Haben Sie über ihn gesprochen?“

„Nein. Ich wusste ja nicht, dass das mal wichtig werden würde. Er hat hin und wieder von seinen Zellengenossen geredet, aber sonst hat er niemanden namentlich erwähnt.“

„Und wie hat Leclerc reagiert, als Sie sich zufällig in diesem *Club Actuel* getroffen haben? Das war doch Zufall, oder?“

„Ja, natürlich. Er hat getan, als würde er mich nicht wiedererkennen. Vielleicht hat er das tatsächlich nicht, aber als ich ihn mal drauf angesprochen habe, hat er alles abgestritten. Von da an hat er mich gemieden, wenn wir uns bei Veranstaltungen über den Weg gelaufen sind.“

„Na schön, mit Fleury-Mérogis kriege ich schon raus, wer er ist“, murmelte sie und machte ein Zeichen in die Kamera.

„Alles klar, Jenni“, hörte sie über den winzigen Empfänger in ihrem Ohr die Stimme ihres Kollegen, der im Abhörraum das Gespräch verfolgte. „Ich setze gleich Thibault darauf an.“

„Nun zurück zum Hergang des Abends“, sagte Jennifer zu Alain. „Sind Sie Giuliana nicht vielmehr gefolgt, um herauszufinden, wo sie wohnt?“

„Wieso sollte ich?“

„Dazu kommen wir später. Sie sind ihr also nachgegangen, während sie Jean-Louis beschattet hat. Bis zu diesem Hotel. Was haben Sie da gemacht?“

„Ich habe gesehen, dass sie den beiden Männern mit kurzem Abstand in das Hotel gefolgt ist.“

„Hat Sie das nicht gewundert?“

„Ja, schon. Aber hätte ich sofort die Polizei rufen sollen?“

„Natürlich nicht. Kannten Sie den zweiten Mann?“

„Nein. Ich habe einfach auf der gegenüberliegenden Straßenseite darauf gewartet, dass Giuliana wieder herauskommt. Es hat nicht lange gedauert, bis sie herausgerannt kam, mit einer Pistole in der Hand. Jean-Louis war ihr auf den Fersen und hat es geschafft, sie zu entwaffnen und sie in eine Seitenstraße zu ziehen. Das sah gar nicht gut aus, und ich habe einer Passantin zugerufen, die Polizei zu informieren, weil eine Frau in Gefahr ist. Sie hatte das auch mitbekommen und hat sofort ihr Handy gezückt. Ich wollte aber nicht riskieren, dass Giuliana vielleicht tot ist, bevor die Polizei eintrifft, deswegen bin ich hinterhergelaufen und habe es geschafft, Jean-Louis zurückzureißen. Er hat sie gewürgt. Wir haben ihn überwältigen können, und dann trafen Ihre Kollegen auch bereits ein."

„Sie haben vorbildlich gehandelt", lobte Jennifer. „Kommen wir nun zu Yvonne Bellancourt."

Sie machte eine kleine Kunstpause, und Alain starrte sie überrascht an. „Was hat Yvonne damit zu tun?"

„Ihr sollen Sie auch immer wieder gefolgt sein, haben sie angerufen ... Warum?"

„Warum ruft ein Mann eine Frau wohl an und begleitet sie?", fragte er verlegen zurück.

„Begleitet? Laut Aussage ihres Verlobten haben Sie sie eher gestalkt. Wollten Sie sie auch nur vor Männern schützen, die Sie zwielichtig fanden?"

„Ich wollte einfach in ihrer Nähe sein", gestand er.

„Sie waren in sie verliebt, ja?", fragte Jennifer sanft.

Er deutete ein Nicken an und blinzelte heftig.

„Aber sie hat Ihre Gefühle nicht erwidert ..." Sie legte den Kopf schief und beobachtete ihn.

„Das hätte sie schon noch. Sie hat sich immer wieder blenden lassen von Typen, die fabelhaft aussehen oder viel Geld zu besitzen scheinen. Oder tolle Jobs haben."

„Mhm. Sie hat Ihre inneren Werte nicht erkannt, Monsieur Rouillet. Hat immer alle anderen bevorzugt. Ist mit denen aus- und ins Bett gegangen."

„Letzteres nicht", protestierte er.

„Sie war eine Heilige für Sie, Sie haben sie auf ein Podest gestellt. Ist etwas passiert, dass sie plötzlich von dem Sockel gestürzt ist und Sie bemerkt haben, dass sie oberflächlich, geldgierig und ein Flittchen ist und Sie nie lieben wird?"

Alain schlug mit der flachen Hand erbost auf die Tischplatte. „So reden Sie gefälligst nicht von ihr, Madame le Commissaire!"

„Sie müssen an einen Punkt gekommen sein, an dem Sie all das erkannt haben", fuhr Jennifer unbeirrt fort. „Schließlich sind Sie nicht dumm, auch wenn Yvonne Sie vermutlich für dumm gehalten hat. Sie hat Sie herausgefordert, Sie zurückgewiesen, Sie haben sich gestritten. Sie haben die Beherrschung verloren und sie in die Seine gestoßen!"

Er zuckte befremdet zurück. „Wie kommen Sie auf so etwas?"

„Weil es sich so oder so ähnlich zugetragen haben muss. Yvonne ist nicht freiwillig von der Brücke gesprungen."

„Ist sie nicht?", fragte er bestürzt. „Sie wollen sagen, jemand hat sie umgebracht?"

„Ganz genau."

Seine Augen weiteten sich ungläubig. „Ich soll das getan haben?"

„Erscheint mir durchaus möglich."

„Nie im Leben hätte ich ihr etwas angetan, das müssen Sie mir glauben, Madame! Ja, sie hat mir einmal gesagt, dass es sie nervt, wenn ich ihr hinterhergehe und dass ich sie nicht mehr anrufen soll. Dass es ihr ernst ist mit Bernard. Ich habe das akzeptiert. Mir ist bewusst, dass ich für so eine Frau nicht der richtige Partner bin."

„Aber Sie sind ihr trotzdem noch nachgeschlichen."

„Ich konnte nicht anders", gestand er. „Es war wie ein Zwang. Glauben Sie mir, wenn ich ihr in jener Nacht nachgegangen wäre, wäre das nicht passiert. Ich hätte verhindert, dass Yvonne in die Seine stürzt, ob freiwillig oder nicht. Habe ich nicht auch Giuliana heute Abend gerettet?"

„Mit ihr waren Sie noch ganz am Anfang. Haben Sie die Besessenheit, die Sie für Yvonne hatten, auf Giuliana übertragen?"

„Ich mag sie. Und ich hatte den Eindruck, sie interessiert sich für mich. Aber das war wohl nur beruflich." Er verzog bekümmert das Gesicht.

„Ich denke, sie mag Sie auch", tröstete Jennifer ihn. „Aber sehen Sie, sie ist glücklich verheiratet – und zwar mit ..." Den Rest konnte sie gerade noch hinunterschlucken. Das ging ihn nichts an und falls er doch ein psychopathischer Stalker war, sollte er möglichst wenig über ihre Familie erfahren.

Er stutzte. „Woher wissen Sie das?"

„Ihre Detektivagentur funkt uns immer mal wieder dazwischen", sagte Jennifer ausweichend. „Daher kenne ich sie ein bisschen."

„Sie hat also gegen Jean-Louis ermittelt?"

„So ist es. Kommen wir mal zu einem ganz wichtigen Punkt, Monsieur: Wo waren Sie in der Nacht, als Yvonne starb? In der Nacht vom 10. auf den 11. Juni?"

Er dachte nach. „Bei meiner Mutter. Sie wohnt in der Bretagne. Sie kränkelt zurzeit, und ich habe ein paar Tage bei ihr verbracht."

„Geben Sie uns bitte die Kontaktdaten Ihrer Mutter, damit wir das überprüfen können." Sie schob ihm Block und Kugelschreiber zu. „Wir sind erst einmal fertig. Sie können gehen, aber bitte verlassen Sie die Stadt nicht, ohne uns zu informieren. Wiedersehen." Jennifer raffte ihre Unterlagen an sich, nickte dem Brigadier zu, der während der Befragung reglos wie ein Zinnsoldat in einer Ecke des Raums gestanden hatte und nun den Rest übernehmen würde.

Sie widerstand der Versuchung, sich erneut einen Kaffee zu ziehen, stürzte stattdessen ein Glas Mineralwasser hinunter und schaute kurz ins Büro ihres Kollegen Thibault. „Hast du was über Leclerc rausbekommen?"

„Nicht direkt. Ich habe zwar bei Fleury-Mérogis was gefunden und nach dem Foto zu urteilen ist er es, aber die Akte ist größtenteils gesperrt. Man benötigt einen speziellen Zugangscode, um sie zu lesen." Er fuchtelte bedeutungsvoll mit dem Zeigefinger in der Luft herum. „Und den gibt es nur auf Anforderung beim Verteidigungsministerium."

„Das ist ja interessant", meinte sie verblüfft. „Da werden wir heute Abend nichts mehr erreichen, aber könntest du dich morgen darum kümmern?"

„Mach ich. Wird aber schwierig werden, am Wochenende einen Zuständigen zu finden."

Jennifer dachte kurz nach. „Ich werde Maître Junot bitten, sich darum zu kümmern. Sie hat Wochenenddienst." Die Untersuchungsrichterin war recht kooperativ, und schließlich würde der Fall in den nächsten Stunden sowieso bei ihr landen, damit sie über die Untersuchungshaft entschied. Dafür war es natürlich unabdingbar, das mysteriöse Vorleben des Jean-Louis Leclerc zu entschlüsseln. Denn er selbst würde vermutlich nicht reden. Aber versuchen konnte sie es ja, sie musste ihn sowieso vernehmen.

Sie griff nach ihren Unterlagen und betrat den anderen Verhörraum, in dem Jean-Louis mit finsterer Miene vor sich hinstarrte.

Sie setzte sich ihm gegenüber und musterte ihn eindringlich. „Warum finde ich nichts über Sie in unserem Computer?"

Seine Augenbrauen zuckten kurz nach oben. „Schlampige Aktenführung?", schlug er sarkastisch vor.

Jennifer ließ sich nicht provozieren. „Mir liegt eine Aussage vor, nach der Sie in Fleury-Mérogis eingesessen haben, noch bis zum letzten Jahr."

„Wer behauptet das? Alain? Der ist ja nicht ganz dicht. Das ist Verleumdung."

„Stellen wir das mit Ihrer Identität mal zurück. Warum wollten Sie Giuliana töten?" Sie vermied es bewusst, den Familiennamen zu nennen, damit Jean-Louis sie nicht ausfindig machen und erneut bedrohen konnte oder sich gar an Dominique oder Fabrice vergriff, falls ein raffinierter Strafverteidiger es schaffen würde, ihn bis zur Gerichtsverhandlung auf freien Fuß zu setzen.

„Wollte ich nicht. Sie hat mich provoziert und es ist mit mir durchgegangen", erwiderte er unwirsch. „Kommen Sie, ein Unschuldsengel ist diese Frau auch nicht! Sie ist schließlich in das Hotelzimmer eingebrochen und besitzt eine Waffe."

„Und das rechtfertigt es, sie anzugreifen? Sie hatten ein Motiv, sie zu töten: Sie hat Sie auf frischer Tat bei einer illegalen Aktion ertappt. Sie werden auf jeden Fall eine Anzeige wegen Körperverletzung erhalten und vielleicht sogar eine Verurteilung wegen versuchten

Totschlags, wenn der Richter mies drauf ist“, warnte Jennifer.

„Beruht das französische Rechtssystem jetzt darauf, wie die Richter gelaunt sind?“, brummelte er. „So weit ist es also mit Frankreich gekommen.“

Sie ging nicht darauf ein. „Was haben Sie im *Club Actuel* gesucht?“

„Mein Privatvergnügen. Ein paar Zerstreuungen und vielleicht eine Partnerin.“

„Eine wohlhabende Partnerin?“

„Warum nicht. Geld wäre kein Hindernis.“

„Erzählen Sie mal, wie das ablief mit den Damen, die Sie gefilmt haben, während sie mit Monsieur Gaillard Sex hatten.“

„Wie das ablief? Muss ich Ihnen erklären, wie Sex funktioniert, Kleine?“

„Für Sie Frau Kommissarin“, wies sie ihn zurecht. „Ich sage Ihnen mal meine Vermutung: Sie und Monsieur Gaillard haben – wie und wo auch immer – die Bekanntschaft von einsamen und wohlhabenden Frauen gesucht, die bereit waren, für die Liebesdienste zu zahlen. Dabei haben Sie sie gefilmt und danach haben Sie die Damen mit der Drohung erpresst, die Filme in ihrem beruflichen Umfeld publik zu machen oder an den Ehepartner oder die Kinder zu schicken.“

Jean-Louis schwieg und wich ihrem Blick aus.

Jennifer zuckte mit den Schultern. „Sie brauchen auch nicht zu antworten. Morgen früh stehen wir mit einem Durchsuchungsbeschluss vor Ihrer Wohnung und der von Monsieur Gaillard und finden mit Sicherheit das Beweismaterial für die Erpressungen.

Kommen wir jetzt mal zu einem anderen Thema: Was haben Sie mit Yvonne Bellancourts Tod zu tun?"

„Überhaupt nichts. Sie ist von einer Brücke gesprungen, was soll das mit mir zu tun haben?"

„Haben Sie Yvonne erpresst? Wollte sie nicht zahlen? Oder ist sie, genau wie Giuliana, dahintergekommen, was Sie so treiben und wollte zur Polizei gehen?"

„Was?" Irritiert blickte er sie an. „Soll das heißen, es war gar kein Selbstmord?"

„Die Fragen stelle ich. Wo waren Sie in der Nacht vom 10. auf den 11. Juni, Monsieur Leclerc?"

Er dachte nach und nagte an seiner Unterlippe. „Weiß ich nicht mehr."

„Strengen Sie sich mal ein bisschen an. Bei Mordverdacht lohnt sich das."

Seine langen Wimpern flatterten kaum merklich. „Ich war zu Hause. Allein."

Jennifer verschränkte die Arme vor der Brust und lächelte zufrieden. „Sie haben also ein Motiv, aber kein Alibi. Und Sie haben gerade demonstriert, dass Sie unbeherrscht und gewalttätig sind."

Er holte tief Luft. „Ich will einen Anwalt."

„Das ist Ihr gutes Recht. Kennen Sie einen Strafverteidiger oder sollen wir Ihnen einen besorgen?"

„Ich kenne einen. Maître Ardoin-Chalmas im siebten Arrondissement."

„Gut." Jennifer klappte den dünnen Papphefter zusammen und unterdrückte ein Gähnen. „Sie sind vorläufig festgenommen, Monsieur Leclerc, und sind heute Nacht unser Gast. Morgen früh dürfen Sie Ihren Anwalt anrufen und wir setzen das Gespräch in seiner Gegenwart fort."

Sie gab dem Polizisten in der Zimmerecke ein Zeichen. Er ließ Handschellen um Jean-Louis' Handgelenke schnappen und führte ihn ab.

Jennifer gestattete sich nun ein herzhaftes Gähnen und warf einen Blick zur Uhr. Nun fehlte nur noch René. Mit ihm würde sie auf jeden Fall vor Mitternacht fertig werden. Und dann nichts wie auf nach Hause, denn der morgige Tag versprach arbeitsreich zu werden.

30

Dominique konnte nicht schlafen, obwohl er hundemüde war. Langsam wurde es zu einer unschönen Gewohnheit, dass er auf der Couch oder im Bett liegend darauf wartete, dass Giuliana nach Hause kam, dachte er missmutig. Er mochte es nicht, ohne sie ins Bett zu gehen. Und allmählich machte er sich auch Sorgen.

Zum bestimmt fünften Mal in der letzten Stunde warf er einen beunruhigten Blick zur Uhr. Er verließ das Bett, schlurfte in die Küche, um einen Schluck zu trinken und überlegte, ob er Giuliana auf dem Handy anrufen sollte. In dem Moment hörte er, wie sich der Schlüssel im Schloss drehte und sie die Wohnung betrat.

Er ging ihr erleichtert lächelnd entgegen. „Da hat ja jemand ausgiebig –", begann er und unterbrach sich, als er ihr verstörtes Gesicht sah. „Ist was passiert?"

„Kann man so sagen. Ich bin Jean-Louis zu einem Hotel gefolgt, in dem er zusammen mit einem gewissen Callboy namens René Frauen abzockt, indem er sie filmt und dann erpresst. Als ich ihn dabei erwischt habe, hat er mich gewürgt,", fasste sie zusammen, nahm ihm das Wasserglas aus der Hand und stürzte durstig einige Schlucke hinunter.

Dominique starrte sie fassungslos an, dann strich er ihre langen Haare zur Seite und betrachtete prüfend ihren Hals. Sein Blick wurde hart. „Das Schwein hat dich gewürgt? Dem werde ich eine Lektion erteilen!"

„Die Polizei ist in dem Moment gekommen, als ich wieder an meine Pistole konnte, nachdem Alain mir zur Hilfe geeilt war, und wir wurden alle aufs Polizeirevier gebracht. Die diensthabende Kommissarin war Jennifer. Sie hat ihn eingebuchtet. Morgen muss ich nochmal hin, um Anzeige zu erstatten."

„Ich komme mit." Er legte den Arm um sie und führte sie ins Wohnzimmer.

Sie setzten sich auf die Couch, und Giuliana erzählte ihm noch einmal die ausführliche Version des Abends, damit beginnend, dass sie von Marcs Alibi erfahren hatte.

„Puh, langsam glaube ich wirklich an einen Suizid", schloss sie genervt. „Mit solchen blöden Typen hätte ich mich auch in die Seine gestürzt!"

Er verzog den Mund. „Du doch nicht. Wer mit einem kolumbianischen Drogenbaron fertig geworden ist, kapituliert nicht vor solchen Luschen."

Sie lachte ein wenig, seufzte dann tief auf und kuschelte sich schutzsuchend an ihn.

Dominique schlang fest die Arme um sie. „Außerdem hat Jean-Louis ein richtig gutes Motiv, Yvonne zu töten. Bestimmt ist sie ihm auf die Schliche gekommen."

„Das schon, aber irgendwas sagt mir, dass er es nicht war. Vergiss nicht, es gab keine Gewaltanwendung vor dem Stoß in die Seine. So wie ich Jean-Louis heute Abend erlebt habe, hat er durchaus Gewaltpotenzial und ist ein ziemlich guter Kämpfer. Ich meine, er hätte Yvonne ebenfalls eher erwürgt oder ihr das Genick gebrochen oder Ähnliches, um sicherzugehen, dass sie wirklich tot ist. Sie einfach ins Wasser zu schmeißen, passt nicht zu ihm."

„Na, wenn du meinst." Seine Miene blieb skeptisch. „Warten wir ab, was Jenni aus ihm herausbekommt."

***

Am nächsten Morgen brachte Dominique seiner Frau Kaffee ans Bett und setzte sich zu ihr. „Wie geht es dir? Möchtest du noch eine Weile im Bett bleiben?"

„Ich bin nicht krank", erwiderte sie verblüfft. „Es geht mir gut."

„Nein, man hat ja nur mal eben versucht, dich umzubringen", gab er sarkastisch zurück.

„Die Risiken des Metiers, oder?" Sie lächelte schief und nahm einen Schluck Kaffee.

„Das gefällt mir nicht. Ich wollte dich nie in Gefahr bringen mit dem Vorschlag, dich als Detektivin zu betätigen."

Giuliana zuckte mit den Schultern. „Meisterdiebin war auch alles andere als ein sicherer Job."

„Das steht ja sowieso nicht mehr zur Debatte. – Oder?", fügte er schärfer als beabsichtigt hinzu.

„Natürlich nicht." Sie senkte ihr Gesicht über die große Tasse mit Café au Lait.

„Wollen wir das Kommissariat gleich hinter uns bringen? Dann können wir nachmittags irgendwas mit Fabrice unternehmen."

„Fabrice ist heute Nachmittag zum Kindergeburtstag eingeladen", erinnerte sie.

„Ach ja, das hatte ich vergessen. Das trifft sich doch gut. Dann geben wir ihn dort ab und gehen danach aufs Kommissariat."

„Mhm." Sie nippte an ihrem Kaffee und starrte ins Leere.

Dominique beobachtete sie genau. „Du scheust davor zurück, ihn anzuzeigen, oder?"

„Wie kommst du denn darauf?"

„Nur so ein Gefühl. Genau wie ich damals davor zurückgescheut habe, dich ins Gefängnis zu bringen."

„Das kann man ja wohl nicht vergleichen! Denkst du, ich bin in den Typen verknallt?"

„Das vielleicht nicht, aber er interessiert dich, hatte ich den Eindruck."

„Doch nicht auf einer gefühlsmäßigen Ebene."

„Ich weiß – eher als potentieller Partner für einen neuen Coup."

„So ein Blödsinn", gab sie verärgert zurück. „Wolltest du ihn etwa deswegen von Jenni überprüfen lassen?"

Er runzelte die Stirn. „Hat sie dir das erzählt?"

„Ist ihr gestern so rausgerutscht. Sie dachte natürlich, ich wüsste davon. Was ja normal gewesen wäre – schließlich arbeiten wir zusammen, oder? Wie sollte sie ahnen, dass du im Grunde versuchst, mich auszuspionieren", sagte Giuliana bissig.

„Jetzt redest *du* Blödsinn! Ich wollte dich nicht ausspionieren. Ich habe lediglich deinem Urteil vertraut, dass er etwas zwielichtig ist und wollte versuchen herauszufinden, ob er das Potenzial für einen Mörder hat", verteidigte er sich.

Sie hob die schmalen Augenbrauen. „Und du hast vergessen, es mir zu sagen?" Es klang bereits etwas friedlicher.

„So ist es. Ich bin in einem Alter, in dem man langsam vergesslich wird." Er grinste schief. „Und da Jenni nichts über ihn herausgefunden hat, gab es keinen Grund, dich damit zu behelligen."

„Klingt plausibel." Giuliana stellte die halb ausgetrunkene Kaffeetasse auf den Nachttisch und ließ sich in die Kissen sinken. „Gut, im Zweifel für den Angeklagten. Ist mal eine nette Abwechslung, dass du es bist, der eifersüchtig ist."

Dominique lächelte nur und widersprach nicht.

Gerade als sie am frühen Nachmittag ihren Sohn zu der Geburtstagsparty brachten, schickte Jennifer eine SMS, dass Giuliana nun aufs Kommissariat kommen könnte, und so fuhren sie gleich weiter.

„Schön, dass du mitgekommen bist, Dominique, dann erfährst du auch gleich alle Neuigkeiten", begrüßte sie ihn, als sie das Büro betraten und sich vor ihren Schreibtisch setzten.

Jennifer schob Giuliana ihre bereits abgetippte Aussage und eine Anzeige gegen Jean-Louis zu. „Wenn alles so stimmt, kannst du es gleich unterschreiben. Danach erwartet dich die Rechtsmedizinerin."

Sie warf einen Blick auf den Nachnamen. „Leclerc ist also doch sein echter Name?"

„Ja."

„Und weißt du nun, warum du ihn nicht in eurem Computer gefunden hast?", wollte Dominique wissen.

„Ja, das hat seinen Grund. Er wohnt zwar tatsächlich in Clichy, ist dort aber nicht gemeldet. Die Wohnung gehört seinem Onkel und ihr werdet sehr überrascht sein, wer das ist." Sie legte eine Kunstpause ein, und Dominique und Giuliana beugten sich gespannt vor. „Er heißt Jérôme Durrieux."

„Etwa *der* Jérôme Durrieux, der Eigentümer des *Club Actuel*?"

„Genauso ist es. Er ist der jüngere Bruder von Jean-Louis' Mutter. Und deswegen ist Leclerc auch in diesem Club, wenn ich mir das nach den wenigen Infos, die er bereit war, mir zu geben, richtig zusammenreime. Durrieux wollte sich nach dessen Haftentlassung um seinen Neffen kümmern, vermute ich, der kannte schließlich kaum Leute in Paris nach seinem langen Auslandsaufenthalt. Oder ihn schlicht und einfach besser im Auge behalten. Vielleicht wollte er auch, dass er eine gute Partie macht, um wieder auf den richtigen Weg zu kommen –"

„Moment", unterbrach Dominique. „Nicht so schnell, ich kann dir nicht mehr ganz folgen."

„Pardon, ich fange mal am Anfang an. Die Akte von Jean-Louis Leclerc ist gesperrt, auch die Polizei kann nicht so ohne weiteres drauf zugreifen, deswegen habe ich nichts über ihn gefunden. Nur Richter und Staatsanwälte haben Zugriff auf diese Akte. Die Untersuchungsrichterin, die mit dem Fall betraut wurde, hat Hauptkommissar Maillot angerufen. Der hat den Fall nun zur Chefsache erklärt und ist extra heute ins Büro gekommen, um beim Verhör dabei zu sein. Die Informationen, die ich euch geben kann, habe ich nur bruchstückhaft erhalten und kann euch nicht garantieren, dass alles korrekt ist. Eigentlich dürftet ihr es gar nicht erfahren, daher bitte ich euch darum, es absolut vertraulich zu behandeln." Obwohl sie allein im Raum waren, hatte sie unwillkürlich die Stimme gesenkt.

„Ist Jean-Louis etwa ein Geheimagent?", fragte Giuliana belustigt.

„Nein, er war Offizier bei unserer Armee. In der Fremdenlegion. Hat in vielen Krisengebieten gedient und

Auszeichnungen erworben. Insofern lügt er nicht wirklich, wenn er sagt, dass er fürs Verteidigungsministerium arbeitet – er untersteht ihm ja. Oder tat es noch bis vor etwa drei Jahren. Denn auf einmal wurde er entlassen. Wir wissen, dass er danach in Fleury-Mérogis eingesessen hat, bis letzten Sommer. Mein Kollege hat gute Beziehungen zur Gefängnisdirektion, und die haben ihm gesagt, dass er wegen Einbruchs mit Waffengewalt inhaftiert war."

„Ein Legionär also – das klingt ja fast so aufregend wie ein Meisterdieb." Giuliana blinzelte Dominique zu. „Und ein Einbruch ... Ich lag also gar nicht so falsch."

„Es ging bei dem Einbruch nicht darum, etwas zu stehlen, sondern um die versuchte Entführung eines Politikers", erklärte Jennifer.

„Hier in Paris?"

„Nein, das war in den Wirren der Unruhen im Kongo. Leclerc schien plötzlich die Seiten gewechselt zu haben. Als Maillot ihn vorhin dazu befragt hat, gab er Spielschulden als Grund an. Er hat sich kaufen lassen, sich an dieser Sache zu beteiligen. Aber da er nur ein Mitläufer war und diese Entführung sowieso in letzter Minute von den Truppen der UNO vereitelt wurde, hat er keine hohe Strafe bekommen. Zumal er anscheinend eine bis dahin untadelige und sogar heldenhafte Vergangenheit hatte. Offenbar deckt das Verteidigungsministerium seine Ehemaligen in gewisser Weise."

Dominique schnitt eine Grimasse. „Klar, die wollen ja nicht, dass die glorreiche Fremdenlegion durch solche Abtrünnigen in den Schmutz gezogen wird."

„Wer weiß, wer der Auftraggeber für diese Entführung war, der dadurch ebenfalls gedeckt wird", gab

Giuliana zu bedenken. „Oft sind so etwas Verwicklungen auf höchster Ebene.“

„Gut möglich. Interessanter Typ“, fand er. „Schade, dass ich keine Gelegenheit haben werde, nochmal ein Bier mit ihm im Pub zu trinken.“

„Vielleicht doch. Er hat einen Spitzenanwalt. Maillot ist noch mit ihm zugange. Gut möglich, dass Leclerc bis zur Verhandlung freikommt.“

Giuliana runzelte die Stirn. „Ich weiß nicht, ob ich das gut finden soll.“

„Weiß er, wo ihr wohnt und wie eure Detektei heißt?“

„Nein. Er kennt nichts als meinen Vornamen und dachte bis gestern Abend, dass ich in der Edelstein-Branche arbeite.“

„Hast du ja auch“, gab Jennifer amüsiert zurück.

„Ich habe ihm meinen Nachnamen genannt, um im Gegenzug seinen zu erfahren.“ Dominique runzelte sorgenvoll die Stirn. „Allerdings kann er mich ja eigentlich nicht mit Giuliana in Verbindung bringen.“

„Selbst wenn er eure Identität herausbekommt, denke ich nicht, dass ihr etwas zu befürchten habt. Die Fakten liegen nun alle vor, wenn er euch bedroht, ändert es nichts mehr.“

„Vielleicht aus Rache“, murmelte Giuliana.

„Wenn man auf Kaution draußen ist, sollte man sich vor solchen Aktionen hüten, das wird sein Anwalt ihm sicher einschärfen.“

„Und hat er nun was mit Yvonnes Tod zu tun?“

„Nein. Er hat zwar schließlich zugegeben, dass Yvonne in Bezug auf seine Nebeneinkünfte Verdacht geschöpft hatte, sie hatte allerdings nichts Konkretes gegen ihn in der Hand und war zu sehr mit ihren eigenen Angelegenheiten beschäftigt, um sich ernsthaft dafür zu interessieren. Allerdings ist so etwas immer eine tickende Zeitbombe. Daher war er auch nicht besonders traurig über die Nachricht ihres Todes. Aber nachdem sich unser Erpresserduo heute früh mit seinen Anwälten beraten hat, rückten sie endlich mit ihrem Alibi raus, und das ist ziemlich gut. Als Alibi meine ich – nicht moralisch gesehen.“

Dominique hob die Augenbrauen. „Lass mich raten: Sie haben in jener Nacht das gleiche Spielchen durchgezogen wie gestern Abend?“

„Genau. Deswegen wollten sie erst nicht mit der Sprache raus. Es reitet sie immerhin noch tiefer rein.“

„Habt ihr das überprüft?“

„Ja, meine Kollegen haben Leclercs Wohnung durchsucht und entsprechendes Material gefunden. Auf dem Film sind Datum und Uhrzeit, und das stimmt mit Yvonnes Todeszeitpunkt in etwa überein. Nun warten wir auf Bestätigung durch die erpresste Dame.“

„Ist sie ein Mitglied vom *Club Actuel*?“, fragte Giuliana gespannt.

„Das wissen wir noch nicht.“

„Wie ist ihr Vorname?“, erkundigte sich Dominique neugierig.

„Ich darf euch darüber wirklich nichts sagen. Aber ich denke nicht, dass die Frau Mitglied im Club war. Es wäre für Leclerc doch viel zu riskant gewesen. Noch dazu, wenn Durrieux sein Onkel ist. Der wird kaum das Risiko eingehen, ihn zu decken, er hat zu viel zu verlieren.“

„Möglich wäre es aber, dass Jean-Louis dort die Bekanntschaft von wohlhabenden Damen gesucht und es dann eingefädelt hat, dass sie René kennenlernen. Ohne dass sie es mit Jean-Louis in Verbindung bringen können“, meinte Giuliana.

„Da hast du recht. Aber die Damen bei *Actuel* sind alle Singles – warum sollten sie mit René in ein Hotel gehen?“, wandte Dominique ein.

„Weil nicht jede einen fremden Mann, noch dazu einen Callboy, gleich in ihre vier Wände lassen möchte.“

„Das kann ich verstehen. Aber falls ein potentielles Opfer doch dazu bereit ist, wäre der Plan der beiden gescheitert“, gab er zu bedenken. „Es würde jedenfalls deutlich schwieriger werden, dort heimlich eine Kamera zu installieren. Noch dazu sind Single-Frauen sowieso weniger gut erpressbar.“

Giuliana blickte ihn zweifelnd an. „Also, ich schätze, den wenigsten wäre das egal, wenn in ihrem beruflichen Umfeld ein Sexvideo mit ihnen als Hauptdarstellerin per Mail die Runde macht. Und als Callboy würde René immerhin trotzdem daran verdienen, vielleicht eine neue Stammkundin gewinnen. Ist so oder so eine Win-win-Situation für ihn. Vermutlich bekommt Jean-Louis davon Prozente.“

„Zwei zu null für dich, chérie“, gab er zu. „Jedenfalls ist uns durch dieses Alibi leider der letzte Verdächtige weggebrochen.“

„Dafür hat deine Frau einer Erpresserbande das Handwerk gelegt.“ Jennifer blinzelte ihm zu.

„Ich bin auch sehr stolz auf sie.“ Er griff nach Giulianas Hand und drückte sie.

Sie lächelte ihm zu und wandte sich dann mit gerunzelter Stirn an Jennifer: „Und wegen Leclercs

Vorgeschichte ist ein kleines Erpressungsdelikt zur Chefsache avanciert?“

Jennifer winkte ab. „Nur pro forma. Maillot wurde von der Untersuchungsrichterin aufgefordert, die Vernehmung zu leiten, aber er hat größtenteils mich die Gespräche führen lassen. Wobei ich ehrlich gesagt froh war, dass er dabei war, weil er im Umgang mit solchen aalglatten, hochkarätigen Anwälten mehr Erfahrung hat. Wenn man da bei der Vernehmung Fehler macht, kann das die ganze Gerichtsverhandlung ungünstig beeinflussen.“

„In einigen Jahren kommst du damit auch locker zurecht“, sagte Dominique aufmunternd. „Auf dich bin ich genauso stolz, Jenni.“

„Danke dir.“ Sie warf einen Blick zur Uhr. „Ich muss jetzt leider weitermachen, habe noch viel zu tun – heute Morgen haben wir ein Tötungsdelikt reinbekommen. Messerstecherei auf dem Boulevard Raspail.“

„Natürlich. Wie kommen wir zur Rechtsmedizin?“

„Ist gleich um die Ecke.“ Sie erklärte ihnen den Weg und sie verabschiedeten sich voneinander.

31

Im Rechtsmedizinischen Institut ließen sich Dominique und Giuliana auf die Stühle im kahlen, ungastlichen Wartebereich sinken, dem man anmerkte, dass die meisten Patienten des Instituts kein komfortables Wartezimmer mehr benötigten.

Sie seufzte. „Nun stehen wir in unserem Fall also wieder ohne einen einzigen Verdächtigen da. Jede Spur endet in einer Sackgasse. Verdammt, warum haben die bloß alle Alibis?"

Er kaute nachdenklich auf seiner Unterlippe. „Wir haben den Männern des *Club Actuel* auf den Zahn gefühlt, aber noch nicht den Frauen."

„Dazu ist mir noch etwas eingefallen, und ich weiß nicht, warum wir noch nie darüber gesprochen haben: Ich kann mir nicht vorstellen, dass eine durchschnittlich kräftige Frau es schafft, eine andere einfach so über ein Brückengeländer zu werfen. Wenn Yvonne davorgestanden hat, müsste ihr das Geländer fast bis zur Taille gegangen sein. Selbst wenn die Angreiferin sie kräftig geschubst hätte, segelt man doch einfach nicht so darüber hinweg. Der Täter muss sie hochgehoben haben. Ich könnte das nicht. Obwohl ich mir einbilde, einigermaßen sportlich trainiert zu sein."

„Du könntest sie mit der Waffe zwingen."

„Aber dann würde sie doch sicher mit den Füßen voran von der Brücke springen. Selbst wenn sie den

Pfeiler träfe, würde sie nicht mit dem Kopf dort aufschlagen, oder?"

Dominique dachte kurz nach. „Halte ich auch für unwahrscheinlich", gab er zu. „Also vergessen wir das mit der Waffe. Aber Kampfspuren gab es ja auch nicht."

„Vielleicht ist sie vorher betäubt worden, mit Äther oder Chloroform oder so was. Das ist die einzige Erklärung, die mir einfällt." Giuliana verschränkte die Arme vor der Brust und lehnte sich zurück.

Dominique blickte sie zweifelnd an. „Hätte die gerichtsmedizinische Untersuchung nicht Spuren davon finden müssen?"

„Eben. Es gab keinen Nachweis von Betäubungsmitteln."

Er strich sich nachdenklich über den Nasenrücken. „Wie schnell werden solche Substanzen wohl abgebaut?"

„Keine Ahnung. Da müssten wir uns bei Jenni erkundigen oder einem Arzt. Fragen wir doch mal den Rechtsmediziner, der mich gleich untersuchen wird, der muss das doch am besten wissen."

„So ein Zeug muss man sich erst einmal beschaffen. Und es würde auf sorgfältige Planung hinweisen."

Sie schwiegen kurz.

„Hélène hat beim Abendessen erwähnt, dass sie Apothekerin ist", erinnerte sich Giuliana. „Die würde sicher problemlos an so was rankommen."

„Hélènes Motiv ist allerdings sehr schwach, finde ich. Darüber haben wir ja schon gesprochen."

„Sie scheint sich immerhin einzubilden, dass Yvonne ihr den Freund ausgespannt hat. Ob das nun stimmt oder nicht, sei dahingestellt. Aber sie hat sowieso ein

Alibi – jedenfalls beinahe: Thierry, der sie nach dem Abend im Mona Lisa nach Hause gefahren hat.“

„Stimmt, das wollten wir prüfen. Du hattest noch keine Gelegenheit?“

„Nein, er ist bisher nicht wieder aufgekreuzt. Ich habe nach ihm gefragt, aber er war weder beim Bowling noch beim Billard.“

„Hast du mitbekommen, wo Hélène wohnt?“, wollte Dominique wissen.

„In Savigny-sur-Orge. Das ist ja recht weit vom Pariser Zentrum. Wenn es stimmt, dass die anderen eine halbe Stunde nach Yvonne aufgebrochen sind, Thierry Hélène nach Hause gefahren hat, dann kann sie es eigentlich nicht geschafft haben, vor Yvonnes Todeszeitpunkt wieder zurück zum Pont des Arts zu gelangen.“

„Es ergibt auch keinen Sinn“, fand er. „Es sei denn, sie hat das so geplant, um ein Alibi durch Thierry zu haben. Doch woher sollte sie wissen, dass sie Yvonne anderthalb Stunden später am Pont des Arts antrifft? Da müssten sie sich vorher verabredet haben, und warum sollten sie das tun, wenn sie bereits den ganzen Abend zusammen verbracht haben? Das ist alles sehr unwahrscheinlich.“

„Sehe ich auch so. Wir sollten trotzdem die Idee mit dem Betäubungsmittel im Kopf behalten und dass Hélène Zugang zu solchen Dingen hat. Sie könnte es ja auch für jemand anderen beschafft haben, ohne zu wissen, worum es tatsächlich geht.“

Dominique nickte. „Ich habe noch eine andere Idee: Martine hat erwähnt, dass sie Judo macht. Ich kenne das von Jaclyn – sie war ein zierliches Persönchen und dennoch in der Lage, mittels Judokniffen einen deutlich schwereren Mann durch die Luft zu wirbeln. Also könnte es vielleicht doch möglich sein, dass sie Yvonne irgendwie überrascht und über das Geländer bugsiert hat."

„Dann versuche herauszufinden, ob sie sie einfach nicht leiden konnte oder ob da mehr dahintersteckte."

„Ich weiß nicht, wann Martine wieder zu einer Clubaktivität kommt, aber ich kann sie anrufen. Sie hat mir ihre Telefonnummer gegeben."

„Ach?" Giuliana stemmte die Hände in die Hüfte und funkelte ihn an.

„Nur damit ich sie bei Bedarf nach den Kontaktdaten ihres Orthopäden fragen kann."

„Ohne Hintergedanken, ja?"

„Keine Ahnung, ob sie Hintergedanken hatte. Ich hatte jedenfalls keine. Wenn ich derzeit Telefonnummern von Clubmitgliedern sammele, dann nur, um sie zur Überprüfung kontaktieren zu können, ohne ewig darauf warten zu müssen, dass sie irgendwann mal wieder zu einer Veranstaltung erscheinen", stellte er klar.

Sie stieß einen Seufzer aus und ihre Miene entspannte sich. „Natürlich. Entschuldige."

Er grinste. Eigentlich freute es ihn beinahe, dass sie endlich wieder Eifersucht zeigte, aber er würde sich hüten, das zuzugeben.

Im Türrahmen erschien eine dunkelblonde Frau in mittleren Jahren, die einen blauen Baumwollkittel trug. „Madame Demesy? Kommen Sie bitte mit."

Giuliana und Dominique erhoben sich und folgten der Rechtsmedizinerin in das Untersuchungszimmer.

Sie begutachtete und fotografierte Giulianas Würgemale, die bereits blasser geworden waren, und stellte
ihr einige Fragen zum Tathergang und ihrem Gesund-
heitszustand.

„Sagen Sie, *docteur*, kann bei einer Autopsie festgestellt werden, ob jemand kurz vor seinem Tod betäubt
wurde?", fragte Giuliana, als sie wieder in ihren Blazer
schlüpfte, während sich die Rechtsmedizinerin Notizen machte.

Die Ärztin blickte von der Akte auf. „Was genau meinen Sie damit?"

„Ob jemand gezwungen wurde, etwas einzuatmen,
wodurch er das Bewusstsein verloren hat", erklärte Dominique.

„Das kann ich nicht so pauschal beantworten. Es
hängt von der Art und Menge des verwendeten Anäs-
thetikums ab. Im Allgemeinen ist ein Inhalationsanäs-
thetikum bei einer Autopsie im Blut oder den Organen
nachweisbar, doch falls eine sehr geringe Menge verwendet wurde, zum Beispiel Chloroform, ist es möglich,
dass es sich einige Stunden später vollständig verflüch-
tigt hat. Ich hoffe, das hilft Ihnen weiter."

Giuliana und Dominique tauschten einen schnellen
Blick. „Ja, vielen Dank, *docteur*."

Sie verließen das Untersuchungszimmer.

„Gut, es wäre also vielleicht theoretisch möglich, dass
Yvonne betäubt wurde, um sie leichter über das Brückengeländer bugsieren zu können. Aber ein bewusst-
loser Körper ist auch ohne Gegenwehr ziemlich
schwer, und noch dazu ist es nicht so leicht, sich ein An-
ästhetikum zu beschaffen", überlegte er. „Allerdings
wäre natürlich Dr. Bellancourt sehr gut platziert dafür,

der benutzt so was mit Sicherheit bei jeder OP. Oder vielmehr sein Anästhesist, aber er hat auf jeden Fall leichten Zugang zu solchen Substanzen.“

„Und vielleicht weiß er sogar, wie schwach es dosiert werden muss, damit nichts nachweisbar ist“, ergänzte sie.

„Andererseits wirkt er kräftig genug, sie über ein Brückengeländer zu werfen, ohne sie vorher zu betäuben. Und eigentlich sind wir mit ihm durch, oder?“

Giuliana nickte. „Stimmt. Beschäftigen wir uns lieber endlich wieder mit dem, der mehr Potenzial für ein Motiv birgt.“

„Genau.“ Er wusste sofort, auf wen sie anspielte. „Christian Lenoir.“

„Hast du noch mal versucht, ihn zu erreichen?“

„Da er auf mein Schreiben nicht geantwortet hat, habe ich vorgestern erneut in seinem Büro angerufen. Die Sekretärin hat immerhin gesagt, sie würde ihn darauf ansprechen. Bestimmt ist mein Brief im Papierkorb gelandet. Der will nicht mit mir reden. Und ich weiß nicht, ob ich das verdächtig finden soll oder normal für einen sicher sehr beschäftigten Mann.“

„Ich habe eine Idee, wie ich an ihn rankommen kann“, verkündete sie. „Aber das geht erst nächste Woche – zuerst muss ich einige Details und Gegebenheiten auskundschaften.“

Dominique stockte der Atem und er senkte die Stimme – schließlich befanden sie sich in einem zur Polizei gehörenden Gebäude. „Du willst doch hoffentlich nicht in die Parteizentrale des *MPF* einbrechen?“

Sie lächelte. „Nicht direkt. Keine Sorge, sevgili, lass mich nur machen.“

„Was soll das heißen, nicht direkt? Schwör mir, dass du nichts Illegales vorhast."

„Hm." Sie legte den Finger an die Nasenspitze und blickte ihn ein wenig schuldbewusst an. „Es ist vielleicht nicht hundertprozentig legal, aber es ist nichts, was mich ins Gefängnis bringen könnte."

Er atmete geräuschvoll aus. „Na schön, ich lasse mich überraschen. Dann kümmere ich mich inzwischen trotzdem noch um Hélène und Martine, man weiß ja nie."

32

Dominique saß auf der schmalen Terrasse eines Cafés am linken Seineufer und blinzelte in die Sonne.

Eine zierliche blonde Frau in sportlicher Kleidung kam von der Kreuzung her durch die Menschenmenge rasch auf ihn zu und winkte, als sie ihn erkannte.

Dominique rückte ihr einen Stuhl zurecht. „Hallo, Martine. Danke, dass es mit dem Treffen so schnell geklappt hat."

„Ich war sehr gespannt, was du mit mir besprechen wolltest. Ist es in Ordnung, wenn wir uns duzen?" Sie hängte ihre große lederne Umhängetasche über die Lehne des Stuhls aus Korbgeflecht und setzte sich.

„Klar. Was möchtest du trinken?"

„Einen Cappuccino, bitte."

Dominique winkte den Kellner heran und bestellte einen Cappuccino und Espresso für sich selbst.

„Ich möchte mit dir über Yvonne sprechen", kündigte er dann an und beobachtete, wie sich ihr schmales, nahezu ungeschminktes Gesicht verdüsterte.

„Du schlägst einer Frau ein Rendezvous vor und willst dabei über eine andere reden? Das ist mir ja auch noch nicht untergekommen!"

„Ich habe dir am Telefon gesagt, dass ich etwas mit dir besprechen will – klingt das nach einem Rendezvous? Außerdem habe ich erwähnt, dass ich keine Beziehung in diesem Club suche."

„Hättest deine Meinung ja geändert haben können." Sie zeigte Profil und tat, als beobachte sie die Ausflugsboote auf der Seine.

Aus ihrer etwas beleidigten, gekränkten Miene schloss er, dass sie auf ein romantisches Rendezvous gehofft hatte, und seufzte. „Nein, tut mir leid. Lass mich bitte einfach zur Sache kommen, dann können wir das abhaken und noch ein bisschen privat quatschen. Du hast mir beim Golfspielen deutlich klargemacht, dass du Yvonne nicht leiden konntest, aber wie sehr hast du sie nicht leiden können? Hattest du Gründe, sie regelrecht zu hassen?"

Nun wandte Martine ihm wieder das Gesicht zu und starrte ihn verblüfft an. „Warum interessiert dich das? Und warum sprichst du in der Vergangenheit?"

„Du hast es also noch nicht gehört?"

„Was gehört?"

„Yvonne ist tot."

„Oh." Sie wirkte ehrlich überrascht, auch wenn sich ihre Bestürzung in Grenzen hielt. „Ach, deswegen fragst du ... Bist du etwa auch Bulle?"

„Wieso *auch*?"

„Ich bin bei der Polizei. Dachte, du bist ein Kollege."

„Ach? Wo genau?"

„Ich gehöre zum Revier im 20. Arrondissement."

„Und da hast du nichts von dem Todesfall gehört?"

„Bei der Vielzahl von Todesfällen in Paris? Nein. Und was machst du nun?"

„Ich bin Privatdetektiv", gestand er. Er hatte ohnehin vorgehabt, ihr reinen Wein einzuschenken.

„Habe ich mir beinahe gedacht. Von wegen Diplomat! Du bist also nur im Club, um verdeckt wegen Yvonnes Tod zu ermitteln?"

„So ist es. Und du? Bist du wirklich nur privat Mitglied?"

„Ja, rein privat. Woran ist sie gestorben?"
Er umriss kurz Yvonnes ungeklärte Todesumstände und wie er zu dem Auftrag gekommen war. „Aber bitte behandle diese Informationen vertraulich, bis ich die Ermittlungen abgeschlossen habe", bat er zum Schluss.

„Und ich stehe jetzt unter Verdacht, weil ich schlecht über sie geredet habe?", fragte sie missmutig und nippte an ihrem Cappuccino, den der Kellner inzwischen gebracht hatte.

„Ich halte dich nicht für die Täterin. Aber ich muss eben allen Möglichkeiten nachgehen und die Alibis in Erfahrung bringen. Das kennst du ja bestimmt, wenn du im Polizeidienst bist."

„Ich bin keine Kriminalkommissarin, sondern arbeite im Streifendienst."

„Und da kannst du dir so einen teuren Beitrag für einen Freizeitclub leisten?", entschlüpfte es ihm.

Martine zuckte mit den Schultern. „Sicher ist mein Gehalt nicht gerade üppig, aber ich habe gespart und wollte mir was Gutes tun. Andere geben ihr Geld für teure Klamotten oder Schmuck aus, ich eben für meine Freizeitgestaltung und die Chance, einen Mann mit einem guten Job und ähnlichen Interessen kennenzulernen."

„Was hast du in der Nacht gemacht?", wollte Dominique wissen.

Sie dachte kurz nach. „In dieser Woche hatte ich Nachtdienst. Sonst wäre ich auch gern mit ins Theater gegangen. Michel Leeb ist einer meiner Lieblingsschauspieler. Meine Kollegen können dir bestätigen, dass ich gearbeitet habe. Ruf einfach auf dem Revier des zwanzigsten an und frage nach dem Dienstplan von Martine Laffont.“

„In Ordnung.“ Er würde Jennifer bitten, sich bei ihren Kollegen aus dem 20. Arrondissement zu erkundigen, denn ihm würde man kaum darüber Auskunft erteilen. Ob Martine darauf spekulierte?

„Fällt dir denn jemand im Club ein, der ein Motiv haben könnte? Mit Marc, Jean-Louis und Alain sind wir durch, die haben alle Alibis.“

„Wer ist ‚wir‘?“

„Ich ermittle zusammen mit meiner Partnerin. – Sie ist auch meine Partnerin im Leben, genauer gesagt meine Ehefrau“, fügte er hinzu, als er ihren fragenden Blick sah.

Erneut wirkte sie enttäuscht. Sie zog die Mundwinkel nach unten und zuckte mit den Schultern.

„Mir fällt sonst niemand ein, der ein Motiv hatte, Yvonne zu ermorden. Und nur zu deiner Information: Ich mochte sie nicht, aber wenn ich deswegen töten würde, gäbe es in Paris viel weniger Einwohner!“ Sie zog ihr Portemonnaie aus der Tasche und warf einen Schein auf den Tisch. „Ich zahle selbst. Ich nehme an, das war es jetzt?“

Dominique bedauerte, dass sie es krummnahm, aber er sah auch keine Notwendigkeit, sich zu entschuldigen. „Danke“, sagte er nur und lächelte sie an.

„Sehr gerne“, erwiderte sie frostig, hängte sich ihre Tasche über die Schulter und verschwand in der Menschenmenge auf den Trottoirs.

***

Bernard Mondy hatte Dominique zu einem Treffen in sein Büro in La Défense zitiert, um die Lage zu besprechen. Die Fingerspitzen in Brusthöhe gegeneinander gelegt, hörte er konzentriert zu, was Dominique ihm über die letzten Nachforschungen berichtete.

„Fast alle Leute, die aus meiner Sicht zumindest den Hauch eines Motivs hätten, haben Alibis.“ Jennifer hatte ihm nach kurzer Rücksprache mit den Kollegen vom 20. Arrondissement bestätigt, dass Martine in jener Nacht Dienst gehabt hatte. „Lediglich das von Hélène konnte ich noch nicht überprüfen, da ich diesen Thierry noch nicht kennengelernt habe. Aber ich ...“

„Den kenne ich“, unterbrach ihn Mondy, dessen Gesicht einen immer verdrießlicheren Ausdruck angenommen hatte. „Ich rufe ihn mal an.“ Er nahm sein Handy, suchte in den Kontakten und wählte eine Nummer. „Thierry? Hier ist Bernard. Du, ich habe mal eine kurze Frage. Sie wird dir jetzt vielleicht sonderbar vorkommen, aber bitte beantworte sie mir einfach mit Ja oder Nein, *d'accord*? Nach eurem Besuch in dem Nachtclub *Mona Lisa* – du weißt schon, der Abend, an dem zuvor der Theaterbesuch war –, hast du da Hélène nach Hause gefahren?“ Er hörte seinem Gesprächspartner aufmerksam zu. Offenbar war dieser bereit, mit mehr als nur Ja oder Nein zu antworten.

„Ach? Soso. Du Halunke! Freut mich für euch. Danke. Ich erkläre es dir ein anderes Mal. Wiederhören.“ Er unterbrach die Verbindung und seufzte. „Er hat sie nicht nur nach Hause gefahren, sondern war sogar noch bis drei oder vier Uhr morgens bei ihr. Damit hat sich das erledigt, oder?“

„Sofern seine Aussage stimmt“, schränkte Dominique ein. „Natürlich könnte Hélène ihn gebeten haben, ihr dieses Alibi zu geben.“

Mondy schüttelte den Kopf und winkte ab. „Ich kann mir Hélène einfach nicht bei so etwas vorstellen. Für einen geplanten Mord reicht ihr Motiv nicht, finde ich, und einen Mord im Affekt traue ich ihr nicht zu. Sie wirkt immer recht ausgeglichen und liebenswürdig. Wen haben wir jetzt noch?“

„An Christian Lenoir bin ich noch nicht herangekommen, aber wir arbeiten daran. Ansonsten gibt es keine Verdächtigen mehr. Sind Sie sicher, dass von Ihrer Familie niemand in Frage kommt?“

„Absolut! Zumal sie auch kaum Kontakt zu Yvonne hatten und sich bestimmt nicht mitten in der Nacht mit ihr verabredet hätten.“

„Wie wollen wir nun weiter vorgehen?“, wollte Dominique wissen. „Wenn ich Ihre Familie nicht überprüfen soll –“

„Auf keinen Fall!“

„Ich könnte noch weiter im *Club Actuel* graben, aber ich bin nicht sicher, ob ich da fündig werde.“

„Außer einer hohen Spesenrechnung ist bei Ihren Ermittlungen überhaupt nichts herausgekommen“, sagte Mondy verdrossen. „Prüfen Sie noch, ob Lenoir in Frage kommt. Wenn nicht, beenden Sie die Sache und schicken mir Ihre Abschlussrechnung.“

„Wie Sie wünschen, Monsieur." Etwas bedrückt
steckte Dominique seine Unterlagen in seine Aktentasche und erhob sich. Er hasste es, bei Nachforschungen
keine Erfolge vorweisen zu können.

33

Giuliana hielt sich in einem Winkel des großen sandfarbenen Gebäudes versteckt und beobachtete, wie immer mehr Mitarbeiter die Büros der Parteizentrale verließen, die in einer sehr gediegenen Gegend nahe des Invalidendoms lag. Nun würde es nicht mehr lange dauern.

Gegen achtzehn Uhr dreißig rückte die Putzkolonne an und kam auf den Seiteneingang zu, neben dem sie sich herumdrückte. Eine der Frauen spähte nach etwas aus. Giuliana gab ihr ein Zeichen und winkte sie heran. Zögernd näherte sich die ältliche türkische Putzfrau, mit der sie sich am Vorabend unterhalten hatte.

„Iyi akşamlar, Hafsa", sagte Giuliana zu ihr und drückte ihr zweihundert Francs in die Hand. „Wir machen alles wie gestern besprochen. Leih mir deinen Kittel und dein Badge und warte im Bistro gegenüber. Ich bringe dir beides zurück, sobald ich fertig bin."

„Tamam, Giuliana. Aber du versprichst mir, dass ich keinen Ärger bekommen werden? Ich brauche diesen Job." Sie blickte sich unruhig um und steckte schnell das Geld ein.

„Kein Mensch wird je davon erfahren, dass du mir geholfen hast", versicherte sie. „Ich will auch nichts stehlen oder sonst was Illegales machen. Wo ist Lenoirs Büro?"

„Die Chefbüros sind in der obersten Etage, links vom Treppenhaus. Aber da putzt Fatima."

„Hast du sie heute schon gesehen?"

„Nein. Meistens kommt sie eine halbe Stunde später, denn die beiden Vorsitzenden arbeiten oft lange und lassen sich nicht so gern durch die Putzkräfte stören." Hafsa zog einen hellblauen Kittel aus ihrer Umhängetasche und reichte ihn Giuliana, die hineinschlüpfte.

„Und deren Sekretärinnen?"

„Die sind meistens schon weg."

„Bestens." Alles andere hatte ihr die Reinigungskraft bereits erklärt. Sie zog ein buntes Tuch aus ihrer Handtasche und wickelte es sich um den Kopf. „Also bis gleich. Wünsch mir Glück, Hafsa."

Unbehelligt durchquerte Giuliana zusammen mit zwei anderen Frauen der Putzkolonne die kleine Eingangshalle des Gebäudes, fand die Tür, die nur mit einem codierten Ausweis geöffnet werden konnte, und passierte sie ohne technische Probleme mit Hafsas Badge.

„Wer bist du denn, dich habe ich hier ja noch nie gesehen", sagte eine Reinigungskraft misstrauisch, als sie die Staubsauger aus einem kleinen Raum mit Putzutensilien holten.

„Ich nur heute Vertretung machen, Firma mich schicken", radebrechte Giuliana in einer Mischung aus Türkisch und Französisch. Sie wusste, dass Türkisch in Paris weitaus weniger verstanden wurde als Arabisch, und je weniger sie mit den anderen reden musste, desto geringer war das Risiko, enttarnt zu werden.

Die andere zuckte mit den Schultern und wandte sich ab.

Den Staubsauger hinter sich herziehend schlurfte Giuliana in den billigsten Sportschuhen, die sie in ihrem Schrank gefunden hatte, den langen Flur der obersten Etage entlang.

Ein Bewegungsmelder löste helles Licht aus. Giuliana zuckte zusammen und wollte in den Schatten eines Türrahmens ausweichen. Dann schüttelte sie lächelnd den Kopf über sich selbst. Sie war nicht in das Gebäude eingebrochen, sondern war zum Putzen hier. Zumindest sollte es so aussehen.

Dank der Namensschilder neben den Türen fand sie problemlos das Büro von Christian Lenoir, klopfte an und betrat das Vorzimmer. Wie sie gehofft hatte, war es leer, die Lichter gelöscht, die beiden Schreibtische aufgeräumt. Die Tür zum Chefbüro stand einen Spalt offen und es brannte darin Licht.

Giuliana klopfte an und betrat mit dem Staubsauger das Büro. „Guten Abend, Monsieur Lenoir. Tut mir leid, Sie zu stören.“

Der blonde Mann am Schreibtisch, der ein Diktiergerät in der Hand hielt, sah durch sie hindurch und blickte auf den Staubsauger. „Können Sie noch fünf Minuten warten, bitte? Ich muss einen Brief zu Ende diktieren.“

„Ich wollte sowieso nicht saugen.“ Sie lehnte das Gerät gegen den Türrahmen, löste ihr unkleidsames Kopftuch und schüttelte ihre Haare zurecht.

Nun hatte sie seine Aufmerksamkeit. Er ließ das Diktiergerät sinken und starrte sie an. „Was soll das?“

„Ich möchte nur kurz mit Ihnen reden, und auf dem Dienstweg schien es leider nicht möglich.“ Sie knöpfte ihren unförmigen Kittel auf, unter dem sie enge Jeans und ein figurbetontes, tief ausgeschnittenes Shirt trug.

Christian Lenoir schluckte. „Was wird das? Wer sind Sie?“

„Mein Mann hat drei Mal versucht, Sie zu kontaktieren, aber entweder haben seine Nachrichten Sie nicht erreicht oder Sie hatten keine Zeit, seine Anfragen zu beantworten.“ Sie näherte sich seinem Schreibtisch.

„Und da dringen Sie mit so einem Trick bei mir ein? Ich werde den Sicherheitsdienst rufen!“ Er hob den Telefonhörer ab.

„Bitte nicht. Geben Sie mir nur fünf Minuten.“ Sie beugte sich vor und legte schnell ihre Hand auf seine, deren Finger bereits zu wählen begannen. „Ich bitte Sie.“

Er fixierte wie hypnotisiert ihr Gesicht und ließ es zu, dass sie den Hörer in seiner Hand wieder auf die Gabel drückte.

„Ich bin sehr beschäftigt und kann nicht auf jede Anfrage reagieren“, sagte Lenoir angespannt und entzog Giuliana langsam seine Hand. „Wer ist Ihr Mann und worum geht es?“

„Wir sind Privatdetektive. Dominique und Giuliana Demesy von *Demesy Investigations*. Es geht um Yvonne Bellancourt.“

„Kenne ich nicht“, behauptete er, doch sie hatte das winzige Aufblitzen in seinen Augen gesehen. „Daher kann ich Ihnen leider nicht behilflich sein.“

„Vielleicht doch. Wir untersuchen ihren Tod.“

„Was?“ Kurz malte sich Entsetzen in seine klaren glatten Züge. Er schluckte und ließ sich tief in seinen

Chefsessel zurücksinken. „Was ist passiert?", fragte er mit rauer Stimme.

„Darf ich mich setzen?"

„Natürlich. Entschuldigen Sie." Er war blass geworden und atmete unregelmäßig. Für einen abgebrühten Spitzenpolitiker zeigte er erstaunlich viel Emotion.

Giuliana setzte sich auf den Besucherstuhl vor seinem Schreibtisch. „Nun, wahrscheinlich war es ein Freitod."

„Freitod? Yvonne?" Ungläubig und zweifelnd starrte er sie an.

„Sie haben Sie gut gekannt, oder?", meinte Giuliana sanft.

Lenoir räusperte sich. „Nein, nicht so sehr."

„Nun, sagen wir mal, gut genug, um nackt in ihrem Bett zu liegen", sagt sie fast entschuldigend und hielt ihm das kompromittierende Foto hin, das sie zuvor in ihre Kitteltasche gesteckt hatte.

Er sog hörbar Luft durch die Nase ein. „Was wollen Sie nun von mir?"

„Yvonnes Verlobter zweifelt an der Schlussfolgerung der Polizei, dass es ein Suizid war, und dem gehen wir nach."

„Ach, und da kommen Sie darauf, dass ich mal eine Affäre mit ihr hatte und halten mich für den Mörder?", fragte er halb verärgert und halb amüsiert.

„Nicht ernsthaft. Aber wir müssen nun mal allen Spuren nachgehen, das sind wir unserem Auftraggeber schuldig."

„Ich habe doch überhaupt kein Motiv! Wir hatten eine ungefähr zweimonatige Affäre, die wir Anfang des Jahres einvernehmlich beendet haben. Wir hatten Spaß miteinander und mochten uns sehr, waren aber nicht glühend ineinander verliebt. Warum sollte ich sie umbringen? Noch dazu fünf Monate später?“

„Vielleicht hat sie etwas Unangenehmes über Sie erfahren, womit sie nun an die Öffentlichkeit gehen wollte?“

„Lächerlich. Ich bitte Sie!“, protestierte er stirnrunzelnd. „Wie ist sie überhaupt gestorben?“

„In der Seine ertrunken. Nach einer Kollision mit einem Brückenpfeiler.“

„Bitte?“ Er starrte sie befremdet und entsetzt an. „Wie darf ich das verstehen?“

„Wir würden auch gern verstehen, wie es genau passiert ist. Dem Anschein nach ist sie ins Wasser gesprungen oder gestoßen worden und mit dem Kopf an einen der Tragpfeiler geknallt. Und das war die Todesursache.“

Lenoir schluckte. „Wie schrecklich.“

„Wo waren Sie in der Nacht vom 10. auf den 11. Juni?“

Er atmete hörbar auf. „Da war ich in Brüssel. Es waren Europawahlen.“

Giuliana schlug sich die Hand vor die Stirn. „Ach, deswegen war mir Ihr Gesicht auch so vertraut. Es war auf etlichen Wahlplakaten, die in der Stadt hingen, oder?“

„Gut zu wissen, dass die Plakate bemerkt wurden“, erwiderte er ironisch. „Aber ich denke mal, Sie konnten mich ebenfalls regelmäßig in den Nachrichten sehen.“

„Ich komme nicht oft dazu, den Fernseher einzuschalten.“ Sie lächelte entschuldigend. „Würden Sie mir verraten, in welchem Hotel Sie untergekommen sind?“

„Im Hilton.“

Um es nicht zu sehr nach einem Verhör klingen zu lassen, senkte Giuliana ihre Stimme in ein vertrauliches Timbre. „Haben Sie die Nacht allein verbracht?"

Lenoir beugte sich vor, stützte die Ellenbogen auf die Tischplatte, das Kinn auf die Hände und lächelte ihr direkt in die Augen. „Leider ja."

Ihr Blick wanderte zu seinem Mund und blieb dort hängen. Schmale, aber sanft wirkende Lippen, über die sicher schon viele Lügen geflossen waren.

Sie legte den Kopf schief. „Also nur ein halbes Alibi."

Er lehnte sich wieder zurück und verschränkte die Arme vor der Brust. „Ich sehe Ihnen an, dass Sie gerade versuchen, sich auszurechnen, ob man es in einer Nacht von Brüssel nach Paris und zurück schafft."

„Ist doch logisch, dass ich darüber nachdenke. Was für eine Detektivin wäre ich, wenn ich Ihnen alles glauben würde, ohne die Fakten zu prüfen?"

„Mit dem Auto sind es dreieinhalb Stunden. Ich bin geschmeichelt, dass Sie mir so viel Energie zutrauen, die Nacht durchzumachen, aber ich hatte sowohl am 10. als auch am 11. Juni einen vollen Terminplan und hätte das ohne mindestens sechs Stunden Schlaf nicht durchgehalten."

„Ich vermute, Sie haben einen Chauffeur, lieber Monsieur Lenoir, und könnten auf der Rückbank Ihrer Limousine ein Nickerchen halten."

Er schien langsam Gefallen an diesem Schlagabtausch zu finden und lächelte sie friedlich an. „Ich bin nach Brüssel geflogen, mein Chauffeur ist in Paris geblieben und hat seine freien Tage genossen."

Giuliana seufzte. „Sie haben mir gerade das Stichwort gegeben: Es gibt Flugzeuge. Und einen Schnellzug."

„Ich war bei einem Abendessen, das sich bis kurz nach zweiundzwanzig Uhr hingezogen hat. Dafür gibt es mindestens ein Dutzend Zeugen. Und um sieben Uhr morgens habe ich gemeinsam mit dem luxemburgischen Außenminister gefrühstückt. Sie können gern in seinem Büro nachfragen. Ich kenne die Flugpläne und die Fahrtzeiten des Thalys und der anderen Bahnverbindungen natürlich nicht auswendig, aber meiner Meinung nach wird das zu knapp. Und warten Sie, da fällt mir noch etwas ein." Er wühlte in Unterlagen, die sich auf seinem Tisch häuften, zog eine Klarsichthülle mit losen Belegen hervor und schob Giuliana einen hin. „Ich konnte an jenem Abend nicht einschlafen und hatte nach dem gehaltvollen Essen leichte Magenbeschwerden. Daher habe ich beim Zimmerservice einen Kamillentee bestellt. Auf der Hotelrechnung steht die Uhrzeit: 0 Uhr 32. Und dank des üppigen Trinkgelds und unserer kurzen Diskussion über den Zusammenhang zwischen Mond und Schlafstörungen wird sich der Zimmerkellner vielleicht sogar an mich erinnern, falls Sie ihn befragen möchten."

Giuliana warf einen Blick auf das Dokument. „Perfekt. Darf ich eine Kopie davon haben?"

Seufzend erhob er sich, ging zum Faxgerät, das auf einem Sideboard stand, und kopierte den Beleg.

„Als Nächstes werden Sie wohl überlegen, ob ich einen Auftragskiller engagiert habe, um Yvonne zu ertränken?", fragte er, als er Giuliana die Kopie reichte.

„Nein, davon gehen wir nicht aus. Hat Ihre Frau eigentlich etwas von der Affäre mitbekommen?"

„Nein." Sein Ton verschärfte sich wieder. „Wollen Sie jetzt etwa meine Frau verdächtigen?"

„Es wäre nicht das erste Mal, dass aus Eifersucht ein Mord geschieht."

Er stand dicht vor ihr und blickte finster auf sie hinunter, und obwohl er nicht sehr groß für einen Mann war, wirkte er auf einmal bedrohlich. „Ich warne Sie, lassen Sie meine Familie aus dem Spiel! Wenn Sie meiner Frau etwas stecken, werde ich Ihrer Agentur Schwierigkeiten machen, das kann ich Ihnen versichern."

„Glaube ich Ihnen ohne weiteres. Keine Sorge, haben wir nicht vor", versicherte Giuliana rasch. „Und da die Affäre ja bereits seit mehreren Monaten beendet war und Yvonne sich inzwischen verlobt hatte, erscheint es mir in der Tat sehr unwahrscheinlich, dass Ihre Frau etwas damit zu tun hat."

Lenoir warf einen Blick auf seine Armbanduhr. „Ich habe mich gefreut, Sie kennenzulernen, chère Madame, doch nun möchte ich Sie bitten, mich alleinzulassen. Ich habe noch zu tun."

„Natürlich." Giuliana erhob sich und ging zur Tür. „Nur interessehalber: Wie haben Sie und Yvonne sich eigentlich kennengelernt?"

„Bei einer Charity-Veranstaltung. Ich war dienstlich dort und sie, um eine Bekannte zu unterstützen, die Vorsitzende dieser Wohlfahrtsorganisation ist."

„Aha, sehr löblich. Danke, dass Sie sich die Zeit genommen haben, mit mir zu reden. War doch gar nicht so schlimm, oder?" Sie blinzelte ihm zu.

„Sicher ein größeres Vergnügen als mit Ihrem Ehemann." Er lächelte und sein stahlblauer Blick, der auf einmal gar nicht mehr so hart war, hielt ihren fest. „Würden Sie mich auf dem Laufenden halten über Ihre

Ermittlungen? Ich möchte auch wissen, warum und durch wen Yvonne gestorben ist." Er griff in die Innentasche seines Jacketts und reichte ihr seine Visitenkarte. „Unter meiner Handynummer erreichen Sie mich direkt."

„Mach ich." Giuliana steckte die Karte ein und gab ihm im Austausch ihre eigene. „Falls Sie mal das Sicherheitssystem des Gebäudes checken lassen wollen, darauf bin ich spezialisiert. Könnte gewiss nicht schaden."

Er lachte leise. „Das haben Sie mir perfekt demonstriert. – Vergessen Sie Ihren Staubsauger nicht."

34

Am nächsten Morgen im Büro checkte Giuliana vorsichtshalber noch einmal die Flugpläne und Bahnfahrtzeiten zwischen Paris und Brüssel.

„Er kann es nicht gewesen sein", sagte sie zu Dominique. „Wenn er um halb eins den Zimmerservice bestellt hat und um sieben Uhr einen Frühstückstermin hatte, gibt es keine Möglichkeit, in dieser Zeit von Brüssel nach Paris und zurück zu fahren oder zu fliegen."

„Haben wir Beweise für den Sieben-Uhr-Termin?"

Giuliana grinste. „Kannst dich ja gerne bemühen, zum luxemburgischen Außenminister vorzudringen, um es dir bestätigen zu lassen."

„Nein, danke", knurrte er.

„Ich glaube Lenoir, dass er mit der Sache nichts zu tun hat. Er wirkte überrascht und aufrichtig erschüttert, als er von Yvonnes Tod gehört hat."

„Politiker sind meistens gute Schauspieler, vergiss das nicht. Dennoch – nach deiner Schilderung halte ich es auch für extrem unwahrscheinlich. Tja, das war unsere letzte Spur." Er seufzte. „Adieu, du schöne Prämie."

„Und falls es doch jemand von Mondys Seite war?"

„Halte ich nicht für ausgeschlossen. Aber ich kann schließlich nicht gegen seinen Willen seine Kinder und Ex-Frau überprüfen, und er hat sich noch einmal kategorisch dagegen ausgesprochen, als ich ihm das vorgeschlagen habe. Im Übrigen will er, dass wir die

Nachforschungen beenden, wenn sicher ist, dass Lenoir es nicht war. Der zweite Vorschuss ist bereits aufgebraucht, jetzt hat er genug."

„Ich habe auch genug von diesem Fall, es wird langsam zermürbend." Giuliana rubbelte mit den Fingerspitzen über ihre Stirn. „Wir können doch nicht jeden, der mit Yvonne zu tun hatte, unter Generalverdacht stellen. Wir werden nun alle akzeptieren müssen, dass sie sich tatsächlich umgebracht hat. Immerhin haben wir darüber nun mehr oder weniger Gewissheit."

„Ich habe anhand der Aussagen all dieser Leute ein kleines Profil über Yvonne erstellt – damit kann sich Bernard an einen Psychologen wenden, falls er sich erklären lassen will, wie der Suizid in Yvonnes Persönlichkeit hineinpasst."

„Dann war's das jetzt?" Erleichtert klappte sie die Akte zu.

„So gut wie. Ich werde nochmal mit Emmanuel sprechen und ihm einige Fragen über seine Mutter stellen, um dieses Persönlichkeitsprofil abzuschließen."

Dominique verabredete sich für denselben Nachmittag mit dem Studenten und besuchte ihn wie beim ersten Mal in seiner Wohnung in Gentilly.

Er gab ihm die Fotos von Yvonne zurück, die er sich ausgeliehen hatte, und fasste die ergebnislosen Ermittlungen der letzten Tage zusammen.

„Also nichts", meinte Emmanuel betrübt. „Dann müssen wir uns wohl alle damit abfinden, dass sie nicht mehr leben wollte. Wenn ich nur verstehen könnte, wieso."

Dominique nickte. „Wir werden versuchen, wenigstens dies zu entschlüsseln. Würden Sie mir von ihr erzählen? Ich habe nun so viel über sie gehört, über ihre Wirkung auf Leute, die sie gekannt haben, aber ich konnte mir kein Bild davon machen, wie sie als Familienmensch war, so richtig privat, meine ich."

„Ist das denn noch wichtig?"

Er wollte ihm nicht sagen, dass er ein Profil über sie erstellt hatte, das Mondy vielleicht einem Psychologen vorlegen würde.

„Ich habe mich nun wochenlang sehr intensiv mit Ihrer Mutter beschäftigt, ohne sie je persönlich getroffen zu haben. Sie muss eine faszinierende Frau gewesen sein und ich habe das Bedürfnis, noch mehr über sie zu erfahren", sagte er ausweichend und erkannte in dem Moment, dass es der Wahrheit entsprach.

„Das verstehe ich. Aber da gibt es so viel ... Wo soll ich anfangen?" Ratlos blickte Emmanuel ihn an.

„Wie war sie als Mutter? Haben Sie besondere Erinnerungen aus Ihrer Kindheit?"

„Sie war eine tolle Mutter, sehr liebevoll, hat uns verwöhnt, wo es nur ging. Einerseits war sie zu jedem Streich aufgelegt, fast wie eine Spielkameradin, und sie hatte ein kindliches Vergnügen daran. Sie war stets so gut gekleidet und so hübsch, dass ich immer stolz auf sie war."

Mit gerührtem Lächeln blickte er auf das Foto, das Yvonne im Alter von ungefähr dreißig Jahren zeigte. „Andererseits konnte sie auch streng sein, weil es ihr wichtig war, uns gut zu erziehen. Sie hat ihren Perfektionismus auf uns übertragen wollen. Wir sollten nicht nur in der Schule glänzen, sondern sie hat auch auf eine sinnvolle Freizeitgestaltung Wert gelegt. Wir hatten Klavierunterricht, Tennisstunden, Amélie sollte

Ballett tanzen – allerdings hat ihr das gar nicht gelegen, sodass sie bald wieder aufgehört hat und stattdessen Reitunterricht bekam, aber das war auch nicht ihr Ding – und Kurse in Schach und Segeln, als wir etwas älter waren."

Klingt anstrengend, dachte Dominique bei sich und erinnerte sich daran, dass er es als Kind genossen hatte, in seiner Freizeit einfach nur durch die Gegend zu streifen, Räuber und Gendarm mit seinen Kameraden zu spielen und auf Bäume zu klettern.

„Sie hat genau darauf geachtet, dass wir uns nicht um schulische Verpflichtungen drücken. Sofern wir nicht mindestens 38 Grad Fieber hatten, durften wir der Schule nicht fernbleiben. Natürlich haben wir hin und wieder ein wenig rebelliert. Amélie ist bald Expertin darin geworden, Mamans Handschrift nachzumachen und sich ihre Entschuldigungsschreiben selbst zu erstellen, wenn sie den Sportunterricht oder gleich den ganzen Tag schwänzen wollte", erzählte Emmanuel mit einem kleinen Auflachen. „Hat nie jemand gemerkt."

Dominique lächelte amüsiert. Dann gefror seine Miene. Wie war das gerade? Er fixierte Emmanuel prüfend, doch der junge Mann hielt seinen Blick auf die Fotos seiner Mutter gesenkt, versunken in seine Kindheitserinnerungen.

Dominique lag es auf der Zunge, nachzufragen, schluckte es jedoch schnell hinunter. Amélie durfte nicht gewarnt werden. In seinem Kopf rasten die Gedanken. Er hatte es eilig, sich zu verabschieden.

Konnte etwas so Schwerwiegendes vorgefallen sein, dass Amélie ihre Mutter getötet hatte? Und den Abschiedsbrief gefälscht hatte? Das könnte eine

Erklärung für all die widersprüchlichen Fakten sein. Sie schien so unter dem Tod ihrer Mutter zu leiden – aber vielleicht litt sie vor allem unter Reue und Schuldgefühl und der Angst vor Entlarvung.

Auf dem Nachhauseweg war er wie elektrisiert von dieser plötzlichen Entdeckung und brannte darauf, sie mit Giuliana und danach auch mit Jennifer zu besprechen. Den Weg von der Metro zur Wohnung rannte er beinahe.

35

„Dass wir daran nicht gedacht haben!" Giuliana schlug sich mit der flachen Hand vor die Stirn, als Dominique ihr von dem Gespräch mit Emmanuel und seinem Verdacht berichtete. „Und Amélie hat kein Alibi, so viel wissen wir bereits."

„Wie hätten wir denn sofort auf die Sache mit der perfekt imitierten Handschrift kommen sollen? Ein finanzielles Motiv war unwahrscheinlich, da die Kinder schon zu Lebzeiten ihrer Mutter extrem verwöhnt wurden, und Mondy sagte, die würden sich gut verstehen."

„Der wird nicht alles mitbekommen haben. Bestimmt wollte sie ihre neue Beziehung nicht mit familiären Problemen belasten. Leute wie Yvonne sind obendrein Meister darin, allen heile Welt vorzuspielen. War in meiner Familie auch so. Ich könnte mir einiges als Motiv vorstellen. Als ich in Amélies Alter war, hätte ich meine Mutter auch am liebsten im Wasser versenkt." Sie lachte bitter auf. „Was meinst du, was zwischen Müttern und Töchtern alles für Konflikte schwelen können."

„Ich habe so eine Ahnung. Es gab ja Gründe, warum Cathérine mir damals Jennifer nach Indien geschickt hat, damit ich mal väterliche Autorität walten lasse. Was natürlich voll in die Hose gegangen ist." Er verzog selbstkritisch den Mund. „Übrigens, mir ist auch eingefallen, dass Emmanuel bei unserer ersten Begegnung erwähnt hat, Amélie habe sich gerade von ihrem Freund getrennt – ausgerechnet unmittelbar vor dem Tod ihrer Mutter. Das mag Zufall sein, aber ... Na, du weißt ja, was in solchen Dingen vom Zufall zu halten ist.“

Sie nickte. „Könnte irgendwas damit zu tun haben, eine Krise heraufbeschworen haben. Hat Emmanuel nicht erwähnt, warum?“

„Nein, nur dass nicht ihr Freund sie hat sitzen lassen, sondern dass Amélie ihn nicht mehr sehen wollte.“

„Eher noch hätte ich an Emmanuel als Täter gedacht – er war mir in letzter Zeit beinahe zu kooperativ und hat plötzlich immer neue Verdächtige aus dem Hut gezaubert“, sagte sie nachdenklich.

„Vielleicht, um den Verdacht von seiner Schwester abzulenken? Er könnte inzwischen etwas erfahren haben.“

„Und dann bindet er dir auf die Nase, dass sie die Handschrift ihrer Mutter imitieren kann?“

„Vielleicht hat er sich einfach nur verquatscht. Er war ganz schön versunken in seine Erinnerungen.“

Giuliana verschränkte die Arme vor der Brust. „Oder aber er war es und will seiner Schwester die Tat in die Schuhe schieben.“

„Dazu müsste er derjenige sein, der die Schrift seiner Mutter imitieren kann. Und falls sie es gemeinsam waren, würde er kaum den Verdacht auf Amélie lenken. Nein, ich glaube nicht, dass Emmanuel damit etwas zu tun hat. Allenfalls hat er mir die Sache mit der Schrift gesteckt, weil er will, dass sie bestraft wird, um den Tod der Mutter zu rächen, ohne sie selbst anzeigen zu müssen.“

„Und was machen wir jetzt?"

„Als Erstes werde ich Mondy informieren. Falls sie ihm ans Herz gewachsen ist, möchte er möglicherweise gar nicht, dass sie wegen Mordes verurteilt wird."

„Das wird sie auch nicht, wenn wir keine Beweise finden", erwiderte Giuliana nüchtern. „In Jennis Notizen steht, dass nur Yvonnes eigene Fingerabdrücke in dem Notizbuch mit dem Abschiedsbrief gefunden wurden. Wir haben also nichts in der Hand – auf dieser Grundlage wird die Polizei ihre Ermittlungen nicht wieder aufnehmen, oder?"

„Ich werde Jennifer fragen. Wir können die Sache ja nicht einfach auf sich beruhen lassen. Oder doch?"

Dominique dachte an die verweinte junge Frau. Falls sie unschuldig war, würde es ihr noch mehr Leid zufügen, wenn man sie des Mordes an ihrer Mutter beschuldigte.

Es wäre nicht das erste Mal, dass er eine Kriminelle laufen ließ, aus Mitleid, aus Sympathie oder, wie bei Giuliana, aus Liebe. Wobei sie damals seinem Ringen zwischen Verantwortungsbewusstsein und Gefühlen mit ihrer Pistole ein jähes Ende gesetzt hatte. Doch bei all diesen Aufträgen war es nie um ein Tötungsdelikt gegangen.

„Ich weiß, dass dir so etwas schwerfällt, sevgili", sagte sie sanft. „Wir wissen ja nicht, was vorgefallen ist. Aber stell dir vor, Amélie ist tatsächlich gefährlich, hat ein hohes Aggressionspotenzial und bringt vielleicht noch jemanden um. Willst du das auf dem Gewissen haben, weil du jetzt Mitleid mit ihr hast?"

Er nickte widerstrebend. „Du hast ja recht. Ich werde erst Jenni fragen, was wir tun können und sollten, und dann Mondy entsprechend informieren.“

***

„Amélie? Hier ist Giuliana – die Freundin Ihrer Mutter aus Italien“, sagte Giuliana und schritt unruhig mit dem Hörer in der Hand im Agenturbüro auf und ab, während Dominique, der an seinem Schreibtisch saß, aufmerksam ihren Worten lauschte. „Bernard Mondy hat mir Ihre Nummer gegeben, ich hoffe, das war in Ordnung.“ Mondy war wie vom Donner gerührt gewesen, als er von dem neuen Verdacht erfuhr, doch er hatte keine Einwände gegen ihren Plan erhoben.

„Ja, schon okay“, erwiderte Amélie mit ihrer leisen, trägen Stimme. „Worum geht‘s?“

„Wir hatten auf der Beerdigung leider keine Gelegenheit, uns ein wenig zu unterhalten. Ich würde das aber sehr gerne nachholen.“

„Warum?“, fragte sie verblüfft.

„Sehen Sie … Sie erinnern sich nicht mehr daran, weil Sie damals noch zu jung waren, aber ich habe Sie als kleines Kind gekannt und dadurch, dass Ihre Mutter mir in all den Jahren immer wieder Fotos von Ihnen und Ihrem Bruder geschickt hat, gehören Sie für mich irgendwie zu meinem Leben. Ich fände es sehr schade, wenn das jetzt durch die Umstände einfach aufhören würde. Und ich bedaure, dass es so selten Gelegenheit gab, Sie persönlich zu treffen. Ich möchte Sie ein bisschen besser kennenlernen. Vielleicht tröstet mich das ein wenig über Yvonnes Verlust hinweg.“ Giuliana biss sich auf die Lippen. Das war wohl etwas zu dick

348

aufgetragen gewesen. Doch Dominique nickte ermutigend und deutete mit in der Luft kreisender Hand an, weiterzumachen.

„Meinetwegen", stimmte Amélie nach kurzem Zögern zu. „Treffen wir uns auf einen Kaffee."

„Oh, wunderbar. Wie wäre es mit dem Café *Select* in Montparnasse", schlug sie schnell vor, damit Amélie nicht auf die Idee kam, sie zu sich nach Hause einzuladen. Das würde die Pläne zunichtemachen oder zumindest erschweren. Noch dazu benötigten sie eine ruhige Location mit bestimmten Gegebenheiten. Ersteres war in Paris nicht gerade leicht zu finden.

„Können Sie lieber in meine Gegend kommen?", meinte Amélie. „Ich habe zurzeit viel um die Ohren mit der Uni und all den Sachen von meiner Mutter ... Ich wohne in Gentilly. Das *Café de la Gare* ist nicht schlecht und vor allem recht ruhig, da können wir besser reden."

„In Ordnung, gern. Wann passt es Ihnen?" Sie warf einen Blick auf den Zettel, den Dominique hochhielt, und auf dem er Jennifers freie Zeiten notiert hatte. Sie sollte nach Möglichkeit dabei sein. „Wäre morgen Nachmittag zu spontan?"

„Nein, ist okay. Ich kann um sechzehn Uhr im Café sein."

„Sehr schön, ich freue mich."

36

Giuliana ließ ihre Blicke unruhig durch das *Café de la Gare* in Gentilly schweifen. Zwar hatte die junge Frau am Telefon zögernd zugestimmt, aber es bestand immer noch die Möglichkeit, dass sie im letzten Moment zurückschreckte und einfach nicht erschien.

Giuliana war bereits am Vortag, gleich nach ihrem Gespräch mit Amélie, nach Gentilly gefahren und hatte das Café in Augenschein genommen. Der große, recht schmucklose Raum war nicht besonders gut besucht und es war ruhig, abgesehen davon, dass man alle paar Minuten die Züge des nahegelegenen RER-Bahnhofs hörte. Im Hintergrund gab es eine Art Séparée, dessen Falttüren zum Hauptraum jedoch geöffnet waren. Das war perfekt. Vorsichtshalber hatte sie dort einen Tisch direkt hinter der Tür reservieren lassen und das Personal gebeten, Amélie bei ihrem Eintreffen Bescheid zu sagen, wo sie sie finden würde.

Angespannt blätterte Giuliana durch die dünne Getränkekarte, ohne wirklich etwas zu lesen. Sie wusste, was von diesem Gespräch, was von ihr abhing, doch sie war weder Psychologin noch Kriminologin und konnte nur ihrem Instinkt folgen, um Amélie zu provozieren und sie dadurch vielleicht unvorsichtig werden zu lassen. Unter dem Kragen ihrer kurzärmeligen Bluse verbarg sich eine Wanze. Dominique und Jennifer, die sich nach Amélies Ankunft in den vorderen Raum setzen würden, um nicht von ihr erkannt zu werden, würden winzige Abhörgeräte in den Ohren tragen, damit sie das Gespräch genau verfolgen konnten.

„Ach, hier haben Sie sich versteckt." Amélie stand plötzlich vor ihr und deutete ein winziges Lächeln an.

„Ich dachte, hier können wir ungestörter reden." Giuliana erhob sich und küsste ihr die Wangen. „Bonjour. Ich freue mich, dass Sie gekommen sind."

Die junge Frau nickte nur und setzte sich auf den Stuhl gegenüber von Giulianas, ohne ihre Jeansjacke auszuziehen, wie um zu betonen, dass sie nicht lange bleiben wollte. Aber vielleicht war ihr auch einfach nur kalt – es war an diesem Tag regnerisch und dadurch frisch geworden.

„Was möchten Sie trinken? Ich lade Sie natürlich ein."

„Einen Tee, bitte."

Der Ober erschien, und Giuliana bestellte Tee und Cappuccino.

„Erzählen Sie mir was von sich, Amélie", schlug sie vor und versuchte all die Wärme, die man für die Tochter einer langjährigen Freundin haben konnte, in ihre Stimme zu legen. „Wie läuft es mit dem Studium?"

„Ganz gut. Jetzt sind Semesterferien, aber ich habe trotzdem viel Arbeit dafür."

„Macht es Ihnen Spaß?"

„Ja, es ist okay." Sie stockte wieder, und Giuliana seufzte innerlich. Es würde nicht leicht sein, sie aus ihrem Schneckenhaus zu locken und zum Reden zu bringen.

„Wollen wir uns nicht duzen?", schlug sie vor. Vielleicht würde das das Eis brechen.

Amélie nickte. „Klar – wenn du eine von Mamans langjährigen Freundinnen bist ...“

„Ich bedaure es so, dass ich Yvonne in den letzten Jahren nicht mehr oft sehen konnte“, sagte Giuliana mit einem Seufzer. „Wir haben ein Treffen immer wieder auf eine günstige Gelegenheit verschoben, die nie gekommen ist. Dadurch, dass wir uns schon von Kindesbeinen an kennen, hat die Freundschaft das zum Glück überstanden.“

Während sie von einigen erfundenen gemeinsamen Kindheitserinnerungen erzählte, stellte sie fest, dass Amélie eine entspanntere Haltung annahm und sie ohne Misstrauen anblickte. „Und du willst also als Architektin in die Fußstapfen deiner Mutter treten, das finde ich großartig“, lenkte sie das Gespräch schließlich auf die junge Frau zurück.

Amélie hob ironisch die Augenbrauen. „Die Fußstapfen sind nicht sehr groß – meine Mutter hat es ja nicht gepackt, ihr Studium zu beenden, geschweige denn, jemals als Architektin zu arbeiten.“

„Nun, sie hat dich und deinen Bruder großgezogen, da ist es nicht leicht, nebenbei noch zu studieren“, gab Giuliana vorsichtig zu bedenken. „Sie hat sich immer sehr um euch beide gekümmert oder bin ich da falsch informiert?“

„Ja, hat sie“, gab Amélie widerstrebend zu. „Sie hat uns auch ständig unter die Nase gerieben, dass sie ihr eigenes Leben für uns praktisch aufgegeben hat und nur unseretwegen keine Karriere machen konnte. Sonst wäre sie die Stararchitektin Frankreichs geworden, glaubt sie. Na, wie gut, dass sie das niemandem beweisen musste." In Amélies verwaschene graublaue Augen trat ein boshafter Ausdruck.

Giuliana runzelte die Stirn ob der unerwartet harten Worte und beobachtete, wie sich hektische rote Flecken auf Amélies blassem, rundlichen Gesicht abzuzeichnen begannen. Offenbar lag da eine Menge Hass unter der Oberfläche der heilen Familie, wenn sie so schlecht über die gerade Verstorbene sprach.

„Ich bin sicher, dass es ihr einfach mehr Freude gemacht hat, sich um euch zu kümmern", widersprach sie. „Sie hat schon als Teenager gewusst, dass ihr eigene Kinder wichtiger sein würden als alles andere."

„Na, kann schon sein. Abgesehen davon wäre sie vielleicht tatsächlich eine großartige Architektin geworden", räumte Amélie ein.

„Ganz bestimmt sogar. Ich fand sie immer sehr kreativ", behauptete Giuliana auf gut Glück.

„Ja, das war sie. Und nun sollte ich vollenden, was sie nicht geschafft hat, so ist das nämlich! Nur deswegen hat sie mich dazu gedrängt, Architektur zu studieren."

„Ich dachte, du hättest das gern gemacht, weil Yvonne dein Vorbild war?"

„Mein Vorbild? Ja, sie wollte, dass es so ist. Ich sollte so sein wie sie – nicht wie ich selbst. So wie ich war, war ich ihr nie genug. Ich bin nun mal nicht so schön und selbstsicher wie sie, habe nicht so ein Charisma, das die Leute in meinen Bann schlägt, bin nicht so amüsant und fröhlich wie sie."

Da hatte ja jemand gewaltige Komplexe, dachte Giuliana betroffen.

Der Ober stellte die Getränke auf den Tisch und sie hoffte, es würde nicht Amélies Redefluss unterbrechen. Doch diese beachtete ihn kaum.

„Ich habe meine Mutter bewundert, glaub mir. Mit der Zeit habe ich dann schon selbst geglaubt, dass ich so sein wollte wie sie. Und war immer frustriert, wenn ich es nicht geschafft habe." Amélie kratzte sich nervös eine Stelle am Handrücken.

„Hm, das hört sich ja nicht so gut an. Ich dachte, ihr habt euch gut verstanden. Klang immer so, wenn Yvonne von dir und deinem Bruder gesprochen hat."

„Klar. Alle sollten glauben, dass wir uns toll verstehen, damit sie damit glänzen konnte, was für eine fantastische Mutter sie war. Es ging nicht darum, was wir wollten. Niemand hat je danach gefragt, ob ich eigentlich Bock habe, Architektin zu sein."

„Aber konntest du denn nicht ablehnen?", fragte Giuliana verwundert.

„Das habe ich versucht. Aber wenn wir nicht gespurt haben, hat sie sich so aufgeregt, dass sie tagelang mit Migräne im Bett lag. Sie will doch nur das Beste für uns und wir weisen das zurück, wir undankbaren Kinder! Wobei ... mit Emmanuel hatte sie das Problem nicht, nur mit mir. – Entschuldige. Ich weiß, man soll nicht schlecht über die Toten sprechen", fügte sie hinzu. „Aber diese Märtyrernummer war einfach belastend – gerade weil ich sie ja geliebt habe und meistens versucht habe, es ihr recht zu machen." Hastig wischte sie sich eine Träne aus dem Augenwinkel.

„Das kenne ich", sagte Giuliana mitfühlend. „So war meine Mutter auch. Das kann einen ganz schön auf die Palme bringen, was?"

Amélie nickte und warf ihr einen kurzen dankbaren Blick zu. „Oh ja! Sie ist die Heilige und man selbst ein schlechter Mensch. Dabei ist sie es doch, die die Leute hintergeht und verrät."

„Nein, nun mach mal einen Punkt", protestierte Giuliana, die gemerkt hatte, dass Widerspruch Amélie zu noch deutlicheren Worten reizte.

„Dann weißt du offenbar nicht, dass sie meinen Vater vor der Scheidung betrogen hat? Es ist rausgekommen, dass sie eine Affäre mit einem Typen hatte, der fünfzehn Jahre jünger war als sie."

Giuliana wiegte den Kopf hin und her. „Dein Vater hat Yvonne ziemlich vernachlässigt, oder? Immer nur die Praxis und die Patientinnen, sie fühlte sich alleingelassen ... So hat sie es mir jedenfalls geschildert."

„Mag sein. Aber sie hat nicht nur meinen Vater, sondern auch mich betrogen!"

„Wie das?"

„Mit dem Schlimmsten, was du dir vorstellen kannst!" Amélie trommelte heftig mit den Fingerspitzen auf die Tischplatte.

„Ich kann mir nicht vorstellen, dass Yvonne etwas Schlimmes getan hat. Dazu wäre sie doch gar nicht fähig."

„Ach nein? Wie schlimm findest du es denn, mit dem Freund deiner Tochter zu schlafen?", rief sie erbost. Ihr Blick war lebendiger geworden und flackerte.

Giuliana riss die Augen auf, und ihr Entsetzen war nicht gespielt. „Was? Bist du sicher? Aber das war bestimmt, bevor du mit ihm zusammen warst?"

„Nein, das war wenige Tage vor ihrem Tod."

„*Mamma mia!* Das hätte ich ihr nicht zugetraut! Wie hast du es herausgefunden?"

Amélie konnte nur mühsam das Zittern ihrer Finger verbergen, das auf ihre Brust überging. Sie klammerte die Hände um ihre Tasse und drückte zu, bis die Fingerkuppen weiß wurden. Die roten Flecken leuchteten auf ihrer hellen Haut, ihre Nasenflügel vibrierten vor zurückgehaltener Wut. „Es war in der Nacht des Todes meiner Mutter. Ich war bei Pierre-Eric, wir waren noch in der Spätvorstellung eines Films gewesen, weil wir beide am nächsten Tag nicht früh raus mussten. Vor dem Schlafengehen haben wir uns geliebt, und alles war eigentlich wie immer. Aber dann habe ich etwas Schreckliches entdeckt ..." Sie starrte an Giuliana vorbei ins Leere, als sähe sie die Szene wieder vor sich, während die Worte wie von selbst über ihre Lippen sprudelten.

37

Pierre-Eric löste sich aus Amélies Armen und schwang die langen, leicht muskulösen Beine aus dem Bett. „Willst du auch ein Glas Merlot?"

Sie nickte, streckte sich behaglich aus und musterte wohlgefällig das Muskelspiel seines kleinen knackigen Pos, während er das Schlafzimmer verließ. Sie waren nun schon fast ein Jahr zusammen und noch immer sehr verliebt. Mit Pierre-Eric hatte sie den besten Sex ihres Lebens. Allerdings war er erst der dritte Mann, mit dem sie intim geworden war, sie hatte also nicht viele Vergleichsmöglichkeiten. Und überhaupt verband sie sehr viel mehr als nur Sex, da war sie sicher. Mit ihm dachte sie zum ersten Mal über Familiengründung nach. Und das obwohl – oder vielleicht auch gerade weil – ihre Mutter gegen ihn war. Für sie war er ein Windhund, ein potentieller Erbschleicher, der es nur auf den Wohlstand von Amélies Familie abgesehen hatte, der sie dann aber mit der Nächstbesten betrügen würde, die seinen Weg kreuzte.

Maman muss es ja wissen, dachte Amélie bitter. Schließlich hat sie es so mit Papa gemacht – hatte einen Mann mit glänzenden Aussichten geheiratet und ihn dann mit einem jüngeren Lover betrogen. Auch wenn sie da bereits rund zwanzig Jahre verheiratet gewesen waren.

Doch Amélie wollte sich den Abend nicht mit dem Gedanken an ihre Mutter verderben. Sie schmiegte ihren Kopf ins Kissen und fuhr mit der Hand in den Spalt zwischen den beiden Kissen, um ihres zurechtzurücken. Ihre Finger berührten etwas Dünnes, Hartes. Amélie griff danach und zog eine goldene Halskette hervor. Unwillkürlich fasste sie sich an die Brust, doch ihre eigene Kette hing noch dort. Als sie den Anhänger sah, stockte ihr der Atem. Es war ein brillantbesetztes goldenes Y – genau so eines besaß ihre Mutter. Amélie und Emmanuel hatten es ihr vor zwei Jahren zum Geburtstag geschenkt. Sicherheitshalber drehte sie den Anhänger um. *In Liebe, A & E,* stand auf der Rückseite eingraviert.

Sie spürte, wie das Blut aus ihren Wangen wich, obwohl ihr Herz heftig pochte. Schwerfällig richtete sie sich auf und setzte sich auf die Bettkante. Als Pierre-Eric mit zwei gefüllten Rotweingläsern in der Hand wieder ins Zimmer trat, hielt sie die goldene Kette in die Höhe und ließ den Anhänger baumeln.

„Kannst du mir erklären, wie das hier in dein Bett gekommen ist? Eine Halskette meiner Mutter!?"

Er schluckte, und sie sah ihm an, dass er verzweifelt nach einer Ausrede suchte, jedoch keine fand.

Hatte Amélie noch gehofft, irgendeine halbwegs glaubwürdige Erklärung zu bekommen, traf es sie nun wie ein Peitschenhieb. Ihr Herz krampfte sich schmerzhaft zusammen, und sie starrte ihn an. „Du hast mit meiner Mutter ... Wie konntest du nur!"

„Sie hat mich verführt, nicht ich sie", machte er den lahmen Versuch einer Verteidigung. „Ich wollte das überhaupt nicht, das musst du mir glauben, chérie!"

„Sie wird dich ja nicht vergewaltigt haben!“, fauchte Amélie. Sie sprang aus dem Bett, ließ die Halskette in ihre Hosentasche gleiten und schlüpfte in ihre Sachen. Nackt fühlte sie sich dieser Situation noch schutzloser ausgeliefert und außerdem wollte sie so schnell wie möglich weg von ihm.

„Nein, das natürlich nicht. Ich weiß nicht, was Yvonne geritten hat. Sie hat mich vorgestern angerufen und sagte, sie wolle vorbeikommen, um über die Zukunft zwischen dir und mir zu sprechen, doch dann hat sie sich richtig an mich herangeschmissen. Sie ist eine attraktive Frau, und mein Körper hat einfach reagiert, ich war …“

„Sei still!“, schrie Amélie.

„Bitte, lass es mich dir doch erklären. Es war schon seit Jahren meine Fantasie, mit einer erfahrenen, reiferen Frau zu schlafen, und ich war in diesem Moment nicht mehr fähig, klar zu denken. Ich wusste hinterher sofort, dass es ein furchtbarer Fehler war.“

„Ich hoffe, es hat sich für dich gelohnt, deine sexuellen Fantasien auszuleben“, sagte sie schneidend. Sie bebte am ganzen Körper vor zurückgehaltenen Emotionen. Sie hätte ihn ohrfeigen, mit dem Fuß aufstampfen, ihn weiter anschreien, ihm Wein ins Gesicht schütten sollen. Doch solche dramatischen Ausbrüche hatten sie ihr Leben lang bei ihrer Mutter zu sehr genervt, und sie wollte nicht so sein wie diese. Sie wollte beherrscht bleiben, sich keine Blöße geben, ihm nicht zeigen, wie weh er ihr getan hatte. So atmete sie tief durch, warf den Kopf in den Nacken, verzog ihre verkrampften Gesichtsmuskeln zu einer hochmütigen Miene und griff nach ihrer Schultertasche.

„Bitte bleib doch hier, chérie“, sagte Pierre-Eric gequält. „Ich verspreche dir, so etwas wird sich nie, nie, nie wiederholen.“

„Du kannst von jetzt an mit so vielen Mrs. Robinsons schlafen, wie du willst“, fuhr sie ihn an. „Ich will dich nicht mehr sehen.“

Mit knallender Tür verließ sie seine Wohnung. Dann stand sie auf der Straße, allein und mitten in der Nacht. Sie hätte gern ihren Tränen freien Lauf gelassen, um das schreckliche Gefühl im Magen und Brustkorb zu erleichtern. Aber erst einmal musste sie nach Hause kommen. Nein, erst einmal würde sie ihre Mutter zur Rede stellen, auch wenn es zwei Uhr nachts war. Wenn sie sie aus dem Schlaf riss, wäre sie vielleicht zu benommen, um zu leugnen. Sie zog ihr Handy hervor und wählte die eingespeicherte Nummer. Zu spät merkte sie, dass es die Handynummer war, doch als sie gerade auflegen wollte, um das Festnetz anzuwählen, wurde das Gespräch bereits angenommen.

„Hallo, mein Schatz“, hörte sie ihre Mutter, die fröhlich klang. Im Hintergrund Musik und Stimmengewirr. „Warte, ich gehe mal raus, es ist so laut hier, dass ich dich kaum verstehe.“

„Wo bist du?“, fragte Amélie aus dem Konzept gebracht.

„Im *Mona Lisa*. Das ist ein Club in der Nähe vom Louvre, ist zurzeit total angesagt. Ziemlich teuer, aber dafür auch sehr exklusiv. Sie haben einen echt coolen DJ und viele heiße Typen laufen hier herum“, schwärmte Yvonne. „Wir könnten da mal zusammen hingehen, mein Hase.“

„Ja, das wäre echt mein Traum", knurrte Amélie und
fühlte es in sich brodeln. Ein Clubbesuch mit ihrer Mutter, die in einem figurbetonten Kleid mit glühenden
Wangen, feurig leuchtenden Augen und tanzenden Locken die Verehrer nur so um sich scharen würde, während sich Amélie als Mauerblümchen in einer Ecke an
ihrem Drink festhielt.

„Ich muss mit dir reden, Maman. Dringend."

„Bist du zu Hause?"

„Nein, ich stehe vor Pierre-Erics Haus."

„Ach, weißt du was, hole mich doch am besten hier ab,
Liebes. Ich habe nämlich ein bisschen zu viel getrunken
und wollte eigentlich mit dem Taxi nach Hause fahren,
aber nimm du dir doch ein Taxi hierher und anschließend fährst du mich mit meinem Wagen nach Hause,
okay? Dann können wir unterwegs reden. Worum geht
es denn?"

Am liebsten hätte Amélie sofort den Grund ihres An-
rufs ausgespuckt, aber sie beschloss, dass es wirkungs-
voller wäre, es ihrer Mutter ins Gesicht zu schleudern
und direkt ihre Reaktion beobachten zu können.

Als sie kurz darauf vor dem Nachtclub eintraf und
den Taxifahrer bezahlte, stand Yvonne bereits vor der
Tür und wartete. Sie lächelte Amélie gutgelaunt entgegen. Sie wirkte nicht betrunken, aber aufgekratzt von
Champagner und anregender Gesellschaft. „Hallo,
mein Schatz, wie lieb, dass du mich nach Hause fährst,
dann muss ich nicht morgen nochmal herkommen, um
den Wagen abzuholen. Noch dazu steht er im Parkverbot, wahrscheinlich wäre er morgen früh abgeschleppt
worden. Hier, für das Taxi." Sie holte einen großen

Geldschein aus ihrer neuen Gucci-Handtasche, gab ihn Amélie und zog auch die Wagenschlüssel hervor.

„Gib sie mir." Amélie streckte die Hand aus und Yvonne legte die Schlüssel hinein. „Wo steht er?"

„Ein paar Straßen weiter." Yvonne machte eine Handbewegung Richtung Seine. Sie schritten Seite an Seite durch die nächtlich stillen Straßen, und Amélie versuchte sich zu sammeln.

„Worüber wolltest du so dringend mit mir reden?"

„Darüber, wie das hier in Pierre-Erics Bett kommt!" Ihr Herz begann wieder schnell zu klopfen, als sie die Kette mit dem Anhänger hervorzog und sie ihrer Mutter unter die Nase hielt.

„Ah, das ..." Yvonne wirkte weder unangenehm überrascht noch zerknirscht. „Hast du Pierre-Eric danach gefragt, wie es dorthin gekommen ist?"

„Ja, natürlich!"

„Und was hat er gesagt?"

„Dass du ihn verführt hast und er das gar nicht wollte."

Yvonne lachte hell auf. „Das hast du ihm hoffentlich nicht geglaubt."

„War es umgekehrt?"

„Ich musste nicht über ihn herfallen, um ihn herumzukriegen, das kann ich dir versichern. Ich habe schon länger gemerkt, wie sehr er mich wollte." Es klang triumphierend, und Amélie hätte sie am liebsten geohrfeigt. Sie ballte die Fäuste und hielt sie an ihren Körper gepresst.

„Ich fasse es nicht, dass du mir einfach ins Gesicht sagst, dass du mit meinem Freund geschlafen hast!", rief sie angewidert.

Das war mal wieder typisch für ihre Mutter: Erst tat sie so liebevoll, um ihr gleich darauf eine Gemeinheit um die Ohren zu schleudern.

„Leugnen kann ich es bei diesem Beweisstück ja schlecht." Yvonne zuckte mit den Schultern. „Da steht mein Wagen."

Offenbar tat es ihr nicht einmal leid, ihrer Tochter das Herz zu brechen. Keine Entschuldigung, kein Wort des Bedauerns. Schämte sie sich denn gar nicht? Schäumend vor Wut lief Amélie auf den schwarzen BMW zu, öffnete die Tür und warf ihre Tasche auf den Fahrersitz. Als sie sich hinter das Lenkrad schwingen wollte, hielt Yvonne sie zurück.

„Schatz, du bist viel zu erregt, um jetzt Auto zu fahren. Lass uns noch etwas spazieren gehen, bis du dich beruhigt hast."

„Mich beruhigt habe? Du tust gerade so, als wäre ich diejenige, die völlig grundlos hysterisch wird!" Sie merkte, dass ihre Stimme tatsächlich einen hysterischen Kiekser machte und zwang sich zum Durchatmen.

Yvonne berührte sanft ihren Arm. „Ich möchte in Ruhe mit dir reden. Komm, gehen wir ein paar Schritte."

„Von mir aus." Amélie knallte die Tür zu, steckte die Wagenschlüssel in ihre Jackentasche und marschierte zügig auf den Pont des Arts, der vor ihnen lag. Mit Genugtuung bemerkte sie, dass ihre Mutter Mühe hatte, ihr zu folgen. Die Absätze ihrer hohen Pumps klackerten auf dem Asphalt und der Brokatstoff ihres engen Rocks raschelte bei ihren Trippelschritten. „Nun warte doch!"

Sie drehte sich halb zu ihr um. „Ihr wart also beide scharf aufeinander. Und du als meine Mutter kannst deine Libido nicht mal ein wenig zügeln und deine Triebe an einem anderen Kerl abreagieren, statt ausgerechnet an meinem Freund?", fauchte sie.

„Darum ging es gar nicht. Natürlich kann ich an jedem Finger zehn haben, das weißt du doch." Yvonne lächelte selbstgefällig.

„Du bist so was von eingebildet, das kotzt mich dermaßen an!", schrie Amélie. „Genau wie dein ständiges Geprotze mit dem Geld. Hast du eine Ahnung, wie peinlich mir das ist?"

Ihre Mutter lachte auf. „Das ist dein Problem? Wäre es dir lieber, ich wäre hässlich und wir wären arm?"

„Ach, du kapierst überhaupt nichts! Du bist einfach nur selbstsüchtig. Du nimmst dir einen Mann, obwohl du weißt, dass ich ihn liebe. Warum tust du mir das an? Ich dachte, du kannst Pierre-Eric nicht einmal leiden."

„Kann ich auch nicht. Er mag ja recht sexy sein, aber er ist nicht gut genug für dich. Und das wollte ich dir beweisen. Da ich gemerkt habe, wie er auf mich reagiert, wollte ich seine Treue testen, bevor es zwischen euch ernst wird."

„Darum ging es dir?", fragte sie fassungslos. „Du hast mit ihm geschlafen, um mir zu beweisen, dass er nicht gut genug für mich ist und mich betrügen würde?"

„Genau. Wenn er jetzt schon mit einer anderen schläft, wo er noch bis über beide Ohren in dich verliebt sein sollte, was meinst du, wie oft er nach einigen Ehejahren fremdgehen wird? Aber von allein wärst du nicht darauf gekommen."

„Hast du am Ende deine Kette absichtlich in seinem Bett verloren, damit ich sie finde?“

„Klar. Sonst hättest du mir ja nicht geglaubt. Ich habe dir damit einen Gefallen getan, Liebling.“

Amélie verschlug es die Sprache und sie spürte, wie sich in ihrem Magen eine ungute Energie zusammenbraute und sich von dort aus langsam weiter ausbreitete.

„Bleib mal stehen. Herrgott, tun mir die Füße weh!“ Yvonne stützte sich auf das Brückengeländer, schlüpfte aus den Pumps und bewegte mit wohligem Aufseufzen die nackten Zehen.

„Zweitausend Francs für Schuhe und du kannst noch nicht mal darin laufen?“, kommentierte Amélie verächtlich.

„Dreitausend Francs“, erwiderte Yvonne gelassen. „Solche Schuhe sind nicht zum Laufen gedacht.“

„Nur zum darin gesehen werden. Und allen zu beweisen, dass du dir Schuhe von *Louboutin* leisten kannst.“

„Das sind *Manolo Blahniks. Louboutins* sind die mit der roten Sohle“, korrigierte Yvonne mit einem vorwurfsvollen Lächeln und tänzelte einige Schritte vor und zurück.

„Pardon, von Mode verstehe ich nichts – genauso wenig wie von Männern und allem anderen“, gab Amélie bissig zurück. Nicht zu fassen, dass sie jetzt über Schuhe diskutierten. Aber diesmal würde ihre Mutter es nicht schaffen, den Spieß umzudrehen und sie als hysterisches Dummchen dastehen zu lassen.

„Hier, halt mal.“ Yvonne drückte ihr die kleine modische Ledertasche in die Hand, schwang sich so auf das Brückengeländer, dass ihre wohlgeformten Beine auf der anderen Seite hinunterbaumelten und sie Amélie den Rücken zuwandte. Sie ließ den Blick über die orangefarben beleuchteten Gebäude am Ufer der Seine schweifen. Das Wasser glitzerte im Laternenschein. „Ist das nicht eine herrliche Nacht?"

„Versuch nicht abzulenken! Deine herrliche Nacht kannst du dir in den Hintern schieben!"

„Sprich nicht so mit mir! Warum machst du so ein Theater? Sei froh, dass du Pierre-Eric los bist und halte es mit dem alten Spruch: *Un de perdu, dix de retrouvé.*"

„Einen verloren, zehn neue gefunden?", wiederholte Amélie ungläubig und ließ die Tasche zu Boden fallen. „Sag mal, spinnst du? Sind Männer für dich komplett austauschbar? Ach, stimmt, sind sie. Hatte ich vergessen!" Sie schlug sich mit der Hand vor die Stirn, dass es nur so klatschte.

„Liebes, profitiere von den Männern, solange sie dir den Hof machen und großzügig sind. Sie sollten dein Leben bereichern. Wenn sie es nicht mehr tun, gib ihnen den Laufpass." Yvonne zuckte gleichmütig mit den Schultern.

„So wie du es mit Papa getan hast?"

„Dein Vater wollte die Scheidung, nicht ich."

„Ja, klar, weil er endlich dahintergekommen ist, dass du nur sein Geld liebst und ihn schon vor Jahren betrogen hast. Denkst du, ich weiß das nicht? Natürlich hat er sich dann irgendwann einer Frau zugewandt, die echte Gefühle für ihn hat. Das hätte er schon viel früher tun sollen."

In Amélie loderte erneut die Feindseligkeit gegen ihre Mutter auf, die sie bei der Scheidung ihrer Eltern verspürt hatte.

„Kind, du hast einfach keine Ahnung, wie man mit Männern umgehen muss. Du bist viel zu loyal." Yvonne fuhr sich mit den Händen im Nacken unter die Haare und warf sie schwungvoll zurück. „Wenn ich nicht dafür sorge, dass du einen findest, der dir würdig ist, bleibst du am Ende bei einem Sozialhilfeempfänger kleben, der säuft und dich verprügelt."

„Ich habe also keine Ahnung und du hast wieder mal den vollen Durchblick, ja? Wie ich deine Selbstgefälligkeit hasse, Mutter!" Sie hätte schreien mögen, aber ihr Tonfall war viel zu gemäßigt, fast leise. Doch in ihr tobte es, boxte von innen gegen ihren Magen und nahm ihr die Luft zum Atmen.

„Du hast Komplexe, Amélie, keine Ahnung, warum. Dagegen musst du was tun, sonst wirst du es nie zu etwas bringen. Wie schade, dass du so wenig von mir geerbt hast. Manchmal stellst du dich so dämlich an, dass ich mich frage, ob du nicht bei der Geburt vertauscht worden bist." Sie lachte hell auf. Es klang höhnisch und triefend vor Spott.

In Amélie schoss eine Welle von unbezähmbarer, unkontrollierbarer Wut empor. Ihre Arme hoben sich wie von selbst und ihre Hände stießen mit aller Kraft gegen den Rücken ihrer Mutter. Yvonne, die sich gerade auf dem Geländer geräkelt hatte, als säße sie Modell bei einem Fotoshooting, verlor das Gleichgewicht und fiel mit einem kleinen Aufschrei nach unten. Amélie stürzte zum Geländer und konnte im schwachen Schein der orangefarbenen Laternen gerade noch sehen, dass sie sich im Fallen mit dem Kopf nach unten gedreht hatte und damit auf den Brückenpfeiler knallte, bevor sie platschend auf der Wasseroberfläche auftraf und wie ein Stein unterging. Schlagartig wich die Wut Entsetzen. Amélie riss die Augen auf, schlug die Hände vor den Mund und starrte wie hypnotisiert auf das dunkle Wasser. Sie hielt Ausschau nach dem cremefarbenen Stoff von Yvonnes Kleid, doch sie tauchte nicht wieder auf. Konnte man so einen wuchtigen Aufprall mit dem Kopf auf Stein aus dieser Höhe überleben? Zumindest würde sie bewusstlos sein und konnte dadurch ertrinken.

Sollte sie Hilfe holen? Ihr Handy befand sich in ihrer Tasche im Auto. Die Handtasche ihrer Mutter lag einen Meter entfernt auf dem Boden, vermutlich war auch ihr Handy darin, doch sie kannte den PIN-Code zum Entsperren nicht. Dann fiel ihr ein, dass Notrufe auch so abgesetzt werden konnten. Dennoch blieb sie wie versteinert stehen.

Langsam blickte sie sich um und konnte keine Passanten sehen, die das Unglück eventuell beobachtet haben könnten. Die Fußgängerbrücke und die Ufer an der Seine lagen menschenverlassen da. Wieder starrte sie auf die leicht glitzernde Oberfläche der Seine. Das Wasser blieb ruhig. Herrlich ruhig.

Und auf einmal wich das kurze Aufflackern des Entsetzens einem bösen Dämonen, der von jeder ihrer Fasern Besitz ergriff. Amélie fühlte nur noch ein starkes, fast berauschendes Gefühl von Triumph und Erleichterung. Sie war weg. Sie würde sich ihr nie wieder unterlegen fühlen, musste nie wieder ihren kritischen dunklen Blick auf sich spüren, der jede ihrer Unzulänglichkeiten scannte. Musste nie wieder ihr albernes Gehabe mit den Männern ertragen und nie wieder hören, wie sie mit den Kaufpreisen für neue Errungenschaften protzte. Sie war frei. Konnte endlich so sein, wie sie wollte. Ihren eigenen Weg gehen.

Sie bückte sich nach der Handtasche, verließ den Pont des Arts und stieg die Treppe hinab zum Kai, um sich auch aus dieser Perspektive zu vergewissern, dass Yvonne nicht wieder aufgetaucht war und auf einmal patschnass und vor Wut schäumend vor ihr stehen würde.

Und dass nicht etwa Clochards unter der Brücke saßen, die ihren Streit gehört hatten. Es gab zwei, aber sie schienen tief und fest zu schlafen, jeder eine geleerte Weinflasche neben sich.

Amélie atmete ein und aus, nur ganz flach. Es gelang ihr nicht, ihre Lungen vollständig mit Luft zu füllen. In ihrem Kopf begann eine Idee Gestalt anzunehmen.

Sollte sie die Schuhe holen? Nein, es passte zu ihrem Plan, dass sie dort oben auf der Brücke standen.

Sie kehrte zum BMW zurück, schloss die Wagentür auf, setzte sich auf den Beifahrersitz und wühlte in der Handtasche ihrer Mutter. Sie fand, was sie gesucht hatte: das kleine ledergebundene Notizbuch, das sie stets bei sich trug, und den dazugehörigen Kugelschreiber.

Amélie löste ihr dünnes Halstuch und wickelte es um ihre rechte Hand, um keine Fingerabdrücke zu hinterlassen. Dann dachte sie kurz nach, bevor sie in dem Büchlein eine freie Seite aufschlug und sich darüber beugte.

Trotz ihrer leicht zitternden Finger gelang es ihr, perfekt die Handschrift ihrer Mutter zu imitieren, wie sie es als Schülerin so lange geübt hatte.

Sie ließ das aufgeschlagene Notizbuch mit dem Abschiedsbrief auf der Handtasche liegen. Das Handy, auf dem sich der eingegangene Anruf von ihrer Nummer aus befand, nahm sie mit, genau wie ihre eigene Tasche. Geistesgegenwärtig wischte sie mit dem Halstuch noch den Türgriff des Wagens ab, den sie berührt hatte.

Sie wanderte eine halbe Stunde flussaufwärts an der Seine entlang und warf das Handy dort schließlich ins Wasser. Dann winkte sie ein Taxi heran und ließ sich nach Hause fahren.

***

Als Amélie geendet hatte, erschrak sie. War das gerade wirklich alles aus ihr herausgesprudelt? Es war so eine Erleichterung gewesen, sich jemandem anzuvertrauen, dass sie die Kontrolle über ihre Worte verloren hatte. Was würde die alte Freundin ihrer Mutter damit anfangen? Doch bevor sie sie fragen konnte, sah sie durch ihren Tränenschleier einen Mann und eine Frau langsam auf den Tisch zukommen. Ein gewaltiger Schreck durchzuckte sie, als sie die junge Kriminalkommissarin und den Privatdetektiv erkannte, die sie beide zum Tod ihrer Mutter befragt hatten.

„Du hast mich reingelegt!", fauchte sie Giuliana an und fuhr so hastig hoch, dass ihr Stuhl umfiel. Während sich der Detektiv bückte, um ihn aufzuheben, machte Amélie einen Satz zur Tür und schubste die Kommissarin aus dem Weg. Diese wurde dadurch nur kurz aus dem Tritt gebracht und rannte ihr nach. Amélie stieß den Kellner, der ihr mit einem vollen Tablett entgegenkam, zur Seite. Das Tablett entglitt seinen Händen, und die Gläser und Fläschchen zerbarsten

370

scheppernd auf dem Boden. Die Polizistin musste erst einen Bogen um die Bedienung und den Scherbenhaufen schlagen, einer herbeieilenden Serviererin ausweichen, und Amélie gewann einen Vorsprung. Sie raste wie vom Leibhaftigen verfolgt über den Boulevard, so schnell, wie sie noch nie im Leben gelaufen war, nicht einmal beim Sportwettkampf in der Schule. Bald pochte ihr Herz bis zum Zerspringen, ihre Lunge schmerzte und die Beine drohten unter ihr nachzugeben. Sie rannte wie um ihr Leben.

„Stehenbleiben, Polizei!", brüllte die Kommissarin hinter ihr, doch Amélie hielt nicht an. Sollte sie doch auf sie schießen. Das würde ihr wenigstens das Gefängnis ersparen.

Als vor ihr der Bahnhof von Gentilly auftauchte, wusste sie, was sie zu tun hatte.

38

Jennifer hatte keine Dienstwaffe dabei, da dies nicht als offizieller Einsatz, sondern als privates Unternehmen galt, und ohnehin hätte sie nicht auf Amélie geschossen. Sie war immer eine gute Läuferin gewesen, musste jedoch feststellen, dass sie an Kondition eingebüßt hatte, seit sie nicht mehr regelmäßig das militärisch strenge Training der Polizeiakademie absolvierte. Die junge Frau vor ihr rannte wie vom Teufel gehetzt und ließ sich nicht einholen. Der Abstand zwischen ihnen schien sich sogar noch zu vergrößern. Plötzlich sah Jennifer das Bahnhofsgebäude vor sich und ahnte, was die Flüchtige vorhatte. Sie linste kurz über ihre Schulter und entdeckte ihren Vater mindestens fünfzig Meter hinter sich. Sie konnte nicht auf ihn warten, Amélie drohte ihr zu entwischen.

Schon verschwand sie im Eingang des Bahnhofs. Allerdings konnte dies auch eine Falle für sie sein, denn die S-Bahnen hielten höchstens alle zehn Minuten in diesem kleinen Vorstadtbahnhof. Einige Züge fuhren durch, ohne zu stoppen. Wenn sie allerdings Glück hatte und auf eine sofort abfahrende Bahn springen konnte, war sie weg. Atemlos rief Jennifer über Handy eine Streife zur Verstärkung, was sie erneut wertvolle Sekunden kostete.

Die Züge dieser Linie hielten alle in Antony, von wo aus der *Orlyval* direkt zum Flughafen Orly führte.

Wenn die Kollegen von der Streife Amélie nicht spätestens dort abfingen und ihr die Flucht ins Ausland gelang, wurde es schwierig.

Während Jennifer die lange Treppe hinunterhastete, hörte sie, dass aus der Ferne ein Zug heranrauschte.

Sie warf einen hektischen Blick auf die Leuchttafel, die über dem Bahnsteig hing. Gott sei Dank, es war ein Regionalexpress, der nicht in Gentilly halten würde. Nun steckte Amélie buchstäblich in der Sackgasse, denn Jennifer erinnerte sich dunkel, dass es auf der anderen Seite des langen Bahnsteigs keinen Ausgang gab. Sie erblickte die junge Frau, die auf dem Bahnsteig kurz zum Stehen gekommen war, höchstens zehn Meter entfernt. Jennifer setzte zum Spurt an. Jetzt würde sie sie einholen.

Auf einmal sprang Amélie auf die Schienen. Wollte sie etwa über die Gleise nach draußen fliehen? Nein. Sie stand mit herabhängenden Armen reglos da und starrte wie hypnotisiert dem blau-weiß-roten Regionalzug entgegen. Jennifer erschrak. Verdammt! Die wollte gar nicht entkommen, die wollte sich umbringen!

Ein Aufschrei ging durch die wartenden Fahrgäste.

„Amélie!", brüllte Jennifer und rannte zur Bahnsteigkante. „Tun Sie das nicht! Wir finden eine Lösung!"

Die junge Frau rührte sich nicht, schien sie nicht einmal gehört zu haben. Ihr Gesicht wirkte entrückt, als bereite sie sich innerlich auf den Tod vor.

Das laute Hupen und das schrille Kreischen der Bremsen des nahenden RER zerrissen Jennifer fast das Trommelfell. Zwar fuhr er nicht mit voller Geschwindigkeit, aber er würde es auf keinen Fall mehr schaffen, rechtzeitig zu halten.

Mit einem leisen Fluchen sprang sie ebenfalls auf die Gleise und stolperte zu Amélie. Sie spürte bereits das Vibrieren unter ihren Füßen, hörte das Rauschen, ihre Haare flatterten im Gegenwind, als sie Amélie um die Taille packte und die sich sträubende Frau zur Bahnsteigkante riss. Sie wusste nicht, woher sie die Kraft nahm, Amélie, die etwas schwerer sein mochte als sie selbst, mit sich auf den Bahnsteig zu hieven. Ein kräftig zupackender junger Mann half ihr, und zum Schluss siegte in Amélie der Überlebensinstinkt und sie widersetzte sich nicht mehr.

Das Ganze dauerte keine zehn Sekunden, doch Jennifer kam es wie eine Stunde vor. Erschöpft blieb sie halb unter Amélie auf dem Bahnsteig liegen, während der Zug mit kreischenden Bremsen im hinteren Teil des Bahnhofs zum Stehen kam und sich ein halbes Dutzend Leute um sie scharten.

Amélie richtete sich stöhnend auf.

„Sind Sie verletzt?", fragte Jennifer besorgt und packte vorsichtshalber ihr Handgelenk.

„Ich glaube nicht. Sie brauchen mich nicht festzuhalten, ich werde nicht mehr weglaufen." Amélie brach in Tränen aus.

Im nächsten Moment sah Jennifer Dominique, der die Gaffer zur Seite schob und sich mit vor Schreck geweiteten Augen neben sie kniete, noch ganz atemlos vom Laufen.

„Mon Dieu, was war das gerade? Ich habe mich zu Tode erschrocken, Jenni! Mach so was nie wieder, hörst du!"

„Das ist alles meine Schuld“, schluchzte Amélie. „Ich bin es nicht wert, dass Sie Ihr Leben für mich riskiert haben.“

„Diese Entscheidung sollten Sie schon mir überlassen.“ Jennifer rieb sich den schmerzenden Ellenbogen, den sie sich an der Bahnsteigkante aufgeschürft hatte.

„Was ist passiert?“ Der Bahnhofsvorsteher trat zu ihnen. „Ist jemand verletzt? Brauchen Sie einen Krankenwagen?“

„Nein, niemand verletzt.“ Jennifer zog ihren Dienstausweis aus der Tasche. „Ich habe meine Kollegen bereits gerufen. Wir kommen klar, danke.“

„Ich muss Meldung von dem Vorfall machen …“

„Tun Sie das. Hier ist meine Karte, melden Sie sich auf dem Kommissariat, wenn Sie Fragen haben.“

„Bien, Madame le Commissaire. – Gehen Sie zur Seite, hier gibt es nichts zu sehen, Messieurs, Mesdames!“, sagte er energisch zu den Leuten, die um sie herumstanden, und zog von dannen. Die Menge zerstreute sich und gab den Blick auf Giulianas besorgtes Gesicht frei. „Was ist denn hier los?“

„Amélie wollte sich vor den Zug werfen. Jenni ist zu ihr auf die Gleise und hat sie in letzter Sekunde weggerissen.“ In Dominiques rauer Stimme mischten sich Fassungslosigkeit, Schock und Stolz auf seine Tochter.

Giuliana schlug sich die Hand vor den Mund. *„Mamma mia!* Da kommt man nur ein paar Sekunden zu spät und da passiert so etwas!“

„Wo warst du so lange? Ich dachte, du würdest mich überholen“, sagte Dominique zu ihr.

„Ich habe noch Geld für die Getränke auf den Tisch gelegt.“

Die Bahn fuhr langsam wieder an, nachdem der Bahnhofsvorsteher dem Zugführer ein Zeichen gegeben hatte, dass alles in Ordnung war. Der nächste reguläre Regionalzug wartete bereits kurz vor der Einfahrt in den Bahnhof.

„Kommt, setzen wir uns einen Moment", sagte Dominique und wies auf die Wartebänke. Er half Amélie hoch und nahm sie am Arm, schützend, aber gleichzeitig mit festem Griff.

Jennifer baute sich vor Amélie auf. „Amélie Bellancourt, Sie sind vorläufig festgenommen. Sie haben das Recht auf einen Anwalt. Wenn Sie sich keinen leisten können ... – ich glaube, das können wir überspringen. Alles, was Sie von jetzt an sagen, kann und wird vor Gericht gegen Sie verwendet werden. Haben Sie das verstanden?"

„Ich bin ja nicht blöd." Amélie blickte Giuliana an. „Sie sind überhaupt keine Freundin meiner Mutter, oder?"

„Nein, ich bin ihr nie begegnet", erwiderte Giuliana sanft. „Es tut mir leid."

„Vielleicht war es besser so", flüsterte die junge Frau, der Tränen über die Wangen rannen. „Ich hätte nicht mehr länger damit leben können, es einfach zu verschweigen. Meine Eltern haben mich dazu erzogen, Verantwortung für meine Taten zu übernehmen. Das muss ich jetzt tun, und wenn ich dafür zwanzig Jahre ins Gefängnis gehe."

„Das werden Sie nicht, es war ja kein Mord." Jennifer setzte sich neben sie und drückte ihre Hand. „Sie wollten sie nicht töten, und geplant hatten Sie es schon gar nicht. Sie wollten Sie ins Wasser schubsen, um ihr einen Denkzettel zu verpassen, so war es doch, oder?"

Amélie nickte und fragte dann verunsichert: „Ich sollte wohl besser ohne Anwalt nichts mehr sagen?"

Jennifer hob die Schultern. „Wie Sie wollen. Wenn Ihre Mutter nicht mit dem Kopf an den Brückenpfeiler gestoßen wäre, was Sie nicht vorhersehen konnten, wäre sie wahrscheinlich einfach nur nass geworden, und das hätte sie auch echt verdient, wenn Sie mich fragen – also, ganz privat fragen. Noch dazu sind Sie nicht vorbestraft, oder? Und wenn Sie während der Haft eine gute Führung an den Tag legen ... Die unterlassene Hilfeleistung spricht natürlich nicht zu Ihren Gunsten, aber ein gewiefter Anwalt wird das schon hinkriegen. Schockzustand und so. Ich denke, allzu schlimm wird es nicht", sagte sie aufmunternd. „Kennen Sie einen guten Anwalt?"

„Nicht für Strafrecht." Amélie nahm das Taschentuch, das Giuliana ihr gereicht hatte, und putzte sich die Nase.

„Wir finden jemanden für Sie. Finanziell dürfte das ja kein Problem sein."

Etwas sorgenvoll dachte Jennifer daran, dass sie keinen gerichtsfesten Beweis für Amélies Schuld hatten. Falls diese ihr Geständnis bei der Vernehmung widerrief, würden sie sie gehen lassen müssen. Gute Strafanwälte waren zu allem fähig. Und sie selbst würde dumm dastehen vor ihrem Chef. Bei dieser Vorstellung brach ihr der Schweiß aus. Aber vielleicht war das auch nur der Schreck, der jetzt nachkam.

„Möchten Sie Ihren Bruder anrufen, bevor die Polizei kommt?", fragte Dominique.

Sie schüttelte den Kopf. „Das wird er mir nie verzeihen. Für ihn war Maman eine Heilige!"

Er verzog den Mund. „Der Sockel, auf den er sie gestellt hat, wird wohl ein wenig ins Wanken geraten."

„Er wird es sowieso in Kürze erfahren müssen. Vielleicht kann er Ihnen eher verzeihen, wenn Sie es ihm selbst sagen und auch die Gründe, wie es dazu kam. Seien Sie mutig, Amélie", sagte Jennifer sanft.

Amélie presste kurz die Lippen zusammen, nickte dann und griff nach ihrem Handy. Doch noch bevor sie mit Emmanuel sprechen konnte, stürmten zwei Streifenpolizisten in den Bahnhof.

„Das hat ja gedauert", grummelte Jennifer. „Gott sei Dank konnte ich es selber regeln."

„Wir haben gerade noch einen Anruf bekommen, dass sich eine junge Frau in Gentilly vor den Zug werfen wollte – ist sie das?"

„Ja. Und außerdem hat sie gestanden, für den Tod ihrer Mutter verantwortlich zu sein." Jennifer zeigte ihren Dienstausweis, da sie die Polizisten nicht kannte. „Bitte fahren Sie uns zu meiner Dienststelle. Ich habe mit Hauptkommissar Maillot in dem Fall ermittelt."

„Ich möchte meinen Vater anrufen", bat Amélie. „Er wird mir einen guten Anwalt besorgen können."

„Gut. Sie können es während der Fahrt tun."

Einer der Polizisten zog Handschellen hervor und sah Jennifer fragend an.

Sie schüttelte den Kopf. „Ich denke, es wird nicht nötig sein." Dann blickte sie ihren Vater und Giuliana an. „Ihr kommt natürlich auch mit. Ich brauche euch als Zeugen."

39

Dominique und Giuliana gaben in Jennifers Büro ihre Aussagen zu Protokoll, während Amélie in einem der Vernehmungsräume auf den Anwalt wartete, den ihr Vater beauftragt hatte.

Als sie den Raum verließen, liefen sie im Flur Philippe Maillot über den Weg, der gerade aus dem schräg gegenüberliegenden Büro kam. Er war bereits über die Entwicklung der Ereignisse und die Wiederaufnahme des Falls Yvonne Bellancourt informiert worden. Er blieb stehen, als er die Besucher sah und musterte sie.

„Kennen wir uns nicht?", fragte er an Dominique gewandt.

„Sie müssen Hauptkommissar Maillot sein."

„Genau der bin ich."

„Dominique Demesy." Er streckte ihm die Hand hin und Maillot ergriff sie. „Und das ist meine Frau."

„Enchantée, Madame." Er schüttelte auch Giulianas Hand.

„Von weitem haben wir uns schon in der Copacabana-Bar gesehen", erinnerte sich Dominique.

„Ja, richtig, daher kommen Sie mir bekannt vor." Der Hauptkommissar blickte ihn prüfend an. „Sie sind also Jennifers Vater – der berühmte Privatdetektiv."

„Ich bin nicht berühmt", wehrte Dominique ab, während Giuliana leise lachte.

„Jennifer redet ständig von Ihnen und Ihren Erfolgen. Da kann man ja beinahe Komplexe kriegen“, brummelte Maillot.

Dominique grinste, halb verlegen und halb geschmeichelt. „Sie ist da nicht ganz objektiv.“

„Diese Einsätze, die Sie in Asien hatten, klingen schon recht spannend. Darum beneide ich Sie ein wenig.“

„Beneiden Sie mich auch um die Fälle, bei denen ich fast getötet worden wäre? Als ich nur durch großes Glück aus meinem Wagen gestiegen bin, fünf Sekunden, bevor er explodiert ist? Als ich in einem Kerker des chinesischen Geheimdienstes in Shanghai drei Tage lang gefoltert worden bin? Oder als mich pakistanische Rebellen verschleppt und in einer Berghütte im Himalaya festgehalten haben?“, gab er ironisch zurück.

„Und als dich diese skrupellose Meisterdiebin über den Haufen geschossen hat, kurz bevor du sie endlich überführen wolltest“, ergänzte Giuliana mit gespielter Empörung.

Maillot hüstelte. „Das wünsche ich mir nicht direkt. Aber immerhin haben Sie Ihren Enkeln was zu erzählen. Ich kann nur mit einem Steckschuss im linken Oberschenkel glänzen.“

Dominique tippte auf seine Brust. „Zweifacher Lungenschuss.“ Er dachte an Jennifers Worte, dass er so einiges mit dem Hauptkommissar gemeinsam hätte. „Vielleicht reden wir mal bei einem Bier darüber“, schlug er vor.

Maillot nickte. „Gern. Jedenfalls treffe ich Sie lieber mal in einem Bistro als erneut in meinem Kommissariat, wenn Sie mir womöglich ein zweites Mal einen

Mörder präsentieren, den ich überhaupt nicht auf dem Schirm hatte."

Dominique setzte eine bescheidene Miene auf. „Das war wirklich ein sehr kniffliger Fall. Ich hätte ihn zum Schluss auch beinahe als Suizid abgetan."

Ein ergrauter Mann in einem maßgeschneidert wirkenden Anzug eilte vom Vorraum her den Flur entlang. „Ich bin Maître Gramont. Wo finde ich meine Mandantin, Mademoiselle Bellancourt?"

„Ah. Ich führe Sie gleich zu ihr", erwiderte Maillot und nickte Dominique und Giuliana zu. „Dann bis bald. Entschuldigen Sie mich jetzt."

***

Ein wenig erschöpft verließ Jennifer eine gute Stunde später zusammen mit Maillot den Verhörraum, in dem Amélie ihr Geständnis gefasst und mit leiser Stimme wiederholt hatte. Sie war erleichtert darüber und trotzdem voll Mitgefühl für die junge Frau. Solche Familientragödien nahmen sie mehr mit als kaltblütige Abrechnungen im Gangstermilieu.

„Das war gute Arbeit, Demesy", sagte Maillot und blickte sie anerkennend an.

Ihr Gesicht leuchtete auf. „Oh, danke."

„Ich werde Sie beim Polizeirat lobend erwähnen. Auch wenn die Agentur Ihres Vaters die Täterin gestellt hat, haben Sie am Ende entscheidend dazu beigetragen. Es war sehr mutig, sie vor dem Freitod zu retten. Wenn es auch eine ziemliche Torheit war, sich selbst vor einen heranbrausenden Zug zu stellen", fügte er mit leichtem Tadel hinzu, aus dem jedoch vor allem

Besorgnis sprach. „Nicht auszudenken, wenn wir eine
fähige Kommissarin wie Sie verloren hätten.“

Jennifers Wangen röteten sich vor freudiger Verle-
genheit. „Freut mich, dass Sie zufrieden sind. Prakti-
kantenaufgaben sind jetzt also Geschichte?“

Er grinste sie etwas schuldbewusst an. „Denke ich
mal. Aber wenn Sie glauben, dass ich Sie jetzt sofort auf
die Pariser Drogenbosse und arabischen Clans ansetze
– vergessen Sie es. Ich habe Ihnen gegenüber schließlich auch Verantwortung, und da ich jetzt weiß, dass
Sie zu riskanten Aktionen tendieren …“ Er unterbrach
sich, als er Grégoire Bellancourt bemerkte, der auf dem
Flur gewartet hatte. Dieser sprang von seinem Plas-
tikstuhl auf und lief ihnen entgegen. „Was passiert jetzt
mit meiner Tochter?“

„Sie kommt in Untersuchungshaft. Alles Weitere besprechen Sie lieber mit Maître Gramont“, sagte Maillot.
Er nickte ihm zu und ging zu seinem Büro.

„Wussten Sie Bescheid, *docteur*?“ Jennifer blickte ihn
eindringlich an.

Der Chirurg räusperte sich. „Nein, nicht genau. Ich
habe es lediglich vermutet und habe nachgehakt, aber
Amélie wollte sich mir nicht anvertrauen.“

„Wieso haben Sie es vermutet?“

„Sie war auf eine Art verstört, an der ich gemerkt
habe, dass es nicht nur mit Yvonnes Tod zu tun hatte,
dass da noch etwas anderes war. Okay, hinzukam der
plötzliche Bruch mit Pierre-Eric, aber … Ich kenne
meine Tochter. Und die Polizei hat mir den Abschiedsbrief gezeigt. Ich weiß schon lange, dass Amélie es in
ihrer Schulzeit perfektioniert hat, die Handschrift ihrer Mutter zu imitieren, um Atteste zu fälschen, und

habe mich sofort daran erinnert. Doch in einem hat sie einen Fehler begangen ..."

„Tatsächlich?" Gespannt blickte sie ihn an.

„Wenn Yvonne tatsächlich den Brief geschrieben hätte, wäre er viel melodramatischer gewesen." Ein trauriges Lächeln zuckte um seine Mundwinkel. „Das konnte die Polizei natürlich nicht wissen. Aber ich. Also habe ich bei Ihrer Befragung rein prophylaktisch behauptet, Yvonne wäre suizidal und depressiv veranlagt gewesen. Um meine Tochter zu schützen. Falls man mich dafür belangen kann, nehmen Sie mich fest." Er hielt ihr seine Handgelenke hin.

Jennifer winkte ab. „Sie standen nicht unter Eid. Also stimmte das gar nicht?"

„Sie hatte starke und häufige Stimmungsschwankungen und depressive Verstimmungen, jedoch nicht pathologisch, würde ich sagen. Und mir ist nicht bekannt, dass sie jemals versucht hat, sich umzubringen."

„Aber sie war doch in dieser psychosomatischen Klinik in Val-de-Marne?"

„Ja, wegen einer ausgeprägten Wochenbettdepression nach Amélies Geburt. Sie war überfordert, obwohl unsere Tochter ein echtes Wunschkind war. Sie hatte bis zuletzt versucht, weiter zu studieren und musste einsehen, dass es mit zwei Kindern nichts mehr werden würde. Ich war damals erst frischgebackener Assistenzarzt im Krankenhaus und hatte nicht die Mittel, ihr eine Haushaltshilfe oder Nanny zur Seite zu stellen. Ich hatte zu wenig Zeit für sie und habe ihren Zustand zuerst auch nicht ernst genommen. Erst als sie kaum noch was gegessen hat, habe ich mir Sorgen gemacht und habe sie für vier Wochen in die Obhut dieser

Klinik gegeben, während meine Mutter die Kinder betreut hat. Vielleicht hatten Amélie und sie deswegen auch irgendeinen Riss in ihrem Verhältnis, weil sie in den ersten Wochen nach der Geburt kaum für sie da sein konnte. Amélie war immer ein Papakind."

„Hatte Emmanuel ebenfalls eine Vermutung?"

„Nein, ich denke nicht. Er wollte es gar nicht glauben, als ich es ihm gerade erzählt habe. Er ist außer sich. Im Moment will er seine Schwester nicht sehen." Bellancourt seufzte.

„Verständlich. Das wird eine schwere Zeit für Ihre Familie werden. Tut mir sehr leid." Jennifer hörte das Telefon in ihrem Büro klingeln. „Bitte entschuldigen Sie mich", sagte sie und eilte zu ihrem Schreibtisch.

Es war Jessica vom Empfang, die ihr mitteilte, dass ein Besucher auf sie warten würde.

Was ist denn jetzt noch, dachte sie genervt. So langsam wollte sie nach Hause.

Überrascht erkannte sie Kilian, der im Vorraum des Kommissariats auf- und abging. „Was machst du denn hier, *Darling*?"

„Ich bin gerade vorbeigekommen und wollte dich abholen. Ich habe mir den Abend extra freigehalten und du hockst schon wieder auf deiner Dienststelle", sagte er vorwurfsvoll. „Ich dachte, heute wäre dein freier Tag?"

„Es ist was vorgefallen. Erzähle ich dir zu Hause."

„Ich muss dir auch was sagen." Er blickte sie betreten an, und sofort kräuselte sich ihre Stirn in unguter Vorahnung. Auf einmal hatte sie Angst, er würde ihr eröffnen, dass er sich trennen wollte.

„Ich habe etwas Furchtbares getan."

„Nun sag schon!" Sie spürte, wie sich all ihre Muskeln anspannten und knuffte ihn nervös in die Seite. „Ist sie blond oder brünett?"

Er grinste. „Ich habe unsere Reise nach La Réunion für November fest gebucht. Ohne dich noch einmal zu fragen."

Vor Erleichterung lachte sie befreit auf. „Das hast du ganz richtig gemacht. Ich freue mich drauf." Sie umarmte ihn und dachte bei sich, dass sie lediglich gemeinsame Ziele und Projekte brauchten, damit ihre Beziehung intensiver werden würde. Es lag auch an ihr, sich in dieser Hinsicht mehr einzubringen, und sie war entschlossen, die Verliebtheit, die sie früher für Kilian empfunden hatte, wieder zum Leben zu erwecken. Wenn ihr auch der Sinn nicht nach Kindern stand, wollte sie keine Kommissarin werden, die nur für ihren Beruf lebte. Vielleicht hatte Dominique recht und sie brauchte einfach noch Zeit.

40

„Amélie also“, sagte Bernard Mondy erschüttert, nachdem Dominique ihm am nächsten Morgen ausführlich erzählt hatte, was sich zugetragen hatte. „Darauf wäre ich nicht gekommen. Und Yvonne hat mit Pierre-Eric geschlafen. Als wir bereits verlobt waren.“ Er starrte unglücklich ins Leere und schluckte schwer. „Ich glaube, ich hätte mich doch besser mit der Suizid-Vermutung zufriedengeben sollen.“

Dominique schwieg. Es war nichts Neues, dass seine Klienten bereuten, ihn beauftragt zu haben, weil sie erkannten, dass die Wahrheit brutaler war als die Ungewissheit.

„Es muss ein Schock für Sie sein. Aber vielleicht hilft es Ihnen dennoch, die Sache besser zu verarbeiten. Sie wissen jetzt, dass es weder ein Suizid noch ein kaltblütiger Mord, sondern eher eine Art Unfall war“, sagte er mitfühlend. Die Bemerkung, dass Mondy nun ebenfalls wusste, dass Yvonne nicht die Frau war, für die er sie gehalten hatte, verkniff er sich. Darauf würde der Vorstandsvorsitzende auch selbst kommen, und ein Urteil stand ihm nicht zu, fand er.

Bernard Mondy fasste sich und kehrte in den geschäftlichen Modus zurück. „Haben Sie die Abschlussrechnung dabei, Monsieur Demesy?“

Dominique nickte, zog einen Umschlag aus seiner Aktentasche und legte ihn auf den Schreibtisch. „Es ist

nicht viel, der zweite Vorschuss hat das meiste abge-
deckt."

Mondy zog die Rechnung aus dem Umschlag, prüfte
sie kurz und nickte dann. „Das regeln wir sofort." Er
nahm ein Scheckheft, füllte das oberste Papier aus und
schob es Dominique zu. „Zuzüglich der versprochenen
Prämie."

„Vielen Dank." Um nicht geldgierig zu wirken, unterdrückte Dominique das befriedigte Lächeln, als er die
Summe auf dem Scheck las und steckte ihn in die Innentasche seines Jacketts.

„Sie haben gute Arbeit geleistet. Ich melde mich bei
Ihnen, wenn die *SECURA* das nächste Mal einen Detektiv benötigt", versprach Mondy.

„Das freut mich. Bis bald, Monsieur Mondy."

Sie reichten sich die Hände. Dominique verließ das
Gebäude der Versicherung und fuhr mit der Metrolinie
1 bis zur Station Saint-Paul. Er war erleichtert, diesen
Fall endlich abgeschlossen zu haben.

Nun blieb nur noch eine Sache zu klären. Er musste
unbedingt herausfinden, was seine Frau im Schilde
führte. Hoffentlich bot sich dazu bald die Gelegenheit,
bevor etwas passierte, dachte er sorgenvoll. Als er die
Wohnungstür aufschloss und den Korridor betrat,
stand er vor Giuliana, die gerade in eine leichte Jacke
schlüpfte und sich ein Seidentuch um den Hals band.

„Was machst du denn hier? Wolltest du nicht den
ganzen Tag unterwegs und in der Agentur sein?" Sie
wirkte beinahe unangenehm berührt, ihn unerwartet
vor sich zu sehen.

„Ich habe Unterlagen vergessen. Was hältst du davon, wenn wir jetzt zusammen zur Agentur fahren und mittags in der Passage Brady indisch essen gehen?"

„Ich wollte gerade los. Ich habe noch was zu erledigen."

„In welchem Fall denn?", fragte er und versuchte es so beiläufig wie möglich klingen zu lassen.

„Hat was mit der *Fondation Cartier* zu tun. Ich muss einen Zulieferer überprüfen."

Ihr kurzes Zögern war ihm nicht entgangen. „Ach so. Ich kann mitkommen, wenn du willst."

„Ist dir langweilig oder was?", gab sie irritiert zurück.

Dominique hob die Hände. „Überhaupt nicht. Ich will mich nicht aufdrängen. Dann sehen wir uns heute Abend."

„Ist gut. War nicht böse gemeint." Sie lächelte ihn an und gab ihm einen schnellen zerstreuten Kuss, bevor sie nach ihrer Handtasche griff und die Wohnung verließ.

Nun war es aber genug. Er musste einfach Gewissheit haben, was sie ausheckte. Es war unerfreulich, was er jetzt tun würde, doch es musste sein. Er wartete, bis sie außer Hörweite war, dann schlich er ihr geräuschlos im Treppenhaus nach und folgte ihr auf die Straße. Allerdings würde es nicht lange dauern, bis sie im Rückspiegel den vertrauten Anblick seines Wagens bemerkte.

Das Glück war ihm hold: Giuliana verließ die Ile Saint-Louis zu Fuß. Er folgte ihr mit finsterer Miene – es war so peinlich, der eigenen Ehefrau nachzuspionieren. Etwas ganz anderes, als fremde Leute zu beschatten. Schwieriger war es noch dazu, da sie ihn sofort erkennen würde, falls sie sich umdrehte. Und würde auch er bereuen, nachgeforscht zu haben, falls er Dinge erfuhr, die er lieber nicht gewusst hätte? Nervös blickte er sich um, als befürchtete er, jemand könnte ihn beobachten, wie er Giuliana verfolgte. Die schmalen verwinkelten Straßen des Marais waren gut gefüllt mit Einheimischen und Touristen, die flanierend ihrer Wege gingen, aber niemand achtete auf ihn.

Als er wieder vor sich auf die Straße sah, konnte er die Gestalt seiner Frau nicht mehr entdecken. Suchend blickte er sich um und kreiste ratlos einmal um die eigene Achse. Verdammt, wo war sie nur? Sie konnte sich doch nicht in Luft aufgelöst haben. Er verfluchte seine zwei Sekunden Unachtsamkeit, beschleunigte seine Schritte und lief auf gut Glück weiter in die bisherige Richtung, die zur Metro führte. Es erschien ihm plausibel, dass sie dorthin ging.

Plötzlich stand Giuliana so dicht vor ihm, dass er beinahe mit ihr zusammengestoßen wäre, und erschrak.

Sie stemmte die Hände in die Seiten. „Was soll das, sevgili?", fragte sie vorwurfsvoll. „Warum schleichst du mir nach?"

Dominique wusste, dass Leugnen zwecklos war. Sie hatte es gemerkt und ihn ertappt. „Tut mir leid, wenn ich mich so blöd benehme und mich dabei auch noch wie ein blutiger Anfänger erwischen lasse – aber ich musste wissen, woran ich bin."

Sie verzog halb amüsiert und halb verärgert den Mund. „Glaubst du, ich treffe mich mit einem Lover?"

„Nein, ich glaube, dass du einen Coup planst", platzte er heraus.

Sie lachte hell auf und starrte ihn dann verblüfft an. „Wie kommst du darauf?"

„Du verhältst dich so, als wolltest du etwas vor mir verbergen. Dieses merkwürdige Rendezvous in Genua – denkst du, ich hätte dir auch nur eine Sekunde geglaubt, dass du dich wirklich mit einer Schulfreundin treffen wolltest? Und du hattest dich darauf versteift, dass Jean-Louis ein Meisterdieb sein könnte und hast auffällig oft vom Einbrechen geredet in letzter Zeit."

„Ich habe daran gedacht, wie es wäre, mal wieder einen Coup auszutüfteln", gab sie zu. „Wenn auch nur flüchtig. Ich halte mich an das Versprechen, das ich dir gegeben habe. Du hast allerdings recht damit, dass ich ein Geheimnis vor dir habe. Aber es ist nicht, was du gedacht hast. Ich wollte dich überraschen."

„Womit?", fragte er verblüfft. „Mein Geburtstag ist erst im November."

„Es ist auch kein Geschenk für dich, sondern eher für mich selbst. Ich wollte es dir zeigen, wenn alles perfekt ist."

„Ach komm, jetzt sag schon!"

„Komm mit." Sie nahm ihn an die Hand und setzte sich in Bewegung. „Ich denke, heute kann ich das Geheimnis lüften."

„Mach es nicht so spannend!", murrte er, lachte aber. Der kleine Junge in ihm, der es liebte, Geheimnisse aufzudecken, gewann die Oberhand über den misstrauischen Ehemann. „Wo gehen wir hin?"

„Es ist nicht mehr weit. Lass mir den Überraschungseffekt, ja?"

Dominique dachte angestrengt nach und musterte die vertraute Umgebung des Marais, als sähe er das belebte Viertel im Herzen von Paris zum ersten Mal. Sie bogen in die Rue de l'Ave Maria ein und gelangten über eine winzige Gasse in ein charmantes Labyrinth aus ineinander verschachtelten Innenhöfen und kleinen Plätzen mit Kopfsteinpflaster.

Er lief auf dem Weg zur Metro oft hier entlang, weil er das dörfliche Ambiente des Quartiers mochte. Es war eine Atmosphäre, die aus der Zeit gefallen schien, ein ruhiger, malerischer Ort ohne Autos, an dem es an jeder Ecke etwas zu entdecken gab: Boutiquen und Galerien, kleine Cafés und ein paar Dutzend Antiquitäten- und Trödelhändler.

„Was machen wir im Village Saint-Paul? Ist die Überraschung für mich, dass wir wieder in eine Kunstgalerie einbrechen müssen?", fragte er skeptisch.

Lachend schüttelte sie den Kopf. „Nein, aber ich kann das arrangieren, wenn du Lust darauf hast."

„Nein, danke, du weißt, dass mir die Erfahrung in Berlin genügt hat. Also keine Kunstgalerie. Willst du eine rare Antiquität stehlen?"

„Nicht stehlen. Verkaufen." Giuliana blieb stehen. „Hier ist es."

Dominique starrte auf das noch leere Schaufenster eines Geschäfts, auf dem ein Schild mit dem Schriftzug „Neueröffnung am 7. Juli" prangte und begann zu begreifen. Sie zog einen Schlüssel aus ihrer Handtasche und öffnete die Tür des Ladens.

„Tadaa! Vor dir siehst du die stolze Besitzerin eines Pariser Antiquitätengeschäfts. Im berühmten Village Saint-Paul. Ist das nichts?" Mit lebhaft funkelnden Augen strahlte sie ihn an.

Dominique nickte mechanisch und hatte Mühe, die Kinnlade zu schließen. „Wie kommt das so plötzlich?“

„Nun, richtig plötzlich kommt es nicht, oder? Du weißt, dass ich gerne wieder einen Antiquitätenladen eröffnet hätte, als ich nach Paris gekommen bin, aber es war zu schwierig, hier in diese Branche reinzukommen und ich hatte ein Baby zu versorgen. Und als ich gerade angefangen hatte, Kontakte zu knüpfen, hast du dich mit der Agentur selbstständig machen wollen und hast mir angeboten mitzumachen. Ich kenne noch von früher einen Italiener, dem dieses Geschäft gehört hat und der mir bereits vor einigen Monaten angeboten hatte, es zu übernehmen. Ich hatte mir Bedenkzeit ausgebeten. Und nun habe ich mich vor kurzem entschieden, das Angebot anzunehmen. Deswegen war ich in Genua allein unterwegs. Ich habe mich dort mit Luigi getroffen, um den Vertrag zu unterschreiben.“

„Ach, das war es also.“ Er folgte ihr in den großen Raum, der noch recht kahl war und nach frischer Farbe roch, aber bereits vor Sauberkeit glänzte. „Langweilt dich die Arbeit in unserer Agentur?“

„Nein, gar nicht. Aber ich bin sicher, dass ich als Antiquitätenhändlerin deutlich mehr verdienen könnte als in der Agentur. Und ich merke, dass Privatdetektivin einfach nicht das ist, was ich auf Dauer machen möchte.“

Er verschränkte die Arme vor der Brust. „Heißt das, du wirst mir die Partnerschaft in der Agentur aufkündigen?“

„Keine Sorge, ich werde dir natürlich trotzdem helfen, wenn du mich brauchst. Sobald ich schwarze

Zahlen schreibe, werde ich jemanden einstellen, zumindest in Teilzeit."

„Apropos schwarze Zahlen – wo kommt denn das Geld für diese Investition her?" Er ließ seinen Blick über ein Regal schweifen, in dem eine goldene Spieldose, eine Tischuhr mit Glasglocke und einige kleine Statuen standen. Er war zwar erleichtert, dass Giuliana keinen Coup plante, konnte sich für ihr neues Projekt aber auch nicht so richtig erwärmen.

„Als mein Großvater letztes Jahr gestorben ist, hat er mir Geld hinterlassen. Ich hatte es vorerst auf dem Sparbuch bei der italienischen Bank gelassen – für einen regnerischen Tag, wie man so schön sagt."

„Davon hast du mir gar nichts erzählt."

Sie legte ihm eine Hand auf den Arm. „Nein. Weil ich weiß, dass es dir unangenehm ist, dass ich mehr Geld habe als du. Außerdem habe ich den Schmuck verkauft, den ich letztens noch zu diesem Tanzabend getragen habe. Ich habe gemerkt, dass er mir gar nicht mehr gefällt. Und Luigi hat mir gute Konditionen gewährt."

„Meinst du wirklich, das wird laufen?", fragte Dominique skeptisch. „Die Konkurrenz in Paris ist riesig, hast du immer gesagt."

Giuliana zuckte mit den Schultern. „Wo ist sie das nicht? Bei dem, was ich jetzt tue, werde ich mich auch nicht mehr lange gegen die großen Sicherheitsdienste behaupten können – zu viele Firmen und Privatleute lassen sich lieber von renommieren Unternehmen über ihre Alarmanlagen beraten. Und da ich ihnen nicht auf die Nase binden kann, woher mein Expertenwissen nun genau stammt, verliere ich. Künftig wird auch immer mehr über Computer gesteuert werden, das ist nicht meine Stärke und ich habe keine große Lust, mich da reinzuknien. Und ganz ehrlich: Ich finde es extrem unbefriedigend, den Kunden zu demonstrieren, wie leicht ihr Sicherheitssystem zu knacken ist und dann lediglich ein Honorar abrechnen zu dürfen. Nervenkitzel sieht anders aus."

„Und worin besteht der Nervenkitzel beim Verkaufen von ollem Plunder?"

„Von wegen oller Plunder! Ich bin keine Trödlerin und das weißt du. Hier kommen nur hochwertige Antiquitäten hinein. Nervenkitzel ist es natürlich auch nicht, aber es macht mir Spaß. Und zu deiner Frage, ob es laufen wird: Deine Landsleute lieben alte Sachen, und einige sind bereit, dafür richtig viel Geld auszugeben. Luigi hatte berühmte Schauspieler und Politiker unter seinen Stammkunden, und die werden dem Geschäft die Treue halten, selbst unter neuer Leitung. Auch wenn die Konkurrenz der Antiquitätengeschäfte vom Louvre und vom Marché Biron in Saint Ouen sehr groß ist."

„Ich kann mich erinnern, dass ich die Preise für die Antiquitäten dort in den Läden, die du mir gezeigt hast, schwindelerregend hoch fand", gab er zu. „Und dass Teile des Marktes wie ein Museum für edle alte Möbel aussahen."

„Genau. Und ich liebe es, in diesen Sachen zu stöbern und darum zu handeln. Das macht mir mehr Spaß als die Arbeit in der Detektei, so abwechslungsreich sie auch sein mag. Und du hast entschieden, dass wir versuchen sollen, Berufliches und Privates besser zu trennen – das wäre nun viel leichter. Noch dazu ist es ausgesprochen praktisch, dass der Laden nur wenige Gehminuten von unserer Wohnung entfernt liegt. Hier kann ich Fabrice auch notfalls mal einige Stunden selbst betreuen.“

Er strich vorsichtig über die glatte Oberfläche eines Tischchens im Empirestil. „Wolltest du es mir nicht erzählen, weil du Angst hattest, ich könnte dagegen sein?“

„Ich habe geahnt, dass du nicht begeistert sein würdest. Aber ich kenne dich gut genug, um zu wissen, dass du alles akzeptierst, was mir wichtig ist. Solange es legal ist.“ Sie blinzelte ihm zu. „Ich wusste nicht, ob das alles klappen würde und wollte dich einfach überraschen. Ich habe ja nicht geahnt, dass du die ganze Zeit geglaubt hast, ich würde einen Einbruch in ein Pariser Museum oder so etwas vorbereiten!“ Sie lachte herzhaft, und Dominique stimmte ein.

„Was wird aus unserem Urlaub, wenn du in einigen Tagen einen Laden eröffnest?“, fragte er dann enttäuscht.

„Keine Sorge, natürlich komme ich mit nach Irland und danach fahren wir nach Italien. Alles wie besprochen. Ich eröffne den Laden nächste Woche offiziell, aber im August geht es in die Sommerpause, wie so viele Händler es machen.“

Es klopfte an der Glastür, und ein Mann im blauen Overall versuchte ins Innere zu spähen.

„Oh, das wird meine Lieferung sein. Deswegen musste ich herkommen, ich erwarte einen Art-Déco-Sessel und eine Kiste mit Vasen.“

Sie öffnete dem Lieferanten, ließ ihn die Ware in den Raum stellen und die Verpackung öffnen, dann prüfte sie alles sorgfältig, bevor sie den Mann verabschiedete.

Dominique beobachtete, wie sie auf dem Boden kniend mit verzücktem Lächeln in der Kiste wühlte und nach und nach aufwändig bemalte Porzellanvasen von Holzwolle und Luftpolsterfolie befreite. Er liebte dieses kindlich-begeisterte Lächeln an ihr, und ihm fiel auf, dass er es schon länger nicht gesehen hatte.

Nachdem er den ersten Schock darüber, dass sie bei der Detektei aussteigen wollte, überwunden hatte, dachte er, dass sie recht hatte. Sie besaß das Zeug zu einer guten Detektivin, aber glücklich hatte es sie nicht gemacht. Und seit dem Intermezzo mit Jean-Louis fürchtete er um ihre Sicherheit.

„Wenn du Geld brauchst, nehmen wir die Prämie von Mondy dazu", bot er an, als der Lieferant gegangen war und Giuliana sich die Hände an ihren Jeans abwischte. „Ich habe seinen Scheck in der Tasche."

„Nein, sevgili, das kommt nicht in Frage. Mit der Prämie führen wir unser Leben weiter wie in den letzten Wochen: ausgehen, Bowling, Billard und Golf spielen." Sie zwinkerte ihm zu. „Eigentlich fand ich das nämlich recht anregend. Und natürlich machen wir einen tollen Urlaub in einem schönen Hotel, statt bei der Familie unterzukommen."

Dominique lachte. „Abgemacht."

Sie schlenderten zurück auf die Ile Saint-Louis und kamen am *Salon de Thé Berthillon* vorbei, der besten Eisdiele von Paris. Auch wenn Giuliana behauptete, dass das Eis dort dennoch nicht mit dem italienischen mithalten konnte.

„Ich gebe dir ein Eis aus", kündigte sie an.

„Um deine Geschäftseröffnung zu feiern, sollte es schon mindestens eine Flasche Champagner sein."

Sie lächelte. „Das eine schließt das andere ja nicht aus."

Sie reihten sich in die Schlange ein, die es in den Sommermonaten stets vor Berthillon gab, und setzten sich mit den Eistüten an eine Kaimauer der Seine. Während sie ihr Eis schleckten, genossen sie den Ausblick auf die Seine.

Dominique legte den freien Arm um Giuliana. „Ich bin froh, dass du das Geschäft noch nicht vor einigen Wochen eröffnet hast. Ohne dich hätte ich das mit unserem letzten Auftrag nicht bewerkstelligen können."

„Doch, das hättest du auch ohne mich geschafft."

„Aber zu zweit war es einfacher. Und hat mehr Spaß gemacht." Er küsste ihre Schläfe.

„Das Beste an unserem letzten Auftrag ist, dass ich mich dir wieder viel näher fühle als vorher", sagte sie und kuschelte sich an ihn.

„Ja, ich auch."

„Und ich werde aufpassen, dass ich nicht versuche, Fabrice in eine Richtung zu drängen, die ihm nicht liegt. Nicht, dass es so endet wie mit Amélie."

„Du meinst, er muss kein Meisterdieb werden?", neckte er sie.

Sie gluckste. „Du hattest also mächtig Schiss, ich könnte etwas planen."

„Ich gebe zu, ich hatte kurz ein Szenario vor Augen, in dem sich Jean-Louis tatsächlich als Meisterdieb entpuppt und du mit ihm durchbrennst", gab er zu.

„Niemals. Dazu liebe ich dich viel zu sehr. Und du, warst du in Versuchung, mit einer der Damen im Club durchzubrennen?"

„Hat dir das Angst gemacht?"

Sie deutete ein Nicken an. „Gab es eine, die dir gefallen hätte?"

Er dachte flüchtig an Céline mit ihren schönen blaugrauen Augen, dem duftigen schwarzen Haar und der angenehm ruhigen Ausstrahlung. Vielleicht, wenn es Giuliana nicht gegeben hätte, hätte er sich zu ihr hingezogen gefühlt. Gegen seine Frau hatte sie jedoch nie eine Chance gehabt. Auch er spürte seine Gefühle für sie nun wieder deutlicher als noch wenige Wochen zuvor.

Giuliana klopfte nervös mit der Schuhspitze auf den Boden, und Dominique genoss es, sie auf die Folter zu spannen. Eine kleine Revanche musste sein für ihre Geheimniskrämerei. Erst als sich ihre Miene bedrohlich anspannte, schüttelte er vehement den Kopf. „Gefallen? Vielleicht. Aber durchbrennen – niemals!"

Sie knuffte ihn mit dem Ellenbogen in die Seite. „Hast du auch was Romantischeres auf Lager?"

„Romantisch? Du meinst, so richtig kitschig und passend zu dieser wunderschönen Filmkulisse?", zog er sie auf und ließ seinen Blick über die Stadtlandschaft schweifen.

„Genau so. Was denkst du gerade?"

„Dass ich mein Leben liebe. Und Paris mit seinen Dramen und Geheimnissen."

„Und?", bohrte sie.

Dominique lächelte sie an. „Und vor allem eine schöne Antiquitätenhändlerin aus dem Village Saint-

Paul." Er zog sie noch fester an sich und küsste ihren
nach Mango und Kokos schmeckenden Mund.

Nicht weit entfernt blitzte der Pont des Arts in der
Sonne.

Nachwort

Liebe Leserinnen und Leser,

gern möchte ich noch etwas zu den Schauplätzen dieses Romans anmerken:
Mit Paris verbinden mich viele persönliche Erinnerungen. Es war meine Heimat von 1993 – 2002, also auch zu der Zeit, in der dieser Krimi spielt. In Paris einen Roman spielen zu lassen und meinen Lesern diese faszinierende Stadt näherzubringen, ist daher für mich ein bisschen, wie nach Hause zu kommen.
Genauso liebe ich die Côte d'Azur, die ich mehrmals bereist habe und hoffe, ich konnte Ihnen beim kurzen Abstecher der Detektive in den schönen Süden Frankreichs ein wenig mediterrane Urlaubsatmosphäre vermitteln. Und auch Italien ist für mich immer wieder eine Reise wert.

Den Freizeitclub *Actuel* hat es in Paris wirklich gegeben – ich war dort Ende der Neunzigerjahre ein Jahr lang Mitglied und habe mich, genau wie Dominique und Giuliana, am Golfen versucht, habe Bowling und Billard gespielt und vieles mehr. Und nebenbei interessante Menschen kennengelernt, von denen manche eine herrliche Inspirationsquelle für einige der Nebenfiguren abgegeben haben. Mehr als Inspiration allerdings nicht – die Figuren als handelnde Charaktere sind frei erfunden, genau wie die ganze Geschichte.

Auch die Partei MPF (Mouvement pour la France) hat von 1994 bis 2018 tatsächlich existiert. Der hier genannte stellvertretende Vorsitzende Christian Lenoir ist hingegen selbstverständlich fiktiv.

Es gibt ebenfalls eine *Fondation Cartier* in Paris – nur bin ich davon überzeugt, dass ihr Sicherheitssystem auch ohne Giulianas Zutun perfekt ist.

Danksagungen

Wie bei jeder Veröffentlichung möchte ich mich zuallererst bei meiner tüchtigen Agentin Alisha Bionda für die nunmehr dreizehnte Vermittlung meiner Manuskripte bedanken.

Ein herzliches Dankeschön für die gute Zusammenarbeit beim mittlerweile fünften Buch geht an die fleißigen Verlagsmitarbeiter von dp DIGITAL PUBLISHERS, die hinter den Kulissen fachkundig einiges leisten, damit aus einem Manuskript ein richtiges Buch entsteht. Und die darüber hinaus dafür sorgen, dass man sich als Autor stets freundlich und professionell betreut und wertgeschätzt fühlt. Besonderer Dank gilt der Redakteurin Ina Lütjen, die sich intensiv und engagiert um die Dominique-Demesy-Reihe kümmert, sowie meiner Lektorin Regina Meißner für ihre ausgezeichneten sprachlichen und inhaltlichen Hinweise zum Manuskript von „Tödlicher Abschied".

Ich freue mich, die Zusammenarbeit mit dp DIGITAL PUBLISHERS in Kürze mit einem neuen Familiengeheimnisroman fortzusetzen, der nach jetzigem Stand im Dezember 2022 erscheinen soll.

Riesiger Dank gebührt auch meiner Mutter, die mich in allem so tatkräftig unterstützt und mir stets in jeder erdenklichen Form zur Seite steht.

Weiterhin bedanke ich mich bei meinen Rezensentinnen Steffi Stoltenberg, Eva Müller, Jasmin Henseleit, Janina Reger, Redrose und Black Snapper – ohne eure Beharrlichkeit, mit der ihr immer wieder nach einer Fortsetzung der Dominique-Demesy-Trilogie gefragt habt, würde es diesen vierten Band vermutlich nicht geben.
Lieben Dank auch an Sabine Rubenbauer, meine Stammleserin der ersten Stunde, die Band 1 bis 3 dieser Reihe schon gelesen und geliebt hat, bevor sie überhaupt zur Veröffentlichung gelangten, und die immer an ihr Potenzial und an mich als Autorin geglaubt hat.

Und last but not least gebührt mein großer Dank all den Leserinnen und Lesern, die der Reihe um Privatdetektiv Dominique Demesy die Treue halten und nun schon den vierten Band erworben haben. Aber auch falls es Ihr erstes Abenteuer von Dominique und seiner Familie ist, bedanke ich mich herzlich dafür, dass Sie mir Ihre kostbare Zeit geschenkt und diesen Roman gelesen haben.

Ich freue mich, dass Sie mich auf diese gedankliche Rückreise in meine alte Heimat begleitet haben und hoffe, Sie hatten Spaß beim Lesen!

Herzlichst,
Sabine Strick